# DEPOIS DA TEMPESTADE

# CHARLES MARTIN

# DEPOIS DA TEMPESTADE

*Tradução de*
Alice Mello

1ª edição

EDITORA RECORD
RIO DE JANEIRO • SÃO PAULO
2018

CIP-BRASIL. CATALOGAÇÃO NA PUBLICAÇÃO
SINDICATO NACIONAL DOS EDITORES DE LIVROS, RJ

M334d

Martin, Charles, 1969-
Depois da tempestade / Charles Martin; tradução de Alice Mello. –
1ª ed. – Rio de Janeiro: Record, 2018.

Tradução de: Thunder and Rain
ISBN 978-85-01-11357-3

1. Romance americano. I. Mello, Alice. II. Título.

18-48030

CDD: 813
821.111(73)-3

Leandra Felix da Cruz – Bibliotecária – CRB-7/6135

Título original:
Thunder and Rain

Copyright © 2012 by Charles Martin

Este livro foi publicado mediante acordo com Center Street, Nova York, Nova York, EUA.

Texto revisado segundo o novo Acordo Ortográfico da Língua Portuguesa.

Todos os direitos reservados. Proibida a reprodução, no todo ou em parte, através de quaisquer meios. Os direitos morais do autor foram assegurados.

Direitos exclusivos de publicação em língua portuguesa somente para o Brasil adquiridos pela
EDITORA RECORD LTDA.
Rua Argentina, 171 – Rio de Janeiro, RJ – 20921-380 – Tel.: (21) 2585-2000, que se reserva a propriedade literária desta tradução.

Impresso no Brasil

ISBN 978-85-01-11357-3

Seja um leitor preferencial Record.
Cadastre-se no site www.record.com.br
e receba informações sobre nossos
lançamentos e nossas promoções.

Atendimento e venda direta ao leitor:
mdireto@record.com.br ou (21) 2585-2002.

*Para Charlie, John T. e Rives*

# AGRADECIMENTOS

Não posso deixar de agradecer a algumas pessoas bem talentosas:

Minha editora, Christina Boys. Você é incansável, extraordinariamente talentosa e melhorou (bastante) o livro. Meu muito obrigado.

À equipe da Center Street, cuja maior parte não conheço pessoalmente, mas que trabalha generosamente nas sombras. Obrigado por tudo o que vocês fizeram e fazem todos os dias.

Chris. Meu amigo nesta jornada. Acredito que este livro daria um ótimo filme. Só uma dica.

Dave. Obrigado, amigo.

Bill e Jason. Obrigado por toda a ajuda. Smitty fica a apenas um dia de distância de carro. Provavelmente mais perto, se deixarmos a Pat dirigir.

Clint e Heidi Smith. Parte deste livro começou no dia em que ficamos na varanda do rancho, durante uma nevasca — foi um dia muito bom. Tenho sorte de ter sido treinado por vocês e conquistado a amizade de ambos. Todos temos sorte. Se existe alguma legitimidade quanto às armas, e ao seu uso correto, nesta história, o crédito é de vocês. Onde houver erro, a culpa é minha. Muito, muito, obrigado.

Art Scharlach. Obrigado por ensinar a um estranho sobre vacas, por sua paciência ao responder às minhas infinitas perguntas e por ter me levado à minha primeira condução de gado (mesmo que tenha sido um passeio curto). Essa foi a realização de um sonho.

Brantley Foster, o Texas Ranger. O John Wayne da atualidade, homem durão e meu amigo. O Texas tem sorte em contar com você. Obrigado por receber um estranho em sua casa e compartilhar comigo seu amor pelos Rangers e por todas as coisas Texas.

Christy. Eu te amo. *You'll do to ride the river with.*

Charlie, John T. e Rives. Amo vocês. Salmo 91. *Venham com tudo.*

# PARTE UM

Em uma espécie de simplicidade sinistra, removemos o órgão e demandamos sua função. Fazemos homens sem peito e esperamos deles virtude e iniciativa. Rimos da honra e ficamos chocados ao descobrir traidores em nosso meio. Castramos e esperamos que os capões sejam fecundos.

C. S. Lewis

# PRÓLOGO

*Cinco anos antes*

Andie segurou o pito da sela, encaixou o pé no estribo e montou em May — um cavalo de apartação preto com talões brancos e um metro e meio de altura. Entreguei-lhe as rédeas enquanto ela me observava por debaixo da aba do chapéu. Um leve sorriso forçado. Cavalgou até a porta do estábulo, onde o último raio de sol dançava em seus ombros. Ela desviou a cabeça ao passar pela viga e a sela rangeu. Uma M. L. Leddy que encontramos no brechó. Conferi o nó que segurava os alforjes que continham as coisas do piquenique. Ela estalou a língua, bateu os calcanhares nos flancos de May, segurou o chapéu, e o cavalo disparou para fora do estábulo. Deu um sorriso com a boca entreaberta, olhou para trás e disse:

— O último a chegar escova os dois.

Observei-a enquanto eu ajustava o estribo esquerdo por cima da sela e apertava o peitoral. Ela galopava a toda a velocidade, deixando apenas poeira por onde passava. Já vi jatos em porta-aviões fazerem praticamente o mesmo. Se existia uma mulher que se sentia à vontade montando, essa mulher era Andie. Calcanhares juntos, costas eretas, rabo de cavalo balançando, braços firmes. Antes de nos casarmos, ela participara de corridas com tambores. A parte interna de suas coxas se fortaleceu tanto que ela podia se pendurar de cabeça para baixo em um barril de duzentos litros feito uma criança num trepa-trepa. Tentei fazer o mesmo uma vez e acabei com três pontos na cabeça.

Andie cavalgou pelo pasto até desaparecer entre as algarobeiras e os carvalhos. Conduzi Cinch até a porta do estábulo e montei nele. Acariciei sua crina e disse:

— Não vamos deixá-la esperando. — Ele se virou para o rio e relinchou, as orelhas voltadas para a frente. Eu ri. — Bem, talvez ela possa esperar um pouco.

Seguimos para o rio, passamos pela água até atravessar para o outro lado e subimos até a pequena ilha que se tornara nosso oásis. A choupana de carvalho, desconhecida para muitos, ficava a alguns metros da areia. Houve uma época em que passávamos boa parte de nosso tempo lá. Agora, era raro. O eco das risadas sumira rio abaixo havia muito tempo. Desmontei do cavalo e levantei a ponta do chapéu. Ela havia arrumado o jantar em cima da toalha. Eu passaria a noite em claro, e o evento era sua tentativa de se certificar de que eu não sentiria fome.

Lavei as mãos no rio e me sentei de frente para ela, que me entregou um prato. Seu rosto estava mais magro. Traços mais acentuados, com olheiras. Calça jeans folgada. As noites haviam afetado Andie. A solidão fizera isso.

— Você vai tomar cuidado? — perguntou ela.

Fiz que sim com a cabeça. Meu truque consistia em dar uma quantidade suficiente de detalhes para satisfazê-la, porém sem lhe causar preocupação nem lhe mostrar as minhas.

— Todos vão estar dormindo. A maioria vai estar bêbada ou drogada. Temos mais pessoal do nosso lado que no deles.

— E se não estiverem dormindo?

— Bem... — Eu ri. — Vai ser animado.

Ela se virou. Eu devia aprender a ficar de boca fechada. Tentei lembrá-la:

— Estamos nos preparando há quatro anos para isso.

— Mas você sempre me disse que não tem como controlar cada variável, cada cenário.

— Sim, e sentimos que cobrimos a maioria deles.

— Mas e...

— Querida.

— Mas... — Ela remexeu a comida no prato.

— Andie. — Larguei meu garfo. — Esse é o meu trabalho.

Ela concordou com a cabeça, o que sinalizava que me ouvira, mas não tinha gostado.

Talvez tudo isso fosse inevitável. Talvez não houvesse salvação. Ossos do ofício. Ou fatalidade. Acontecia com muitos colegas. Eu havia tentado ser um bom marido. Pai. Pelo menos era o que eu dizia a mim mesmo. Ela se virou e engoliu o comprimido que me dissera ser um complexo vitamínico recomendado pelo médico.

Eu sabia que não era.

Comemos em silêncio, evitando encarar nossos problemas. Cortei um pedaço de torta e servi a ela. O silêncio era ensurdecedor.

O som do toque do meu Pager foi como uma trovoada. Eu o coloquei no mudo.

Ela balançou a cabeça.

— Você não pode fazer isso.

Cinco minutos depois, houve o som de uma trovoada novamente. Li o número de retorno, "60". Eu tinha uma hora. Juntei os pratos, comecei a arrumar.

Ela me interrompeu. Pôs os pratos de lado. Estendeu os braços para mim. A veia grossa de seu braço pulsava. Em cima de uma coberta, sob o céu estrelado do Texas, ela tirou meu chapéu e me puxou para perto. Seu amor, um dia terno e caloroso, fora uma descoberta conjunta, compartilhada.

Agora não era mais assim.

Eu já a havia perdido.

# CAPÍTULO 1

— Pai?
— Sim, filho.
O sol estava se pondo e formava um círculo alaranjado envolto por uma borda amarelo-escura, iluminando o céu de Amarillo até Odessa e gerando longas sombras nas torres de petróleo enferrujadas.
— Não estou entendendo uma coisa.
— O quê?
Ele estava esculpindo um pedaço de madeira. Um canivete amarelo com duas lâminas. A pouco mais de quatro quilômetros de distância da ponta do canivete, estendia-se o pasto de Jack McCarter, onde, alguns anos antes, havia plantação de melões.
— Não entendo por que algumas pessoas colocam sal na melancia.
Ainda não era março. Faltava muito para a colheita de melancias.
— Eu bem que gostaria de comer uma melancia agora.
— Por que alguém faria isso?
Suas pernas balançavam fora da caçamba da caminhonete. Tinha 11 anos, e suas botas começavam a parecer pequenas. O rio corria silenciosamente. Pedaços de madeira espalhados pelo colo. Alguns caíam no rio. O rio Brazos chega ao Texas vindo de Cap Rock, ou do fim das Grandes Planícies, no noroeste do Texas, e percorre mil e duzentos quilômetros até o golfo do México. Abaixo dos nossos pés ainda havia uns novecentos quilômetros a serem percorridos. Ele balançava

a lâmina do canivete em forma de círculo, como se fosse a extensão de sua mão.

— Por que alguém colocaria uma coisa salgada em algo doce?

Balancei a cabeça e passei meus dedos por seu cabelo.

— Eu já vou ter saído quando você acordar amanhã. Dumps vai preparar o seu café e levar você para a escola.

Ele assentiu com a cabeça e não levantou os olhos. A vara de pescar estava apoiada na lateral da caminhonete. A boia da linha flutuava com um pedaço de salsicha na ponta. Sem sorte até o momento.

— Devo estar de volta amanhã.

Ele deu de ombros, cravando o canivete na madeira.

— Posso ir com você?

Balancei a cabeça.

— Mas eu já tenho idade suficiente.

O peso do mundo se escondia naquela pergunta.

— Sim, você tem, mas eu preciso de um tempo com ela.

— Você sempre diz isso.

— Tem razão. Mas é a verdade.

— Quando vou poder vê-la?

— Não sei, filho.

— Ela não liga muito.

— Eu sei.

Ele estreitou os olhos.

— Você vai levar flores?

Do outro lado do rio, o pasto dava sinais dos primeiros tremoços-
-azuis. *Lupinus texensis*. A flor oficial do estado do Texas. Mais um mês e Deus pintará a terra de azul e o céu de vermelho.

— Você acha que eu devo? — Ele assentiu. — OK. Vou colher algumas.

— Pode levar umas por mim?

— Claro.

Recolhi a linha de pescar e a segurei enquanto ele prendia uma minhoca no anzol. Jogou a linha mais para cima do rio e apoiou a vara na caçamba.

Ele voltou para o trabalho na madeira.

— Pai?
— Sim.
— Quanto tempo ela ainda tem?

Coloquei minha mão em seu ombro. Ele desviou o olhar. Tentei falar calmamente.

— Você deveria saber.

Ele havia pendurado um calendário na geladeira. Todas as manhãs, riscava um "x" e anunciava os dias que restavam.

— Trinta e cinco. — Ele levantou os olhos para me olhar. — Quando terminar, ela vai voltar para casa?

Puxei-o para perto de mim, encaixando seu ombro embaixo do meu.

— Não sei, filho.

O sol descia. O laranja se tornando vermelho-sangue.

— Você quer que ela volte? — A pergunta dele trazia o peso do mundo. Apertei-o. Jamais mentiria para ele.

— Não sei. — Ele afiava ainda mais a madeira. — Não sei.

# CAPÍTULO 2

Rodovia I-10, sentido oeste. Louisiana no retrovisor. Texas à frente. Voltara a chover. Gotas pesadas batiam no para-brisa. Eu não conseguia enxergar os limpadores. A pasta do arquivo descansava no painel. Estava amarelada. Uma mancha de café na parte superior. A quantidade de papéis dentro da pasta chamou a minha atenção. Tudo tão definitivo. Duas assinaturas... eu quase podia ouvir as marcações de "assine aqui" falando. Joguei a pasta para o lado. Presa onde o para-brisa encontra o plástico do painel. Mas pouco serviu para acalmar a conversa. Nada conseguia silenciar isso.

Reduzi a velocidade, procurei por faróis no retrovisor e limpei a parte de dentro dos vidros embaçados com uma camiseta suja. Reduzi ainda mais, quase parando, pois não conseguia enxergar nada. As flores estavam no banco ao meu lado. Murchas.

Eu não as entregara.

Minha mente estava distante. A foto da Polaroid me encarou. Eu a havia prendido ao lado do medidor de combustível. Quando estava cheio, apontava para Brodie e seu rosto coberto de sorvete. Sentado nos meus ombros, com meu chapéu, os braços erguidos. Parecia bastante orgulhoso. Minha mente estava distante — metade de mim dirigia, metade caminhava até a varanda, tentando encontrar uma resposta para a pergunta de Brodie. Minha distração era parte do motivo pelo qual bati no carro da frente. A outra parte era explicada por ele estar estacionado no meio da estrada.

Liguei o pisca-alerta, parei o carro no acostamento, peguei minha capa de chuva e o chapéu e fui caminhando até a janela do motorista. O carro era um modelo de perua da década de setenta, originalmente com painel de madeira. A maior parte do acabamento já não existia mais. Uma mulher — jovem, 30 e poucos anos — saiu pelo lado do motorista enquanto eu me aproximava. Ela estava totalmente ensopada. Ouvi uma tosse abafada no banco de trás.

A motorista estava cansada. Abatida. Tinha altura mediana. Um metro e setenta, talvez. Cabelo castanho-claro, quase loiro. Camiseta velha. Óculos. Cobria os ombros com uma toalha suja. Ela tirou o cabelo molhado da frente dos olhos. A chuva caía em seu rosto. Uma das lentes estava embaçada, e a chuva fazia com que os óculos escorregassem para a ponta do nariz. Um dos suportes de nariz estava quebrado, fazendo com que eles ficassem em um ângulo estranho. Ela ajeitou os óculos com o dedo. Não estava nada feliz.

— Por que diabos você não olha para onde está indo?

O "diabos" veio com um sotaque que deixou a palavra com uma sonoridade estranha.

Olhei para trás. Dois faróis se aproximavam. Em uma velocidade maior do que eu gostaria. Às vezes, a melhor maneira de desarmar alguém é se aproximar.

— Você acha que consegue ligar o carro?

Mais tosses no banco de trás. A mulher semicerrou os olhos.

— Se eu conseguisse, você acha mesmo que estaria parada aqui?

O sotaque dela não era do Texas. Parecia do Alabama. Talvez do sul da Geórgia.

— Gire o volante que eu empurro.

Ela mordeu o lábio. A discussão não estava tomando o rumo que imaginara. Olhei para as luzes atrás de nós. Ela entrou no carro e eu me apoiei na parte de trás, empurrando até o acostamento ao mesmo tempo que um caminhão passava na pista da esquerda. Fui até a janela.

— Tente dar partida uma vez para eu ouvir.

A chuva formava poças na estrada.

Ela virou a chave e o motor ligou, mas não pegou. Pôs uma das mãos no rosto, trancou a porta e subiu o vidro. Falou através do vidro:

— Obrigada pela ajuda. — Ela tentou sorrir. — Já chamamos o socorro.

Eu "leio" muitas pessoas. Isso me ajudou a sobreviver em várias situações. Claro que também me enganei muitas vezes. Bati no vidro.

— Tem certeza de que está com gasolina?

Ela abriu a janela e apontou para o medidor de combustível.

— Está quebrado. Não marca direito.

— Quando foi a última vez que você encheu o tanque?

Ela hesitou, encarando o para-brisa. Tinha olheiras. Recostou-se no banco, cruzou os braços.

— Faz um tempo.

Peguei um galão de vinte litros no meu porta-malas e comecei a colocar no tanque dela. Enquanto fazia isso, consegui ver a pessoa no banco traseiro. Era pequena, estava escondida num cobertor, os olhos bem abertos e os joelhos encostados no peito. Seu rosto estava pálido e a respiração, fraca. Enquanto o tanque vazio bebia, fiquei ouvindo. A tosse surgia em espasmos violentos e curtos. Parecia vir do fundo dos pulmões e soava como se todo o resto estivesse inchado e congestionado. Não entendo nada de tosse, mas ela precisava de um médico. Coloquei a tampa do tanque de volta e bati no teto do carro.

— OK, tenta ligar de novo. — Ela virou a chave e o motor engasgou algumas vezes. — Pise no acelerador.

Ela seguiu minhas instruções e o motor engasgou, o cano de descarga fez o som de uma explosão, soltando fumaça, e então pegou, com um barulho forte. Precisava de ajuste na frequência. Bati no capô e gritei na chuva, agora acompanhada de trovoadas:

— Abra o capô.

Ela obedeceu e eu levantei o capô. Acendi uma lanterna. O óleo vazava como se o motor fosse uma peneira, e um dos coxins estava quebrado, batendo toda vez que o motor era ligado. Gritei por trás do capô.

— Está fora do eixo.

Ouvi um resmungo de dentro do carro.

— Não me diga.

A porta se abriu, ela deu a volta, enrolada na toalha ensopada, os braços cruzados. A chuva caía forte. Fazia frio e piorava a cada minuto.

— É caro para consertar?

A água escorria pelas minhas costas. Um barulho novo vinha do banco traseiro.

Eu me debrucei sobre o motor e girei o distribuidor no sentido anti-horário.

O motor estabilizou, mas não melhorou muito. Uma fumaça branca saía do cano de descarga direito. Fechei o capô e fiquei segurando a porta enquanto a mulher voltava para dentro do carro. Uma lata de óleo vazia estava no chão do lado do carona. O medidor de combustível acusava estar vazio.

Ela abriu novamente a janela. Falei por cima do barulho da chuva:

— Está queimando bastante óleo. A junta do cabeçote direito está vazando feito queijo suíço. Se forçar muito, corre o risco de fundir o motor.

— Dá para consertar?

— Sim, mas... — Fiquei olhando para o carro. — Não sei se esse carro vale o que você pagaria pelo conserto do motor.

Ela parecia distraída, nervosa. Como se estivesse escondendo algo. Esfregava as mãos. A pessoa no banco traseiro havia puxado o cobertor até a cabeça, com as pernas cruzadas feito um índio, e escrevia em um diário. As páginas estavam cobertas de palavras. Muitas palavras. Ela levantou os olhos uma vez, me olhou, mas não parou de escrever.

A mulher afastou o cabelo do rosto. Abriu o zíper de uma mochila preta que parecia ser usada como bolsa e tirou uma carteira. Tinha rugas no canto dos olhos.

— Quanto eu te devo? — perguntou.

Pelo estado em que sua vida se encontrava — acabamento destruído, medidor de combustível quebrado, lata de óleo vazia, criança tossindo, pneus carecas, fumaça saindo do cano de descarga, cheiro de óleo queimado —, pensei duas vezes.

— Você não me deve nada.

Ela suspirou.

— Me desculpe pela caminhonete. O estrago foi feio?

Meu carro é um Dodge Ram 3500, de uma tonelada, com tração nas quatro rodas, motor turbo diesel Cummins. Era meio dourado, mas, com um pouco mais de trezentos mil quilômetros rodados, está mais para uma versão areia da cor. Se é que tal cor existe... Ele é o que eu gosto de chamar de tanque de estrada. Cabine com quatro portas, uma caçamba coberta que mantém tudo seco — inclusive a mim, quando durmo nela — e pneus BFGoodrich para todo tipo de terreno. É uma picape feita para puxar trailers de animais, o que já fez muitas vezes, e, com muito esforço, poderia levar até uma casa.

— De onde eu venho, chamamos aquilo de guarda-rebanho e é necessária uma explosão nuclear para fazer algum estrago. Tem uma parada de caminhões daqui a algumas saídas. É um lugar meio feio, mas tem um teto e o pessoal lá serve um bom sanduíche de ovo. Amanhã de manhã vai ter um mecânico por lá. Ele é quase honesto. Se não puderem esperar, então seria bom parar e pôr algum óleo no carro. E armazenar alguma gasolina para a viagem. Está queimando tanto óleo quanto combustível.

Ela ajeitou os óculos outra vez. Estavam largos e não cabiam bem em seu rosto. Tentou rir.

— E eu não sei?

Engoliu mais uma vez em seco e me mostrou a carteira de novo.

— Tem certeza de que eu não tenho que te pagar nada?

Mais um som ecoou por trás dela. A sombra se mexeu lentamente, escondida pelos vidros embaçados. A mulher olhou para trás, depois se voltou para mim, com as mãos novamente na bolsa.

— Tenho.

A chuva estava alagando o acostamento.

— Eu sigo vocês até a parada de caminhão. Fique na pista da direita e ligue o pisca-alerta.

Ela concordou, limpou a chuva do rosto e subiu o vidro. Tentou respirar fundo, mas não conseguiu. Abriu e fechou a porta, o que não ajudou muito a fechá-la por completo. Fechou novamente, mas a dobradiça estava torta, e, pelo barulho, estava assim havia bastante tempo.

Engatou o carro e saiu para a pista da direita, espalhando lama com os pneus direitos. Os pneus esquerdos tocavam o asfalto. O carro derrapou. Dois olhos me encararam do banco traseiro.

# CAPÍTULO 3

Querido Deus,

Acho que você já sabe tudo o que eu preciso contar. Se não sabe, então não é um Deus muito bom. Certamente não é O Deus. A mamãe disse que Deus saberia. E, se Deus for realmente Deus, vai ficar irritado. Estou escrevendo para você porque a gente não fica tempo o suficiente em lugar nenhum para eu trocar cartas. Além disso, a mamãe me disse para eu escrever. Lembra a estação de trem? A gente estava sentada no banco da estação naquela cidade com um nome que eu não lembro, só mamãe e eu, e ela esfregava as mãos e não tínhamos passagem para lugar nenhum, nem dinheiro, nem nada, e eu fiquei insistindo e perguntando para quem eu poderia escrever, porque alguém precisava saber sobre a gente. Alguém além de nós precisava se importar com a nossa vida, que era bem ruim, mas era nossa. Enfim, ela estava esfregando o rosto e suava, andando de um lado para o outro. Trens chegavam e partiam, a noite se aproximava e eu não queria dormir mais uma vez naquela estação, então enfiei o lápis nesse caderno e disse: Mamãe, para quem eu posso escrever? E aí ela olhou para mim e disse para eu não levantar a voz para ela. Não consigo perceber que ela já tem muita coisa em que pensar? E, quando comecei a chorar e joguei esse caderno nela, ela foi até lá e pegou do chão, ajeitou as folhas e se sentou do meu lado, com o braço me envolvendo, e chorou também, o que ela não faz com muita frequência porque está tentando ser forte, mas ela começou a chorar e depois chorou mais, eu sei porque ela começou a tremer e não conseguia respirar, mas depois ela se acalmou e me levantou e me levou por essa porta que dizia "capela", e que não era nada além de um quarto de material de limpeza sem o material de limpeza, mas com um vitral e um Jesus crucificado pendurado torto na parede, que me lembrava um daqueles bonecos de veludo do Elvis pendurados em postos de gasolina fechados. E nós passamos a noite ali e, umas horas depois, quando os trens pararam de passar e ela estava passando os dedos no meu cabelo, mamãe olhou para mim e disse: Deus, meu amor. Ele vai ouvir. Você pode se corresponder com Ele. Você pode escrever para Deus. Então, aqui estamos. Sei que está ocupado com as pessoas com fome, morrendo, com as doenças e todas as coisas ruins, mas, quando eu perguntei para a mamãe sobre você ter tempo para mim, ela apenas sorriu e disse que você consegue andar e mascar chiclete ao mesmo tempo, o que eu acho que quer dizer que pode fazer mais de uma coisa ao mesmo tempo, então, se estou incomodando, é só me dizer e eu vou tentar escrever cartas menores.

Não tenho escrito muito ultimamente porque, bem... Acho que você sabe. Enfim, não posso falar com a mamãe sobre isso porque machuca ela demais e, pensando bem, me machuca também falar sobre o assunto e, bom, não sei muito bem por onde começar, então vou começar por aqui... A mamãe descobriu sobre o... você sabe, e surtou. Como eu nunca tinha visto antes. Ela me pegou e a gente fugiu. Disse que estávamos "saindo às pressas daquele inferno". Desculpa a expressão, mas foi o que ela disse quando a gente saiu correndo para o carro. Só estou repetindo o que ouvi, e repetir não é pecado, porque não fui eu que comecei.

A mamãe roubou esse carro. Era o carro da vizinha e ela não usava. Deixava os gatos dormirem nele. Ela não vai sentir falta. De qualquer forma, a gente roubou o carro e a mamãe tem ultrapassado todos os limites de velocidade. E foram muitos. Ela diz que estamos indo para a casa da minha tia. Disse para eu não me preocupar. Disse que, quando a gente chegar lá, ela vai arrumar um emprego e tudo vai ficar bem. Muito bem. Ela disse isso duas vezes, o que quer dizer que ela também não acredita. Disse que existem muitos empregos em Nova Orleans. Ela pode voltar para o Wally World e falou que pode ser transferida para onde estiver morando. Mamãe diz que eles são legais em relação a isso. Gostam dela porque ela sempre foi pontual e nunca roubou nada, como as outras caixas fazem. E, na casa da irmã dela, vamos ter o nosso próprio quarto. No andar de cima. Com vista para o lago e para as luzes da cidade. E vamos ter lençóis limpos todas as noites, porque a irmã dela tem máquina de lavar. Disse que tem sempre alguma coisa acontecendo em Nova Orleans. É sempre uma festa. Não tenho muita certeza disso. Sei que só tenho 10 anos, mas às vezes acho que ela me diz coisas que não são reais, e nunca vão ser, só para eu me sentir melhor.

Meu cobertor está sujo. Perguntei à mamãe se posso ter um novo e ela esfregou as mãos e as pôs no rosto, o que quer dizer que custaria dinheiro e não temos nada, então levei o cobertor para o banheiro e tentei lavar com um sabonete cor-de-rosa e segurei embaixo do secador de mãos, que ficava na parede, mas não adiantou muito. Tentei encontrar uma palavra para descrever. Acho que descobri. "Emporcalhado." Acho que serve. Enfim, está muito sujo e parece que foi arrastado na lama.

Está chovendo. É melhor eu ir. A mamãe acabou de xingar duas vezes, porque o motor não funciona e agora a gente está bem no meio da estrada com faróis se aproximando.

Isso já faz alguns minutos. Um homem parou para nos ajudar. Na verdade, ele bateu no nosso carro, a mamãe xingou e ele só ajeitou o chapéu e nos ajudou, o que eu achei estranho. Ele parece um caubói. Veste uma daquelas capas de chuva longas que a gente vê nos filmes. O homem nos deu gasolina. Ficou olhando para mim pelo vidro. A mamãe abriu o capô e ele mexeu em alguma coisa. O motor não parece muito ruim. Ele falou alguma coisa sobre um posto de gasolina mais à frente. Disse que seguiria a gente. Ele está nos seguindo. Acabei de olhar.

Uma vez, mamãe disse que tem o coração de feno. Eu não sabia o que era isso, então fui pesquisar. É um arbusto que seca porque a fonte de água seca e, quando fica completamente seco e morto, rola com o vento. Eles aparecem nos filmes de faroeste.

A mamãe acabou de perguntar como eu estou me sentindo. Respondi que bem. Mas, cá entre nós, eu me sinto igual feno sujo. Só rolando ao vento. Sem raízes. Sem lugar para descansar. Nada para chamar de lar. E você sabe que, quando aparece feno nos filmes, o filme acaba antes de sabermos o que acontece com o feno.
    Mas, pensando bem, não acho que isso seja muito bom.

# CAPÍTULO 4

A chuva fez com que a maior parte dos caminhões na I-10 saísse da estrada e buscasse refúgio no posto de gasolina, que estava lotado. Devia haver uns duzentos caminhões parados em meio a uns vinte centímetros de água. A mulher estacionou embaixo da marquise e ficou parada por tempo suficiente dentro do carro para que os vidros embaçassem. Bati no vidro. Uma fresta se abriu.

— Tem óleo lá dentro. — O lugar estava tomado por um mar de carretas perfeitamente emparelhadas. — Se tiver algo de valor, sugiro que não deixe dando mole por aí.

Ela assentiu e subiu o vidro. Olhava para tudo com bastante atenção.

Peguei minha bolsa de viagem e caminhei em direção ao banheiro. Vinte minutos depois, de barba feita, limpo e me sentindo mais humano, coloquei a bolsa de volta na picape e vi que o carro havia sumido. Só restava uma imensa poça de óleo. Ela não chegaria muito longe.

Eu me sentei em uma das cabines no canto, e uma garçonete chamada Alice apareceu com uma jarra de café, um guardanapo sujo e uma caneca vazia. Olhei para cima. Alice fora bonita um dia. O "A" de sua identificação estava desgastado. Ela sorriu. Faltavam-lhe muitos dentes.

— Querido... — Sua voz soava doce e rouca de cigarro. — O que vai querer?

— Só um sanduíche de ovo com queijo. Por favor, senhora.

Ela pôs a xícara na mesa, encheu de café e me deu um tapinha no ombro.

— É pra já, querido. — Seus tênis brancos do uniforme estavam desgastados. Sujos. Amarelados. Os anos não foram gentis com ela.

Comprei o jornal e li metade da primeira coluna até a imagem daquela perua com painel de madeira reaparecer na minha mente. Então minha mente me deu uma pancada e ouvi aquela tosse. Cheguei até a página dois antes de ouvi-la outra vez. Levantei os olhos do jornal e vi um movimento pelo canto do olho.

Ela estava enrolada num cobertor de lã velho que, um dia, havia sido bege, com estampas dos personagens da Disney. Agora, o cobertor estava marrom de sujeira, e os personagens, desbotados. Um dos cantos puídos se arrastava no chão. Havia uma mancha vermelha visível em outro canto. Ela tossiu levemente, uma das mãos cobrindo a boca. Uma tosse contida, cansada e carregada. Ela me olhava do outro lado do restaurante, longe de Alice, observando devagar cada mesa. Quando Alice desapareceu seguindo para a cozinha, a garota se aproximou de uma mesa em que haviam deixado uma gorjeta. Algumas notas e umas moedas. Olhando para trás, ela estendeu uma das mãos de debaixo do cobertor e pegou uma moeda de 25 centavos. Seis minutos depois, quando dois caras na mesa a minha frente foram embora deixando uma gorjeta semelhante, ela retornou, olhou em volta rapidamente e roubou mais uma moeda.

Alice apareceu com meu sanduíche bem na hora em que os dedos da menina haviam agarrado a moeda e desaparecido embaixo do cobertor. A garçonete pôs as mãos no quadril e resmungou.

— Bem, eu já...

Coloquei minha mão no braço dela e balancei a cabeça. Alice ficou observando a menina ir embora e reclamou.

— A que ponto chegamos?

Peguei minha carteira e lhe entreguei uma nota de 10 dólares.

— Isso cobre o prejuízo?

Alice sorriu para mim e enfiou o dinheiro no sutiã. Ela se debruçou na mesa, e a frente do vestido dela expôs dois seios caídos.

— Você é casado?

— Não, senhora.

Ela levantou uma das sobrancelhas e balançou os ombros.

— Quer se casar?

— É tentador, mas... eu ainda estou... me recuperando do primeiro.

Ela me deu um tapinha nos ombros.

— Querido, eu sei como é. — Ela se levantou, passou os dedos pelo meu cabelo e voltou para a cozinha de olho na menina.

A garota vagava pelos corredores da loja de conveniência ao lado do restaurante. Ela parou no corredor de medicamentos e depois foi até o corredor de bugigangas, onde vendem todas aquelas besteiras que as crianças imploram aos pais que comprem, mas que não servem para nada. Ela ficou observando a mesma coisa por muito tempo, mas não consegui ver o que era. Retirou da prateleira, se virou, olhou para o balcão e, então, viu o aviso de LOTERIA. A menina pôs o que estava na mão de volta na prateleira, enrolou o cobertor nos ombros, tossiu três vezes, tão forte que se curvou, e então olhou bem para dentro do restaurante. Quando ela desapareceu do outro lado do corredor, descarreguei uma mão inteira de moedas e seis notas de um dólar na mesa que ficava a duas da minha.

A garota reapareceu no final da fileira de cabines, passando perto da beirada das mesas de cabeça baixa. Enrolada no cobertor, eu ainda não conseguia ver como era seu rosto. Nesse momento, comecei a me perguntar o que teria acontecido com a mãe dela, que eu não via desde que estávamos no acostamento. Pelo menos eu imaginava que fosse sua mãe.

A garota chegou à mesa que ficava a duas da minha e parou, espiando-me pelo canto do olho. Eu a observava por cima do caderno de esportes. Ela esticou o braço, pegou uma moeda, depois pôs o braço de volta embaixo do cobertor. Deu um passo, parou e olhou para ambas as mãos. Seus lábios se mexeram e, então, ela virou a cabeça para ver todo o dinheiro que havia sobrado na mesa. Tossiu novamente, cobrindo a boca, e estendeu o braço outra vez, pegou mais uma moeda e saiu do restaurante.

Terminei meu sanduíche, paguei a Alice e perambulei até a loja de conveniência, onde parei no corredor de bugigangas para crianças. Não demorei muito para achar.

Adesivos da Tinker Bell.

Retirei dois pacotes da prateleira e me aproximei do balcão onde a garota estava parada, balançando-se para a frente e para trás — a cabeça esticada por cima do balcão. Ela pôs quatro moedas de 25 centavos na superfície laminada. Sua voz soava contida.

— Gostaria de comprar um bilhete de loteria, por favor.

A mulher do caixa riu e bateu, com um lápis que tirou do cabelo, na placa acima de sua cabeça.

— Minha filha, você precisa ter pelo menos 18 anos. Quantos anos você tem?

A garota não tirou os olhos da mulher no caixa.

— Dezoito... menos oito.

— Minha filha, se eu vender um bilhete para você, posso perder o meu emprego.

Coloquei os adesivos no balcão ao lado das moedas e ignorei a criança.

— Olá. Preciso pagar 60 pela gasolina na bomba sete, mais esses três adesivos e um bilhete de loteria.

A garota deu um passo para trás e olhou para suas moedas. Ela balançou a cabeça, balbuciou algo que não entendi, retirou as moedas do balcão e voltou para o restaurante. Saí pela porta lateral e comecei a abastecer. Encostei-me na caminhonete e fiquei olhando, através do vidro, a garota encostada em um canto, observando Alice. Quando a garçonete desapareceu na cozinha, a garota entrou no restaurante, colocou quatro moedas em cima da mesa mais próxima da porta e saiu.

Cocei a cabeça e encarei a estrada. Sempre sinto algo bem no fundo do meu cérebro quando algo não se encaixa. Naquele momento, estava sentindo muita coisa.

Enchi o tanque extra de gasolina que fica na caçamba, enrosquei as duas tampas e fui caminhando até a lixeira na qual a garota estava encostada, com o rosto colado na vitrine. O vidro havia embaçado onde estava sua boca. Entrei no restaurante e deixei o bilhete de loteria no batente, perto de sua bochecha. Ela deu um passo para trás, ficou olhando para o bilhete, apertou-se no cobertor e não olhou para mim. Falei num tom gentil:

— Um dia eu também fui criança.

Dedos sujos surgiram de dentro do cobertor e pairaram sobre o bilhete.

— Minha mãe disse para eu não aceitar nada de estranhos.

— Ela também não disse para você não falar com eles? — A garota concordou com a cabeça. — Que bom! Não fale com a gente, não aceite nada da gente e nunca, jamais, entre num carro com um estranho. Entendeu?

Ela assentiu lentamente.

— Cadê a sua mãe?

A menina deu de ombros e seus olhos apontaram para ambos os lados, repousando no chão.

— Não sei.

Olhei por cima de seus ombros, além da parte embaçada do vidro, até o outro lado do estacionamento e para o entroncamento que levava à parada de caminhões. No canto da estrada, onde as quatro pistas se encontram, havia uma mulher parada na chuva segurando uma placa de papelão. Soltei um palavrão em voz baixa.

A garota olhou para mim.

— Você não deveria falar palavrão. — Uma tosse fraca. Parecia mais uma coceira. — Deus não gosta.

— Acho que me lembro de algo sobre também não gostar de ladrões.

Ela ficou vermelha e olhou rapidamente para o restaurante. Enfiou a mão no cobertor, deixando o bilhete na vitrine.

— Não é para mim.

— Ah, não? É para quem?

Seus olhos apontaram para o entroncamento.

Procurei no bolso e coloquei uma moeda na janela ao lado do bilhete.

— Bem... algum estranho com sorte talvez ganhe... — Olhei para o alto da marquise. — Esse é um daqueles bilhetes rápidos em que dá para ganhar alguns milhões quando três números saem iguais.

Duas mãos saíram do cobertor. Uma agarrou a moeda. A outra, o bilhete. A menina arranhou o papel com força e, então, se virou de lado, estudando os números. Nenhuma combinação. Ela dispensou o bilhete com um peteleco, como se fosse uma carta de baralho, e foi embora. O bilhete voou, girou e voltou feito um bumerangue, aterrissando no meu pé.

A garota caminhou de volta para o outro lado do estacionamento, onde a perua estava parada no escuro. Ela desviou de uma poça, puxou o lençol que servia como janela do banco direito traseiro, entrou no carro e esticou o lençol ensopado novamente.

Xinguei de novo. Dessa vez, mais alto.

# CAPÍTULO 5

Liguei a caminhonete, engatei a marcha e fiquei parado observando o cruzamento com meus binóculos. O cartaz dizia: POR FAVOR, AJUDE. DEUS O ABENÇOE. A chuva tinha diminuído, mas ainda caía, assim como a temperatura. Menos de dez graus. Eu podia ver sua respiração do conforto do meu carro aquecido. Talvez a última frente fria do ano. A garota no carro também devia estar com frio. Esfreguei minha testa.

Um dos caminhões atirou uma embalagem de hambúrguer na mulher parada na esquina. Levantei meu chapéu e dei ré até um canto do pátio, de onde eu teria uma visão melhor.

Trinta minutos mais tarde, com o estacionamento lotado de caminhões e o cruzamento silencioso, a mulher arremessou o cartaz como um frisbee e voltou em direção à longa fileira de carretas — batendo de porta em porta. Suas roupas estavam encharcadas.

Enrolei um cigarro e fiquei observando a mulher enquanto ela conversava com alguns motoristas. Os sete primeiros balançaram a cabeça negativamente. O oitavo pensou um pouco, mas negou ajuda. O nono — um homem imenso com uma barriga ainda maior — olhou em volta no estacionamento, esfregou a mão na barba, depois naquela barriga colossal e, então, sorriu e a convidou para subir na boleia.

Era a minha deixa.

Peguei minha capa de chuva e meu chapéu, e deixei meu cigarro apagado na única parte seca embaixo de um poste. Caminhei em meio aos caminhões, entre nuvens de diesel queimado, e esperei a alguns passos da boleia. A parte de carga estava pesando nos pneus traseiros. Esperei e ouvi. Depois de um minuto, mais ou menos, escutei vozes exaltadas, seguidas de tapas e gritos.

Eu não costumava ser obcecado por lanternas, mas, quando se passa tempo suficiente caminhando no escuro, qualquer um começa a apreciar um bom equipamento. A minha preferida é da SureFire. É do tamanho da palma da mão e ilumina o mundo. Coloquei meu pé no degrau e respirei fundo, passei a lanterna para a mão esquerda e puxei a porta.

Entrei na boleia, iluminei a cama e vi o homem tentando fazer com ela o que havia pago para fazer. O problema era que a coisa que ele precisava usar para fazer aquilo não estava cooperando. Ou, se estava, tinha um jeito estranho de mostrar. Ela estava deitada na frente dele — disponível.

Ele cobriu os olhos.

— Mas o quê...?

O sujeito não estava feliz, mas sua calça estava embolada na altura do calcanhar, então eu sabia que ele não tentaria fazer nada muito brusco. Pelo menos nada que desse certo.

Apertei o botão acima da minha cabeça e acendi a luz da cabine. Ele gostou menos ainda disso. A mulher estendeu as mãos para pegar suas roupas e se cobriu. Seu nariz sangrava e os lábios já estavam inchados. Os óculos estavam pendurados tortos no rosto. Ela se virou e cuspiu sangue nos lençóis. Devia estar sem raspar as pernas havia pelo menos uma semana. Ele fez um movimento para levantar a calça, mas fiz uma coisa que já repeti centenas de vezes e a reação dele foi a mesma de sempre. Tirei a arma do coldre e apontei para ele.

Um animal paralisado pelos faróis de um carro.

Uma arma de cano longo como a 1911 — calibre .45 da GI — tem muitas características interessantes, e a melhor delas é o diâmetro interno do cano. É mais largo que o dedo mínimo de muita gente. E se tem uma boa vista disso quando se está sob a mira dele.

Os olhos do sujeito ficaram vesgos e ele começou a gaguejar. Cortei logo.

Movi a arma levemente para a direita.
— Não quero ouvir uma palavra.
Ele assentiu.
Virei-me para a mulher.
— Você consegue se mexer?
Ela se virou para o lado e cuspiu mais uma vez, vermelho-escuro.
— Sim.
— Está pronta?
Ela subiu a calcinha, vestiu as roupas molhadas e saiu do caminhão. Eu estava prestes a descer quando me lembrei. Olhei para ela.
— Ele se ofereceu para pagar? — Ela cruzou os braços, desviou o olhar e assentiu. — Quanto?
— Não vou pagar na...
Mirei a arma a dez centímetros do rosto dele.
— Vou te avisar quando for a hora de falar. E não é agora.
Ela não se deu ao trabalho de secar a chuva que caía em seu rosto.
— Cinquenta.
Ele gritou novamente.
— Piranha mentirosa... Ela disse 20.
A carteira dele estava presa a uma corrente na calça. Arranquei-a da corrente e abri, constatando que estava vazia. Nenhuma nota aparente.
Ele riu. Balancei minha cabeça. É claro que ele não tinha dinheiro. Ela se virou, sussurrou algo e começou a andar. Eu me virei para ele.
— Pra fora.
— Quê?
— Agora.
— Mas eu não...
— Isso é problema seu.
Quando o homem pulou por cima do banco, sua calça caiu no chão. Puxei-o para fora da cabine, e ele tropeçou numa poça no asfalto. Ele se levantou, xingando.
Tirei as chaves da ignição, tranquei a porta e bati com força. Ele vestia camiseta e meias molhadas, e só. Os dois caminhões de frente para nós ouviram a comoção e acenderam os faróis. Nem mesmo um

estádio era mais bem iluminado. A risada foi generalizada a nossa volta. Um deles buzinou.

Guardei minha arma no coldre para observar a mulher se virar, caminhar de volta até ele e parar. O homem riu.

— O que você acha...

O sujeito soltou a palavra "acha" no exato instante em que a bota dela parou precisamente no meio das pernas dele. Seus calcanhares voaram uns dez centímetros do chão e a voz subiu muitos tons. Ele caiu, contorcendo-se numa poça. A mulher se virou e seguiu na direção do restaurante. Fui atrás dela e o sujeito gritou:

— E as minhas chaves?

Joguei-as no canal do outro lado do caminhão. Ele permanecia no chão, gemendo, as mãos segurando suas partes.

A mulher seguiu para as luzes da parada de caminhões — com frio, molhada e muito longe de conseguir o dinheiro que precisava. Fiquei observando minha caminhonete e a segui lentamente.

Atrás de mim, ouvi um homem vomitando.

Ela passou por dez caminhões, indo na direção do carro. Eu estava prestes a respirar fundo, cheguei a levantar um dedo para chamar sua atenção e perguntar se podíamos conversar um pouco — sinto que eu e ela precisamos ter uma conversa final —, quando um homem todo vestido de preto, com o capuz levantado, saiu de trás de um caminhão, agarrou-a pelo cabelo e a jogou em uma carreta. A cabeça da mulher bateu na carreta e seus óculos caíram no asfalto. Feito uma boneca de pano, ela caiu no chão. Em seguida ele ergueu a mulher do chão, jogou--a sobre os ombros e, rapidamente, desapareceu entre duas carretas estacionadas.

A coisa toda levou menos de dois segundos, explicando por que ela não parava de olhar para trás.

# CAPÍTULO 6

Não sei como ele as encontrou. Não é difícil reportar um carro roubado, especialmente se ele quebra a todo instante, mas, mesmo assim, é muito incerto. Não há garantias. Embora eu não soubesse de muita coisa, tinha certeza absoluta de outras: aquele homem ficara esperando, o que sugere que tinha um plano. Era forte, tinha experiência e, de fato, as encontrara, o que me faz lembrar da expressão "agulha num palheiro". E, uma vez que as encontrara, não perdeu tempo. Por fim, eu tinha a clara impressão de que ela não queria ir com o homem e ele sabia disso, o que explica por que não havia perdido tempo conversando com ela.

Dei a volta por trás de uma carreta, corri a distância de mais seis e alcancei sua sombra nas duas carretas seguintes. Ele andou até a cerca, esgueirou-se atrás de outras oito carretas até um canto da cerca onde estava estacionada uma van. Era toda preta, tinha vidros escurecidos e até os pneus e as rodas eram pretos. Era invisível no escuro. Ele abriu a porta traseira e jogou a mulher dentro do carro. Ao fazê-lo, a voz agitada, amordaçada, desesperada e tossindo de uma criança surgiu atrás dela.

O golpe no plexo braquial para atordoar alguém é ensinado na maioria das escolas de arte marcial e defesa pessoal. É aplicado na lateral do pescoço de alguém, logo abaixo da orelha. Em tese, o golpe bloqueia os impulsos nervosos que viajam do cérebro para o restante do corpo, impedindo a pessoa de permanecer de pé, por exemplo. Quando corretamente aplicado, pode imobilizar, por alguns segundos, alguém muito grande ou muito forte. Com bastante sorte, por muitos segundos. Se o golpe for aplicado incorretamente, corre-se o risco de irritar a vítima.

Ele fechou a porta e eu apliquei o golpe. O homem caiu nocauteado. Virei-o de bruços, rapidamente desamarrei seu cadarço, dobrei suas pernas, de modo que os calcanhares tocassem seu traseiro, puxei seus braços musculosos na direção da lombar, passei o cadarço por baixo do cinto e em volta de suas mãos. Pelo tamanho de seus braços, isso me daria apenas alguns segundos. Abri a porta e encontrei a mulher inconsciente e a garota histérica e de olhos arregalados. Felizmente para mim e infelizmente para ele, na porta da van havia várias braçadeiras plásticas. Do tipo que os grupos táticos usam em multidões quando não têm algemas suficientes. Estavam penduradas numa lata presa à porta, onde havia uma placa que dizia: VELOZ E MORTAL. Alguns policiais carregam algumas dessas embaixo do chapéu para momentos como esse. Nem o Hulk consegue quebrá-las.

Amarrei as mãos, os pés e depois amarrei tudo junto. No Texas, chamamos isso de nó de javali.

Como lobos caçam em bandos e mais da metade dos assaltantes tem um comparsa, eu não tinha certeza se esse cara estava agindo sozinho ou se contava com alguma ajuda. Arrastei-o para fora da van ao lado da cerca, ajoelhei-me e permaneci quieto. Ouvindo. Um choro abafado veio da parte traseira da van. Como não ouvi passos ou tiros, apareci na traseira, fiz sinal de silêncio com o dedo, cortei as amarras da garota e soltei a mordaça de sua boca. Peguei em meus braços a mulher desmaiada e sussurrei para a garota:

— Você está conseguindo andar?

Ela assentiu.

— Então me segue.

Carreguei a mulher nos braços pela fumaça de diesel queimado até minha caminhonete e coloquei-a deitada no banco traseiro. Ela estava começando a voltar a si quando a fiz se sentar. A garota subiu ao seu lado. Toquei o corte acima do olho esquerdo da mulher.

Ela se encolheu.

Estendi a mão até meu tornozelo e peguei do coldre uma Smith & Wesson modelo 327. É um revólver de oito balas de calibre .357. Eu a carrego com munição Barnes Triple Shock. Embora não seja calibre .45, não é bom ser atingido por ela. Um tiro desses dá a sensação de que se é queimado vivo. Com a mira virada para longe de nós, entreguei a arma para ela. Pus o cabo em sua mão e estendi seu dedo indicador no corpo do revólver e longe do gatilho. Não queria levar um tiro ao entregar minha própria arma a outra pessoa.

— Se qualquer pessoa além de mim abrir a porta, aponte a arma para ela e não pare de atirar até o som acabar. Consegue fazer isso?

Ela entrelaçou a mão esquerda na direita e assentiu. Fechei a porta e disse:

— Já volto.

Não sei se ela confiava em mim, mas tinha certeza de que não confiava no outro cara. Voltei ao local e o encontrei tentando se arrastar em volta da van. Enfiei minha bota no peito dele e o fiz perder o fôlego. Ele tossiu e xingou. Ajoelhei-me e encostei a ponta do cano da minha 1911 na sua testa. Ao contrário de muita gente nessa situação, ele não se desesperou. Não gritou. Não se contorceu em vão. Ele estava calmo. Sereno. Isso me disse muita coisa.

Estudei as sombras. Se o homem tinha um parceiro, estava demorando a chegar. Ele avaliava com o canto dos olhos o que poderia fazer. Ainda não tinha visto meu rosto, nem podia vê-lo agora, mas estava guardando bem todo o resto. Ele era bom. E também gostava de estar no controle — mas não era o caso.

E ele não estava gostando nada disso.

Montei nele e empurrei meu cotovelo em sua nuca, pressionando seu rosto na lama. Ele balançou a cabeça e falou por cima da lama:

— Eu não conheço você. Não me importo. Eu sei que vou te caçar até te encontrar. Eu vou acabar com você e com qualquer pessoa que você ame.

Ele riu. Sua raiva crescia e ele estava perdendo o autocontrole. Alcancei seu bolso de trás e tirei a carteira. De um lado, a carteira de motorista. Do outro, o distintivo. Eu sabia que ele tinha experiência. Coloquei a carteira no bolso da minha camisa.

Ele ainda não tinha visto meu rosto e eu não queria que me visse no meu carro, então coloquei meu braço sob seu queixo e o arrastei até o canto da cerca, onde a grama era alta. Ele sabia o que viria em seguida.

Prendi minha mão direita no meu bíceps esquerdo e apertei a base de sua cabeça com a mão esquerda. Ele ficou desesperado. Sabia que não tinha muito tempo. Nas artes marciais, chamamos esse golpe de "mata-leão". É indolor e eficiente, e o problema é que os policiais não usam essa técnica tanto quanto deveriam. Ele claramente já havia usado. Entre os dentes cerrados, conseguiu dar um sorriso. Ele era forte, puro músculo. Não gostaria de enfrentá-lo num cenário equilibrado. Ele disse entredentes:

— Agora, você é... a minha missão de vida.

Prendi seu pescoço com meu bíceps e antebraços e continuei aplicando pressão com a mão esquerda. Isso leva apenas alguns segundos E, antes que ele apagasse por completo, sussurrei:

— Cuidado com o que deseja.

Ele caiu para a frente e eu o deitei na grama. Vai sobreviver. Fiz um caminho diferente de volta para a caminhonete e me aproximei devagar — pela frente, para que ela pudesse me ver pelo para-brisa. Fiz contato visual com a mulher segurando minha arma, abri a porta lentamente e, de modo gentil, peguei o revólver de sua mão. Catei uma camiseta suja e uma toalha velha no lado do carona e cobri ambas as placas do carro. Não sabia se o posto tinha câmeras de segurança, mas preferia não arriscar.

A garota tremia demais e a mulher ainda não estava completamente consciente. Engatei a marcha, apaguei todas as luzes e comecei a me dirigir para a saída do posto.

A menina pressionou o nariz e as palmas no vidro e gritou:

— Espera! — Ela olhava para a perua. — Turbo!

A mulher levantou uma das mãos. Sinal de parar.

— Espera, por favor.

Parei e encarei o espelho retrovisor.

Ela abriu a porta e a garota correu por cima das poças até o carro. Estendeu a mão no banco traseiro e voltou com uma gaiola cheia do que pareciam ser lascas de cedro. Colocou a gaiola no banco atrás de sua mãe e voltou correndo para buscar o cobertor, um caderno, uma pequena mochila preta — que a mãe segurou e apoiou no colo — e um livro grosso. Enquanto ela abria a porta, eu podia ver que as páginas estavam sujas, com as pontas dobradas e sem capa.

A menina entrou no carro e partimos, através das luzes, seguindo para a rodovia.

Uma olhada rápida no retrovisor. A mulher me observava pelo canto dos olhos. Seu olhar me dizia que confiava em mim tanto quanto no cara que havíamos deixado para trás. Estava com um corte no rosto acima do olho esquerdo, precisava levar pontos, seus óculos haviam sido destruídos, o nariz pingava sangue, o olho esquerdo estava roxo, o lábio, inchado, e ela continuava cuspindo sangue.

Dirigimos em silêncio. Depois de quinze minutos sem nenhum farol atrás de nós, desviei para uma rodovia estatal menos movimentada e, em seguida, para uma estrada rural. Quando o asfalto acabou e o chão virou de terra, encostei o carro, apaguei os faróis e esperei com a caminhonete ligada. Eu me virei e cocei a cabeça.

— Você consegue conversar?

Ela se investira daquela postura defensiva novamente.

— O que você quer que eu diga?

Seu sotaque era forte. Denso. Misturado com um pouco de atitude e ornamentado com coragem. Me lembrava de Jo Dee Messina cantando "Heads Carolina, Tails California". Dei de ombros.

— Que tal o seu nome?

— Meu nome é Virginia. Essa é a minha filha, Emma.

Duvidei, mas, se eu fosse ela, também não confiaria em mim.

A garota olhou para a mãe.

— E o que vocês estão fazendo aqui?

Ela olhou de relance para o retrovisor.

— Fugindo dele.

— E ele é?

— Era... o cara com quem a gente morava.

— Até o quê?

— Até eu decidir que não gostava mais dele.

— De onde vocês são?

— Cordele, Geórgia.

Foi o que pensei.

— Por que ele está atrás de vocês?

Ela desviou o olhar.

— Porque não queria nos deixar partir.

Sempre existe algo a mais sobre uma história que se ouve pela primeira vez. Mais do que na segunda ou terceira vez. O melhor cenário para mim seria se eu pudesse levá-las até um local seguro, voltar para minha casa e nunca mais perguntar seu nome verdadeiro.

Fiquei batendo com a ponta dos dedos no queixo, pensando no que fazer.

— Você tem família?

— Irmã, em Nova Orleans.

— Ela tem condições de receber vocês?

Ela fez uma pausa e balançou a cabeça.

— Quando foi a última vez que falou com ela?

— Há alguns meses.

— Por que tanto tempo?

Ela apertou os lábios.

— O telefone está desligado.

Essa deveria ter sido minha primeira pista.

— Você sabe onde ela mora?

Ela assentiu com a cabeça.

— Sabe me dizer o endereço exato? — insisti.

Mais uma mexida de cabeça. A chuva começava a cair novamente.

— Eu odeio Nova Orleans — falei para mim mesmo e para ela.

Ela pressionou cautelosamente o canto da boca e respondeu falando para si mesma e para mim:

— Eu odeio muitas coisas.

Fiz as contas. Eram mais de seiscentos quilômetros. Umas seis horas e meia de carro.

— Ajudaria se eu levasse você até a casa da sua irmã?

Ela inclinou a cabeça. Uma sobrancelha erguida.

— Você faria isso?

Era uma pergunta que estava implícita em uma afirmação.

— Sim.

— Por quê?

— De que outra maneira você vai chegar lá?
Ela enrijeceu.
— Eu não tenho dinheiro. Não posso pagar por isso.
— Já imaginava.
— Bem, você não precisa ser assim tão arrogante.
— Não foi o que eu quis dizer. EU quis dizer que, depois de tudo hoje à noite, você... provavelmente não tem muito de nada. Só isso.
— Minha irmã também não vai poder pagar.
— Eu não estou atrás de dinheiro.
Seus olhos se desviaram para longe.
— Está querendo fazer o mesmo trato que eu fiz com aquele caminhoneiro?
Era uma oferta implícita em uma pergunta.
— Não. — Balancei a cabeça.
Ela estreitou os olhos, evidenciando uma ruga entre eles.
— Você é gay?
Eu ri.
— Não.
— Então qual é o seu problema?
Entendi que, quando ela ficava irritada, seu sotaque se acentuava. E, quando parava de falar, as palavras demoravam um segundo a mais para se assentar.
Ri novamente.
— Vamos precisar de uma estrada mais longa para ter essa conversa.
Os ombros dela relaxaram e uma barreira foi quebrada. Olhei para ela — para ela inteira. Estava morta de cansaço.
— Há quanto tempo você está acordada?
— Alguns dias.
— Quanto tempo é "alguns"?
Ela refletiu por um instante.
— Que dia é hoje?
— Terça.
— Dormi um pouco pela última vez... na sexta.
Pensei no carro dela na parada de caminhões.

— Você tem uma pilha palito?

Ela franziu a testa, inclinou a cabeça.

— Parece que eu tenho uma pilha palito?

— E o seu carro?

— Não é meu.

— De quem é, então?

Ela deu de ombros.

— Não faço a menor ideia. Eu roubei.

— De quem?

Era mais uma parte da história que ela não queria contar.

— Uma senhora morava atrás... do local onde a gente estava. Ela está num asilo. Os gatos dela estavam morando no carro.

— Bem... — Olhei para o relógio, me lembrei de casa e engatei a primeira marcha. — Vamos... vou levar vocês para Nova Orleans.

Voltei para a estrada. Seu pescoço girava toda vez que cruzávamos com uma placa. Alguns minutos se passaram. Ela parecia mais agitada. Seus olhos se estreitavam tentando ler as placas.

— Você está realmente levando a gente para Nova Orleans?

Achei que não precisávamos de mais sarcasmo.

— Sim.

Ela se ajeitou no banco.

— Você não vai largar a gente... — Ela tentou ler mais uma placa que desapareceu na escuridão da estrada — ... no primeiro lugar que aparecer?

— Não.

Ela se encostou no banco, confusa e exausta.

— Por que não tenta dormir um pouco? Quando acordar, a gente pode parar em algum lugar e comer.

Ela fechou os olhos.

— Eu já te disse... não tenho dinheiro.

— Posso pagar três lanches no McDonald's.

Pela primeira vez, ela reparou nas flores que eu havia colhido. Jogadas no banco da frente e envoltas em plástico.

— Você está indo para algum lugar?

Balancei a cabeça uma vez.
— Já fui.
— O que aconteceu?
— Nada.
— Quer falar sobre o assunto?
— Definitivamente, não.

Ela ficou em silêncio. Talvez até tenha adormecido. Alguns minutos depois, ela se assustou e levantou a cabeça. Falei num tom calmo. Ergui o chapéu.
— Está tudo bem. Você está em segurança. Ainda estamos a caminho de Nova Orleans.

Ela recostou a cabeça e respirou fundo. Embriagada de sono, virou-se para ver a filha, que dormia, e em seguida olhou para fora, para a bagunça que sua vida se tornara.
— Eu não sou boa em escolher homens.

Não falei nada. Ela continuou sem me olhar.
— Você é um homem bom?
— Meu filho acha que sim.

Ela encarou a Polaroid colada no medidor de combustível.
— É ele?

Assenti.

Os minutos se passaram.
— Aquele motorista hoje... no caminhão... foi a primeira vez que fiz...
— Moça, eu não vou julgar você.
— Isso faz de você um homem diferente dos outros que conheço.

Não respondi.

Ela se esforçava para manter os olhos abertos.
— Você sabe ajudar pessoas em perigo. Quero dizer, você não perdeu a calma quando muita gente perderia.

Ela estava perguntando como, não afirmando.
— Tenho muita prática.
— No quê? Em ser calmo ou em lidar com situações de estresse?
— Bem, nas duas coisas.

Seu tom mudou.
— É por isso que carrega uma arma no tornozelo e outra na cintura?
Dei de ombros.
— Eu sou do Texas.
— É policial?
— Eu pareço um policial?
Ela ficou me observando.
— Não muito.
Sem se deixar impressionar, ficou olhando minha picape.
— O que você faz da vida?
— Eu sou aposentado.
— Você não parece estar aposentado.
— Como é alguém aposentado?
— Meias altas até a canela, calça social, barriga de cerveja.
— Não sou esse tipo de aposentado.
— Qual era o seu trabalho?
— Eu trabalhava para o DSP.
— DSP?
— Departamento de Segurança Pública.
— Você dirigia um ônibus ou algo do tipo?
Eu ri.
— Algo do tipo.
Ela falava devagar, quase embolado.
— Você tem um nome?
— Sim.
— E...?
— Tyler. A maioria das pessoas me chama de Ty ou de Caubói.
Ela riu.
— E você é um caubói?
Assenti.
— Já tive os meus momentos.
— Aquela arma que você me deu... seria capaz de detê-lo?
Assenti novamente.
— Como você sabe?
Esfreguei as mãos na perna.

— Bem... — Sorri. — Me deteve.

— O que aconteceu?

Balancei a cabeça e dei de ombros.

— A pessoa errada conseguiu pegá-la.

Fiquei observando-a pelo retrovisor. O branco dos olhos dela brilhava com as luzes intermitentes. Ela fez uma pausa. Estreitou os olhos e desviou o olhar.

— Meu nome não é... o que eu disse para você.

— Virginia. — Dei um sorriso.

— Isso. — Ela assentiu.

— Imaginei que não fosse.

— Samantha ou... — Ela se encolheu. — Sam. — Coçou a cabeça. — Essa é a Hope.

Certa vez, meu pai me disse que, com o tempo, a verdade chega à superfície se você não ficar remexendo na água.

— Prazer.

Uma pausa mais longa.

— Duvido — sussurrou ela. Não tenho certeza se o sussurro foi direcionado a mim.

Ela adormeceu. Ouvi algo andando atrás de mim, então apontei minha lanterna para a gaiola, onde vislumbrei uma coisa gorda que parecia um rato coberto de pelo marrom e branco. Prazer, Turbo.

Dei uma espiada no banco traseiro. Com a iluminação de fora, consegui ver o diário enfiado embaixo do braço da garota. O livro estava ao lado da perna. Olhei mais atentamente. Era um dicionário. Estendi o braço e o coloquei perto da luz. A seção das palavras com "A" tinha sido arrancada. Uma palavra estava circulada. Dizia "emporcalhado".

Adequado.

Depois de uma hora, mais ou menos, lembrei-me de que a garota não tossia desde que havia entrado no carro. Mas não era isso que estava me incomodando. O pensamento que não me abandonava era a possibilidade de o senhor-tatuagem-SWAT-Hulk saber onde ficava a casa da irmã. E, então, me ocorreu o pensamento que ficaria na minha mente ao longo de todo o caminho até Nova Orleans: o que eu faria se a irmã não estivesse lá?

# CAPÍTULO 7

Elas dormiram até chegarmos à cidade. Eu estava cantarolando uma música de Don Williams quando ela se mexeu.

— É, eu também espero que esse dia seja bom — resmungou, antes de voltar a dormir.

Sam só acordou de fato quando paramos no posto de gasolina. Ela se endireitou, o rosto amassado de sono, e ficou me encarando. Eu estava parado ao lado da bomba, enchendo o tanque. Conseguia ver que ela estava esperando seu cérebro reunir todas as peças. Levantei meu chapéu para que pudesse ver meu rosto. De alguma maneira, Sam me viu e se acalmou.

Havia um McDonald's no posto. Abri a porta e falei primeiro, me movimentando devagar para que ela não se assustasse.

— Vocês estão com fome?

Hope me encarava de debaixo das cobertas.

— Oi — saudei.

Uma das mãos apareceu e ela acenou, mas não disse nada. Tirei os adesivos da Tinker Bell do bolso da camisa e os coloquei no banco.

— Pensei que você iria gostar deles.

Ela esperou que eu me afastasse um pouco e, então, estendeu a mão, pegou o pacote e voltou para a segurança do cobertor.

Ambas saíram do carro com uma aparência terrível. Até então, eu não havia reparado como estavam imundas. Sam gesticulou para os elásticos pendurados na marcha do carro.

— Você se importa?

— Fique à vontade.

Ela puxou o cabelo para trás e fez aquilo que as mulheres fazem com o cabelo e um elástico. Então ajudou Hope a fazer o mesmo. Busquei na parte traseira da caminhonete uma caixa de lenços umedecidos e uma toalha, e entreguei a ela. Sam ficou olhando pela janela para a parte de trás da caminhonete.

— Você não tem também um chuveiro com água quente nessa caçamba, não?

— Me dê alguns minutos que eu arranjo um.

Elas foram até o banheiro enquanto eu pedia o café da manhã. Demoraram lá. Tive a impressão de que elas não comiam havia algum tempo, então pedi cinco McMuffins, duas porções de panquecas, três sucos de laranja e dois cafés grandes para viagem.

Em seguida, peguei meu celular e liguei para casa.

Dumps atendeu.

— Você está bem?

— Sim... é uma longa história. Como está Brodie?

— Dormindo. — Eu conseguia ouvir a cafeteira ao fundo. — Quer que eu o acorde?

— Não, deixa ele dormir.

Uma pausa se seguiu.

— Tem uma resposta para a pergunta que ele fez?

— Para qual delas?

— Qualquer uma delas.

— Ainda não.

Ele riu.

— Quando você vai chegar?

Vi Sam e Hope saindo do McDonald's.

— Estou fazendo um desvio de percurso.

— Por onde?

— Nova Orleans.

— Um desvio e tanto.

— Faz parte da longa história.

— Você está com algum problema?
— Ainda não.
— Ela é bonita?
— Depende.
— Do quê?
— De qual delas você estiver falando.
Eu o ouvi dando um tapa na coxa.
— Já estava na hora de montar de novo com ambas as esporas.
— Não é isso. Preciso ir. Ligo mais tarde.

Eu tinha razão. Elas não haviam comido.
Enquanto eu dirigia, comi um McMuffin e bebi um café. Elas comeram o resto. Todo. No meio da refeição, Hope tirou Turbo da gaiola, colocou-o no colo e o alimentou com a grama que tirou do bolso, junto com pedaços de panqueca e batata rosti, que ele, basicamente, cheirou e lambeu.
— O que é isso? — perguntei.
— Um porquinho-da-índia.
— Ah. — Embora elas fossem mais desnutridas e magras do que deveriam ser, o animal parecia bem roliço. — Você o alimenta com o quê?
Sam coçou a cabeça dele entre as orelhas e sorriu.
— Com praticamente tudo.
Ela o colocou no console, onde ele prontamente começou a fazer caretas, andando em círculos e fazendo pequenos cocôs pretos.
Sam foi indicando o caminho pela cidade e nos perdemos, então encostei o carro e abri um mapa. Para ser justo, já estávamos bem perto. A algumas ruas de distância. Acabamos chegando ao subúrbio do Garden District. Embora Hope não tivesse tossido, também não havia falado. Às vezes, ela escrevia no diário, mas eu não a ouvi falar uma vez sequer desde que gritara "Turbo" no estacionamento. A única coisa que Hope fez que me provou que ainda estava no carro foi coçar as pernas e os braços. E muito.
Estacionamos em frente a uma casa.
— É aqui?

Sam assentiu. Admito que fiquei impressionado. A irmã tinha uma boa vida. Uma casa bonita de dois andares com arbustos podados e flores por toda parte. Grades de ferro. Cerca por toda a propriedade. A grama cortada e modelada em direção à rua. Ornamento de leão de bronze na porta. Até o cata-vento em cima das três chaminés estava polido e se movimentava sem fazer barulho.

Sam ficou parada, olhando fixamente para a porta. Hope, envolta em sua roupa imunda, não disse uma palavra.

— Quer que eu bata? — perguntei.

Ela balançou a cabeça, saiu e se sentou, assentiu mais uma vez e olhou para a frente.

Levantei meu chapéu.

— Qual é o nome dela?

— Mercy.

— Qual é o sobrenome?

— DuVane, acho. Ela... mudou algumas vezes.

Fui até a porta e bati. A empregada atendeu. Levantei meu chapéu, cumprimentando-a.

— Senhora, meu nome é Tyler Steele. Mora aqui uma senhora chamada Mercy DuVane?

— Não. — Ela balançou a cabeça e fechou mais um pouco a porta.

Eu tinha imaginado que isso poderia acontecer. Mostrei a ela minha identidade, para que se sentisse mais confortável. Ela olhou e me devolveu.

— Sabe se ela morava aqui?

— Senhor, eu trabalho para os McTinney. Eles compraram essa casa há mais ou menos um ano. — Ela se curvou para a frente e sussurrou.

— Compraram num leilão. — Olhou para os lados. — Da justiça.

Recuei um pouco.

— Desculpe incomodá-la. Obrigado pelo seu tempo.

Ela assentiu e fechou a porta.

Abaixei meu chapéu e voltei para a caminhonete. Quando cheguei lá, Samantha estava com os olhos cheios d'água e os joelhos tremiam. Abri a porta ao mesmo tempo que ela tirava Hope do carro. Tirou Turbo sem olhar para mim e disse:

— Estamos indo. Desculpe. Preciso... Estamos indo... — Ela mordeu os lábios, olhou para a esquerda, depois para a direita. — Por ali.

E foi caminhando em direção ao lado esquerdo da rua. Hope carregava Turbo e olhava para trás, arrastando o cobertor. Segui as duas com o carro por um quarteirão. Sam parecia inquieta, mas pelo que eu sabia sobre mulheres — o que não era muito e, com frequência, estava errado — era que ela precisava extravasar, não importava o que estivesse sentindo. Depois de dois quarteirões, ela parou, caminhou até o meio-fio, encolheu-se e pôs as mãos na cabeça. Puxei o freio de mão e mantive o carro ligado. Hope estava parada ali, segurando a gaiola, olhando para mim. Ajoelhei-me diante de Samantha.

No ano anterior, eu estava passando por uma estrada de terra, olhando umas vacas, e encontrei um cachorro. Ou melhor, o que restava de um cachorro. A sarna havia acabado com o pelo, as costelas estavam inteiramente expostas, cobertas de feridas. Ele estava deitado numa pilha na beira da estrada, lambendo as patas feridas. Sua boca espumava e umas cem moscas cercavam seu focinho. Parei e baixei o vidro. Ergui minha pistola calibre .22 e o encarei. Sua respiração estava fraca. À beira da morte. Nem todo o remédio do mundo o ajudaria. Pensei bastante, mas não atirei naquele cachorro. Eu devia — seria um ato de compaixão —, mas não o fiz. Deixei que ficasse ali, lambendo a si mesmo. Voltei no dia seguinte e um urubu estava comendo o que restava dos olhos dele. Pensei em atirar no urubu, mas isso não traria o cachorro de volta. Fiquei pensando naquele cachorro por muitos dias, tentando entender sua história. Será que alguém o abandonara? Deixara de alimentá-lo? Será que era um cachorro agressivo? O que o tornara agressivo? Como chegara àquele ponto? Como, em nome de Deus, ele chegara àquele ponto? Aquele cachorro não fora sempre assim. Houve um momento de virada. Mas qual teria sido esse momento?

Examinei o corte acima do olho de Sam e a imagem daquele cachorro me veio à mente. Se eu deixasse daquele jeito, será que um urubu viria e comeria o olho no dia seguinte?

Levantei-me e estendi uma das mãos.

— Vamos.

Ela me olhou, mas não se mexeu. Falei com uma voz suave.

— Senhora, por favor, me deixe ajudá-la.

Ela levantou os olhos para mim com certa descrença.

— Por quê? — Hope ficou atrás dela. — Por que você faria isso?

— Digamos que eu assisti a muitos filmes de faroeste na infância.

Ela balançou a cabeça.

— Você precisa me dar uma explicação melhor do que essa.

— Não sei se tenho uma resposta melhor.

Sam se levantou, com os dedos entrelaçados, passando o polegar por cima dos outros. Começou a balançar a cabeça. Não conseguia enxergar nada além dos próximos quinze minutos.

— Um hotel, talvez. Para que a gente consiga pensar em alguma coisa.

Ela estava cedendo. Eu já tinha visto isso antes.

Repousei o rato gordo em sua gaiola no banco do carro, me certifiquei de que estavam com o cinto de segurança no banco traseiro e lá fomos, nós três, atrás de um hotel.

Eu tinha um em mente.

A Big Easy é uma das cidades mais sujas que já visitei. Já estive em Nova Orleans umas dez vezes a trabalho. Anos atrás, eu trabalhava para o governo, e o sujeito que era meu chefe sempre ficava no mesmo hotel. E aqui estamos. Dirigi direto para cá: Canal Street, 921. Já fazia alguns anos desde a minha última visita. OK, mais do que alguns. Me perguntei se eles se lembrariam de mim. Existe uma coisa engraçada sobre o Ritz-Carlton: seus funcionários têm uma memória impressionante.

Entrei com o carro pelos fundos e deixei o motor ligado.

— Esperem aqui. Eu já volto.

Os olhos de Sam estavam tão arregalados quanto uma moeda de 50 centavos. Hope estava boquiaberta.

O porteiro abriu a porta e eu me dirigi a um balcão que parecia ser a recepção. Esperei um pouco até um hóspede se afastar e o hall ficar vazio. Queria ver quem estava trabalhando na recepção. Ela remexeu em alguns papéis e coçou a cabeça com um lápis.

Bingo!

Marleena me viu, gritou, fechou o laptop com um tapa e veio correndo na minha direção, os braços abertos. Eu disse que eles tinham boa memória.

A Srta. Marleena tem um pouco mais de um metro e sessenta e com uma comissão de frente bastante avantajada. Ela tem uma artrite severa, então fica sentada à mesa e faz o que pode. E isso significa, basicamente, sorrir e abraçar pessoas. Ela gosta de dizer às pessoas que é "muito mulher e que tem muito amor". Marleena me abraçou, pressionou seus seios enormes no meu peito e me puxou para me dar um beijo no rosto.

— Tyler Steele... Meu Deus!

Um dos porteiros empurrava um carrinho para o elevador. Ela gritou:

— Olha quem está aqui! Me deixa olhar para você. — Ela virou meu rosto, avaliando meu pescoço. Passou o dedo na cicatriz, onde a pele era repuxada, e seus lábios ficaram tensos. Percebeu meu aparelho auditivo. — Fiquei sabendo disso. Todos nós soubemos. Como você está?

Continuei segurando o chapéu.

— Como se meu time estivesse ganhando.

Ela pressionou meu rosto com sua mão carnuda.

— Adoro quando você diz isso. Eu sempre adorei.

— Bem, estou melhor do que mereço. E você?

Marleena apontou para trás.

— Estou sentada naquela cadeira há dezessete anos e estou ótima. Não posso reclamar. Contanto que o Katrina não volte. — Ela segurou minha mão. — Está de volta ao trabalho? Precisa que eu o acomode nos quartos de sempre?

Balancei a cabeça.

— Não, não estou a trabalho. Estou aposentado. Mas preciso de um favor.

— Querido, é só pedir. Não me importo se precisar expulsar o Bono do sétimo andar. Basta me dizer.

— Preciso de um quarto.

— Um ou dois?

— Um só. Para elas. Uma noite. Talvez duas. Nada muito chique. O que você tiver.

Ela ficou olhando para a caminhonete.

— Perfeito. O que mais?

— Aquelas garotas ainda trabalham na loja de roupas aqui do lado? Aquela que tem jeans caros e desbotados, que já vêm com buracos?

Ela assentiu.

— Todos os dias.

— Você pode pedir a elas que levem algumas coisas até o quarto?

— Apenas me diga o tamanho e a cor.

— Mais uma coisa... e aquele médico? Aquele que atendia nos quartos?

— Tenho o número dele nos contatos de emergência.

— Pode chamá-lo antes das outras coisas?

Seu rosto mudou. Ela estava pronta para entrar em ação.

— Precisa de ajuda com as malas?

Balancei a cabeça.

— Não, senhora. Elas não têm malas.

— O governo vai pagar essa conta?

— Não, senhora.

Fui até a caminhonete, abri as portas, segurei a gaiola e conduzi Sam e Hope até o balcão. A expressão no rosto de Marleena mudou novamente quando nos viu chegando. Ela agarrou a mão de Hope e disse:

— Bonequinha, venha com a mamãe Marleena e... meu Deus, menina!

Ela examinou o rosto e os braços de Hope, e se virou para o porteiro.

— George, busque a Srta. Vicky para mim, por favor, querido. Diga que estou no sexto andar e depressa.

George assentiu e desapareceu.

Marleena nos acompanhou até o elevador, usou sua chave para que pudéssemos chegar ao andar exclusivo e começou a cantarolar. Sam e Hope pareciam estar em estado de choque. Saímos do elevador, e Marleena nos conduziu até o fim do corredor.

— Vamos entrando todo mundo.

Na porta, estava escrito: SUÍTE TRAVIS.

Sam caminhava como se tivesse acabado de descer em Marte. Hope parou na porta e pôs o dedo perto da campainha. Marleena ficou observando.

— Está tudo bem, pode tocar.

Hope apertou o botão e uma versão eletrônica das primeiras notas de Cânone em ré maior começou a tocar. Elas entraram no quarto, e Marleena prontamente pegou o telefone.

— Dr. Micheaux, por favor. — Ela fez uma pausa. — Aqui é a Marleena. — Outra pausa. — Oi, doutor, como vai? — Começou a balançar a cabeça. — Queria saber se pode fazer um atendimento aqui no hotel. Isso... Que tal... — Deu uma olhada em Sam e Hope. — Em uma hora. Sim, senhor, encontro o senhor no elevador. Obrigada, doutor.

Ela desligou e se virou para Sam e Hope.

— Sintam-se em casa, vocês duas. Tomem um banho. Volto daqui a uma hora. Se precisarem de algo, disquem o zero. Vai tocar aqui nesse telefone, que está no meu bolso.

Sam e Hope balançaram a cabeça ao mesmo tempo, concordando. Marleena foi embora, enquanto as duas vagavam pelo quarto examinando tudo com os olhos, mas sem tocar em nada. Piso de mármore, móveis de mogno, três tipos de cortinas, pinturas a óleo originais, uma geladeira cheia, cama *king-size*, TV de plasma, aparelho de som. Depois de um tempo, Hope entrou no banheiro e gritou:

— Mamãe!

Sam foi correndo até o banheiro e encontrou Hope apontando para um canto. Ela vira a banheira. Era grande o suficiente para quatro pessoas. Sam se virou lentamente para mim, apontando para o quarto.

— É dentro da lei isso?

Eu ri.

— Sim, é legal.

— Você vende drogas?

Outra risada.

— Não, eu não vendo drogas. Ainda não, pelo menos. Embora muitas oportunidades já tenham aparecido.

Abri a porta. Atrás de mim estava uma cadeira no hall, onde eu passaria quase uma hora.

— Tomem banho e chamem se precisar. Estarei aqui. Ah, me entreguem suas roupas quando saírem para que eu as lave.

Ela franziu a testa.

— Você vai lavar a minha roupa?

— Não exatamente. Mas vou entregá-la a alguém para lavar, secar e dobrar para vocês e depois vão embrulhá-la em papel e amarrar um lacinho nelas.

— Deixa eu ver se entendi... a fada da lavanderia vai lavar as minhas roupas e depois embrulhá-las em papel com um lacinho simplesmente porque você quer?

A descrença de Sam era visível.

— Sim, senhora.

— O que você quer em troca?

— Nada.

— Olha, somos dois adultos. Tudo tem um preço.

Eu me sentei na cadeira.

— Vou ficar esperando aqui.

Ela fechou a porta, mas acho que não a convenci.

Cinco minutos depois, sentado na cadeira e tentando entender a situação toda, Sam abriu a porta e me entregou as roupas. Estavam amassadas e enfiadas numa sacola plástica.

— Se a gente não precisasse vestir isso de novo, eu diria para jogar fora.

Do outro lado da porta, ouvi Hope brincando na banheira. Peguei o elevador até o térreo e me dirigi à mesa de Marleena. No caminho, mexi na sacola e encontrei a carteira de motorista de Samantha no bolso traseiro da calça. Além disso, encontrei o pequeno diário de Hope no bolso do moletom imundo que ela usava.

O Dr. Jean Paul Micheaux me deu um aperto de mão e sorriu.

— É muito bom revê-lo, meu amigo. Como você está?

— Bem, e o senhor?

— Não posso reclamar. Me conte sobre essas duas.

Eu disse o que sabia, então batemos à porta do quarto. Hope atendeu a porta vestindo um roupão felpudo branco que arrastava no chão. Sam estava atrás dela, cabelo molhado, roupão idêntico, mas o dela ia até os joelhos. Um corte acima de seu calcanhar me dizia que ela havia raspado as pernas.

— Doutor, essas são Sam e sua filha, Hope. — Gesticulei para que entrasse. — Sam, Hope, esse é o Dr. Jean Paul Micheaux. Eu o conheço há anos. Ele já me costurou algumas vezes, e agora vai cuidar de vocês. Vou estar do lado de fora.

Quinze minutos se passaram, o elevador emitiu uma campainha e uma mulher desceu no andar usando jaleco branco. Carregava um estetoscópio e uma mala. Ela bateu à porta e o médico a recebeu. Mais quinze minutos se passaram e a mulher foi embora. Alguns minutos depois disso, Jean Paul abriu a porta e saiu.

— Dei três pontos no supercílio de Sam e receitei analgésicos. Ela levou um golpe forte na cabeça. Deve estar com uma leve concussão.

— Eu vi. Foi uma pancada e tanto.

Ele cerrou os dentes e balançou a cabeça, em um gesto de desaprovação.

— Quanto a Hope, receitei vários remédios. E o mais importante: ela está com sarna.

— Sarna, doutor?

— Ácaros. Acontece quando se vive em condições de imundície. Prescrevi uma pomada tópica que ela vai precisar usar no corpo inteiro por uns dias e, então, vai ficar bem. Segunda coisa: vou deixá-la à base de corticoides por uns dias para abrir suas vias respiratórias. Vai ajudar com a tosse.

— Alguma ideia da causa?

— Sim... gatos. Ela é alérgica. Sam disse que estava tentando conseguir dinheiro para comprar o remédio no posto de caminhões, mas teve algum problema. Foi quando vocês se conheceram.

— Sim, doutor, mas eu não sabia de nada sobre corticoides.

— Aposto que não é tudo o que não sabe. — Ele fez uma pausa. — A garota... Hope... ela está com... bem, por isso pedi que a Dra. Greene viesse. Era a mulher que estava aqui. Precisávamos registrar qualquer evidência remanescente.

— Evidência, senhor? — Eu estava com um mau pressentimento sobre o rumo que as coisas estavam tomando.

Ele revirou os óculos de leitura que segurava.

— Ela está com algumas lacerações na sua, bem, onde uma menina não deveria ter lacerações.

— Senhor?

— Entrada forçada.

Subitamente, eu me senti muito mal. Fiquei olhando para o chão.

— Isso explica o sangue no cobertor.

Ele assentiu.

— Explica. Havia pouca, se alguma, evidência, e é melhor que uma mulher faça esse tipo de coisa. A menina não estava gostando da ideia de deixar ninguém olhar. A Dra. Greene ajudou bastante.

— Vou ligar lá para baixo e pedir a Marleena que espere antes de lavar as roupas que mandei. Talvez exista alguma evidência nelas.

— É uma boa ideia, embora eu duvide que vamos encontrar algo.

— O que podemos fazer?

Ele balançou a cabeça.

— Ela vai tomar antibióticos preventivos, mas não posso receitar nada para o que realmente dói.

Assenti, retirando o chapéu com as mãos.

Ele fez uma pausa.

— A Srta. Dyson pediu que eu contasse a você... que quando ficou sabendo... dos cortes... ela ficou muito abalada.

Dei um aperto de mão nele.

— Não tenho como agradecer ao senhor.

Ele baixou a gola da minha camisa, expondo meu pescoço.

— Ouvi falar sobre o que aconteceu. Li a respeito. Estava em todos os jornais. Ligue se precisar de alguma coisa. Qualquer coisa. E Tyler?

— Diga, senhor.

— As duas são pessoas boas. Faça o que puder.

— Vou fazer. Obrigado novamente.

Ele entrou no elevador e eu fiquei vagando pelo hall, pensando na situação em que havia me metido e em como faria para bater à porta. Alguns minutos depois, a porta se abriu e Sam acenou para mim. Ficamos parados em um canto do quarto, em frente a uma pia de mármore, enquanto Hope brincava na banheira, com a porta fechada. Nova Orleans reluzia pela janela.

Sam esfregou as mãos, olhando para trás.

— Ela adorou a banheira. Diz que parece uma piscina. Está com uns dez centímetros de espuma.

A Bourbon Street ficava a duas quadras do hotel. Uma multidão cruzava as ruas como formigas.

— Diga para nadar quanto tempo quiser. Temos água quente à vontade e podemos pedir mais espuma.

Ela se virou, os braços pendendo ao lado do corpo. Estava tremendo.

— Que tipo de homem...? — disse ela para seu próprio reflexo no vidro. As veias do braço estavam saltadas. Sam se virou. — Você deve estar se perguntando que tipo de mãe...

Eu a interrompi.

— Senhora, eu não estou julgando.

— Dá para parar com isso?

— O quê?

— De me chamar de senhora.

— OK.

— Sinto que preciso contar...

Parte de mim questionava se seria melhor para mim que ela tivesse um advogado presente, mas outra parte me julgava por ter pensado na primeira parte. Décadas na polícia podem deixar um homem descrente. A maneira como se vê o mundo muda. E também nos torna muito bons em ler pessoas, e minha leitura dizia que ela não fazia ideia daquilo.

— Você não precisa me dizer nada.

— E se eu quiser? E se eu precisar...

Esperei.

— Ele ficava bonito de uniforme. Limpo. Sabia sempre o que dizer. — Ela riu. — Não tinha ficha criminal. Nem agente de condicional. —

Ela deu de ombros. — Tinha um pouco de dinheiro. Pensei: "Ele não deve ser ruim." Comprava coisas caras para mim. Nós tínhamos uma casinha. Um cômodo anexo ligado à casa principal por uma passagem coberta. Ele tinha construído para a mãe antes de ela falecer. Que homem adulto ainda ama a mãe? Eu não sabia que ele... até um dia em que fiquei até mais tarde, fechando o caixa no trabalho. Liguei para saber de Hope. Ela não atendeu, o que era estranho. Ela sempre atendia. Então liguei para Billy e ele não atendeu, e eu sabia que ele tinha que estar lá, porque não a deixava sem...

Sam se interrompeu por um instante.

— Então perguntei ao meu chefe se eu podia ir embora mais cedo e ele disse que sim. Fui para casa e Hope não estava no anexo. Ela estava na casa. — A voz de Sam ficou mais baixa, e ela repassou o evento em sua mente. — Eu chamei por ela, mas ela não respondeu. Chamei novamente e ela não respondeu. Então encontrei Hope sentada na cama. Nua. Com os joelhos dobrados no peito com... meu bebê...

Sam se virou e enxugou as lágrimas.

— Vi o sangue e a forma como ela estava sentada. O tremor. A expressão no rosto.

Os olhos de Sam se encheram de lágrimas.

— Peguei Hope, roubamos o carro e... — Ela tremia. — Eu juro que não sabia.

Uma pausa. Arrisquei.

— Qual é o nome dele?

Ela ficou olhando fixamente para a janela que dava para a Bourbon Street até o outro lado do Mississippi.

— Billy Simmons. Esse é o nome do maldito.

Então ouvi uma batida à porta. Uma voz soou do outro lado.

— Sra. Sam, é a Marleena.

Entreguei uma toalha a Sam e ela secou as lágrimas.

Marleena entrou com mais duas garotas que traziam duas araras de roupas.

— Obrigado, meninas — eu agradeci.

Um som ecoou do banheiro.

— Elas podem escolher o que quiserem. Me entreguem a conta depois.

Saí do quarto, fui caminhando até o fim do corredor e liguei do celular. Ela atendeu depois de dois toques.

— Deborah Vinings.

— Olá, como está?

— Olha... Se não é o Clark Kent quem está ligando! Estava me perguntando quando você voltaria para a minha vida com uma ligação.

— Queria saber se posso te incomodar com uma coisa.

A voz ficou mais gentil.

— Você sabe que sim. Do que precisa?

— De qualquer informação que possa me dar sobre um homem da lei de algum lugar do sudeste. Algum lugar perto de San Antonio... Billy Simmons. Pode ser da SWAT ou da divisão de narcóticos.

— Mais alguma coisa?

Fiz uma pausa.

— Sim, eu tenho um número de carteira de motorista.

— De quem é?

— Estava torcendo para você me responder isso.

— Vá em frente.

Li o número para ela.

— Me dê algumas horas.

— Sim.

— Seu telefone é o mesmo?

— Número? Sim. Aparelho, não.

Ela riu.

— Ouvi algo sobre isso. Duvido que a Motorola faça telefones à prova de fogo.

— Ainda não. Talvez eu devesse escrever para eles. Obrigado, Debbie.

— Não precisa me agradecer.

— Bem, obrigado do mesmo jeito.

# CAPÍTULO 8

Do lado de fora do quarto, eu conseguia ouvir a risada de Marleena. Fiquei sentado ali girando o diário da menina nos dedos. Ela havia colado alguns adesivos da Tinker Bell na capa. Eu não deveria, mas fiz. Abri o diário. A primeira página dizia:

Querido Deus,

Minha lanterna está morrendo, então fica mais difícil de enxergar embaixo da coberta, mas eu gosto daqui. É tipo uma cabana particular. Está tudo em silêncio agora. A mamãe está no trabalho. Segundo turno. Sai à meia-noite. Duas da manhã, se pedirem para ela fazer hora extra. Gosto de esperar acordada porque ela está cansada e não tem dormido muito bem. Eu sei disso porque fico sentada ao lado dela olhando. Às vezes faço carinho nas costas dela e ela volta a dormir. Mas, durante o dia, ela esfrega as mãos e fica pressionando a palma na testa ou esfregando o pescoço.

Consigo respirar bem na maior parte do tempo. Já faz um tempo que não vou ao hospital. A última vez foi na Geórgia, quando minha garganta fechou. Mamãe paga as contas do hospital quando pode. Ainda vai pagar por muito tempo. Eu disse para ela que vou comprar um bilhete de loteria quando conseguir algum dinheiro.

Minha tosse está melhor. Bem... para ser sincera, porque você saberia se eu estivesse mentindo, não acho que esteja melhorando. Mamãe acha que está até piorando. O remédio acabou de novo. Mamãe disse que vai ter dinheiro suficiente para comprar mais quando receber o próximo salário. Eu disse que não preciso, mas, na verdade, consigo respirar melhor com ele.

A boa notícia é que eu acho que a mamãe realmente gosta do Billy e eu acho que gosto dele também. Ele é muito limpo e bom no trabalho dele. Mamãe diz que ele é muito envolvido com a comunidade e que recebeu alguns prêmios por fazer boas ações para pessoas e crianças. Mamãe diz que ele fica bonito de paletó e gravata. E ele tem muitas gravatas. Diz que ele é "bonitão". Tem uma foto dele com o prefeito na parede do lado da televisão. E algumas matérias de jornal. A mamãe diz que acha que ele é um homem bom. Ele é muito gentil com ela. Deixa a gente ficar nesse cômodo de graça. Fica bem atrás da casa dele, com um pequeno caminho de pedras até a porta dos fundos. Nós estamos aqui há algumas semanas.

Na noite passada, Billy voltou para casa antes da mamãe e bateu à porta, perguntando se podia entrar, eu disse que sim, claro. Então ele se sentou na cama e botou os braços em volta de mim, e ele é muito forte. Ele malha muito. Tem uma veia imensa no braço que parece um pedaço de barbante ou uma corda. A gente ficou só conversando como adulto. Ele me fez algumas perguntas e depois ouviu as respostas. Realmente ouviu. Acho que nunca nenhum homem adulto tinha me ouvido antes. Depois me disse que, um dia, eu seria uma linda mulher, coisa que ninguém nunca me disse antes.

Sabe, nenhum dos outros homens com quem minha mãe namorou me tratou assim. Nunca perguntaram o que eu pensava ou disseram que eu era ou seria bonita. Ele foi legal. Não me tratou como se eu fosse um problema. A gente até tomou sorvete no balcão da cozinha. Ele deixou que eu tomasse três bolas e eu fiz uma cobertura de jujuba e chocolate granulado. Disse que não contaria para a mamãe. Que seria um segredo nosso. E que, às vezes, segredos são bons, e que tudo bem se a gente tivesse um segredo e pediu para eu prometer não contar. Prometi. Porque eu gosto de sorvete. E também gosto do jeito que ele bota as mãos nas minhas costas. Faz com que eu me sinta bem. Faz com que eu me sinta amada. Como se estivesse me abraçando. Ele tem um cheiro bom. A mamãe disse que gosta do cheiro dele.

Terminei de ler o primeiro dia e precisei me esforçar para parar de ranger os dentes. Passei para o dia seguinte.

Querido Deus,

Na noite passada, enquanto a mamãe estava trabalhando e o Billy e eu estávamos tomando sorvete escondido, ele me perguntou se eu sabia como as mulheres se tornam mulheres. Eu disse que não, então ele cochichou como acontece. Disse que, se eu quisesse, quando estivesse pronta, ele me ajudaria. Que a escolha era minha. Não estava me pressionando. Disse que seria um segredo nosso. Que nem o sorvete. Disse que algumas vezes são o suficiente. Disse que toda garota faz isso. Disse que não dói e é natural. Tipo, é como nossos corpos foram feitos para funcionar. Disse para eu pensar no assunto e conversarmos mais no dia seguinte, que já é hoje. Eu estava pensando que talvez devesse falar com a mamãe sobre isso, mas aí eu teria que falar do sorvete também. E ela não vai ficar nem um pouco feliz se eu contar. Além disso, eu prometi que não contaria, e ele é um homem muito bom. Até a mamãe fala isso.

Virei a página. Não estava pronto para o que encontrei.

Querido Deus,

Ele mentiu. Dói. Eu não gostei. Se é assim que se vira mulher, eu não quero ser mulher.

Fechei o diário e me xinguei por tê-lo aberto.

# CAPÍTULO 9

Meia hora depois, as duas garotas saíram com as araras, seguidas por Marleena. Ela as acompanhou até o elevador e, em seguida, voltou para falar comigo.

— Querido, tem certeza de que não quer um quarto?
— Não, eu já pedi o suficiente. Não vai esquecer de me mandar a conta?

Ela inclinou a cabeça de lado.

— Vai levá-las para jantar?
— Ainda não tinha pensado nisso.

Ela ergueu as sobrancelhas.

— Dá para ver as costelas delas.

Fiquei olhando fixamente para a porta.

— Elas parecem estar com fome.
— Quer que eu faça uma reserva?
— Eu não tenho certeza se elas vão querer ir a algum lugar. Elas têm... ido a lugares demais ultimamente.

Marleena coçou o queixo.

— Quer que eu peça ao chef Cleo que prepare alguma coisa especial?
— Acho que elas vão gostar disso. Ainda tem aquele lugar...

Ela assentiu e se dirigiu ao elevador.

— Por volta das sete, então?

Marleena era o tipo de mulher que despertava a vontade de se sentar em seu colo e ficar um tempo nele. O aconchego daqueles seios podia deter uma bomba nuclear.

— Sim, senhora.

Marleena desapareceu e a porta do quarto foi aberta. Turbo veio correndo, conferindo cada canto do quarto e largando fezes pelo carpete. Hope veio atrás. Ela estava de roupão, engatinhando atrás dele. Ainda não tinha dito uma palavra a mim. Ela parou, levou Turbo até o ombro, evitou olhar para mim e fez um gesto na direção da porta.

Sam estava parada perto da janela novamente. Entrei, sentindo-me como um gato flagrado com a pata no aquário. Entreguei a carteira de motorista a ela.

— Você esqueceu no bolso da calça.

Em seguida, entreguei o diário.

— Estava no saco da lavanderia. Achei que ela gostaria de ficar com isso.

Sam assentiu. Sentou-se na cama. Aposto que ela gostaria de saber se eu havia lido, a janela para a vida delas, mas perguntar abriria uma caixa de Pandora que ela não gostaria de abrir naquele momento. Talvez eu devesse contar que tinha lido, mas ainda havia muitas questões sem resposta.

Suas mãos não paravam quietas. Ela mordia os lábios.

— Quando eu conseguir um lugar para ficar, acho que ainda preciso receber mais um cheque do Walmart, então vou mandar dinheiro para você. Por tudo isso. Eles eram bons patrões. Devem me mandar o dinheiro.

Ela balançou a cabeça. Sua voz ficou mais baixa por causa da vergonha.

— Eu nem sempre fui assim.

Olhei para o relógio. Eram quase quatro da tarde.

— Por que vocês não dormem um pouco e...

— Por que você sempre faz isso?

— Isso o quê?

— Ignora as pessoas que estão tentando agradecer.

— Eu não estou fazendo nada disso pelo agradecimento. Senhora... Sam, por que não tenta ficar sem pensar nas próximas horas. Dorme um pouco, descansa. Amanhã a gente pensa no amanhã.

A televisão era de tela plana e parecia ter quase cinquenta polegadas.

— Assiste a um filme enquanto eu vou buscar os remédios. Vamos jantar às sete da noite. Pode ser assim? — Peguei as receitas na mesa. — Relaxem, vocês duas. Coloquem os pés para cima. Assaltem o frigobar. Tomem uma bebida. Ou duas. Parece que você está precisando de um drinque. Vou estar de volta pouco antes das sete.

## CAPÍTULO 10

Eu precisava de ar fresco, então saí um pouco. Respirei tudo o que pude. Fui caminhando até o rio Mississippi e fiquei observando a água correr. Imaginei Huck e Jim remando ao longe. Talvez Tom Sawyer logo atrás. Esse pensamento me levou para longe por um instante. Esse era um dos meus livros favoritos. Um dos poucos que li mais de uma vez.

Fui até a farmácia e gastei 407 dólares em remédios. Esse valor me fez querer entrar na caminhonete e dirigir para bem longe dali. Estava na fila do caixa pensando se ainda tinha limite no cartão de crédito quando reparei numa pilha de cobertores de flanela. A etiqueta dizia que eram "fofinhos". Enrolados, esperando pelos clientes — como eu. Tinha um azul-claro com estampa de anjos. Tinha outro, rosa-claro, da Tinker Bell. Achei que ela iria gostar.

Dobrei a esquina e entrei numa livraria. Encontrei um dicionário de bolso por cinco dólares. Tinha uns dez centímetros de largura, então concluí que ela poderia achar praticamente qualquer palavra que precisasse. Atirei o dicionário na sacola dos remédios e voltei para o hotel. Caminhei mais devagar dessa vez.

Reparei as rachaduras na calçada enquanto refletia sobre o futuro. Não vou mentir. Estava começando a me perguntar sobre onde havia me metido. Para ser sincero, gostaria que outra pessoa estivesse no meu lugar. Eu já tinha problemas suficientes. Entrei no hotel pela garagem e fui até a lateral da minha picape, onde comecei a me arrumar para o jantar. Tinha estacionado num canto, o que me dava alguma privacidade. Além do mais, não havia ninguém lá além dos manobristas. Eu estava começando a exalar um cheiro desagradável, então tirei a camisa e limpei as axilas com lenços umedecidos.

Usei o desodorante, fiz a barba com ajuda do espelho retrovisor, passei loção pós-barba, me sentei em uma cadeira dobrável ao lado da caminhonete e enrolei um cigarro. Lino tinha seu cobertor. Eu tenho minha picape e meus cigarros.

Às seis e meia, ouvi passos de chinelos no estacionamento. Apressados. E determinados. Procurei e vi Sam caminhando na minha direção de roupão e cabelo molhado. Ainda pingando.

Eu me levantei, ajeitei a camisa e a enfiei dentro da calça.

Ela veio até bem perto de mim, invadindo meu espaço. Levantou um dedo e ergueu as sobrancelhas, formando um arco, depois elevou uma mais alto que a outra. Olhou ao redor da caminhonete, deu um passo para trás e apertou os lábios. Sam havia aceitado meu conselho e tomado um drinque.

— Você não está realmente pensando em ficar aqui, está?

Respirei fundo.

— Olha, eu me sinto tentado a mentir para que você não se sinta mal, mas essa picape e eu temos uma história. Já passei muitas noites nela e me sinto tão confortável aqui quanto lá em cima.

— Marleena disse que poderia arranjar um quarto para você.

— Eu sei, mas estou bem por aqui.

Os ombros dela se encolheram ainda mais.

— O nosso está custando muito, não é?

— Esse lugar é muito caro, sim. Mas eu costumava ficar muito aqui a trabalho, então Marleena está me dando o mesmo desconto.

— E quanto custa?

— Noventa e nove dólares.

Ela franziu a testa. As mãos na cintura.

— Você está pagando cem dólares por aquele palácio nas alturas? Aquele quarto provavelmente custa uns 600 ou 700 dólares por noite. — Ela fez uma pausa. — Eu nem sempre fui tão miserável.

— Não brinca... Eu não mentiria para você. Além do mais, se o seu amigo Billy vier atrás de vocês, esse seria o último lugar onde ele olharia.

Me ver ali, e não em um quarto opulento do hotel, deixou Sam desconcertada. Ela se recompôs, deu um passo para trás e cruzou os braços. Ainda estava molhada do banho no peito e nas orelhas. Estava limpa e renovada.

— Eu preciso saber uma coisa.

— OK.

— Você quer sair?

— Não sei se entendi.

Ela amarrou o roupão bem apertado. Ao fazer isso, pude ver rapidamente o que estava dentro dele. Admito que meus olhos quiseram ver.

— Somos adultos. Eu já sou crescidinha. Você pode ir embora agora, a gente vai partir de manhã e ninguém sai perdendo mais do que já perdeu. Eu vou mandar dinheiro...

— Você tem alguma outra opção?

— Além de qual?

— Além de mim. Se eu for embora, qual é a sua outra opção?

Ela apertou ainda mais os lábios. Desviou o olhar para a entrada da garagem.

— Vou pensar em alguma coisa.

— OK, então pense em alguma coisa agora.

Ela cruzou os braços.

— Estou tentando dar uma saída para você. Se eu fosse você, gostaria de ter uma. Se eu fosse você, aceitaria.

— Bem... eu não sou você.

— Não me diga que não pensou nisso.

— Claro que pensei. Quase toda hora. Mas, sempre que penso no que pode acontecer, vejo coisas ruins.

— Tipo o quê?

— Coisas que já vi antes.

— Mas você nem me conhece.

— Mas o que já vi me diz que você precisa de ajuda. Agora, não posso oferecer muita coisa, mas posso levar você de volta para o lado oeste, para casa, que era para onde eu estava indo quando tudo isso começou. Isso daria a você algum tempo. Poderia começar de novo. Encontrar algumas alternativas. Começar em algum lugar.

Ela ergueu as duas sobrancelhas.

— Você faria isso?

— É uma cidade pequena. Daquelas em que todo mundo sabe da vida de todo mundo, mas são pessoas boas. Pelo menos a maior parte delas.

— Por quê?

— Bem, elas são assim, ou seja...

— Não, não elas. Você. Por quê?

Eu me sentei. Olhei para o relógio e comecei a enrolar um cigarro

— Uma vez, eu vi a alma de uma mulher se partir ao meio. Não foi... — lambi o papel — ... bonito. Prefiro não ver novamente. Não sou a melhor pessoa para julgar almas, ainda mais quando o assunto é mulher. Aliás, sou mesmo horrível. Mas posso arriscar que a sua está bem próxima disso. O fato de eu ter acabado de te conhecer não muda muita coisa. — Dei de ombros. — Uma alma é uma alma.

Ela ficou parada de braços cruzados, tentando me avaliar. A perna esquerda estava exposta pela abertura do roupão. Tentei não olhar, mas era difícil. Minha mulher e eu não dormíamos na mesma cama havia três anos. Eu sou um homem, não um idiota.

Ela se aproximou mais, olhando para o cigarro.

— Por que está fazendo isso?

— Me lembra o meu pai.

— Como?

— Ele enrolava cigarros sempre que estava pensando ou prestes a dizer algo importante. Isso geralmente marcava um momento significante.

— Você está prestes a dizer algo importante?

— Ele também fazia isso quando estava passando por alguma coisa e não sabia como resolver ou agir.

— Ele fumava os cigarros que enrolava?

— Sim.

— E você?

— Não.

— Por que não?
— Fumar não é o importante.
— Ele ainda está vivo?
— Não.
— Ele morreu de câncer no pulmão?
— Não.
— Do que então?
Uma pausa.
— Intoxicação por chumbo.
— Sinto muito. Foi algo que ele comeu?
— Mais ou menos.
Fiz uma pausa. Eu me virei para ela.
— Estava só tentando pensar se esse Billy Simmons vai tentar encontrar você. Quero dizer, ele está muito determinado?
Ela ficou olhando para o chão e mordeu um canto da boca.
— Bastante.
Eu disse que a verdade aparecia na segunda ou na terceira tentativa.
— Por que você acha isso?
— Quando cheguei em casa e encontrei Hope deitada, nua e tremendo na cama dele, ouvi a água correndo e concluí que Billy estava no banho, mas não sabia quanto tempo ele ficaria lá. Tirar Hope de lá foi a única coisa que me veio à mente. Mas aí eu vi a tela. Mais ao lado, na mesa, tinha um monitor de computador aceso, e Hope o encarava. Era o computador de trabalho de Billy. Nunca tínhamos tocado nele. Por fim, quando olhei mais de perto, encontrei uma pasta. Em sua maioria, vídeos. — Sam parou por um instante. — Estavam organizados por data, então cliquei num dos mais recentes. — Ela balançou a cabeça. — Era um vídeo dele comigo. Eu não sabia que ele tinha uma câmera ligada. Eu jamais... — Ela hesitou. — O último vídeo estava com a data daquele dia. Quinta-feira passada. O arquivo tinha sido modificado, ou criado, dez minutos antes da minha chegada. — Ela hesitou mais uma vez, esfregando as mãos. — Era com a Hope. Dava para ouvi-la... Então... ele tinha um pen drive e a luz estava piscando. Deduzi que estava salvando os vídeos nele. Aí tirei o pen drive do computador, enrolei Hope no cobertor, levei ela de volta

até o nosso quarto para a gente pegar o que podia e, nessa hora, ouvi a água do chuveiro ser fechada. Precisávamos passar pela casa principal para sair, então entramos escondidas e ficamos esperando no cômodo da frente enquanto ele saía do banho. Ouvi o barbeador elétrico dele, o que significava que tínhamos alguns minutos. Ou foi o que pensei. Tinha muita coisa na minha cabeça, eu estava com medo. Estava segurando Hope e deixei o pen drive cair no chão de madeira atrás do sofá. Sabe aquelas entradas de ventilação que ficam no chão?

Assenti.

— Caiu dentro de uma dessas. Eu conseguia tocar nele com a ponta dos dedos, mas não conseguia pegar. Eu precisava de uma pinça ou algo do tipo. A gente não tinha tempo. Quando ouvimos a porta do banheiro se abrir, saímos escondidas pela porta da frente, atravessamos a rua e eu roubei o carro da senhora que morava lá. — Ela balançou a cabeça e tentou rir. — Imagino que ele tenha percebido que a gente tinha fugido, depois viu que o pen drive não estava mais lá e aqui estamos nós. — Eu poderia acreditar nessa versão. Ela estreitou os olhos. Estavam repletos de medo. — Você acha que ele vai nos encontrar?

— Se ele for policial ou algo do tipo, vai conseguir os vídeos das câmeras de segurança do posto. Ele vai ver a minha caminhonete chegando, depois abastecendo e, em seguida, partindo com vocês dentro. Embora eu tenha coberto as placas antes de sair, ele pode identificá-las na entrada. — Assenti. — Sim, eu acho que ele vai procurar por nós. — Ficamos em silêncio por um instante. Eu me virei para ela. — A Hope... ela está bem? Quero dizer...

— Fisicamente, sim.

— Ela precisa de alguma coisa?

Sam balançou a cabeça. E continuou:

— Quando eu saí, não estava pensando com muita clareza. Só sabia que precisava sair de lá e não queria fotos minhas ou da minha filha publicadas, ou vendidas, na internet. Mas... a polícia poderia me ajudar? Quero dizer, se a gente fosse até uma delegacia, tipo agora, você acha que a polícia, e eu sei que é a minha palavra contra a dele, mas e se eu falasse do pen drive? Seria melhor se eles pudessem ver.

Assenti.

— Acho que essa seria uma boa ideia. Conheço alguns caras. Vou fazer algumas ligações. Vocês já passaram por muita coisa num dia só. Vamos deixar para amanhã os problemas de amanhã.

Ela se virou. Eu conseguia ouvir seu estômago roncar.

— Você ainda quer nos levar para jantar?

Entreguei os remédios a ela, que os colocou debaixo do braço.

— Sim, senhora.

— E você pode, por favor, parar de fazer isso?

— O quê?

— De me chamar de "senhora". Eu não sou a sua mãe.

Assenti.

— Sim, senhora.

Apontei para a sacola.

— Comprei um novo dicionário para ela. O outro está praticamente destruído.

Sam tentou sorrir, virou-se e foi embora.

— Senhora?

Ela parou, mas não se virou.

— Sam?

Ela se virou. Dei um passo em sua direção e segurei o chapéu.

— Eu devia ter dito isso mais cedo, mas... bem, eu li algumas páginas do diário da Hope.

Sam processou a informação, assim como a suspeita velada de que eu não confiava nela, enquanto eu devolvia o diário.

— Fique com ele. Pode ser usado como prova.

— Por que você está me contando isso agora?

— Porque não contar me parece uma farsa.

Ela assentiu e desviou o olhar.

— Sim, parece.

Fiquei olhando Sam se afastar com a certeza quase absoluta de que ela sabia que eu estava olhando. A maioria das mulheres sabe. Estava prestes a me perguntar o que meu pai faria naquela situação, mas ele me dera a resposta havia muito tempo.

Ela sumiu do meu campo de visão e meu telefone tocou. Era Debbie.

— Oi, querido. Você tem um segundo?

— Claro.

— Billy Simmons é um oficial condecorado da unidade de San Antonio. Tem foto dele em todos os jornais locais. Você estava certo, ele comanda uma equipe da SWAT. Claro que também é um ótimo jogador de softball. Treina meninos e meninas. Ganhou alguns campeonatos com o time feminino.

— E o número da carteira de motorista?

— Samantha Dyson. Sexo feminino. Mais nada. Nenhum mandado de prisão pendente nem multas de trânsito. Nada. Cidadã de 33 anos, da cidade de Cordele, Geórgia. Exemplar, pelo que pude ver.

Eu já imaginava. Isso decidia algumas coisas por mim.

— Ele está no turno de amanhã?

Ela foi conferir o calendário.

— Nenhum compromisso que eu possa ver, mas você o conhece... ele pode arranjar uma desculpa qualquer para não estar aqui.

— Peça para me encontrar na minha casa amanhã à noite. Pode ser?

— Com certeza. Ele estará lá.

— Obrigado, Debbie.

— Ah... Caubói?

— Sim?

— Está tudo bem?

Alguns segundos se passaram. Fiquei olhando o vidro enquanto Sam entrava no elevador e a porta se fechava.

— Vou manter contato. Obrigado novamente.

Desliguei o telefone e fiquei pensando. Nunca entendi como as pessoas podem trabalhar a vida inteira, ou parte dela, se aposentar e então — sem nenhuma razão aparente para o resto do mundo — voltar ao trabalho.

Até aquele momento.

# CAPÍTULO 11

*Em algum lugar na minha infância.*

O ponteiro menor marcava seis horas. E trinta segundos. Dei um nó duplo no meu All-Star, enfiei os livros debaixo do braço e escorreguei para fora da cadeira. Se eu conseguisse passar pela porta, até o corredor depois dos armários, eu tinha alguma chance. Sentia olhos me observando. Algumas risadas. Uma bola de papel me atingiu no pescoço. Três, dois...

O sinal soou e eu saí correndo da sala, me desviando das outras crianças que saíam da aula. Fui o primeiro a sair, pulei os degraus, corri pela calçada e me virei na direção da fila de ônibus. Entrei no segundo e escolhi o lugar de sempre, na primeira fileira. Eu pegava o ônibus até a casa da minha avó, onde esperava meu pai me buscar, para me levar para casa. Se ele estivesse de plantão, eu passava a noite lá. A motorista do ônibus, Sra. Webster, abaixou a folha de papel, me encarando por cima dos óculos.

— Bem... boa tarde, Tyler.

Meus joelhos tremiam. Eu olhava para ambos os lados.

— Senhora.

Os quatro entraram alguns minutos depois, cada um deles me dando um peteleco na orelha ou um tapa na cabeça. A Sra. Webster os observava pelo retrovisor acima de sua cabeça. Como eu estava sentado na frente, eles podiam me bater ao entrar, e não aleatoriamente, durante a viagem. Na semana anterior, a professora me pediu para tirar o lixo da sala. A lixeira ficava nos fundos da escola. Os ônibus ficavam na frente. Isso fez com que eu fosse o último a entrar no ônibus. Não era preciso ser um gênio para saber que eles me pegariam.

Haviam guardado um lugar para mim bem no meio. Deles.

Eram quatro, e a maioria tinha um apelido. Essa coisa do apelido havia começado no colégio. No verão anterior, eles nos obrigaram a ler *Vidas sem rumo* nas férias e, depois disso, todo mundo na escola ganhou um apelido, gostando ou não. Um garoto gordinho era chamado de "Punhos". Um magricelo com óculos fundo de garrafa era "Olhos". Stacey, um brigão do oitavo ano, tinha o apelido óbvio de "Brigão". E o quarto garoto era conhecido como "Buracos", porque era grande como um buraco negro. Era quase meio metro mais alto que os outros garotos do quinto ano e calçava 43.

A Sra. Webster não havia nem passado a segunda marcha quando Brigão esticou o braço e agarrou o elástico da minha cueca, enquanto Buracos se virava e segurava meus ombros. Brigão puxou tão forte que o elástico arrebentou, e a minha cueca foi arrancada para fora da calça. Durante toda a viagem, ele ficou segurando o prêmio. Depois, ele a pendurou no meu pescoço. Quando meus olhos se encheram de lágrimas, o bullying se agravou.

Eu me tornara bem mais esperto desde então, mas não era o suficiente.

O ônibus parou, a porta se abriu, enfiei meus dois livros debaixo do braço e desci, seguido por uma onda de diesel queimado e poeira do lado oeste do Texas. Eu sabia que não podia me virar. Saí andando. Meu par de All-Star de cano alto era apenas um borrão. Uma quadra. Depois duas. Na terceira, eu já estava sem fôlego e com um aperto no estômago. Parei, apoiei as mãos na cintura, respirei fundo, atravessei a rua e olhei para trás.

Dez dias antes, eu tinha entrado no banheiro e encontrei os quatro cercando uma cabine. Estavam rindo feito hienas. Ginny Prater estava parada na parede do fundo, sem saia nem calcinha. Estava chorando, fechando os joelhos, tentando puxar o suéter para cobrir suas partes íntimas. O sol refletia em seus óculos, que estavam no chão do banheiro.

Brigão se virou, levantou a mão e disse:

— Sai daqui. Isso não é da sua conta.

Eu não queria enfrentar o Brigão. Muito menos os quatro ao mesmo tempo. Então, para a decepção de Ginny, simplesmente assenti, fechei a porta e apertei com força o alarme de incêndio. Então fui caminhando normalmente pelo corredor enquanto o Sr. Turner corria de sua sala vazia para checar todas as portas entre a sala dele e a saída — a primeira era a do banheiro. Cada um dos garotos recebeu duas semanas de detenção depois das aulas e uma ligação para os pais. A detenção não era nada de mais. A ligação era. Cada garoto levou uma bronca.

Eu estava prestes a pagar pela bronca.

Mais tarde, fiquei sabendo que Ginny havia aceitado voluntariamente participar de uma espécie de "mostra o seu que eu mostro o meu". A coisa ficou ruim quando os garotos quiseram ver mais do que o combinado e ainda adicionaram o fator do toque.

Dobrei a última esquina e avistei a casa da minha avó. Corri pelas casas em busca de ar, virei na garagem e apertei o botão para abri-la. Não funcionou. Apertei com força. Estava trancada.

Bati à porta.

— Vovó! Vovó!

Do outro lado da porta, ouvi passos lentos e senti sua mão girando a maçaneta. Atrás de mim, ouvi passos pesados na calçada. Ela abriu a porta. Uma onda de café fresco saiu por ela. Ouvi o café borbulhando no fogão. Eu podia ver seu nariz e seus lábios.

— Tyler... Eu não vou deixar você entrar por essa porta.

— O quê? — Ouvi uma risada maléfica do lado de fora da garagem. Empurrei a porta, mas a corrente a segurou. Levantei minha voz. — Por quê?

Ela deu um passo para trás, olhando de cima para mim.

— Mais cedo ou mais tarde, você precisa encarar o que está encarando você.

E, dito isso, ela fechou a porta e virou a tranca.

Eu me virei lentamente. Estava assustado e começava a chorar. Queria vomitar. Fiz um pouco de xixi na calça. Brigão zombou de mim.

— Olha aí o bebezão. A mamãe não pode ajudar porque ele não tem uma mamãe.

Brigão foi o primeiro garoto que eu conheci que já fazia a barba, e eu não queria brigar com ele, mas ele tinha acabado de dizer a coisa errada. E algo sobre a maneira como ele disse isso despertou alguma coisa em mim. E, mais do que isso, fez com que eu esquecesse meu medo. Desci o degrau de concreto e atingi Brigão com um gancho forte. O sangue espirrou pela garagem como se um balão tivesse explodido. Ele caiu de joelhos e começou a balançar a cabeça e jorrar suco de tomate pelo nariz. Buracos e Olhos ficaram momentaneamente paralisados diante daquela visão, mas Punhos veio para cima de mim, então dei um chute na barriga dele o mais forte que consegui. Ele caiu de joelhos e começou a emitir sons como se estivesse prestes a vomitar. Quando estava vindo para cima de mim, Buracos acabou fazendo algum barulho, o que me alertou. Levantei a bigorna do meu avô, que ele usava para alisar metal e amolar facas. Eu só conseguia levantá-la a uns trinta centímetros do chão. Buracos veio na minha direção, e eu a larguei. A ponta da bigorna caiu em cima do pé dele, e ele gritou feito uma garotinha.

Brigão se recuperou, pulou em cima de mim, travou minha cabeça com os braços e me jogou na parede. Pouco antes de o meu rosto bater na viga, consegui me soltar e dei um chute para trás. Isso fez com que Brigão voasse como o Superman em direção ao seu próprio alvo. Se o nariz dele ainda não estava quebrado, havia sido quebrado agora. Ele ficou deitado no chão, gritando.

Olhos havia fugido, deixando seus óculos, manchados com o sangue de Brigão, no chão da garagem. Eu os peguei e os coloquei em cima da mesa de trabalho do meu avô para que não fossem quebrados. Respirei fundo algumas vezes, passei por cima de Buracos e bati na porta dos fundos. Eu estava tremendo, então coloquei meus polegares nos passadores de cinto do meu jeans. Minha voz estremeceu.

— Vovó...

A tranca girou e a porta se abriu. Ela estava ali, com café nas mãos.

— Posso entrar agora?

Ela levantou uma sobrancelha e olhou para a garagem. Punhos estava se contorcendo. Buracos segurava o pé, chorando. Brigão era uma massa vermelha.

Ela se afastou para o lado.

Fui até a geladeira e peguei o leite. Minha mão tremia enquanto eu me servia.

Minha avó ficou olhando para a garagem, concentrando-se primeiro em Buracos.

— Levante seu traseiro preguiçoso do chão. Você não está machucado. Um garoto grande como você!

Em seguida, olhou para Punhos.

— É bom começar a limpar essa bagunça do meu chão. O desinfetante está atrás de você. Stacey... — Ela o encarou. — É melhor eu ligar para a sua mãe. O Dr. Pipson talvez precise pôr isso aí no lugar.

Fui até os fundos da casa, tentando respirar e não chorar. Minha adrenalina estava acabando. Dei a volta na casa, onde ninguém poderia me ver, e vomitei tudo o que havia dentro de mim. Em sua maior parte, leite. Pedaços brancos se espalharam pelos meus jeans e tênis. Quando levantei, meu pai estava parado bem na minha frente. Estava encostado na casa, ao lado da janela. Duas guimbas de cigarro aos seus pés.

Estava com 40 anos. Mãos manchadas pelo sol, palmas calejadas, dedos grandes. Alto, magro, bronzeado. O homem Marlboro. Ele passou a mão nos meus cabelos.

— Você está bem?

Limpei a boca com a manga da camiseta.

— Sim, senhor.

Ele assentiu e tirou o saquinho de tabaco do bolso da camisa, abrindo-o com os dentes. Esticou um papel de seda com a mão esquerda, preencheu rapidamente de tabaco com a direita e, então, enquanto equilibrava o Carter Hall no papel, fechou o saco com os dentes, jogou-o de volta no bolso e enrolou o cigarro. Seus dedos eram firmes. Em seguida, juntou as pontas do papel, enrolou com uma girada rápida e lambeu. Apertado e cilíndrico, posicionou o cigarro na ponta dos lábios. Tirou seu Zippo do bolso da frente, acendeu a ponta do cigarro e fechou o isqueiro com a coxa.

Eu já o vira fazendo isso uma centena de vezes e, até hoje, é um dos sons que me traz a lembrança do meu pai. Ele tragou e a ponta reluziu um vermelho-claro. Soltou a fumaça e disse:

— O que você aprendeu?

O cheiro me envolveu. Enchi meus pulmões.

— Bata no mais forte primeiro, e bata o mais forte possível.

Ele assentiu, estreitando um olho só.

— E, então, se prepare para bater nele de novo, se não funcionar. Não importa o que faça, se planeje sempre para não dar certo. Desse jeito, sempre vai estar um passo à frente deles. E, se funcionar — sorriu —, seja grato. — Mais uma tragada forte. Um rubi brilhava entre seus dentes. — O que mais?

— Só porque são grandes, não quer dizer que sejam fortes.

— Às vezes isso é verdade. E... — Sorriu novamente. — Às vezes, são grandes e fortes. Cada vez é diferente. — Soltou novamente a fumaça. — Mais alguma coisa?

Encarei Punhos e Buracos pelo vidro, ainda sentados na garagem. A vovó tinha colocado o Brigão sentado nos degraus com gelo no rosto. Ela segurava o rosto dele inclinado para trás. Ele estava tossindo e cuspindo sangue. Olhei de relance para meu pai. Suas botas engraxadas, feitas por um homem que ele havia jogado na prisão chamado Dumps. Jeans engomado, cinto largo, camisa branca de botão, chapéu branco. Sua pistola .45, uma Les Baer feita sob encomenda, descansava no coldre Milt Sparks, acima do quadril direito. A estrela pendia no bolso esquerdo da camisa. Brilhava de tão polida. As pontas estavam gastas. Sussurrei e não consegui encará-lo.

— Pai, eu estava com medo.

Ele riu, bateu as cinzas e as limpou com o pé. Ajoelhou-se e olhou para mim. Às sextas, ele me levava ao drive-in e nós assistíamos, juntos, aos filmes do John Wayne. Sabíamos as falas de cor. Ele sorriu.

— Lembre-se, coragem é sentir medo...

— E, mesmo assim, montar — completei.

Ele tirou o cabelo da frente dos meus olhos.

— Sentir medo faz parte. É melhor do que não sentir. Uma pessoa sem medo provavelmente é arrogante e está prestes a arrumar alguma confusão. Acredite... é bom sentir medo.

— Você sente medo?

— O tempo todo.

— Mas... você é um Texas Ranger.

Nós nos sentamos e nos encostamos na garagem.

— Rangers também sentem medo.

— Sério?

— Sério.

— E o que você faz?

Ele sorriu.

— Eu sigo em frente. — Ele assentiu para mim. — Ou, se for preciso, me concentro no que está na frente.

Concordei, como se soubesse. Como se entendesse.

Ele pôs o braço ao meu redor. Meu pai não falava muito. Descobri, depois de sua morte, que, quando ele falava, merecia ser ouvido.

— Às vezes, somos os únicos a enfrentar pessoas más. — Ele olhou além da cerca, para o pasto. — Se não enfrentarmos... quem vai enfrentar? Quem vai defender alguém que não consegue se defender ou defender aqueles que ama? — Ele balançou a cabeça e cuspiu. — Eu não vou concordar com isso. Não vim para essa Terra para botar o rabo entre as pernas e correr. — Algumas centenas de hectares do Texas nos cercavam. Nada além de grama. Uma linha de árvores ao longe. — Goste você ou não... — Ele riscou com o dedo uma linha na terra. — Isso aqui é um campo de batalha. Sempre foi, desde que Caim matou Abel. E não complique mais as coisas. Não existem tons de cinza. É tudo preto ou branco. O Bem contra o Mal. É bom escolher logo de que lado você quer ficar. — Ele apontou novamente para trás. — Graças a você... — Ele levantou minha mão e encarou o nó do meio. O corte havia aberto por completo — ... aqueles garotos estão repensando suas escolhas.

Assenti, tentando não chorar.

Olhei fixamente para sua pistola calibre .45. Ele percebeu.

— Não é a arma que dá a razão a você. Você está certo ou errado muito antes de pegar nela. Aliás, se estiver errado, só vai piorar a situação. Mas, se estiver certo, a arma pode ajudar a equilibrar suas chances. Dizem que Deus fez o homem, mas Sam Colt os tornou iguais. — Ele bateu no quadril. — Depois veio John Browning e fez uns melhores que outros. — Ele fez uma pausa. — Ah, e, caso não saiba, em geral a sorte não está do nosso lado. Coisas ruins acontecem com pessoas boas. Acontecem o tempo todo. Lembre-se disso.

Meu pai parou e ficou olhando para o campo. Depois se virou, tirou o chapéu branco e o colocou na minha cabeça.

— Se você continuar no caminho que está seguindo agora, provavelmente vai chegar um dia em que essa escolha não envolverá só você. Quando, por exemplo, do outro lado estiver alguém que não pode se defender, e a única coisa com condições de impedir que algo de ruim aconteça é você. Algumas pessoas não se importam. Algumas se afastam. Outras se acovardam. Quanto a nós, bem...

O sol estava se pondo. Baixando no horizonte do Texas. Ficamos observando. Meu pai disse, olhando para a frente:

— Quando me tornei um Texas Ranger, seu avô me levou até aquela cerca ali e ficamos encostados nela por bastante tempo. Ele contou que tinha sido da infantaria na Segunda Guerra. Disse que estava nas Ardenas quando a situação ficou muito ruim. Frio. Neve. Praticamente cercados. Eles entraram numa batalha que durou a noite inteira. Pela manhã, ele olhou para a fileira de formação e viu muitos companheiros deitados sozinhos, expostos. Metade morta. Os alemães matando um atrás do outro. Disse que o tenente chegou agachado e ordenou a ele que pegasse uma maca. Ele obedeceu. Naquela noite, tiveram que intervir para soltar seus dedos da maca. — Ele fez uma pausa, assentindo. — Às vezes, a coisa mais corajosa que um homem pode fazer é voltar ao campo de batalha e resgatar os feridos. — Ele balançou a cabeça e cuspiu. — Mas não se engane. Não é nada glamoroso. Não é mesmo. É simplesmente uma escolha.

Olhei para ele.

— Você já teve que fazer uma escolha assim?

Dava para ver que ele não queria responder. Seriam necessários anos para que eu entendesse a resposta que ele me deu. Por fim, sussurrou.

— Todo dia.

# CAPÍTULO 12

Querido Deus,

Você não vai acreditar nisso. Não tenho certeza se eu acredito.

Estávamos na parada de caminhão tentando arranjar algum dinheiro ou algo do tipo quando Billy apareceu e tentou sequestrar a gente. Fiquei muito assustada e fiz xixi na van dele.

Aí, quando eu pensei que o Billy ia fazer o que faz, esse homem... o que ajudou a gente... o nome dele é "Tyler", acho que você já sabia disso. O apelido dele é "Caubói". Ele é o cara que usa chapéu. Enfim, ele deu uma pancada na cabeça de Billy, amarrou os braços dele e jogou ele no mato. Depois levou a mamãe até a picape dele. Ele deve ser muito forte. E depois deu uma arma pra minha mãe e disse pra ela atirar em qualquer pessoa que não fosse ele.

Eu não sabia o que a mamãe ia fazer. Quando ele saiu, ela saiu também e ficou por ali, andando de um lado para o outro, sem saber o que fazer. Ela ficou segurando a arma com firmeza, balançando ela no ar e falando sozinha, e eu não sabia o que ela ia fazer. Mas, alguns minutos depois, ela voltou para o carro, botou a arma perto de mim e disse que ia ficar tudo bem. Que tudo o que a gente precisava fazer era ficar longe do Billy e que esse homem era a nossa saída. Então ela olhou para mim e disse: "Meu amor, se aquele homem entrar nesse carro e encostar um dedo em você, vou atirar na cara dele."

Às vezes acho que a mamãe passou por uns bons bocados. Tipo, talvez as coisas sejam mais difíceis para ela do que para mim. Talvez ela sinta todo o mal que acontece por nós duas. Como se ela sentisse o que acontece de ruim com ela e ainda sentisse todo o mal que acontece comigo; aí todo o mal fica em cima da mamãe. Foi por isso que eu acreditei nela quando ela falou aquele negócio de atirar na cara dele. Porque eu acho que ela já está cansada de todas essas coisas ruins.

Depois ela me disse que, quando ele voltasse, era para eu ficar calada e não dizer nada, o que, de qualquer modo, eu já estava planejando fazer. Em seguida, disse que já chega de confiar em homens e que coisa nenhuma, bem... não foi essa a palavra que ela usou, mas não posso dizer a palavra para você, mas ela disse aquela coisa de não revelar os nossos nomes verdadeiros, e então eu não disse. Ela inventou dois nomes. Disse para ele que seu nome era Virginia e o meu, Emma. E disse para eu fingir que isso era verdade. Agora, nós dois sabemos que aquele não é o nome dela e que não é o meu nome também, mas a gente não sabia nada sobre esse homem e não tem andado com muita sorte para homens no momento, embora ela tenha dito a verdade depois. Quero dizer, quando a mamãe contou, eu não discordei. Isso faz de mim uma cúmplice — eu vi isso na TV e depois olhei no dicionário, ou seja, eu não fiz nada, mas sabia a respeito do assunto, o que é o mesmo que fazer —, e é por isso que estou falando.

Quando o homem voltou, ele perguntou se a mamãe queria ficar com a arma. Ele disse que ela podia. Disse bem ali. "Senhora, se quiser, pode ficar com a arma enquanto estiver comigo. Se isso a faz se sentir melhor. Mais segura." Mas a mamãe não quis. Ela devolveu na hora. Devolveu correndo, como se fosse uma batata quente. E, aí, ele deu outra chance a ela e disse: "Tem certeza?" E a mamãe balançou a cabeça. E eu não sei dizer o porquê, mas acho que teve algo a ver com a voz dele. Ele tem uma voz que dá vontade. Não é como as outras vozes. É uma daquelas vozes que, ao ouvir, a gente sente que quer acreditar em tudo o que está sendo dito e, se não for verdade, bem, aí não só existe algo de errado com ele mas também com o mundo inteiro.

Sei que estou falando sem parar. Eu sempre faço isso quando estou com medo. Mas não estou com tanto medo quanto estava antes. Não estou mais fazendo xixi na calça.

Querido Deus,

O Caubói levou a gente até a casa da irmã da mamãe, mas ela não estava mais lá. Tipo, como se não fosse mais a dona da casa, e a mamãe surtou e foi embora pela rua, e o Caubói deixou ela andar duas quadras e aí parou a gente, botou o Turbo no carro, a gente no banco de trás e levou a gente até esse hotel, onde reis, princesas e presidentes ficam hospedados. É um palácio. Tem mármore por toda parte. E, no banheiro, como os do hall de entrada, tem toalha de verdade. Não é papel. E tem perfume de graça em vidrinhos. A cama no quarto é imensa e tem uma tenda em cima dela. Temos uma cafeteira e um aparelho de som com caixas no teto, e a TV é muito fina e maior que os meus braços abertos. O Caubói até mandou um médico vir costurar o olho da mamãe e depois pediu para uma doutora me atender e ela disse que eu vou ficar bem. E, para ser sincera, não está mais doendo. Bem, talvez um pouco, mas não muito.

Depois, deixaram a gente nadar na banheira. E foi o que a gente fez. Mamãe e eu entramos na água, despejamos dois frascos de espuma e tomamos banho cantando e brincando como golfinhos. Ela raspou as pernas e embaixo do braço, porque disse que "já dava para fazer trança com eles", então fechei a lâmina com a tampa de plástico e fingi fazer o mesmo, porque não tenho nada para raspar. Depois saímos e começamos a rir porque estávamos enrugadas. Nossas peles pareciam uvas-passas de tão secas e, então, vestimos uns roupões. Nunca tive um roupão antes. Tem cheiro de flor. Eu me senti uma estrela do cinema. Só faltava o concreto molhado e uma calçada.

Você se lembra da mulher de quem eu estava falando lá embaixo? A mulher grande? Bem, ela voltou e trouxe outras duas mulheres que estavam carregando uma porção de roupas — todas do nosso tamanho. Fizemos compras sem ter mais ninguém por perto. Elas nos obrigaram a experimentar todas as roupas. E nós experimentamos. Ganhei um jeans novo, camisetas, calcinhas novas, camisola nova e as roupas ainda estavam com a etiqueta. Sabe o que mais? O jeans... custou 100 dólares. Cem dólares! Dá pra acreditar? Ele deve ser muito rico porque comprou todas essas coisas para nós.

Algum tempo depois, o Caubói bateu na porta e, quando a mamãe abriu, ele estava segurando o chapéu e disse um palavrão. Não acho que foi de propósito, porque ele me pediu desculpa, mas não vejo problema nenhum, porque ele não sabe que a maioria dos homens diz um monte de coisa quando vê a mamãe toda arrumada. Então a gente foi jantar, ficou em uma mesa enfeitada com uma toalha branca e luz de velas — exatamente como a gente vê nas novelas. A gente ficou comendo por uma hora. O restaurante tinha esse queijo, a moça disse que era tipo uma brisa, seja lá o que isso quer dizer. Era cremoso. A mamãe espalhou o queijo numa torrada e ficou falando de boca cheia. Ela revirou os olhos e disse: "Meu Deus... Meu Deus... como é gostoso!" Ela balançou a cabeça e comeu outro pedaço. "É tipo sexo numa torrada." Mas eu não acho que a mamãe tenha sido mal-educada. Acho só que era um queijo muito bom. E o Caubói riu. O rosto dele ficou até um pouco vermelho, mas eu reparei que ele não bebeu vinho, nada. Só água.

Eu nunca tinha visto tanta comida numa mesa só e teve até sobremesa, o chef abriu uma mesa e fez umas coisas com as bananas e jogou alguma coisa tipo gasolina em cima, depois tacou um fogo azul, eu nunca tinha comido gasolina antes, mas estava gostoso. Não fez meu estômago doer nem nada. O Caubói me deixou repetir duas vezes. Duas vezes! A mamãe disse que eu não podia comer mais, senão eu sairia de lá rolando. Ela não comeu muita sobremesa porque está com o estômago ruim. As coisas não ficam muito tempo dentro da barriga dela. Acho que é porque ela não sabe o que fazer. Ela foi ao banheiro quinze vezes hoje. O médico disse que é coisa da cabeça dela. Ela disse que ela é como "um pato", mas eu nunca vi um pato no banheiro. Eu? Só fui ao banheiro, tipo, duas vezes. O que me disseram que era bom.

Depois da sobremesa, eles pediram café e o homem de paletó branco me trouxe leite numa xícara pequena com um bico e eu achei muito fofo, então bebi direto do bico, mas, quando senti o gosto, não era leite. Bem, não exatamente. Era leite, só que doce e grosso. Mamãe disse que era creme. Eu disse para ela que tinha gostado e perguntei se podia beber mais e ela olhou para o Caubói e depois para mim e balançou a cabeça, mas ele só bebeu o café dele e disse que, se eu não fosse beber, ele ia beber, e que não sabe por que bebemos qualquer outra coisa, então a mamãe sorriu e fez que sim, o que queria dizer que eu podia beber, então eu bebi. Tudo. O homem de paletó branco até me trouxe mais. Foi o melhor leite que eu já bebi. Não sei por que não bebemos isso o tempo todo. Quero dizer, o Caubói tem razão. Por que perdemos tempo bebendo outras coisas?

Depois do jantar, o Caubói levou a gente de volta para o quarto, mostrou como podíamos ver filmes e deu o número do telefone dele. Botou os óculos de leitura e anotou num guardanapo para a mamãe.

Encontramos um filme que custava 14,99 dólares — por um filme —, mas deve valer a pena, porque aí a gente não precisa ir para o cinema. É como se tivessem ligado para o cinema e eles trouxessem o filme até nós. Eu meio que estou assistindo agora enquanto escrevo e fico comendo as coisas da geladeira do quarto. A mamãe está lá no canto com as sobrancelhas apertadas e girando os polegares. Um por cima do outro. Acho que ela está pensando no dia de amanhã. Perguntei se a gente podia ficar aqui mais uma noite e ela disse que não. Mas não sei para onde vamos. E ela também não. Engraçado, estamos aqui nesse quarto bonito e eu não sei onde está o Caubói. Perguntei para a mamãe e ela balançou a cabeça. Acho que ela está preocupada com a possibilidade de o Billy encontrar a gente e bater na porta, e ela não vai saber o que fazer quando isso acontecer. Espera...

Está tudo de cabeça para baixo. Assim que o filme começou a ficar bom, a mamãe vestiu o roupão e disse que a gente ia encontrar o Caubói. Então descemos de pantufa no elevador e fomos até o estacionamento, onde estava a caminhonete. Lá encontramos o Caubói dormindo e eu me senti muito mal de estar naquele palácio enquanto ele ficava num carro velho, mas ele disse que não era problema nenhum e que sempre dormia ali, então me senti um pouco melhor, mas não muito. Aí a mamãe dobrou o dedo do jeito que ela faz quando pede para eu obedecer imediatamente e ele se levantou, calçou as botas, botou o aparelho de audição, aumentou o volume e pegou seu chapéu, que ele nunca deixa de usar em lugar nenhum, e nós voltamos aqui para o quarto e a mamãe abriu o sofá-cama, arrumou os lençóis e fez ele dormir lá. Ele está lá agora. Dormindo. Achei que todos os homens roncavam, mas ele não. Ele é muito silencioso. Dá para ver que a mamãe não dormiu ainda porque não está respirando como faz quando dorme. Como se ela segurasse parte da respiração. O que é praticamente o tempo todo.

Uma coisa que você precisa saber sobre o Caubói... ele sempre carrega uma arma. Na verdade, duas armas. Uma na cintura e outra no tornozelo. Estive pensando. Acho que a mamãe precisa aprender a atirar e depois carregar uma arma sempre com ela. Desse jeito, ela poderia atirar no Billy. E sabe o que mais... Acho que a mamãe também está começando a pensar nisso, porque não para de olhar para a arma dele. Uma delas está bem ali, no coldre do quadril. Não consigo ver a outra, mas dá para ver a marca no tornozelo através do jeans.

Tenho mais uma pergunta. O Caubói parece ser um cara legal, mas o Billy também parecia. Eu vi uma foto dele com o prefeito. Ele ajudava as crianças. Mas, no fim das contas, ele era mau. Como dá para saber? Quero dizer, qual é o segredo? E se, depois de tudo, o Caubói for igual ao Billy? O que a gente vai fazer? Perguntei isso para a mamãe e ela balançou a cabeça e respondeu: "A gente vai estar ferrada". Acho que a mamãe está passando por um momento difícil.

Fico feliz que ele durma com a arma. Eu gosto disso. Espero que ele atire no Billy. Espero que não seja um problema falar isso. Ah, e se você quiser saber o que são essas coisas aqui, uma delas é o adesivo da Tinker Bell e a outra é um bilhete de loteria, mas nós não ganhamos nada. Pelo menos em dinheiro. Eu tinha jogado no lixo, mas depois fui buscar porque ninguém nunca me deu um bilhete antes. Colei aqui para não esquecer.

# CAPÍTULO 13

Acordei e algo não estava certo. Nada de errado com o universo, mas tinha alguma coisa quente ao meu lado. Minha mão me disse que era uma pessoa. Uma pessoa pequena. Abri os olhos e me sentei. Eu estava certo. Hope estava deitada ao meu lado. Completamente apagada. Espalhada feito um anjo de neve. Cocei a cabeça e olhei para o outro lado da cama, onde Sam me encarava. De olhos arregalados. Lágrimas se formavam. Balancei a cabeça.

— Senhora, eu não fiz nada. Eu juro que não tive nada a ver com...

Ela não estava ouvindo.

— Eu vi. Com os meus próprios olhos. Ela saiu de fininho depois que você foi dormir e se deitou na cama do seu lado. Ela não me disse nada. Mas... — Sam engoliu o choro. — Dormiu... a noite inteira.

— Ela não faz isso normalmente?

Sam balançou a cabeça.

— Ela nunca fez isso antes.

— Desde quando?

— Desde sempre.

Eu havia dormido de roupa, então puxei a coberta até os ombros dela, enfiei minhas botas e confirmei o estado das minhas armas — certificando-me de que ambas estavam carregadas e seguras. Então fui ao banheiro para jogar água no rosto e usei uma toalha de rosto para lavar as axilas — mas desejava ter lenços umedecidos. Destranquei a porta e cochichei para Sam.

— Vejo vocês no café da manhã. Desçam quando estiverem vestidas. O café daqui é uma experiência e tanto. Vocês não podem perder.

Não precisava ser nenhum gênio para saber que, se eu as deixasse ali — tipo ir embora sem me despedir, o que metade de mim queria fazer —, elas estariam na rua antes do fim do dia. Provavelmente dormindo em algum banheiro público ou estação de ônibus. Como o Will Smith e o filho naquele filme. A única diferença entre ontem e amanhã seriam as roupas, um banho e a barriga cheia. E nada disso duraria muito tempo. A conversa que eu estava tendo comigo mesmo enquanto tomava café não era exatamente uma discussão, mas era necessária.

O bufê de café da manhã no Ritz-Carlton é algo saído de um filme da Audrey Hepburn. Um mar de toalhas brancas repletas de frutas exóticas, doces do mundo inteiro, omeletes feitas na hora, waffles gigantes, bacon e salsichas de delicatéssen, cinquenta tipos diferentes de queijo, diversos tipos de iogurte e cereais, sucos frescos, café importado. E tudo é embalado por uma música clássica que, por algum motivo, torna a comida ainda mais saborosa. Toda vez que como aqui, eu me lembro de Templeton, o rato de *A menina e o porquinho*, na feira.

Sam apareceu primeiro, seguida de Hope, que carregava seu caderno debaixo do braço, o cobertor novo nos ombros e remelas de sono no canto dos olhos. Elas viraram na entrada e o queixo de Hope caiu. O de Sam também.

Sam levou Hope até a mesa do bufê, ajudando-a a encher o prato. Fiquei observando as duas discretamente. Eu havia pensado, porque julgo um livro pela capa, que duas pessoas solitárias, imundas, sem dinheiro, jogadas à sorte como aquelas ali, não saberiam circular em um lugar como este — que talvez se destacassem em meio à etiqueta social exigida para frequentar o lugar. Não que eu seja um mestre em etiqueta. Mas já estive aqui antes e, nessas ocasiões, recebi um bom treinamento, então consigo agir como uma farsa. Mas, enquanto eu observava em silêncio Sam explicar à Hope, tive a impressão de que não era sua primeira vez. E, quanto mais eu estudava a maneira como ela se portava, falava, erguia a colher, as porções que comia, como pisava, a maneira como levantava os ombros e o queixo nunca parecia em desalinho, todos os seus modos, perguntei-me se ela não tinha mais prática do que eu nesse universo. A prática de quem nasceu nele. Talvez eu fosse o impostor de verdade. Talvez a sobrevivência venha antes da classe e, quando sobreviver não é mais uma questão, a classe volta sorrateiramente. Recostei-me, tomei um gole de café e percebi que entender isso me despertava o primeiro sentimento bom desde que nos conhecemos. De alguma maneira, eu me senti confortável em saber que nem sempre a vida tinha sido tão ruim para ela. É claro que, olhando para o futuro, o desconforto logo me alcançaria.

Elas se sentaram, e Sam fez um gesto com a cabeça para Hope. A menina repousou as mãos no colo e olhou para mim. Depois olhou para baixo. Perguntei a ela:

— Como está a coceira? As feridas vermelhas?

Ela assentiu com a cabeça, desviou o olhar, depois levantou o garfo e começou a comer em mordidas pequenas, olhando para todo lado, exceto para mim.

Tentei novamente.

— A tosse melhorou?

Ela cobriu a boca e tossiu uma vez. O remédio que o médico dera estava funcionando. O catarro havia sumido.

Eu queria perguntar sobre as outras coisas e dizer que ficaria tudo bem, e que o mundo não é todo assim, e falar que havia pensado bastante em como lidar com o homem que tinha feito isso com ela, mas concluí que isso não cabia a mim.

Pelo menos por enquanto.

Eu me virei para Sam pensando que talvez Hope precisasse ouvir a conversa que eu e ela havíamos tido no estacionamento na véspera.

— Eu realmente preciso ir para casa. Tenho um menino de 11 anos que está com muita saudade. — Hope olhou para mim. — Se aceitarem, pensei que vocês poderiam vir comigo. Como passei quase toda a minha vida lá, conheço algumas pessoas boas na cidade. Acho que poderíamos arrumar acomodações para vocês, talvez conseguir um trabalho para você, se não se importarem em morar no oeste do Texas.

Sam deu um suspiro. Pelo som que emitiu, ela estava segurando a respiração havia uma semana.

— Seria ótimo.

Hope olhou fixamente para mim, botando lentamente uma garfada de ovos na boca enquanto me analisava. O leite cobriu seu lábio superior.

Falei suavemente.

— Você está com bigode.

Ela passou a língua nos lábios, mas sem desviar os olhos de mim nem por um instante. Sam secou os cantos da boca com um guardanapo.

Eu me levantei, dobrei o guardanapo e o repousei na mesa.

— Não tenham pressa. Vou fechar a conta com a Marleena. Encontro vocês na caminhonete daqui a pouco.

Dobrei o corredor e peguei o elevador para a garagem. Caminhei até o lado oposto, onde o sinal do celular era melhor, e liguei. Dumps atendeu ao primeiro toque.

— Oi... como estão vocês dois? — perguntei.

— Ótimos. Hoje é dia de reunião de professores, então ele já está em casa. Estou preparando um sanduíche de mortadela. E você?

— Preciso que me faça um favor.

— Diga.

— Dá uma arrumada por aí. Veja se os lençóis estão limpos.

— De qual cama? — Ele fez uma pausa. — A que está dormindo hoje em dia ou a que costumava dormir?

— A de antes.

Ele sibilou. Seu tom mudou.

— Caubói... está tudo bem? Parece que você está um pouco sobrecarregado.

— Sim senhor. Mas faz parte daquela história, que só faz aumentar. Conto tudo quando chegar aí, mas vai te irritar, então pode servir o uísque e vejo você quando eu chegar.

— E quando vai ser isso?

— Se não houver mais surpresas... hoje à noite.

— Espera, uma pessoa quer falar com você.

O telefone farfalhou na troca de mãos.

— Oi, pai. Quando você vai voltar pra casa?

— Hoje, filhão. Como você está? — Tentei desviar o rumo da conversa. — Como vai a escola?

— Boa. Tirei dez num teste de história. — Ele aumentou o tom da voz. — Ei, pai...? — Lá vinha ele, o trem devastador. — Você viu a mamãe?

Às vezes, toda a dor da vida pode ser resumida numa só pergunta. Eu me encostei no muro, recuperando o equilíbrio.

— Sim... eu a vi.
— Ela está melhor?
— Está indo bem. Sente a sua falta. Disse para eu te dar um abraço.
— Ainda faltam trinta e dois dias?

Fiz uma pausa.

— Isso, ela termina daqui a um mês.
— Eu vou levar o Sr. B até o rio. Vejo você quando chegar.
— Ei, Brodie?
— O que foi, pai?
— Preciso pedir sua permissão para uma coisa.
— Sim senhor.
— Quero saber se está tudo bem para você se eu levar uma mulher e a filha dela comigo para casa.
— Por quê?
— Porque elas não têm onde ficar.
— Elas estão em perigo?
— Pode-se dizer que sim.
— Onde você conheceu elas?
— Numa parada de caminhões. Um cara tentou sequestrar as duas.
— E o que aconteceu?

Cocei a testa.

— Eu impedi.
— Elas vão ficar por muito tempo?
— Umas duas semanas, imagino. Só até elas se organizarem e eu encontrar um lugar para ficarem. Você sabe que a gente tem um quarto sobrando e...
— E a mamãe?

Desconversei.

— Acho que elas já vão ter partido quando a mamãe começar a pensar em voltar para casa.

Ele ficou pensando por um instante.

— Por mim, tudo bem. Fale com o Dumps.

— Brodie?

— Senhor?

— Presta atenção nas cobras. E não pisa nos tremoços-azuis.

Ele baixou o telefone e pude ouvir quando saiu correndo pela cozinha e abriu a porta.

Um garoto a cavalo no Texas. O mundo fazia sentido novamente.

Dumps voltou ao telefone.

— Sabe... você está ficando sem desculpas.

— Pois é.

— Não é como se eu simplesmente pudesse comprar outro calendário. Respondi tanto para ele quanto para mim.

— Eu sei disso.

— Ele é um bom garoto. Você precisa conversar com ele.

— E como você sugere que eu explique isso tudo a um menino do quinto ano?

— Olha, eu não disse que seria fácil. Ele é o seu filho. Ela é a sua esposa...

— Era.

— Que seja! Você precisa...

— Dumps.

Ele se calou por um minuto. Coçou a barbicha no queixo.

— Vou lavar os lençóis. Arrumar um pouco a casa. Você precisa que eu vá ao mercado? Não temos muita coisa por aqui.

— É, o que você achar necessário. Obrigado.

— Dirija com cuidado.

Desliguei o telefone, mas o pensamento que não saía da minha mente era: se alguém me amarrasse, roubasse algo de mim e me botasse apagado do lado oposto de uma parada de caminhões com o rosto virado para a lama, sem chaves, o que eu estaria fazendo agora? Não era a pergunta que estava me incomodando, mas a resposta.

# CAPÍTULO 14

Querido Deus,

Vamos embora daqui hoje com nosso novo amigo, o Caubói. A mamãe veio me perguntar por que eu dormi ao lado dele, depois disse que não o conhecemos tão bem e me perguntou por que eu fiz isso. Eu respondi que foi porque ele tem uma arma, e ela ficou quieta. Isso me diz que ela também estava pensando em dormir lá. No café da manhã, ele contou para a gente sobre a casa dele. Contou que mora no oeste do Texas. Ele é dono de uma casinha. Diz que não é nada de mais, mas eu sei que é. Pelo menos, agora é. Falou que é seguro e que o Billy não vai encontrar a gente. Contou que lá tem uma escola boa e que vai ajudar a mamãe a arrumar um emprego. Quando ele disse isso, a mamãe se levantou e foi ao banheiro. Acho que a barriga dela estava doendo, mas, quando ela voltou, seus olhos estavam vermelhos. Acho que, depois de tanto tempo tentando me proteger, quando finalmente alguém quis ajudar, bem, foi muito para ela.

Terminamos nosso café da manhã e ele estava nos esperando ao lado da caminhonete. Aquela mulher, a Srta. Marleena, deixou a gente ficar com todas as roupas que experimentamos. Ganhei dois pares de jeans. Eu nunca tive jeans de marca famosa antes. E o Caubói pagou por tudo. Ele deve ser muito rico. A Srta.

Marleena também deixou a gente ficar com os roupões e as pantufas. Então, a gente ficou, e ficamos também com todos os xampus e sabonetes de lá. Ela até trouxe mais para a gente levar.

Ela foi bem legal. Disse que tínhamos sorte e que o Caubói a ajudara uma vez numa situação ruim. As coisas melhoraram bastante desde então.

Quando chegamos à caminhonete, o Caubói estava enrolando um cigarro. Ele faz isso às vezes, quando está pensando, eu acho. Ele sempre fica quieto quando está fazendo isso. Mas, de qualquer jeito, ele não costuma falar muito. Ele botou nossas coisas no carro, depois acendeu o cigarro e o repousou no muro de concreto ao lado da caminhonete. Ficou ali e a fumaça parecia uma corda subindo. Ele é engraçado. Enrola cigarros, mas não os fuma. Acho que, quando se é rico, tudo bem fazer isso.

Estive pensando em uma maneira de falar como estou me sentindo, mas, mesmo com o novo dicionário chique que o Caubói me deu, não consigo encontrar as palavras, então sabe como às vezes a gente sai de uma sala gelada e o sol chega e aquece o rosto? E tudo que você quer fazer é ficar ali aproveitando? Bem, é assim que eu me sinto. Quero ficar aqui e aproveitar um pouco.

# CAPÍTULO 15

*Treze anos antes.*

Eu não estava procurando. Não muito. E certamente não estava procurando por ela. Amor era a última coisa que passava pela minha cabeça. Eu estava com 28 anos e havia apenas uma coisa na minha mente e, acredite você ou não, não era uma mulher. Eu acabara de completar um plantão duplo — vinte horas consecutivas. Estava morto de cansaço. Precisava lavar umas roupas e dormir algumas horas antes do próximo turno, que começaria em oito horas.

A lavanderia era vinte e quatro horas. Chão de ladrilho desgastado, luzes neon e moscas mortas na vidraça. Teias de aranha cobriam os cantos das paredes no teto. Quatro máquinas ligadas. Quinta à noite sempre era calmo — fácil de conseguir uma máquina. Entrei com a cesta apoiada no quadril. Ela estava deitada de costas no chão, a boca ensanguentada, uma perna dobrada e embaixo da outra, três caras parados de pé à volta dela com uma expressão maldosa no rosto. Ela respirava. A veia de seu pescoço era grossa e batia acelerada. Eles me mostraram uma faca e disseram para eu dar o fora dali.

Eu não dei.

Quando acordou, comprei para ela um café e um pedaço de torta de cereja em uma lanchonete vinte e quatro horas. Ela me disse que seu nome era Andie. Uma amazona meio desconhecida de corridas de tambor, que estava competindo no circuito do Texas. Ela fitou a arma em meu quadril.

— O que você faz?

— Sou agente da divisão de narcóticos da DSP.

Ela se sentiu atraída pela aventura. Pela força que aquilo representava. Na minha terceira xícara, perguntei se ela queria sair comigo. Andie levantou uma das sobrancelhas e brincou:

— Você sempre escolhe suas garotas na lavanderia?

Olhei em volta. Sorri.

— Com certeza.

Nosso primeiro encontro foi em um drive-in. Um filme do Tom Hanks, *Uma dupla quase perfeita*. Ao chegarmos à porta da casa dela, eu estava brincando com meu chapéu, assustado demais para beijá-la, quando ela me convidou para assistir a uma competição sua.

Nosso segundo encontro foi em um rodeio em Fort Worth, onde ela estava participando de uma corrida de tambor. Meu Deus, a mulher sabia cavalgar! Ficou em segundo lugar porque o cavalo tropeçou. Ela perdeu por três milésimos de segundo. Andie estava hospedada no Hotel Stockyards. Fui buscá-la e a levei para jantar. Foi ali que pude ouvir sua risada. Fácil. Gentil. Uma risada transparente. Ou completa. Não escondia nada. Não bloqueava nada.

Alguns meses se passaram. Eu me apaixonei rápida e intensamente, e lembra quando disse que eu só tinha um objetivo e que mulher não fazia parte dele? Bem, esqueça que eu disse isso um dia.

Tínhamos saído para "olhar por aí". Eu já sabia. Na verdade, tínhamos saído para comprar. Ela estava maravilhada. O sonho de toda garota. Brilhava e sorria a cada esquina. Ela experimentou uns dez ou doze itens, de tamanhos e preços diferentes. Eu não tinha nada. Não podia bancar a compra de nada que ela experimentara. Claro que não disse isso a ela. Eu havia pedido um empréstimo de dois mil dólares no banco. E tinha mais mil para usar no cartão de crédito. Alguns dólares na conta. Calculei que poderia pagar em um ano ou dois. Ela o levantou no ar, perguntando sem perguntar. Eu disse que gostava de todos — eu queria o que ela quisesse. Ela sorriu. Encarou a vidraça onde ficava todo aquele brilho — toda a esperança encarando-a de volta. Era noite do lado de fora e estava escuro do lado de dentro. As luzes dançavam em seu rosto. Andie se virou. Pelo reflexo do espelho, vi uma lágrima. O que eu dissera? Ela apontou e o vendedor retirou uma última peça. Ela o encaixou, girando. Redondo e simples. Não era fino demais. Não era largo demais. Nenhum diamante. Ela o observou de perto. Com os olhos embaçados, olhou para mim e acenou com a cabeça.

Eu sussurrei:

— Mas, querida...

O vendedor se afastou, para nos dar privacidade. Dei de ombros.

— Você... você precisa... toda garota precisa de um diamante.

Ela balançou a cabeça.

Dei o dinheiro ao homem. Dirigimos até o rio. Ela entrou na água. Descalça e me conduzindo pela mão. O rio cercava uma pequena ilha. Mais ou menos do tamanho de uma suíte. Uma choupana de copas de carvalho, um monte de pedras, areia macia e uma fogueira apagada havia muito tempo. Nós faríamos um piquenique ali. Ela subiu na ilha. Esticou o cobertor. Levou-me até ela. Encostou sua mão espalmada no meu peito.

— Eu quero duas coisas.

A luz das estrelas nos envolvia. Ela tremia. Estava completamente entregue. Sua vida se resumia a isso. Encostou a ponta dos dedos pouco acima do meu coração.

— Eu quero... isso.

— Eu já te dei.

Sua boca estremeceu enquanto seu dedo escrevia seu nome em minha pele.

— E quero que você me prometa algo com ele.

— Prometo.

— Você ainda nem sabe o que é.

— Não tem importância.

— Todos os caubóis são teimosos e cabeça-dura como você?

— Alguns são até piores.

— Quero que prometa que, não importa o que acontecer, você vai...

— Combinado.

— Ainda não terminei.

Esperei.

Ela piscou, mordeu os lábios.

— Venha atrás de mim. Se eu me perder... preciso que... você vá atrás de mim.

— Eu irei.

— Sempre?

— Sempre.

— Como você sabe?

— Simplesmente sei.

Meus bisavós, meus avós e meus pais se casaram embaixo de um carvalho no alto de uma colina em um terreno que mais tarde viria a se tornar nosso rancho. Nenhum dos Steele teve dinheiro suficiente para comprar a propriedade até o meu pai. Por um bom motivo, nós a chamávamos de "árvore do casamento". Os galhos nasciam paralelos ao chão, desciam e depois subiam novamente, como asas de um anjo. A árvore era bem mais larga do que alta. Papai dizia que a árvore nos prendia ao chão. Algo permanente. Acho que ele tinha razão.

Andie e eu nos casamos ali oito meses depois.

Lembro-me do vento agitando seu vestido branco. Do sol refletindo nos ombros nus dela. Os olhos redondos e castanhos. Os dedos longos segurando um buquê de tremoços-azuis recém-colhidos. O cabelo castanho preso em um rabo de cavalo que balançava quando ela mexia a cabeça. As botas com cheiro de cavalo. Cabelo ralo nas têmporas. Um pequeno sinal no canto da boca, igual ao daquela modelo que está em todas as revistas. Dissemos "aceito". Ela ficou na ponta dos pés para que eu a beijasse e eu a ergui até May, seu presente de casamento, e nós caminhamos na direção de um mar de azul.

Passamos nossa lua de mel dirigindo no parque nacional de Big Bend, puxando um trailer emprestado com uma cabine de dormir improvisada. Na segunda noite, estávamos estacionados perto de um riacho. A água era clara e gelada. Uma pedra do tamanho de uma casa estava bem acima de nossas cabeças. A chuva caía suavemente no teto. Quando a chuva cessou, as nuvens sumiram e a noite mais brilhante que eu já vi surgiu no horizonte. Clara como o dia. Subimos na pedra, enrolamo-nos em cobertores e assistimos ao mundo girar bem debaixo do céu estrelado, onde a luz do céu brilhava pela escuridão.

Um ano e meio depois, o médico colocou Brodie em seu colo, enquanto ela descansava, exausta demais para levantar os braços. O suor pingava dela. Um pouco de sangue também. Andie estava bastante animada, mas igualmente cansada. Apoiava a cabeça. Ficamos ali escutando-a respirar e ele engolia e lutava pela falta de fluidos. Momentos depois, com as forças que lhe restavam, ela o pegou nos braços e o levantou para mim.

— Seu filho.

As palavras não vêm facilmente. Nem naquela época, nem agora.

Eu nunca havia chorado depois de adulto, mas então ela me entregou a criança — com alguns minutos de vida — em meus braços e, de algum lugar de onde eu nunca havia sentido, sabido, experimentado, um poço se abriu, saindo com força, e jorrou de mim. Já não conseguia mais me conter. Nem queria.

Eu sabia é o seguinte: arriscando a própria vida, ela se abriu e me deu um presente inigualável. Em troca, pediu apenas uma coisa, que não me custava nada e era tudo o que ela sempre quis.

E, ainda assim, por motivos que não consigo entender, eu não lhe dei. Nunca.

# CAPÍTULO 16

Estávamos na rodovia havia uma hora quando percebi que Sam estava quieta desde que entrara no carro. Acho que ela estava esperando que eu falasse. Não reparei que era isso. Eu raramente reparo. Sam disse calmamente:

— Conte sobre Marleena.

— Há muitos anos, eu costumava trabalhar com frequência na Big Easy. A gente ficava no hotel dela. Ela teve alguns problemas e eu ajudei.

— Que tipo de problemas?

— Um dos hóspedes afirmou que ela havia roubado algo do quarto dele. Uma joia. Valiosa. Além de muito dinheiro e um Rolex. Ele parecia ser um homem respeitável e contava uma história muito bem elaborada. Enfim, eu a conhecia havia algum tempo, e ela é tão honesta quanto o dia é longo; então, dei uma pesquisada e fiz algumas perguntas. Parece que ele estava mentindo. E a mentira era só uma parte da história. E geralmente é assim, ao meu ver.

— O que havia acontecido?

— Ele tinha dado a joia para a namorada, que morava num apartamento na cidade. A namorada que ele não havia mencionado à mulher.

— Aaaaah...

— Pois é. Enfim, desde então Marleena é minha amiga.

— Quanto eu devo a você?

A pergunta pareceu abrupta e quase pesada.

Eu ri.

— Aposto que você tem um crédito bom no banco.
— Como assim?
— Não gosta de dever dinheiro às pessoas, não é?
Ela balançou a cabeça.
— Não quando posso evitar.
— Marleena não cobrou pelos quartos nem pela comida. Eu pedi que não fizesse isso, mas ela insistiu. Disse que, depois de dezessete anos comandando o balcão, havia sido promovida a gerente e que podia fazer coisas assim, como essa, e que era para eu não perder meu tempo argumentando. A mulher da butique cobrou o preço de custo pelas roupas e Marleena pagou por isso também. Eu entreguei trezentos dólares a ela, mas ela disse que era muito e me devolveu cem.
Sam apoiou as mãos nos joelhos e sussurrou:
— Obrigada.
Assenti.
— Marleena é uma boa pessoa.
Sam falou, encarando o para-brisa:
— Só alguém bom consegue reconhecer outra pessoa boa. — Ela se virou para mim encaixando uma perna embaixo da outra. — Posso perguntar uma coisa?
— Você sabe que pode me perguntar sem perguntar se pode.
— Posso, então?
— Claro.
— Reparei que, quando você encontra alguém, cumprimenta a pessoa e eles perguntam como você está, frequentemente responde que sente como se seu time estivesse ganhando.
— É verdade.
— De onde vem isso? Você inventou ou aprendeu em algum lugar?
— Meu pai costumava dizer isso. Aprendi com ele.
Ela se virou em direção ao painel.
— Gosto disso.

Duas horas de estrada e Hope se esticou no banco de trás com Turbo em seus braços e dormiu. Quatro pilhas de panquecas do Ritz-Carlton, uma xícara de açúcar de confeiteiro e uma jarra de melaço fariam isso com qualquer um.

— Por falar em pessoas boas, e já que temos mais oito horas de estrada, por que não me conta mais sobre você?

— O que você quer saber?

— Como passou de onde estava para onde está agora.

— Ah... essa história. — Ela respirou fundo. — Tenho 33 anos. Nasci em Cordele. Meu pai cultivava amendoim. — Ela sorriu. — E, se eu nunca mais precisar ver um amendoim na vida, melhor para mim. Tínhamos uma fazenda grande, muitos funcionários, até contratamos ajuda para a casa. Eles cozinhavam e até limpavam meu quarto. — Ela balançou a cabeça. — Eu não fazia ideia do que tínhamos. Minha mãe me educou para ser uma dama. — Eu sabia que ela tinha classe. — Bem... me formei no colégio... terceira melhor aluna do ano entre quatrocentos estudantes. Eu tinha grandes sonhos. Mas meu pai pôs todo o dinheiro dele em um investimento só. Perdemos tudo. Eu me lembro de estar em frente à casa vendo levarem a minha cama. A minha cama! Deveria existir uma lei proibindo um banco de levar o lugar no qual se dorme. Levem a casa, mas não a cama. — Ela tirou o cabelo do rosto. — Enfim, papai se esforçou muito para recuperar tudo, mas teve um ataque cardíaco fulminante e me deixou sozinha com mamãe. Então, abri mão da faculdade para cuidar dela. Arranjei um emprego, depois mais outro, e então as contas médicas dela começaram a se acumular, e arranjei mais um emprego e, desde então, trabalho.

— Onde ela está agora?

— Enterrada ao lado de papai.

— Sinto muito.

Ela assentiu com a cabeça e ficou observando as árvores que passavam.

— Eu também.

— E a Hope?

Sam se virou de lado, posicionando o calcanhar esquerdo embaixo da perna direita, e olhou para Hope no banco traseiro.

— Eu tinha 22 anos, estava por conta própria e ele era alguns anos mais velho que eu. Era dono de uma boate. Sempre carregava muito dinheiro.

Ele chegava tarde da noite para comer na lanchonete em que eu trabalhava. Sempre deixava boas gorjetas. Me chamou para sair. — Ela deu de ombros. — Pensei que ele fosse... pensei que ele fosse... bem, ele não era nada do que eu pensava. Ele gostava de jogar, de bares de strip-tease e de beber. Ele me deixou esperando no altar de jeans e camiseta branca de linho, a única roupa que encontrei que cobria a minha barriga. Então, estamos por conta própria desde que ela começou a chutar a minha barriga. Eu nunca fui boa em escolher homens. Tendo a escolher os exibicionistas e promissores. A maioria promete os céus, mas me dá apenas terra suja.

— E o Billy?

— Eu tinha guardado algum dinheiro. Pensei que poderíamos ir para a costa oeste. Califórnia, talvez. Não sei. Apenas sabia que não queria ficar em nenhum lugar onde eu já tivesse estado. Então, estávamos sentadas numa loja de sanduíche em San Antonio quando esse cara entrou vestindo um uniforme da SWAT. Fiquei sem fôlego. Ele parecia forte e seguro e, para ser sincera, eu precisava de força e segurança. Assim, quando me dei conta, ele nos ofereceu um lugar para ficar na casa dele — e eu aceitei prontamente, pois só tinha 11 dólares no bolso. Ele me ajudou a conseguir um emprego no Walmart. Em pouco tempo, estava me trazendo flores e comprando sorvete para Hope. — Ela ficou pensando por um instante. — Eu não imaginava que ele... Eu não fazia ideia do que ia acontecer. Não vi nenhum sinal. Quero dizer, a gente imagina que um policial condecorado, comandante de uma porcaria de equipe da SWAT, não seja um doente, um pervertido, um filho da... — Ela se conteve. — Desculpe. — Ela diminuiu o ritmo. Controlou seu tom de voz. — Que não seria o canalha doente que ele é. E se — ela esfregou as mãos e tocou a testa... — E se não se pode confiar em alguém como ele, então em quem mais? Aonde o mundo vai parar? Enfim, ele... — ela deu de ombros — e eu agarrei Hope e fugimos. Você nos encontrou alguns dias depois na rodovia, rezando para que a frente de um caminhão de carga a cem quilômetros por hora simplesmente acabasse com tudo. — Uma pausa. — Essa é a versão curta, sem todo o drama. — Outra pausa e, dessa vez, ela mudou de assunto. — Qual é o nome do seu filho? Você se importa que eu pergunte?

— Brodie e, não, não me importo.

— Quantos anos ele tem?

— Onze anos.

— E como ele é?

— Bem, ele é um pouco como eu, no sentido de que é mais quieto do que o contrário. É um pensador, não um falador. E, mais parecido com a mãe dele quando tem algo que quer fazer ou ver ou... consertar, ele tem dificuldade em se desapegar. — Eu ri. — Ele é muito determinado.

Ela olhou para a minha mão esquerda e notou a ausência de um anel.

— E a mãe dele?

— Somos divorciados.

A palavra saiu da minha boca e soou nova e estranha, como se eu descrevesse outra coisa.

— Há quanto tempo?

— Ela se mudou há uns três anos. Mais ou menos.

Ela mediu suas palavras.

— O que aconteceu?

— A vida aconteceu.

— Foi você? Você foi... infiel?

— Não. — Balancei a cabeça. — Pelo menos não com outra mulher, se é isso que está perguntando.

— Essa é uma das perguntas que não devo fazer?

— Não. Não vejo problema nenhum.

— Ela encontrou outro homem?

Refleti, olhei para o banco traseiro e baixei meu tom de voz.

— Sim.

Ela fez uma careta.

— Ui! O que aconteceu, você é ruim de cama ou algo do tipo?

Vi a brincadeira como um bom sinal, mesmo que dissesse respeito a mim. Eu ri.

— Evidentemente. — Olhei para ela. — Você faz perguntas difíceis.

— Desculpe. Faço isso para que o outro não pergunte o mesmo a mim. Um dos meus... amigos me disse, pouco antes de expulsar a gente, trocar as fechaduras e jogar nossas roupas pela janela do segundo andar, que é um mecanismo de defesa. Faço isso para desviar a atenção da minha própria bagagem emocional.

— Ele parece ser um cara ótimo.

— Ele tinha razão, eu tinha e tenho bagagem, mas isso não justifica a aluna dele pelada no armário.

— Parece que você tinha conquistado o direito de fazer algumas perguntas.

Ela ficou olhando pela janela.

— Talvez algumas.

Conversamos por muitas horas seguintes. Entramos no estado do Texas, passamos por fora de Dallas e Fort Worth, pegamos a rodovia 180 e dirigimos por Mineral Wells, Palo Pinto e Caddo, até chegarmos à entrada da cidade de Rock Basin, no final da tarde. Meu pequeno negócio, o Bar S, fica do outro lado da cidade, alguns quilômetros além do município. Quando papai o comprou, ficava mais longe ainda da cidade, mas, tal como as pessoas, os limites da cidade haviam engordado. Saí da estrada pavimentada e comecei meu trajeto desviando de buracos na estrada de barro. Minha casa ficava a pouco menos de um quilômetro numa estrada de terra estreita alinhada por choupos-do-canadá, que subiam como sentinelas pela cerca de arame farpado. Dumps consertava o portão com a ajuda de Brodie. Sam o avistou e semicerrou os olhos.

— Aquele é o Dumps.

— Dumps?

— É. Ele é uma espécie de tio.

— Espécie?

— Não é parente de sangue, mas é da família.

Ela sorriu.

— E aquele ali?

Brodie subiu em seu pônei — o Sr. Bojangles. Galopou ao lado da cerca em nossa direção.

— Esse é o Brodie.

Hope se debruçou entre os dois bancos, com Turbo mordiscando seu ombro. Dirigi lentamente em direção a minha casa, com cuidado para não levantar muita poeira. Brodie nos encontrou na metade do caminho, virou-se, esporou o Sr. B e cavalgou ao lado da caminhonete. Quando parei, ele cravou as esporas nas ancas do Sr. B, que levantou as patas dianteiras, ficando de pé momentaneamente, e em seguida disparou de volta para casa. Os olhos de Sam se arregalaram como se fossem dois Oreos. O queixo de Hope caiu. Turbo fez cocô.

Fiquei assistindo à poeira girar atrás dele.

— Aquele é o Sr. B. Eu o comprei quando ele tinha 2 anos e o dei de presente a Brodie no segundo aniversário dele. Um pônei de 2 anos para uma criança de 2 anos. Eles cresceram juntos. De certo modo, Brodie não se lembra de sua vida sem o Sr. B. Ele é um cavalo do cace... — Olhei pelo retrovisor. — Quero dizer, um cavalo do caramba. Gentil como Jesus. — Sorri. — Aonde Brodie vai, o Sr. B vai atrás.

Estacionei a picape e me virei para Sam.

— É melhor me dar um minuto. Você não é a mulher que ele estava esperando que eu trouxesse para casa.

Ela assentiu.

Brodie estava sentado a distância, olhando para dentro da caminhonete. Caminhei em direção à cerca, segurei as rédeas do Sr. B e acariciei sua crina. Olhei para Brodie. Ele estava parado, estoico. Exatamente como ele achava que devia ser. Do modo como todos os seus heróis da TV ficavam. Todos os "nossos" heróis. Ele parecia a imagem de tudo que John Ford sempre tentou fazer com John Wayne. Dei um tapinha em sua perna.

— Como vai?

Ele assentiu, sem tirar os olhos do carro, mas seu pomo de adão subiu, parou e desceu.

— Preciso que me ajude com algo.

Ele olhou para mim.

— Você se lembra das pessoas de que falei? — Ele assentiu. — Bem, elas estão na caminhonete. Fugindo de um homem mau. Precisam de um lugar seguro para ficar por um tempo. A menina se chama Hope. Tem 10 anos. E passou por umas coisas ruins. Preciso que você... Gostaria de saber se pode me ajudar a fazer daqui um local seguro para elas. Elas não têm nenhum outro lugar para onde ir. Consegue fazer isso?

— E a mamãe?

O mundo dele parecia um abismo. Partido em dois. Ele morava bem no meio. O leito seco do rio entre os dois. Tentando descobrir como ligar os dois lados, que eram altos demais para escalar, mover ou esticar um cabo.

Minha voz subiu um pouco. O tom mudou.

— Filho, elas não estão substituindo a sua mãe. Eu só não podia deixá-las bem no meio de uma estrada com um temporal e sem gasolina. E, quando o homem mau atacou as duas na cabeça e as jogou na parte traseira de sua van com meias nas bocas, eu simplesmente não podia permitir isso. — Virei-me para observar a picape. — Elas precisavam de ajuda. Não consigo ver onde mais conseguiriam isso.

Ele olhou para mim.

— O que você fez? Com o homem?

— Não deixei que ele fizesse o que pretendia.

— Ele está atrás delas?

Cocei o queixo.

— Não tenho certeza disso. Preciso descobrir as motivações dele. Eu estaria atrás delas se fosse ele.

— Achei que você estava aposentado.

— Estou, então preciso pedir autorização. O capitão vai vir aqui de noite.

— E depois disso?

— Depois disso, falaremos sobre a sua mãe.

Ele desmontou o Sr. B e me encarou.

— Promete?

Concordei com a cabeça.

Ele começou a caminhar em direção à caminhonete, então parou e olhou para mim.

— Você pode me dizer a verdade, sabe?

Engoli em seco. Ele era o melhor de nós dois. Levantei a aba do chapéu dele para poder ver seus olhos.

— Filho, a verdade me dói. — Balancei a cabeça. — E eu não quero que doa em você também.

Ele agarrou a aba do chapéu, escondendo os olhos. Parecia algo de *Herança de um valente*.

— Pai, não saber dói mais em mim.

Brodie guiou o Sr. B até a caminhonete. De Jean Wrangler. Botas. Camiseta arrumada dentro da calça. Faca presa ao cinto. O chapéu suado em volta da cabeça. Ele era eu, meu pai, meu avô, tudo junto num garoto de 11 anos. Os ombros estavam ficando mais largos, e ele, mais alto. A mãe dele choraria se o visse. Ela dissera cem vezes: "Aquilo ali é a melhor coisa que já saiu do Texas." Ela estava certa. E estaria certa agora.

Ele parou distante da caminhonete, a uns três passos, e depois abriu a porta traseira. Tirou seu chapéu.

— Oi, eu sou o Brodie.

Hope se encolheu e agarrou Turbo.

Ele virou o Sr. B e segurou o estribo.

— Quer cavalgar? O Sr. B é muito calmo. Não vai te machucar, não.

Sam deu um tapinha na perna de Hope.

— Pode ir, querida. Eu vou estar bem aqui.

Brodie balançou as rédeas.

— Eu seguro as rédeas. Podemos apenas caminhar se preferir. — Ele desviou o olhar para o bicho no ombro de Hope. — Ele pode vir junto, se você quiser. O Sr. B não vai se importar, não.

Estendi minha mão e, para minha surpresa, Hope aceitou. Ela deslizou pelo banco e eu encaixei seu pé no estribo. Ela subiu, passou a perna para o outro lado e Brodie os virou na direção dos choupos. Eu disse, de longe:

— Vai com calma, filho. Sem pressa, para não assustar.

Ele assentiu e começou o tour pelo Bar S — o vislumbre de um Texas de cem anos atrás.

Dumps deu a volta até a janela de Sam e apontou para mim.

— Já que ele não tem educação nenhuma... — Ele esfregou suas mãos sujas nos jeans ainda mais sujos. — Eu sou Pat Dalton, ex-prisioneiro e um extraordinário sapateiro artesanal, mas a maioria das pessoas me chama de Dumps.

Sam conversou com Dumps enquanto eu observava meu filho levar uma menina assustada pelas árvores em seu cavalo. Talvez seja só eu, mas os meninos no Texas crescem antes do tempo. Eu podia ver aquilo acontecendo diante de meus olhos.

Ele começara cedo.

# PARTE DOIS

Era desprezado, e o mais rejeitado entre os homens, homem de dores, e experimentado nos trabalhos; e, como um de quem os homens escondiam o rosto, era desprezado, e não fizemos dele caso algum. Verdadeiramente ele tomou sobre si as nossas enfermidades, e as nossas dores levou sobre si; e nós o reputávamos por aflito, ferido de Deus, e oprimido.

Isaías 53, 3-4

# CAPÍTULO 17

*Cinco anos antes.*

Ele se sentou em meu colo. As mãos ao volante. Tinha quase 7 anos. Sem saber de nada. Pulando ao ritmo da música que saía de sua boca. O sinal abriu.

— O sinal está verde. Olhe para esquerda-direita-esquerda.

A cabeça girava em um movimento só. Extremamente exagerado. Satisfeito, ele assentiu.

— Tudo certo.

Pisei no acelerador.

— Lá vamos nós.

Ele pulou ainda mais rapidamente. A casa sumiu, tornando-se cada vez menor pelo retrovisor. Cercas brancas protegidas por choupos-do--canadá e salgueiros. Um esquilo preto atravessou a rua correndo. Ela estava de pé na varanda. Jeans gastos. Pés descalços. Braços cruzados. O cabelo esvoaçava na frente do rosto, balançando suavemente.

Objetos não parecem estar mais próximos no reflexo do espelho.

Chacoalhamos pela estrada de terra.

— Aperte isso para baixo. — Ele apertou. A lanterna esquerda começou a piscar. — Vire um pouco à esquerda. — Ele direcionou o carro para o lado esquerdo, com medo de virar o volante, mas também com medo de soltá-lo. Da maneira como estávamos indo, bateríamos no poste. Eu ri. — Você não está tirando leite de vaca. Vire o volante. Gire o leme à esquerda. — Em um movimento brusco, ele virou demais o volante e nós entramos na pista da esquerda. — Isso. Agora deixe reto. — Seguimos em zigue-zague até a cidade, alternando entre as duas pistas. Ele não tinha a menor ideia da conversa que estava presa em minha garganta.

Quinze minutos mais tarde, o sorvete estava pingando do queixo dele. A língua fez a volta completa pelo seu rosto, porém sujou mais do que limpou. Parecia um filhote de cachorro tentando lamber manteiga de amendoim do focinho. Seus dedos estavam pintados de azul-claro e rosa.

— Está guardando para mais tarde?

Ele lambia a ponta da casquinha, mas pingava mais rápido do que ele conseguia acompanhar.

— Ahã. — Ele me encarou pelo canto dos olhos, sinalizando com a cabeça para o meu peito. Perguntou enquanto olhava para seu sorvete. — Você está usando?

Abri um botão no meio da minha camisa, expondo o "S" enorme em azul e vermelho embaixo. Brodie sorriu. Ele me dera aquilo. Gostava quando eu usava. A mãe dele achava ridículo.

Ele jogou o papel do sorvete no lixo. Tirei um lenço do bolso e limpei seu rosto e suas mãos. Ele fez uma careta.

— Está pronto?

— Sim senhor.

Eu lhe entreguei meu chapéu e ele o colocou na cabeça, onde ficou sambando de tão grande. Levantei Brodie até a altura da cabeça e o encaixei em meus ombros. Ele entrelaçou os dedos na minha testa, cobrindo meus olhos. Eu ri.

— Ei, garotão... — Eu tateava como um homem no escuro. — Preciso dos meus olhos se vamos a qualquer lugar além daqui. — Ele, então, entrelaçou os dedos em meu pescoço, quase me enforcando. — Bem melhor assim. — Apoiou o queixo na minha cabeça e nós saímos em direção à rua. Eu tenho um metro e oitenta e sete, o que o deixava a dois metros e quarenta do chão. Caminhamos uma quadra e eu, propositalmente, não fiz uma curva; ele, então, puxou minha orelha direita e depois me "esporou" com o calcanhar direito. Eu me virei e olhei nossa sombra. Ele, com meu chapéu, mais alto que todo mundo na cidade. Seguimos pela calçada, então ele abriu os braços e fez um som de avião com a boca. As manhãs com ele faziam o mundo ter sentido.

Passamos por uma senhora carregando um carrinho de compras e arrastando seus pés chatos. Ela era baixa, corpulenta, negra como a noite e tinha olhos cor de púrpura. Ele levantou a aba do chapéu e disse:

— Dia, senhora.

Ela sorriu. Parou. Puxou meu braço.

— Você é aquele rapaz. Eu li a seu respeito.

Estendi minha mão.

— Tyler Steele, senhora.

Ela assentiu com a cabeça.

— Eu achei mesmo que fosse você. Reconheci da foto. Você prendeu aquele assassino. Botou o homem na cadeia. Que bom! Espero que ele fique por lá. Espero que ele seja enforcado pelo que fez. — Ela desviou o olhar. — Que garoto charmoso é esse aí nos seus ombros!

Ele estendeu a mão para baixo.

— Eu sou o Brodie.

Ela ficou na ponta dos pés e apertou sua mão.

— Quando crescer, você vai ser como o seu papai?

Ele concordou com a cabeça.

O peso dele sobre mim se alterou, o que me sugeriu que ele havia esticado o peito.

— Sim, senhora.

Mais uma mudança me disse que ele havia endireitado a coluna e levantado o queixo.

— Esse é o plano.

Ela sorriu entre os dentes e me deu um tapinha no braço.

— Continue com seu bom trabalho. Precisamos de mais gente como você.

— Obrigado, senhora.

Ela se virou e seguiu pela rua.

Ele falou comigo.

— Papai?
— Sim, garotão.
— Por que você e a mamãe não dormem na mesma cama?
— Bem, nós dormimos. É que você tem dormido lá e não tem espaço para os três.
— Não é o que a mamãe diz.
— É? Então o que ela diz?
— Ela diz que você tem trabalhado até tarde e que não quer acordar a gente, então dorme no sofá. É verdade?

Como é possível que alguém tão novo consiga captar uma dor tão profunda? Tentei soar convincente.

— Ahã.
— Você pode acordar a gente, sabe? A gente vai dormir abraçado com você também.

Não respondi. Ele segurava em ambas as minhas orelhas.

— Ei, garotão, esquerda ou direita. Não as duas ao mesmo tempo.

Ele puxou para a esquerda e esporou minha costela duas vezes. Faltavam mais três quarteirões.

Rock Basin, no Texas, fica ao norte de Abilene. Campos largos, céu azul, grandes nuvens de poeira soprada pelo vento, é o retrato autêntico do oeste do Texas. Em um dia ensolarado, de qualquer parte da cidade, é possível olhar para o leste e avistar as planícies de Llano Estacado. Nós as chamamos de Cap Rock. É um pedaço reto de terra que se estende algumas centenas de metros, como a Grande Muralha da China, até o norte, no Canadá. O lugar marca o final das Grandes Planícies e, um dia, foi o lar de mais de um milhão de búfalos. Agora está coberto por quase mil moinhos mais altos que muitos prédios. Se você parar o carro e abrir as janelas, é possível ouvir as hélices cortando o vento. A chuva e a neve de Cap Rock descem para o Brazos, depois correm por mais de mil quilômetros até o golfo do México. E é complexo, porque a chuva de lá não indica necessariamente chuva por aqui. Não, senhor. De maneira alguma. Então, alagamentos não são incomuns.

Rock Basin já foi, um dia, uma cidade beneficiada pelo petróleo. Ruas de pedra, postes a gás, torres de perfuração em cada esquina, três restaurantes, dois bancos e uma estação de trem. Em algumas partes da cidade, os locais fizeram tantos poços que as torres invadiam as cercas dos vizinhos, como acontece ao leste daqui, em Kilgore. O prefeito costumava brincar que um esquilo era capaz de atravessar a cidade toda pulando de torre em torre sem jamais tocar o chão.

Uma velha picape F-100 passou pela rua principal carregando um trailer de gado vazio. Lojas fechadas, cartazes de ALUGA-SE, fábricas vazias, vidraças quebradas, janelas lacradas, fachadas apagadas pelo tempo, rolos de feno, um varal de roupas esticado entre duas torres imóveis. Parei em frente à vitrine do banco e fiquei olhando para nossos reflexos. Olhei para ele. Cheio de promessas, possibilidades infinitas e esperança desmedida.

George Vickers comandava a loja de utilidades para o lar. Seu filho, George Jr., levou um coice de mula na cabeça quando era novo. E nunca mais foi o mesmo. Agora, está com 30 anos. Age como se tivesse 5 ou 6. É a criança mais feliz que já vi. Saiu da loja, apontou sua Polaroid para nós e tirou uma foto. E nos entregou. Uma voz repercutiu acima de mim.

— Obrigado, George Jr.

Brodie olhou para a foto, colocando-a, em seguida, no bolso da camisa. Ele amou a foto. Estava bastante orgulhoso.

— Olha, papai, estou mais alto que você.

Olhei para o salão de beleza, mais adiante na rua. Eu podia ver a sombra dela se movimentar na vitrine. Estava fazendo o cabelo. Queria ficar bonita para mais um final de semana de programa com as amigas. Dessa vez, era Las Vegas. Mês passado, havia sido Nova York. Ou será que foi São Francisco? Ele puxou minha orelha esquerda. Um Dumbo de jeans e botas. Dei outra olhada para o salão e depois para ele, no reflexo. Ela estava certa. Ele era a cola. Ou havia sido. Às vezes, quando a terra treme, são as placas tectônicas a milhares de metros abaixo que causam o estrago na superfície.

Tropecei. Quatro quadras à frente, um Monte Carlo virou a esquina. Vidros escuros. Velocidade baixa. Rodas de liga leve que giravam, dando a impressão de maior velocidade. Eu já o vira antes. Vê-lo aqui me surpreendera. Vinha lentamente em nossa direção. O baixo grave dos alto-falantes balançava a placa. O passageiro observava através de binóculos e apontava. Acelerei o passo. Brodie puxou minha orelha direita, rindo, alheio à situação.

Alcancei o lado oposto da rua até a caçamba da minha caminhonete. Eu o tirei de meus ombros e o deitei ali.

— Filhão, eu quero que você fique deitado. — Bati na caçamba e mantive meus olhos fixos na rua. — Escondido. Agora.

— Mas...

— Não, apenas se deite. — Enfiei meu chapéu baixo na cabeça. — Agora.

Ele obedeceu. Três quadras à frente, ela apareceu no terraço, protegendo os olhos do sol. Eu precisava abrir distância entre mim e a caminhonete. Subi na calçada, passei por quatro lojas e fui parar na sombra. O carro se aproximou. Saía fumaça de dentro dele. Um cabelo preto brilhante. Rabo de cavalo na altura dos ombros. As mãos cobertas de tatuagens. Olhos pretos feito contas marcavam os rostos cobertos por bandanas azuis. Um deles jogou uma garrafa vazia de uísque barato na caçamba da minha caminhonete e, então, me viu e acelerou. Eles eram cinco ao todo. Três metros nos separavam.

O FBI gosta de dizer que tiroteios são estatisticamente curtos. Mas isso não quer dizer muito quando se está participando de um. O primeiro tiro pegou a minha perna direita, fazendo com que eu girasse e caísse de costas na parede de tijolos da loja de utilidades. As quatro balas seguintes atingiram meu colete, jogando-me através do vidro e deixando meu corpo estirado no que fora a vitrine. Olhei para o carro e algo brilhante saiu girando. Havia chama em um dos lados. Girava lentamente. Como uma bola de futebol americano. Eu sabia o que aconteceria em seguida. Minha adrenalina estava a toda. Visão periférica. Os sons sumiram. O movimento motor coordenado fora substituído pelo grosseiro. A explosão aconteceu quase no mesmo instante em que a garrafa bateu no chão, não muito longe de mim, banhando-me de gosma inflamável e de cacos de vidro. A dor nos meus ouvidos foi aguda e, então, o mundo inteiro ficou em silêncio.

Quando olhei para cima, um homem estava parado sobre mim segurando a minha Smith & Wesson, modelo 327. A de oito balas, calibre .357, eu carregava no calcanhar. Pouco antes de ele puxar o gatilho, eu me lembro de pensar: "Isso vai doer." Ele, então, disse:

— Caubói, José Juan manda lembranças.

E, então, ele calmamente atirou cinco balas dentro do "S" em meu peito.

Deitado ali, embaixo daquele rapaz, três pensamentos diferentes que não consigo explicar me vieram à mente. Talvez quatro. O primeiro foi: "Espero que o colete dê conta disso." O segundo era que a minha pele queimava e não era nada agradável. O terceiro, apesar da distância emocional e dos gritos, e dos meses que haviam se passado desde que havíamos nos tocado, eu não queria que ela me visse assim. Eu havia tentado protegê-la dessa parte da minha vida, mas essa seria uma imagem mental que ela nunca esqueceria. Imagens assim ficam registradas na córnea das pessoas para sempre. E, por último, eu me lembro de ouvir a voz dele, assustado e sozinho, gritando meu nome sem parar.

Não me lembro de muita coisa depois disso.

# CAPÍTULO 18

Acordei nu na mesa de cirurgia.

Pisquei. Meus olhos se esforçavam para encontrar um foco. Estiquei os dedos das mãos. Eles se dobraram. A pele parecia em carne viva e dura nas juntas. Mexi os dedos dos pés. O direito respondeu. Demorou um pouco até o esquerdo responder. Tentei levantar a cabeça. Uma onda de náusea veio em seguida.

Uma luz fluorescente me cegava. Um líquido transparente pingava de uma bolsa pendurada acima da minha cabeça. Um tubo de plástico ligava a bolsa ao meu braço direito. As vozes estavam mudas. As bocas se mexiam, mas o som era esporádico. Meus olhos detectavam movimento. Sombras cruzavam por mim. Uma mulher de branco pairava sobre mim. O suor criava gotas acima de seus lábios. Ela estava apertando a bolsa e gritando ordens a outras pessoas.

O lado direito do meu corpo e meu peito queimavam. A perna esquerda estava pesada e dormente. Eu suava e sentia frio. Toquei minha bochecha direita e senti pedaços de algo colado na minha pele.

Eu me apoiei em um cotovelo. Tinha um buraco na minha perna esquerda. Olhei para o meu braço. Um líquido entrava nele. A bolsa estava quase vazia. Olhei para a minha perna. Um líquido saía dela.

Estranho.

A área em volta do buraco na minha perna estava amarelada como a cor de iodo. Certamente, estavam me preparando para uma cirurgia. A memória voltou. Eu queria sair daquela mesa.

A enfermeira me fez deitar outra vez. Consegui pronunciar um sussurro.

— Brodie?

— Senhor, por favor, deite-se.

Apoiei-me novamente em um dos cotovelos.

— Cadê o meu filho?

Outras mãos apareceram para me forçar a deitar. Era Andie. As lágrimas escorriam por cima do carvão em seu rosto. Parecia que ela estivera apagando um incêndio. Ela apoiou as palmas das mãos no meu peito. Estava chorando.

— Ty. Ty, deita.

— Cadê...? — Ela sucumbiu, batendo no meu peito com os punhos.

— Levaram ele?

Ela estava gritando.

— Levaram ele. Aqueles...! Levaram ele. Levaram...

Eu me sentei. A enfermeira me confortou. Vozes urgentes saíram do alto-falante. Passos apressados no corredor. Desci uma perna da mesa. O médico apareceu na porta, as mãos suadas acima do peito. Ele ficou olhando para mim. Surpreso. Falou por trás da máscara:

— Aonde o senhor está indo?

Endireitei-me. Eles eram dois.

— Buscar o meu filho!

Ele balançou a cabeça.

— Não aconselho que faça isso.

Um dos ouvidos não estava funcionando.

— O quê?

— Não é uma ideia muito boa.

— Eu sei, mas... — Olhei para ele. Vi uma aliança em sua mão esquerda. Puxei o tubo plástico ligado ao meu braço, mas estava colado. Perguntei:

— Você tem filhos?

Ele assentiu com a cabeça.

— Você não iria?

Andie desmoronou no chão. Dava soluços profundos. Eu nunca tinha ouvido aquele som antes. A cabeça dela balançava sutilmente. O cabelo tocava o chão.

Ele puxou a máscara para baixo, esperando a verdade.

— Acha que ainda tem energia?

Assenti.

Ele limpou as mãos na calça e me ajudou a levantar. O mundo estava girando. Eu me apoiei nele.

— Doutor, preciso que me ajude a continuar vivo pela próxima hora.

A enfermeira aplicou uma compressa de gaze na minha perna, enquanto ele a cobria com vinte voltas de esparadrapo. Ele retirou o cateter do meu braço e falou com a enfermeira. Ela foi até uma bancada e começou a encher uma seringa.

Os restos destruídos e queimados das minhas roupas estavam em uma pilha em cima da bancada. Meu colete estava de pé, com cinco balas cravadas bem no centro dele. Isso explicava a minha dificuldade para respirar. Peguei o que havia sobrado da minha camisa, encontrei meu cinto e o prendi ao corpo.

Minhas botas estavam no chão. Couro queimado. Estilhaçadas na lateral. Sujas de sangue. Olhei para o médico. Depois para seus pés. Ele calçava Crocs.

— Você se importa?

Ele os tirou, enfiou a seringa no meu braço e me encheu de alguma coisa.

O espelho de corpo inteiro, em frente à estação das enfermeiras, exibia meu reflexo. Não era uma imagem bonita. Pele queimada, samba-canção, Crocs verdes, cinto de couro preto, coldre, porta-carregador, esparadrapo e gaze do tamanho de um carro, sangue escorrendo pela perna e de ambos os ouvidos. O médico me entregou uma garrafa de água.

— Beba isso enquanto estiver dirigindo.

— Obrigado.

Minha picape estava estacionada logo na saída. A janela do lado do motorista estava estilhaçada. Era claro que Andie havia seguido a ambulância.

— Minhas chaves?

Ela as jogou para mim. Algo cheirava a limão e desinfetante. Agarrei as chaves e caminhei na direção do estacionamento. Quando as portas automáticas se abriram, a luz do sol me cegou.

Esperei meus olhos se ajustarem e liguei o motor. Apertar a embreagem era torturante e eu quase desmaiei. Quando consegui apertar tudo, passei a primeira marcha e pisei fundo no acelerador, esticando ao máximo. O diesel engasgou e reclamou. Quando alcancei a saída do estacionamento, já estava em terceira marcha. Passei por três sinais vermelhos, entrei na estrada derrapando e, quando olhei para baixo, o ponteiro marcava mais de cento e sessenta quilômetros por hora.

Mantive a velocidade e lutei contra meu desejo de fechar os olhos.

Minha intuição dizia que eles fariam uma parada antes de desaparecer. Um cachorro sempre volta ao seu próprio vômito. Eu pusera o chefe deles na cadeia e tinha certeza de que voltariam ao esconderijo antes de cruzar a fronteira. Estacionei no meio das árvores, peguei o que precisava na caçamba da picape e fui sangrando sem parar pelo pasto, até a beira do rio. O negócio que o médico havia injetado em mim estava começando a funcionar. Funcionava bem, mas, se o efeito passasse, eu teria problemas muito sérios. Com a água na cintura e a pistola acima da cabeça, atravessei o rio. Subi a margem, puxei a telha da 870, carreguei com um cartucho Brenneke, encostei o cano da pistola na fechadura e apertei o gatilho. Um cartucho Brenneke é poderoso o suficiente para atravessar o motor de um carro. A fechadura desapareceu. Não me dei o trabalho de usar protetores nos ouvidos. Eles ainda zuniam da última explosão. Entrei no esconderijo construído dentro de dois trailers de tração chumbados um ao outro. Era uma espécie de laboratório. Fechei a porta atrás de mim, enfiei um pedaço de papel no rombo da bala e permaneci imóvel no escuro. Sabia que, se eu sentasse, não conseguiria me levantar, então me encostei na parede, com as pálpebras apoiadas, e contei as gotas em meu pé. O sangue se acumulava dentro do Crocs no meu pé esquerdo e resolvi tirar os sapatos e ficar descalço. Ajustei meus olhos para enxergar na luz que entrava pelo buraco do outro lado.

Houve centenas de mudanças nas armas desde que John Browing inventou o que se chamou de "1911". Muitas boas mudanças. A Glock. A Springfield. Muitas outras. Mas, até então, ninguém inventou uma base melhor do que a 1911. Muitos tentaram. Ninguém conseguiu. Na história da artilharia, ela é conhecida como a fusão perfeita entre funcionalidade e forma.

Tirei a pistola do coldre, apertei o retém e deixei o carregador cair em minha mão esquerda, passando o dedo no topo e apertando. Oito balas. Cheio. Provavelmente eu precisaria de todas. Reposicionei o carregador e conferi a câmara, deixando meu dedo indicador confirmar o mesmo que eu havia feito pela manhã. Nove no total. Um retém extra na cintura. Mais seis balas na escopeta. Eu não sabia quanto tempo duraria a disputa — ninguém nunca sabe —, mas duvidava de que fosse muito mais do que aquelas vinte e três balas.

Meu peito estava fragilizado. Qualquer movimento era doloroso.

Ouvi o murmúrio do motor, o som dos pneus no cascalho. A vibração dos baixos saindo das caixas de som. Quando o Chevrolet Monte Carlo parou logo atrás da porta, arrisquei que ninguém no carro estaria pensando em mim. Na verdade, eu contava com isso. Talvez fosse minha única vantagem. A porta do carro foi fechada e eu disse a mim mesmo: *Devagar é rápido... atire devagar.* Minha adrenalina estava se esgotando. O mundo era um túnel e as laterais estavam se fechando. Balancei a cabeça.

Não me lembro de tudo o que aconteceu depois disso. A maioria dos tiroteios dura menos de sete segundos em um espaço menor do que um quarto comum, e eu deduzo que, nesse caso, a estatística estava certa. Lembro-me deles entrando. Arrogantes e despreocupados. Lembro-me de esperar o terceiro cara entrar pela porta antes de apertar o gatilho. Não me lembro de quando as balas acabaram, mas acabaram. Lembro-me de o último cara ser rápido, mas não tão rápido quanto a última bala da escopeta. Lembro-me de homens gritando, de ver flashes, de sentir uma dor lancinante na costela direita, de cair no chão e depois me levantar. Lembro-me de caminhar até a porta da frente — mais ou menos — arrastando minha perna. O quarto homem se virou e tropeçou ao tentar sair pela porta. Estranhamente, o mundo pareceu quieto. Ele tropeçou pelos degraus e foi correndo em direção ao rio. Com a arma vazia, deixei-a cair, saquei a 1911, destravei-a com o polegar e apertei o gatilho quando a minha visão se encaixou na tatuagem de uma mulher nua bem no meio das costas dele. Ele já estava com a água nos joelhos quando a bala fez o que as balas fazem. O quinto homem se virou para mim, como um cão encurralado. Ele também veio rápido e, embora a .45 ACP seja uma arma subsônica que viaje, no máximo, a duzentos e noventa metros por segundo, ainda assim é mais rápida que qualquer ser humano que já viveu.

Mas nada disso é realmente importante.

A fumaça se dissipou. Um choro abafado surgiu do porta-malas. Bati na tranca e ele se assustou, acuado, cobrindo a cabeça com um braço. Estendi o braço. Ele lutou e, então, abriu os olhos, subindo em meus braços, e se agarrou a mim. Eu precisava de um lugar para me deitar, então entrei no rio. Com a água até as canelas, sentamos eu e ele ao lado de uma pedra do tamanho de um pneu. A água acalmava minha pele. Minhas forças tinham chegado ao fim.

Ele estava mal. Nós dois estávamos. Abaixo de nós, a correnteza do rio era vermelha. Encostei-me na pedra e o abracei. Podia ver Cap Rock pelo canto do olho. Os moinhos rodavam lentamente a distância. Nuvens em forma de algodão flutuavam. O azul estava em toda parte. Meus olhos seguiram rio acima. A meio quilômetro dali, costumávamos acampar, pescar e passar o dia nadando e observando nossas iscas.

Ao longe, as sirenes ficavam cada vez mais próximas. O rio passava por nós. Uma sombra de vermelho saiu de minha perna para o rio. Levando um pedaço de mim até o Golfo. A areia abaixo de mim se mexeu. Aguente um pouco mais.

Apertei-o no meu peito.

— Você está bem?

Brodie estava chorando, tremendo e se balançando na água.

Perguntei novamente.

Brodie enfiou a cabeça em meu peito. A dor me deixou sem fôlego. Ele estava em estado de choque.

Brodie apertou sua bochecha na minha e chorou em meu ouvido. O esquerdo estava funcionando melhor que o direito. Sua voz soava como mil anjos ecoando das nuvens. Ele me segurou.

— Achei, achei que você... — Ele balançou a cabeça. Assenti. — Mas eu achei que você...

Minha pele queimava. Pombas matinais voavam acima de nós. Caças F-18 passavam em direção ao México. A dor estava me deixando com náuseas. O sono era pesado. Se ao menos eu pudesse fechar os olhos.

Puxei Brodie mais para perto, encostando-o em meu peito. Alguém estava me dando tapas na cara. Abri os olhos. Ele encostava a cabeça na minha. Ouvi vozes ao longe. Minha garganta estava seca. Acho que ele estava segurando minha cabeça acima da água.

Como a minha garganta pode estar seca se estou dentro do rio?

Eu queria desviar o pensamento dele de tudo que estava acontecendo. Levá-lo a um lugar seguro. Um lugar para onde o medo não fosse junto. Abri sua mão na superfície do rio. A corrente era suave. Minha voz estava fraca, quebrada. O nariz dele sangrava. Sussurrei:

— Sabe como o Brazos ganhou esse nome?

Ele balançou a cabeça.

Imagens do meu pai vieram à minha mente.

— Exploradores espanhóis. Ao sul daqui. Perdidos. Morrendo de sede. Quando o encontraram, eles pularam dentro da água. Nadaram um pouco. Meio como a gente. — Toquei seu rosto. O sorvete derretido na calçada parecia de uma vida atrás. Respirei. — Eles o chamaram...
— Meu espanhol não era muito bom. Busquei as palavras. — *Río de los Brazos de Dios.* — As nuvens corriam no céu. Mais pássaros cortaram o ar acima de nós. Tossi.

Ele balançou a cabeça. As lágrimas se acumulavam em seus lábios. Ele fechou os olhos.

— Estou com frio.

A ambulância derrapou ao frear, jogando cascalho no rio. Ela saiu do carro de polícia. E começou a correr em nossa direção.

Esse seria o limite. Tudo iria mudar.

Puxei-o para perto de mim.

— Quer dizer... — Água bateu em meu rosto. Os paramédicos se aproximavam. Encostei o ouvido dele em meus lábios. — Quer dizer "Braços de Deus".

Eu estava certo. Tudo mudou mesmo.

# CAPÍTULO 19

Acomodamos Sam e Hope na casa, mostramos o quarto e demos a elas tempo para se instalar. Uma hora depois, Sam foi até a cerca e se apoiou nela. Ficou olhando o horizonte. O sol estava se pondo, escondendo-se atrás da algarobeira. O vermelho sangue se misturava aos tons de cinza. O rio brilhava ao longe como prata derretida correndo de um pote virado.

— É tudo seu?

— Tudo que não pertence ao banco. Vai até lá, por um quilômetro e meio até o rio... onde dá para ver o topo daquelas árvores, e depois mais um quilômetro e meio para cada lado. Dá mais ou menos uns duzentos e sessenta hectares.

— É bastante coisa.

— No Texas é bem pouco.

Ela deu de ombros.

— Quando não se tem nada, é alguma coisa. — Ela voltou a atenção para minhas vacas. — São suas?

— São o dinheiro da faculdade do Brodie e a minha aposentadoria. Noventa e oito cabeças.

— De que espécie elas são?

— Por aqui, chamamos de PL. O que quer dizer "Primeira Linhagem" ou a primeira geração de quando se cruzam animais diferentes. Talvez o melhor exemplo sejam as mulas, que são a PL de cavalo com burro. Essas vacas resultam do cruzamento de gado Brahman com Herefords. Nós as chamamos de Tigerstripes. Aquelas lá são Hereford com Angus. São chamadas de Black Baldies.

— Por que você faz isso?

Era uma boa pergunta.

— Porque nos dá o vigor de ambas as raças sem nenhuma fraqueza. Mais leite. Cérebros melhores. Vacas maiores. Maior produção. Menos conjuntivite. Mais do bom, menos do ruim.

— Parece que você entende de vacas.

— Entendo um pouco. E aprendo cada dia mais.

— Sempre teve vacas?

— Não — balancei a cabeça. Meu touro Angus estava na colina. — Quando eu tinha 18 anos, meu pai me deu o avô daquele ali com outras três vacas Hereford.

— Você começou isso tudo com apenas um touro e três vacas?

— Ahã.

— Você se saiu bem.

Sorri.

— Elas são resistentes. Dê comida. Consiga um bom veterinário. Trate os problemas de casco, se acontecerem. Faça o nascimento de bezerros quando a mãe precisar de ajuda. Seja honesto sobre uma vaca que não dê filhotes. E tudo funciona muito bem.

Andamos na direção da casa.

— Me conte sobre o Bar S.

— Meu pai comprou para minha mãe antes de eu nascer. Ela o deixou antes que ele terminasse a casa, então nos mudamos para lá. A casa tem quarenta anos. Dois quartos. Simples. Varanda. Porta da frente e porta dos fundos alinhadas para que se veja através da casa e também para que a brisa que vem do rio passe por ela. Em agosto, há pouca diferença entre o inferno e o Texas, então qualquer vento é bem-vindo. Meu pai gostava de assistir ao nascer e ao pôr do sol, então temos varanda de ambos os lados. — Demos a volta pelo lado. — O estábulo está acabado, o vento faz barulho no telhado de metal, mas é resistente e nós contamos com um porão para o caso de o furacão Dorothy voltar.

Atrás do estábulo, perto do moinho, havia uma construção que parecia ser de tijolos de adobe e janelas gradeadas, coberta por um dossel de carvalhos.

— E aquilo ali?

Sorri.

— A construção mais antiga de Rock Basin. Uma cadeia.

— Cadeia?

— Rock Basin já foi uma parada do Pony Express. Por causa do rio, as pessoas se reuniam e uma cidade surgiu, e, como uma cidade surgiu, eles precisaram de uma cadeia. O mal sempre segue o bem. Um incêndio queimou a cidade, mas aquelas paredes têm a espessura de quase um metro de tijolo. Destruiu um pouco as paredes, mas só isso.

— Parece que está habitada.

— É o Dumps.

— Dumps mora na cadeia?

Eu ri.

— Com o tempo, ele passou a gostar de lá.

O jantar foi silencioso, observando-nos uns aos outros. Tentando nos acostumar uns aos outros. Após a refeição, Dumps apareceu com seus óculos de leitura e carregando uma fita de medir e um caderno. Ele olhou para Hope, colocou um banco à frente dela e bateu no colo.

— Senhorita, preciso medir seus pés.

Hope se encolheu. Sam olhou para mim.

— Está tudo bem — sussurrei.

Sam se sentou atrás de Hope e sussurrou:

— Pode ir lá, querida.

A menina estendeu lentamente o pé para Dumps. Ele o segurou entre as mãos, estudando curvatura, tamanho, arco, pisada, comprimento dos dedos, algo que já o vi fazer diversas vezes. Usando a fita, mediu os pés de Hope: a planta, o meio da sola, o lugar no peito onde fica aquele osso em cima do pé, o tornozelo em volta do calcanhar e três pontos da panturrilha. Depois de cada medida, ele rabiscou no caderno. Os óculos estavam apoiados na ponta do nariz. O pé dela era engolido pelas mãos grandes e calejadas de Dumps. Ele tentou fazer cócegas na sola do pé, mas ela não estava no clima e não riu. Ele conferiu as medidas e, em seguida, mediu novamente em volta da pisada interna e fez o mesmo com o outro pé. Quando terminou, deu um tapinha no pé dela.

— OK, terminamos. — Ele olhou para Sam. — Senhora?

Sam balançou a cabeça.

— Ah, meus pés estão muito sujos e eu não fiz as unhas e...

— Acredite, eu já vi piores.

Sam tirou as meias e estendeu as pernas até Dumps. Ele segurou os pés dela, cumprindo a mesma sequência de medidas. Fiquei assistindo, pensando no príncipe segurando o pé de Cinderela.

Ele se virou para Hope.

— Qual é a sua cor favorita?

Ela não disse nada, então Sam falou pela filha.

— Rosa.

A risada dele veio lá do fundo. Da barriga. Uma vez, perguntei a ele sobre isso. Ele disse: "A cadeia faz isso." Ele assentiu com a cabeça para Sam.

— Bem, por Deus, botaremos rosa nelas.

— No quê? — perguntou Sam.

— Nas botas. — Ele levantou as sobrancelhas. — E você, senhorita?

— Eu gosto de azul-turquesa — respondeu Sam.

Ele assentiu.

— Boa pedida. Vou ver o que posso fazer.

Ele fez anotações e, então, levantou os olhos do caderno.

— Vocês preferem preto ou marrom?

— Preto.

Dumps fechou o caderno, enfiou os óculos no bolso e caminhou em direção ao estábulo.

— Preto, então.

A ruga de expressão que habitava o rosto de Hope desapareceu enquanto ela observava o homem ir embora.

A porta de tela rangeu, Sam se sentou no balanço. A brisa batia na ponta de seus cabelos.

— Ela dormiu?

— Acho que sim. Teve um dia agitado. Disse que quer um cavalo. "Um igual ao Sr. B."

Eu ri. Podíamos ouvir Dumps fazendo barulho no estábulo.

— Há quanto tempo vocês se conhecem?

— Ele está conosco há uns oito anos, mas sempre o conheci.

— Como foi isso?

— Ele foi o primeiro homem que meu pai prendeu, quarenta e cinco anos atrás. Botou na cadeia. Um júri o colocou na prisão.

— O que ele fez?

— Atirou num homem. — Os olhos dela se arregalaram. — Ele tinha 18 anos e estava com um bando de jovens bêbados. Ele não começou, mas, segundo sua própria confissão, não fez nada para encerrar a briga. Dumps saiu da prisão há nove anos e eu o encontrei sentado em um meio-fio na cidade. Apenas com as roupas do corpo.

— Parece uma história familiar.

— Parei e perguntei o que ele estava fazendo. Ele encarava o relógio da torre e disse que estava pensando em pular. Não tinha ninguém nem coisa alguma. Nenhum lugar para onde ir. Nenhuma opção. Ele disse que voltaria para a prisão, mas que tinha certeza de que não o aceitariam. Perguntou se eu fazia alguma ideia de como ele poderia recuperar sua velha cela de volta. Levei-o até uma lanchonete, comprei café e ovos e perguntei se ele se incomodaria de morar com um Ranger e sua família. Ele pensou e respondeu que não, que não se importava. Pelo menos não comigo. Demos a "cadeia" para ele morar, o que o deixou bem feliz. Desde então, ele está lá.

— E as botas?

— Aprendeu a fazer na prisão. E, trinta e cinco anos depois, ele já havia praticado bastante. O diretor deu a ele uma oficina própria, trancava-o lá durante o dia e o revistava à noite, para ver se todas as ferramentas estavam na caixa. Ele fez botas para o diretor, para todos os guardas, para meu pai e para mim. Depois que o acomodamos no estábulo, começou a trabalhar no circuito de rodeios, calçando os caubóis. Agora, uma porção de caubóis vem de longe para conseguir um par de botas. Ele não é um Paul Bond, mas chega bem perto disso. Faz um bom par de botas de trabalho.

Ela olhou para meus pés.

— Essas são dele?

Assenti.

— Quanto tempo vai levar pra ele terminar o que está fazendo?

— Existem umas duzentas etapas na confecção de um par de botas, mas se ele se concentrar e pular algumas delas... uns dois dias.

Ela me olhou pelo canto do olho.

— Aposto que, quando você era criança, cuidava de todos os gatos de rua.

Balancei a cabeça.

— Detesto gatos... mas cuidei de uma parcela considerável de bezerros e cavalos.

Ela me estudou.

— É uma cicatriz e tanto, essa do seu pescoço.

— Ahã.

— Você não revela muita coisa, não é?

— O que quer dizer com isso?

— Eu disse "é uma cicatriz e tanto". Você deveria ter respondido "ahã..." e contado como aconteceu. Mas você só responde àquilo que perguntam.

Assenti.

— É um defeito meu.

— Todo mundo tem direito a ter um. — Ela se inclinou para a frente. — Então...

— Sabe... às vezes as pessoas não respondem a uma pergunta porque a resposta causa dor.

— Nas últimas quarenta e oito horas, eu contei para você que a minha filha foi abusada sexualmente por um homem que eu namorava e que ele tem vídeos de nós duas peladas. Acha que alguma parte disso não dói?

Ela me venceu com esse argumento.

— Foi uma explosão.

— Explosão?

— Um homem jogou um coquetel molotov em mim, que explodiu e me atingiu com pedaços de vidro, basicamente ateando fogo no lado direito do meu corpo.

— Parece que você se saiu bem.
— Um bom médico e muitos enxertos de pele.
— E a perna manca?
— O homem que jogou o coquetel saiu do carro e, em seguida, atirou em mim com minha própria arma.
— Deve ter sido agradável.
— Ahã. Mas não tão agradável quanto as cinco vezes que ele atirou aqui. — Bati no peito.
Os olhos dela se arregalaram.
— O que você estava fazendo?
— Estava levando Brodie para tomar sorvete.
— Por que fizeram isso?
— Quatro jovens dopados de metanfetamina não precisam de muitos motivos para fazer nada.
Ela balançou a cabeça.
— Como você não morreu?
— Já me perguntei isso muitas vezes.
— Sério.
— Eu estava de colete.
Ela pareceu surpresa.
— Sempre usa colete quando vai tomar sorvete?
Estava na hora de revelar a verdade. Esclarecer as coisas. Eu me levantei.
— Quer dar uma volta? — Olhei para a casa. — Hope vai ficar bem. Não vamos muito longe.
Ela se levantou e eu indiquei o caminho pela luz da lua e através dos choupos até o pasto. Desviamos dos estercos de vaca e de uma das sete torres de petróleo que havia muito não funcionavam e subimos a colina repleta de carvalhos. Dali, podíamos observar o sul em direção ao rio. O norte em direção a casa. Era o lugar predileto do meu pai. Mesmo apenas com a luz da lua, era possível ver a sombra azul.
— O que é aquilo?
Uma árvore grande, dividida ao meio por um raio uma década atrás, aparecia isolada e morta. As vacas agora a usavam para coçar os traseiros.
— É a "árvore do casamento".

Uma risada irônica.

— O quê?

— Árvore do casamento. Meu pai comprou este terreno como presente de casamento para a minha mãe. Meus avós, meus pais, Andie e eu, todos nós nos casamos aqui. — Eu ri. — Mas a árvore deve ser amaldiçoada, pois minha mãe deixou meu pai e você sabe sobre mim e Andie, então, se pretende se casar, sugiro ficar longe dela.

— E aquilo?

— Tremoços-azuis.

A voz de Sam se acalmou.

— São lindas.

Não dissemos nada por algum tempo.

— Por falar em lindo, como Hope está? Quero dizer, com...

Ela enfiou as mãos nos bolsos da calça, aproximou os cotovelos do corpo.

— Ela está bem. O desconforto físico passou.

— Como está o resto dela?

— Hope ainda está com medo.

— Do quê?

— De Billy Simmons.

Ao longe, um noitibó cantou.

— Achei que fosse dizer que era de mim.

Ela pareceu surpresa. Balançou a cabeça.

— Por que diz isso?

— Às vezes, quando coisas ruins acontecem com crianças, elas associam o fato a algo mais amplo. Um homem mau transforma todos os homens em maus.

— Se ela tivesse medo de você, nunca teria montado o Sr. B ou, a propósito, dormido naquele sofá com você, em Nova Orleans.

— Quando vocês acordarem amanhã, não estarei aqui.

Ela cruzou os braços, como se controlasse a si mesma.

— Posso perguntar aonde você vai?

Eu me levantei.

— Estarei de volta tarde da noite ou na manhã seguinte, se tudo correr como espero.

— Você não respondeu à minha pergunta.

— Já pedi para o Brodie mostrar tudo a vocês. Quem sabe ir até o rio? Acho melhor que fiquem por perto. Sem alardes. Eu realmente não espero que ele as encontre aqui, mas...

— Você fez de novo.

Não olhei para ela.

— Sim, eu fiz.

Ela pôs as mãos nos quadris.

— Se me envolve, eu gostaria de saber.

— Estou indo até San Antonio.

— Billy não vai deixar que você simplesmente entre na casa dele e o segure enquanto os amiguinhos dele o prendem.

— Isso não vai ser necessário se as coisas correrem do meu jeito.

— Você vai fazer o quê? Simplesmente vai até lá para dizer ao comandante de San Antonio que um de seus melhores policiais não é quem ele pensa ser?

— Coisas mais estranhas já aconteceram.

— Pode, por favor, responder à minha pergunta?

— Sim, é o que eu vou fazer.

— E você acha que ele vai acreditar em você?

— A palavra de um Texas Ranger ainda vale muito neste estado.

Ela parecia confusa.

— Você joga beisebol?

Eu ri. Não era a primeira vez que isso acontecia.

— Não sou esse tipo de Ranger.

A expressão no rosto dela mudou.

— Você é um Ranger de verdade?

Não respondi.

Os olhos dela mexiam de um lado para o outro e sua boca se abriu lentamente. Ela estava começando a juntar os pedaços. Quando as informações se acomodaram em seu cérebro, ela se recostou, cruzou os braços, apoiou a cabeça na corrente do balanço e ficou me encarando.

— Isso explica o colete.

Assenti.

— Sim, explica.

— E em Nova Orleans. Você esteve lá a trabalho?

— Eu estava trabalhando na segurança do governador. É um trabalho ridículo, mas ele gostava de mim e parece que governadores gostam de fazer conferências em Big Easy. Então íamos muito para lá. Muitas vezes ao ano em dois mandatos.

— A explosão... também tem a ver com isso?

— Persegui um homem por alguns anos. José Juan Chuarez. Finalmente o alcancei e o mandei para a cadeia. Ele e seus comparsas não gostaram nem um pouco disso.

Ela assentiu.

— Você é realmente um caubói.

— Cresci amando tudo sobre eles. O romance. A ética. O código... que, em sua maior parte, é não verbal. Delegado, xerife e Ranger. Esses eram os titãs do Texas. Eu admirava até a sombra deles. — Ri dessa lembrança. — Eu me vestia como eles. Imitava o caminhar e a cadência das esporadas. O jeito de falar. As respostas pensadas. Passei muitas horas nos fundos da casa, onde, ao lado de Jim Bowie, Davie Crockett e William Travis, eu gritava para a correnteza do Álamo: "Vencer ou morrer!" Eu era o encarregado da correspondência do Pony Express. Viajava na frente da carroça cheia de gente e pagamentos. Caçava os bandidos impiedosos e enforcava os ladrões de cavalos. Soltava a corda com um tiro da minha Colt. Frustrava os assaltos a banco. Cavalgava a toda velocidade com as rédeas nos dentes e uma Winchester 94 em cada mão. Levantava o chão para as moças. Nunca cuspi na calçada. Chorei feito um bebê quando John Wayne morreu em *O último pistoleiro*. — Eu ri. — À noite, meu pai lia para mim. Grandes histórias sobre grandes homens. O meu favorito se chamava *Caubóis corajosos*, de Joan Walsh Anglund. — Balancei a cabeça. — Como eu sonhava em ser um! — Apontei para meu peito. — Um homem que usasse a estrela. — O que eu havia dito nos últimos trinta segundos era a informação mais espontânea que eu já dera a uma mulher em muito tempo.

Alguns minutos se passaram.

— Você realmente vai a San Antonio?

— Sim.

Ela cruzou os braços, como se abraçasse a si mesma.

— Você faria isso? Arriscaria algo por mim? Por nós?

Olhei para o oeste.

— Uma vez, um homem que eu conheci me impediu de ter o que eu merecia e me deu o que eu não merecia. Isso mudou o que penso a respeito de mim e de outras pessoas.

— Quem era esse homem?

— Meu pai.

— Ele também era um Ranger?

— Um dos melhores.

— Gostaria de tê-lo conhecido.

— Alguns passos naquela direção e você pisará na cabeça dele.

Ela pulou como se pisasse em uma cobra. O túmulo de meu pai estava atrás dela. Sam deu a volta, ajoelhou-se e passou a mão sobre a pedra. Uma cruz de ferro, com um distintivo prateado dos Rangers no centro, destacava-se bem no topo. Em uma lápide de mármore abaixo, estava escrito:

Dalton Steele
Texas Ranger. Companhia F.
Ele não temia o terror da noite,
nem a flecha que voa de dia.
1949–1989

Quando olhou de volta para mim, uma luz se acendeu.

— Quando você disse que ele morreu de intoxicação por chumbo, não quis dizer que foi algo que ele comeu, certo?

— Certo.

— O que aconteceu?

Então, eu contei.

# CAPÍTULO 20

Eu estava no primeiro ano do ensino médio. Nós cinco — Brigão, Buracos, Punhos, Olhos e eu — havíamos nos tornado amigos. Por causa do trabalho do meu pai, nos convencemos de que podíamos fazer o que quiséssemos. Contanto que ninguém descobrisse. Buracos tinha obsessão por carros — conseguia fazer ligação direta em qualquer coisa. Stacey tinha um tio que comprava tequila contrabandeada de uns mexicanos mais ao sul. Roubávamos um carro, dirigíamos até o sul por estradas secundárias, nunca a menos de cento e sessenta quilômetros por hora, enchíamos o porta-malas de bebidas, vendíamos pelas cidades pequenas no caminho com uma margem de lucro e devolvíamos o carro ao lugar de origem antes que o dono percebesse que havia sumido. Eu não bebia a tequila, mas gostava da aventura. Da adrenalina. E eles todos sabiam que eu era bom de briga.

Inofensivo, certo?

Errado.

Era sábado à noite, e meu pai ficaria fora durante a madrugada trabalhando em um caso.

Buracos havia encontrado seu carro dos sonhos — um Pontiac Trans Am igual ao do filme *Os bons e os maus*, com o motor alterado. Ele provocou:

— Vou arrancar queimando os quatro pneus.

Invadimos a garagem do sujeito, empurramos com cuidado e seguimos para o sul. Em um momento da viagem, a linha amarela pontilhada entre as pistas ficou lisa. Buracos sorriu e disse calmamente:

— Duzentos e vinte.

Enchemos o porta-malas, vendemos a maior parte no caminho de volta e o restante quando chegamos à cidade, uma hora antes de amanhecer. O segredo era devolver o carro antes que o dono se desse conta do sumiço. Enchemos o tanque, desligamos o motor e empurramos o carro por duas quadras até a garagem do homem — apenas com o pneu um pouco mais gasto. Deixamos um galão de tequila no banco da frente, em agradecimento pelo carro. Normalmente não fazíamos isso, mas aquele carro era especial.

O que eu não sabia era que o carro pertencia a um juiz que trabalhara até tarde. Quando ele acordou, às duas horas da manhã, deixou o cachorro sair e viu a garagem vazia. Então ligou para o meu pai.

O resto da história não fica nem um pouco melhor.

Meus amigos desapareceram pela porta da garagem, eu deixei a garrafa no banco da frente e me dirigi para a saída quando ouvi a voz dele sair das sombras. Quase me borrei na calça.

— Já terminou?

Eu me virei.

— Senhor?

— Eu perguntei se você já terminou.

Calculei que, quanto menos eu dissesse, melhor.

— Terminei o quê?

Ele acendeu seu Zippo. A chama lançou uma sombra no rosto dele que não me agradou. Ele acendeu um cigarro.

— De ser um idiota.

Eu nunca havia sido muito bom em me fazer de idiota, mas não tinha escolha. O som distante de passos apressados e cochichos me dizia que os outros haviam me largado lá. Eu teria que enfrentar essa situação sozinho.

— Senhor?

Até aquele momento, meu pai nunca havia me batido nem me xingado. Naquela noite, porém, tudo mudou. Embora ele não tenha me batido, eu preferia que tivesse. Teria sido melhor que ouvir o que ele disse, e o tom que ele usou para dizer.

Ele alcançou o carro, tirou a garrafa de lá e a entregou ao juiz, que me encarava de cima.

— Meritíssimo.

O juiz assentiu e enfiou a garrafa debaixo do braço. Meu pai continuou:

— Ele começará na segunda-feira, assim que a escola acabar. Ele é todo seu pelo resto do ano escolar.

Tentei engolir, mas não consegui.

Meu pai veio até mim e levantou a mão para me bater, mas parou no ar. Quando isso aconteceu, eu já era tão alto quanto ele e estávamos emparelhados, olho no olho. Saliva se acumulou no canto de sua boca. O lábio inferior e o olho direito tremiam.

— Entre já no carro.

Ele me levou até o necrotério. Até lá dentro. O cheiro me deu náuseas e eu vomitei bem do fundo da garganta. No centro, havia duas mesas. Ambas cobertas com lençóis. Ele deu a volta e puxou um lençol. Uma criança. Em um tom estranho de azul pálido. Eu o reconheci. Estava parecendo um queijo suíço. Cinco buracos no peito. Então meu pai se virou e puxou o outro lençol. Um homem grande de barba. Mesmo tom de azul. Inchado. Uma fita amarrada no dedão do pé. Eu o reconheci. Ele havia comprado bebida de nós mais de uma vez.

Meu pai disse:

— Venha aqui. — Caminhei entre as duas mesas e ele as moveu para perto da minha cintura. Um dos olhos do garoto estava meio virado. Parte da cabeça do homem estava faltando. — Me dê sua mão direita. — Eu dei e ele a repousou no peito do garoto. Meu dedo indicador encostou em um dos buracos. — Agora me dê a esquerda. — Hesitei. Uma forte combinação de mágoa e raiva estava bloqueando as palavras. — Ande logo, me dê — insistiu ele. Estendi a mão e ele a repousou no peito do homem, os dedos abertos e pressionando minha palma.

Ele deu a volta nas mesas. O salto da bota ecoava no chão de concreto.

— Frank Jones. — Ele indicou com a cabeça. — Um bêbado. — Uma pausa. — Chegou em casa ontem de manhã, ouviu algo dentro do armário. Um assaltante dentro de casa. Frank pegou sua pistola Smith e atirou com tudo. Esvaziou o tambor. Mas Frank não sabia — ele olhou para o menino — que Justin estava em casa, matando aula. Fora ao cinema com os amigos. Um filme novo da Disney. Ainda estava com as jujubas no bolso de trás. — Meu pai parou, engoliu em seco e encarou o homem. — Com a arma ainda quente, ele abriu a porta do armário e encontrou isso. Então, pôs o cano do rifle no céu da boca, e isso explica por que está sem uma parte da cabeça.

Meu pai ficou ali parado, me encarando.

— Frank estava bêbado de... tequila. — Ele tragou o cigarro com força, a ponta brilhando como um rubi, ou os olhos de Satã. Quando o cigarro chegou à guimba, ele largou no chão e apagou com a ponta do pé. Eu podia sentir sangue em minhas mãos. Ele me encarou. Os olhos vermelhos e molhados. O homem do Marlboro em pessoa. Ele falou entre os dentes cerrados. — Eu sempre disse a você que existem consequências para as escolhas que fazemos. Agora você vai ver quais são elas. — O dedo dele tremia enquanto me dizia para entrar no carro. Foi a primeira vez que ouvi meu pai me dizer um palavrão. — Porque eu preciso encontrar a Roberta e lhe contar que seu marido matou o próprio filho.

Ainda posso ver o rosto dessa mulher.

Meu pai não falou comigo por uma semana. No final de semana seguinte, ele tirou um raro dia de folga. Posso contar em uma das mãos as vezes que isso aconteceu. Ele me levou até a parte dos fundos da casa onde estavam dois cavalos selados. O meu e o dele. Era o final de semana da Páscoa. Havia tremoços-azuis por toda parte. O pasto era um mar de azul. Montamos e cavalgamos por muitas horas, dando as rédeas aos cavalos. Depois de mim, o Bar S era a coisa mais importante do mundo para ele. Foi onde encontrou paz e era o único lar que eu conheci. Perto do final da tarde, demos meia-volta e ficamos olhando para nossa casa, a quase um quilômetro de distância. A árvore do casamento era um choupo-do-canadá largo e isolado, com galhos que caíam sobre o rio.

Ele dobrou a perna direita em volta do pito da sela.

— Sua mãe nos deixou quando você era muito jovem. Eu sei que você se lembra de algumas coisas dela. — Ele ficou mexendo na ponta das rédeas. — Eu não fui... Eu sei que não tenho sido o melhor dos pais. Sou casado com a lei e, com frequência, se não o tempo todo, você fica em segundo plano por causa disso. A verdade é que não sei ser outra coisa. — Ele olhou para o rio. — Ensinei você a atirar bem ali e, bem, você é melhor do que a maioria. Talvez até melhor do que eu. Pelo menos com uma arma de cano longo. Mas me arrependo de algumas coisas. — Ele engoliu em seco. — Frank e eu não éramos... não éramos tão diferentes. Ele era viciado em bebida. Eu sou viciado nisso. — Ele apontou para o peito. Pela tradição, depois de 1947 ou 1948, todas as estrelas dos Rangers passaram a ser feitas de cinco pesos mexicanos, que eram 99,9 por cento prata pura. A de meu pai era assim. — Eu sempre quis ser um homem da lei. Um Ranger. Um sonho que se tornou realidade. — A voz dele se alterou. — Fazer parte, ser considerado um membro da força policial mais respeitada do país. Talvez de toda a sua história. Ser um dos cem homens escolhidos para defender o Texas. — Ele balançou a cabeça. — Entrei de cabeça nisso. Dei tudo de mim ao Texas, e Deus sabe quanto amo esse estado. Dei pedaços de mim que você nunca recebeu. Aprendi bem rápido que, para fazer esse trabalho, e fazê-lo bem, era necessário estar nele o tempo todo. Jamais baixar a guarda. Nunca, nem por um segundo, ser descuidado, porque, caso isso acontecesse, eu daria a vantagem aos bandidos... ao mal que eu estou, estava perseguindo. — Ele assentiu. — Isso quer dizer que nunca me dei a você. Não de verdade. Não como deveria ter feito. — Balançou a cabeça novamente. Ficou olhando para longe, bem longe. — Vivi minha vida à procura de algo digno pelo qual morrer. — Ele olhou para mim. — Apenas esqueci de procurar em casa.

Pela primeira vez na minha vida, vi meu pai chorando. Lágrimas escorriam pelo seu rosto. Ele tirou o chapéu.

— Eu estava nervoso com a história de Frank e seu filho, e estou decepcionado, mas não com você. Para esclarecer as coisas, Frank não estava bêbado da sua tequila. Confirmamos isso com o barman que serviu uma dúzia de doses de agave puro a ele em algum lugar mais ao norte. Passei a última semana pensando que, se eu não tiver cuidado, farei com você o mesmo que Frank fez com Justin. — Ele balançou a cabeça. — Não com uma arma. Não vou atirar dentro de um armário. Mas com a ausência de tempo. Com a alienação. — Ele se distraiu, balançando a cabeça. — Já fiz isso o suficiente com você. Então, acho que é melhor dizer a você antes de dizer a qualquer outra pessoa. Vou me aposentar da força na semana que vem. — Fiquei boquiaberto. — Queria saber se você gostaria de começar um negócio comigo. Talvez a gente... — Ele fez outro gesto com a mão, apontando para o mar de azul — ... pudesse criar gado junto. — Eu não conseguia engolir. Meu coração estava preso na garganta. Ele se virou na sela e limpou os olhos na manga da camiseta. — Queria saber se você também acha essa ideia legal.

Uma brisa passou por nós. Era a conversa que eu havia esperado por toda a minha vida para ter com meu pai. Consegui responder com a voz fraca e falhada:

— Sim, senhor.

Ficamos ali por um bom tempo. O rio corria abaixo de nós. Ele estava prestes a voltar para casa quando parou. Passou alguns minutos olhando fixamente para a água. Finalmente, enrolou um cigarro, desmontou de Blue, apoiou o cigarro em um galho de árvore e, então, montou novamente e puxou a aba do chapéu.

— Quero que me prometa algo — disse ele.

— Sim, senhor.

— Quando eu for velho e partir deste mundo, quero que me enterre no Brazos.

Era um bom pedido.

— Bem ali. — Ele repousou as mãos no cabeçote. — Bem ali, nos braços de Deus.

— Sim senhor.

Ele esporeou o velho Blue, virou-se em direção a casa e disse sobre os ombros:

— Seu aniversário está chegando. Certo?

— Sim, senhor.

Eu o segui. Pelo tom de voz, parecia que ele estava sorrindo.

— Dezessete, se não me engano.

Alcancei-o e fui cavalgando ao lado dele.

— Dezoito.

Ele assentiu e me guiou até o estábulo.

— Rangers não ganham muito dinheiro. Não é o motivo pelo qual fazemos o que fazemos. Você sabe disso. Mas economizei um pouco e... — Ele desmontou de Blue e abriu a porta. Tirou a cobertura de um dos carros antigos mais bonitos e enferrujados que eu já tinha visto. Acabamento superior rasgado, carroceria amassada, sem a calota esquerda traseira, pneus furados, cano de descarga solto.

— É um meia sete. Precisa de alguns consertos, mas achei que talvez, à noite, eu e você poderíamos consertar juntos. Botá-lo de volta no lugar. — Ele inclinou a cabeça para o lado. — Quem sabe se torna até mais rápido do que já foi um dia!

Era um Corvette SS conversível. Passei os dedos pela parte interior, acima das rodas. Mal podia falar.

— Não sabia que você gostava de carros de velocidade. — Foi o que consegui dizer.

— Filho — meu pai sorriu. —, todo homem gosta de carros de velocidade.

Eu ri.

— Não sabia que você sabia fazer isso tudo.

— Tem muita coisa que você não sabe sobre mim. Achei que talvez esse carro pudesse mudar isso. — Ele enfiou a chave na ignição. — Vá em frente. — O carro ligou de primeira. Meio arranhado. O motor estava desregulado. O cano explodiu. Precisava de trabalho. — Aperte o acelerador. — Apertei e, então, o motor respondeu, pulando e soltando fumaça, mas as rotações subiram. — Quer dar uma volta?

Fechei a porta, soltei o freio de mão.
— Achei que você não fosse me perguntar.
Foi uma das melhores horas que passamos juntos.

Naquela noite, enquanto jantávamos, uma chamada veio pelo rádio. Um assalto a banco que dera errado. O rádio dizia:
— Dalton, os assaltantes atiraram no Sr. Langston e estão fazendo Betty Sue de refém. Estão drogados com algum tipo de haxixe mexicano e fazendo todo tipo de coisa ruim com ela. Dá para ouvir os gritos pelas janelas do banco. Uma das testemunhas conseguiu fugir e disse que ela está sangrando muito. Talvez não tenha muito tempo.

O banco ficava no centro da cidade, em frente ao fórum. Meu pai se levantou, engoliu a última gota de café e disse:
— Volto já.

Vi quando ele deslizava o carro no cascalho pelo portão em direção ao centro da cidade. Mais uma das centenas de ligações que eu já havia testemunhado na vida.

Fiquei ali sentado por alguns minutos. Então, entrei em meu Corvette e ultrapassei todos os limites de velocidade até chegar à cidade, estacionando ao lado do tribunal. Ouvi os tiros assim que saí do carro. As pessoas me contariam no enterro que meu pai correu para subir a escada do banco com sua Remington 870 e atirou nas dobradiças. Eles estavam no andar de cima, observando-o. O tiroteio durou muitos minutos.

Fiquei esperando perto do local e sabia que meu pai seria comedido, que não entraria atirando. Eu podia ver os resíduos dos tiros no reflexo da escadaria de mármore. Escutei enquanto ele esvaziava metodicamente as cinco balas da 870. Eu conseguia ver mentalmente a arma esvaziando, ele carregando mais duas vezes e esvaziando novamente, para então botá-la no chão e começar os trabalhos com a arma secundária. A calibre 45.

A pistola .45 tem um som distinto. Uma resposta rápida e curta. Diferente de um revólver ou de um rifle. Escutei enquanto ele esvaziava um carregador — oito balas. Naquela época, um carregador portava sete balas. A oitava ficava na câmara. Houve uma pausa tensa, o que indicava que ele estava recarregando. E certamente se movimentando. Mais sete tiros se seguiram. Eu disse a mim mesmo: "Mire no peito. Mire no peito. Mire no peito. Atireeeee." Outra pausa. Seguida por mais duas. Depois silêncio. A disputa havia acabado.

Ele a terminara.

Luzes piscando por todos os lados. As pessoas se aglomeravam. Tentaram me impedir. "Não entre lá." Quando cheguei, ele já estava partindo. O rosto pálido. Um tiro entrou bem no lado direito do peito. Não havia muito a ser feito. O corpo dele estava deitado sobre o dela. O tiro era para ela. Ele puxava ar pelo buraco. Segurei sua mão. As lágrimas escorriam. Eu balançava a cabeça. Ele esticou o braço, secou as lágrimas e piscou.

— É o preço que se paga.

O sangue formava uma poça no mármore. Circulava meus pés. Vermelho-escuro. Quase preto. O som de ar sendo sugado cessou. Ao lado dele, três homens estavam deitados como bonecos — as pernas dobradas em ângulos fora do comum. Mais dois no andar de cima. Um estava contorcido na escada. Outro, deitado sobre o balcão. Ele observou os sete corpos. E depois a mulher. Tentou respirar, mas não conseguiu, então agarrou minha mão e pôs seu distintivo no meio dela, fechando meus dedos sobre as pontas. Estava escorregadio. Ele fez que sim com a cabeça.

— Algo pelo que vale morrer.

Ele tentou dizer mais, mas não conseguiu e expirou.

A mulher sobreviveu.

O governador colocou uma coroa de flores sobre o caixão de meu pai e deixou a bandeira a meio-mastro.

Eu chorei como um bebê.

# CAPÍTULO 21

Sam e eu caminhávamos de volta para casa quando avistamos faróis em nossa rua. Ela pulou de susto, fico tensa e começou a olhar, assustada, para a casa em que Hope dormia. Ficou na ponta dos pés, pronta para o ataque. Toquei em seu braço. Era a primeira vez que eu tocava nela para confortá-la, e não por necessidade.

— É o meu capitão. Pedi que ele viesse.

Ela soltou o ar.

— Acho que é melhor eu dormir um pouco. Foi um dia longo. — Ela se virou e foi embora. Quando voltou a falar, não estava olhando para mim. — Não o subestime. Ele se considera muito bom no que faz.

— Não pretendo. — O capitão Packer deu a volta e estacionou. — Vejo vocês amanhã de noite.

Ela ainda não olhava para mim. Sua voz era baixa, o medo tinha voltado.

— Promete?

Dei a volta para olhá-la de frente e levantei seu queixo.

— Sim.

Ela entrou em casa e eu fui encontrar o capitão Packer na frente do portão. Ele ficou me observando, depois moveu o charuto para o canto da boca. A ponta brilhava um vermelho fraco, mostrando as rugas que construíam o mapa de guerra que era o seu rosto.

O capitão John Packer Jr. ingressara no esquadrão dos Rangers com meu pai. Ele estava na ativa havia mais de quarenta anos. Um dos

Rangers com mais tempo de casa. Muitas condecorações. Um ícone. Admirado por todos os homens que serviram com ele e sob sua supervisão. Se ele pedisse que fôssemos para a batalha, todos os homens da Companhia B se apresentariam.

O Texas mudou muito sob o comando dele. Foi Packer quem pôs o distintivo de meu pai em meu peito quando fui recomendado para os Rangers e prestei juramento. Quando fez isso, ele disse: "Caubói, conheci apenas um homem com peito grande o bastante para carregar este pedaço de prata." Ele sorriu. "Mas imagino que o seu será também."

Eu assenti e senti o peso do metal na minha camisa.

Ele veio na minha direção. Apertei sua mão.

— Capitão.

— Filho. Como vai?

— Bem, senhor.

Ele me observou sob a luz da lua.

— Está mais magro.

Ele parecia mais velho. Mais cansado.

— Acho que sim. Talvez alguns quilos a menos.

— Faz quanto tempo?

Dei de ombros.

Ele apertou meu braço.

— Pouco mais de um ano?

Nós dois sabíamos.

— Um pouco.

Ele sorriu e balançou a cabeça. O gelo havia sido quebrado. Ele largou meu braço.

— Ouvi que você andou viajando.

Tirei meu chapéu.

— Fui ver um pouco de paisagem.

— Dumps me disse que você anda queimando pneu, bem...

— Estou mantendo-os aquecidos.

Ele puxou o ar entre os dentes, depois cuspiu o charuto.

— Você é uma espécie rara, Caubói.

— Acho que já me disse isso antes, senhor.

Os anos haviam passado para ele. Mais rugas. Cabelo ainda mais branco. Porém, ainda magnífico. Ombros largos. Mais alto que a maioria dos homens. Ainda conseguia impor sua presença. Ainda engraxava as botas e usava camisas engomadas. O jeans Wrangler passado a ferro, os vincos visíveis na parte da frente. Mas, agora, estava com 62, não, 63 anos. Ninguém sabia ao certo. Será que ele parecia mais relaxado ou era apenas impressão minha? O tempo tem esse efeito devastador. A dor faz o mesmo. Ele levantou o queixo.

— Como vai a perna?

— Não sinto quase nada.

Um sorriso falso.

— Você está mentindo.

Ele apertou os lábios enquanto seus olhos subiam até meu rosto e, em seguida, cuspiu: metade carranca, metade sorriso. Ele fazia isso quando não queria que eu soubesse o que estava pensando. O único problema era que todos nós sabíamos lê-lo perfeitamente. Packer caminhou até a frente de seu Ford e se apoiou nele, tirou o chapéu e colocou sobre o capô. A barriga estava maior. Meio protuberante sobre o cinto.

— Por que não me diz o motivo de ter me chamado aqui a essa hora da noite?

— Preciso caçar um homem e preciso da sua permissão para isso.

— Não é só isso.

Chutei a terra abaixo de meus pés e olhei para ele.

— Sim, senhor.

— Quem é ele?

Contei ao capitão.

Packer coçou o queixo, pensativo. Isso queria dizer que ele me deixaria fazer o que eu pedia, mas ficaria preocupado até eu voltar.

— Vou ligar para o chefe dele e avisar que isso vai acontecer.

— Se puder esperar até depois do almoço, posso dizer se vai ser fácil ou...

— Ou?

Eu ri.

— Ou não.

Ele procurou algo no bolso da camisa.

— Algum tempo atrás, você entrou no meu escritório e deixou isto na minha mesa. Disse algo sobre eu encontrar outro peito para pendurá-lo.

— Ele assoprou e depois limpou com a manga da camisa. — Guardei até... até que você o quisesse de volta.

— Preciso apenas para essa única vez.

— Tem certeza?

— Sim, senhor.

— E da próxima vez?

— Não vai haver próxima vez.

Fiquei olhando para a casa. O quarto de Brodie.

Ele pôs o dedo em meu peito.

— Não banque o herói. Você entra, sai, entrega as provas ao chefe dele. Deixe que eles cuidem do resto.

— Esse é o meu plano.

Eu tinha muito chão pela frente e, se saísse naquele instante, conseguiria dormir uma hora ou duas em uma parada antes de chegar à casa dele.

Ele tirou um palito de dente do bolso da camisa e arrancou o plástico.

— Você precisa saber de uma coisa. Existe um papo de que seu amigo José Juan Chuarez vai ser solto por causa de algum detalhe técnico.

— Fiquei sabendo.

— Parece que ele contratou uns advogados muito bons. Pagou muito dinheiro. Achei que gostaria de saber.

Assenti.

Ele olhou a minha volta.

— Você está muito isolado aqui. Se ele começar a dar ordens, talvez precise de ajuda.

Mostrei meu celular.

— Não se preocupe. Ainda tenho seu número nos contatos de emergência.

Ele balançou a cabeça uma vez.

— Até eu chegar aqui, será tarde demais. Até a fumaça terá baixado.

Eu ri.

— Duvido. Se ele aparecer, teremos bastante fumaça.

Ele sorriu. Assentiu. Empurrou o palito para o outro canto da boca.

— Tem uma pergunta que eu queria fazer. — Ele passou os dedos pelo cabelo grisalho. Não teve pressa. Uma brisa soprou em nós. — Você se culpa?

— Se eu me culpo, senhor?

— Você se culpa pelo... — Ele olhou para o Bar S — ... que aconteceu com vocês?

Tentei tranquilizar meu tom de voz.

— Na noite em que meu pai foi morto, havíamos passado o dia juntos. Sonhando. Ele me contou que se aposentaria na semana seguinte. Começaria a criar gado comigo. Apenas eu e ele. Havia percebido que tinha dado a vida para o Texas, e não para mim ou minha mãe. Não queria viver arrependido. — Encarei o capitão. — Eu estava seguindo o mesmo caminho. Seria como ele. Levou tempo até eu me dar conta disso. Então, para responder a sua pergunta, sim, eu me culpo. — Balancei a cabeça uma vez. — Todos os dias.

Ficamos de pé no escuro, ouvindo a noite no Texas. Ele revolveu a terra com a ponta da bota. Uma brisa soprou em nós.

— Filho?

— Senhor?

Os olhos dele brilhavam com um tom profundo de ébano.

— Quer que eu vá junto com você?

— Senhor, se tudo correr como o planejado, só vou ver o cara depois de conseguir as provas e entregá-las ao capitão dele. Eu tenho a chave da casa. Pretendo entrar, encontrar o que estou procurando e sair. Não quero brincar com esse cara. Carrego um "S" no peito porque meu filho fica feliz. Não por achar que isso tem alguma coisa a ver comigo.

Ele riu.

— Só não deixe isso afetar você. E tome muito cuidado.

Fazia quase três anos desde a última vez que eu usara o distintivo de meu pai. Uma sensação que me fazia falta. Liguei a picape e o ponteiro do combustível virou para apontar que estava cheio, na direção de

Brodie, que ainda sorria para mim. Logo acima, estava a pasta creme que mudaria a vida dele para sempre. E, dentro, os documentos que esperavam pela minha assinatura.

Cocei a cabeça. Uma coisa de cada vez.

Eu iria dirigir até San Antonio para ajudar uma mulher que conhecia havia menos de três dias e, ao mesmo tempo, cortar laços com a outra que eu conhecia por 13 anos. A mulher que me dera um filho. Alguém que costumava me esperar acordada. Alguém cujas rugas apareceram após o nosso casamento. E sua horta de tomates agora está coberta de ervas daninhas nos fundos da casa. Conheço a quantidade de sardas nas costas dela, a altura que deixava os estribos, como gostava de massagem nos pés quando estava cansada e o modo como respira quando dorme.

Dei a volta no portão e quase atropelei Sam. Pela segunda vez. Ela apareceu branca nos faróis. Descalça. Desci o vidro. Ela enfiou as mãos nos bolsos e veio até a janela.

— Você não precisa fazer isso.

— Tem uma ideia melhor?

Ela deu de ombros, de um jeito nada convincente.

— E se ficássemos quietos? Desaparecêssemos? Começássemos de novo? Estamos longe e ele não vai nos encontrar. Você mesmo disse isso.

Dei uma risada.

— Se acredita nisso, então por que não consegue dormir?

Ela assentiu com a cabeça. Revolveu a areia com os dedos do pé.

— Ainda assim, você não precisa fazer isso.

— Eu sei.

— Por que, então?

— Porque homens ruins que têm muito a perder, como ele, costumam ser muito motivados.

— Mas... — e dessa vez ela olhou diretamente para mim — ... você sequer me conhece.

— No meu trabalho, isso não importa muito.

— E se...? — Ela balançou a cabeça. Engoliu o que gostaria de dizer. — Então a gente simplesmente tem que esperar você voltar?

Olhei para meu relógio.

— Você pode dormir um pouco.

Ela deu um passo para trás e fez que sim com a cabeça.

— Claro. Tenho certeza de que isso vai acontecer.

— Escute, eu me arrependo de algumas coisas na vida, mas isso... — bati com os dedos no distintivo e deixei meus olhos apontarem para a estrada — ... é o que eu faço. Dizer que eu não posso ir é o mesmo que dizer a Brodie que ele não pode montar o Sr. B. Ele não sabe fazer diferente. Para ele, a vida só existe com o Sr. B.

Sam deu um sorrisinho. Falou lentamente, pronunciando as palavras.

— Não saber fazer diferente.

— Você me entendeu, não é?

Ela tentou não sorrir.

— Ahã.

Sam apoiou as mãos na porta do carro. Ela havia roído as unhas. A expressão de seu rosto mudou. Ela estendeu os braços e apoiou a mão em meu braço. Novo contato visual. Mais palavras não ditas. Talvez as mesmas. Era um pedido. Encerramos assim, ela encarou o pasto, assentiu e levantou a cabeça.

Subi o vidro, desci o freio de mão e saí da casa. Eu podia vê-la pelo retrovisor, parada, de braços cruzados. Talvez uma ruga de preocupação no olhar. Quando me aproximei da estrada, Dumps apareceu na varanda, pôs o braço ao redor dela e a conduziu de volta para casa.

Segundo minha experiência, as palavras que mais precisamos ouvir são aquelas que ficam suspensas no ar. São as palavras-chave. A coisa que falta. Mas não se pode forçá-las. Elas precisam ser dadas. E não serão dadas até o dono confiar que merece ouvi-las. E, para fazer isso, significa que é preciso superar muita dor e sofrimento para arrancar as palavras da boca.

Olhei meu reflexo no espelho. Estava balançando a cabeça. Se eu fosse uma mãe fugitiva tentando proteger minha filha, não confiaria em ninguém. Não importa o que estivesse pendurado no peito.

# CAPÍTULO 22

Querido Deus,

Esse lugar é grande. Brodie e eu cavalgamos por uma hora hoje e ele disse que não vimos quase nada. Disse que vai me levar até o rio amanhã. Talvez a gente nade, se a mamãe deixar. Ela disse que deixaria, mas que deve estar frio demais. Ah, aqui também tem vaca. Muitas. E são grandes. O touro é o macho. Você sabe, aquele que tem o... bem, você sabe. Ele é um Brahma e tem o dobro do tamanho das fêmeas e o "você sabe o quê" vai até o joelho. É engraçado. A mamãe disse que eu não deveria falar sobre essas coisas, mas como? Quero dizer, elas estão penduradas na altura do joelho. Não dói quando ele anda? Acho que você saberia dizer. Você fez isso de propósito? O primeiro Brahma fez algo que o aborreceu? Ele tem um calombo gigante nas costas feito um camelo, mas Brodie disse que não armazena água.

Espera...

Tem gente falando lá fora.

É a mamãe e o Caubói. Eles foram dar uma volta. Acho que a mamãe gosta dele. Dá para ver na voz dela quando fala com ele. Ela é que nem uma vela. Ele a acendeu e agora parte dela está derretendo pelos cantos.

A mamãe está na banheira agora. O Caubói está andando pelo corredor. Perguntei a ela o que ele estava fazendo e ela não respondeu.

O Caubói saiu. Acabou de partir. Fiquei vendo os faróis desaparecerem como dois grandes olhos vermelhos pela estrada. A mamãe não quis dizer aonde ele está indo, mas eu acho que sei. Quando ele saiu de casa, estava carregando um rifle como os de soldado. Era preto e parecia uma daquelas armas que a gente vê nos filmes. Acho que ele vai procurar o Billy.

Espero que ele o encontre. E espero que atire nele. É pecado dizer isso? Mas, mesmo que seja, espero que ele faça isso. Espero que atire em seu "você sabe o quê".


Querido Deus,

É de manhã. O Brodie está na escola. O Sr. Dumps está no estábulo. Mamãe está na varanda tomando café e olhando fixamente para a estrada, com os joelhos enfiados no peito. E eu estou no banheiro, sentada num negócio chamado "bitê". É tipo uma privada, mas só que não dá para fazer cocô. Se alguém fizesse isso, seria preciso empurrar o cocô com palitos pelos buraquinhos porque, senão, nunca desceria. Eu vi pela primeira vez ontem e perguntei o que era à mamãe hoje de manhã. Ela me disse que é um negócio para as moças lavarem o traseiro. Na frente e atrás. As mulheres usam quando não querem tomar banho. Perguntei a ela se eu podia usar e ela disse não logo de cara. Então ela ficou roendo as unhas, como faz quando está pensando, mudou de ideia e disse que eu podia. É estranho, mas eu gosto. A mamãe disse que provavelmente não existia na casa quando ela foi construída, mas que o Caubói deve ter instalado um para a mulher dele. Ela disse que a mulher dele devia ser uma moça chique, porque só as moças chiques usam esses negócios. Pensei que era melhor eu ficar sentada aqui um tempo e tentar entender isso tudo.

Ah, Deus, a essa altura o Caubói já deve estar em San Antonio. Você está de olho nele? Pois deveria. Não que eu esteja lhe dizendo como ser Deus, mas, bem, você deveria estar de olho. E precisa se certificar de que ele saiba sobre o sistema de alarme. Aquele que não faz barulho, mas liga diretamente para o celular do Billy e dos amigos dele. E sobre as armas também. E como Billy sabe usá-las superbem. O Caubói precisa saber dessas coisas, porque ele é apenas um caubói.

Bem, eu saí daquele negócio porque estava começando a parecer estranho. Acho que fez tudo que precisava fazer, porque fez meu traseiro ficar enrugado. Não sei por que as mulheres simplesmente não tomam um banho, uma vez que suas partes já estão todas molhadas mesmo. Você precisa de uma toalha para secar tudo. Não vou incomodá-lo pelo resto do dia para que possa ajudar o Caubói. OK?

Se você disse sim, precisa falar alto... mas vou considerar isso um sim.


Querido Deus,

Deixei você em paz praticamente o dia inteiro e não dei um pio sequer, mas já passou da hora do jantar, o Caubói ficou fora o dia todo e nós não tivemos notícia. A mamãe não disse muita coisa. Já está quase com bolhas nas mãos. Ela bebeu tanto café que já fez xixi umas quinze vezes. Ela fica se levantando toda hora na varanda, caminha até a cerca, fica olhando para a entrada da casa por um tempo e depois senta de novo no balanço, inquieta. Depois recomeça tudo. Exceto quando vai fazer mais café.

Hoje, a mamãe e eu fomos um pouco bisbilhoteiras. Reviramos o armário dele e encontramos uma caixa de sapatos bem lá no fundo. Abrimos e encontramos todos esses artigos sobre o Caubói. Sobre como ele atirou num homem que estava fazendo uma criança de refém numa ponte. O homem mau ficou segurando o bebê sobre a ponte para a polícia não conseguir pegá-lo. Ele disse que soltaria a criança no rio se tentassem. O chefe do Caubói sabia que ele conseguia atirar muito bem de longe, porque o Caubói cresceu atirando em marmotas a uma distância de até meio quilômetro. Eu não sei o que são marmotas, mas não acho que tenha a ver com mar. A mamãe disse que pode ser algo parecido com um rato. Enfim, o Caubói passou a vida atirando nessas coisas, então era bom em atirar em coisas pequenas de longe, aí o chefe dele mandou que ele deitasse do outro lado da ponte, a mais ou menos uns seiscentos metros, e atirar no homem. E o homem morreu, mas a garota, não. Porque ele atirou na cabeça do homem quando a criança estava em cima da ponte novamente e a bala o atingiu. O homem caiu morto e a mamãe disse que o bebê provavelmente caiu no peito dele, onde é mais macio, em vez de cair no cimento, então não se machucou nem nada. A matéria mostrava o Caubói ao lado do governador recebendo uma medalha de honra ao mérito. Também encontramos outras coisas na caixa. Uma matéria antiga sobre o pai dele. Estava amarelada e despedaçada. Dizia que ele foi morto a tiros aqui na cidade, num assalto a banco. Salvou a vida de uma moça. Acho que o Caubói e o pai dele simplesmente andam por aí salvando mulheres de homens malvados. Porque foi isso que ele fez por nós.

Depois de ver aquela foto do Caubói com o governador, fiquei pensando. Acho que o Caubói e Billy são muito parecidos, mas, ao mesmo tempo, também muito diferentes. Os dois têm fotos com pessoas famosas por terem feito coisas boas, mas Billy as põe na parede para que todos possam ver e saber disso sobre ele e imaginá-lo de uma maneira que não é seu jeito de verdade, mas o Caubói, ele guarda as fotos dele dentro do armário, numa caixa de sapatos empoeirada e fechada com fita, para que ninguém veja. Num lugar em que ninguém vai saber nada sobre ele. Onde só as pessoas bisbilhoteiras, que não deveriam estar procurando nada, procuram e encontram. Por quê? É por isso que às vezes as pessoas escondem as coisas boas sobre si e os outros precisam sair por aí descobrindo sobre elas?

A mamãe leu uma matéria falando sobre uma explosão e sobre como ele explodiu e depois um garoto atirou nele com sua própria arma. A mamãe disse que foi assim que o Caubói ganhou aquela cicatriz no pescoço e que deve descer pelo corpo todo. Os garotos que fizeram isso trabalhavam para um traficante do México. O Caubói tinha caçado o tal homem, mandando-o para a cadeia. Ali dizia que foi uma das maiores prisões de todos os tempos. A matéria contava que ele se aposentou depois disso por "motivos pessoais". O artigo dava a impressão de que o Texas havia perdido algo porque ele nascera para ser um Ranger, mas se aposentou bem no auge da carreira. A secretária do capitão disse que ele entrou na sala do seu chefe, botou o distintivo em cima da mesa e falou "Capitão, não posso mais usar isso". Quando o capitão perguntou o motivo, o Caubói simplesmente balançou a cabeça e disse "Porque está me matando". Falava que o Caubói chorou quando fez isso. Mas isso não faz muito sentido, porque, quando ele saiu daqui, ontem à noite, estava com o distintivo. Eu podia vê-lo brilhando na luz da lua. Isso quer dizer que ele não está mais aposentado? Sei que estou fazendo muitas perguntas, mas tem muita coisa acontecendo, e eu imagino que você consiga lidar com tudo isso, não é? Você deveria responder que sim. Talvez você tenha dito e eu não ouvi. Nesse caso, você precisa falar mais alto.

O final da matéria dizia que, agora, o Caubói mora numa pequena fazenda que pertenceu ao pai dele, chamada Bar S. É onde estamos agora. É de onde estou escrevendo. Ele mora lá com a esposa, seu filho, Brodie, e um senhor que faz botas, Dumps. Falava também que o Caubói cria vacas e tem uma escola particular de tiro para quem quer aprender a se defender. A mamãe disse que ele ensina pessoas comuns. Eu disse à mamãe que deveria pedir que o Caubói ensinasse a ela, e ela mordeu os lábios. Isso quer dizer que ela também já tinha pensado nisso.

Achei que, se eu ficasse aqui falando por bastante tempo, você traria o Caubói de volta, em segurança. Como se isso talvez ajudasse a passar o tempo. Mas não ajudou. Ele não está aqui. O que você está fazendo quanto a isso?

Não quero ser desrespeitosa, mas... o que você está fazendo quanto a isso?

Ah, e outra coisa. O Brodie me levou até o rio hoje e disse que é um de seus braços. Eu disse que achava que não era. Quando ele perguntou por que não seria, respondi que você era mais forte que aquele riozinho.

Querido Deus,

É meia-noite e o Caubói ainda não voltou. A mamãe está preocupada. Perguntei ao Brodie se o pai dele tinha ligado e ele disse que não. Perguntei se ele estava com medo e ele respondeu que não, mas eu acho que estava mentindo. O Sr. Dumps disse que não precisamos nos preocupar, porque o Caubói não é bobo, mas o Billy também não é. E o Billy é mau. O Caubói, não. E, às vezes, eu acho que quem é mau vence quem não é mau. Simplesmente acontece.

É só olhar para todas as coisas ruins que acontecem com as pessoas boas. Se o bem vencesse o mal, não estaria acontecendo nada de ruim. Eu não entendo. Quer dizer, se você é quem todo mundo diz que é, e pode fazer todas essas coisas, então por que as coisas são assim? A mamãe diz o tempo todo que eu faço perguntas demais e que isso me torna "pernisosa". Ainda não sei o que isso quer dizer porque não consigo encontrar no dicionário, mas eu realmente faço muitas perguntas. E o que você quer que eu faça? Tem uma porção de coisa passando pela minha cabeça, e o que eu devo fazer com elas? Algumas dessas perguntas precisam de resposta. Elas são como as feridas que coçam na minha pele. O médico as chama de "comichão". Pequenos insetos andando em mim. E dando coceira. Minhas perguntas são assim. Elas andam por toda parte e me fazem querer arrancar a pele. Mas você, você é como aquela pomada que o doutor receitou e o Caubói comprou. Talvez seja dessa maneira que se vence o mal. Talvez você use pessoas como o doutor e o Caubói para passar pomada nas crianças que estão com a pele coçando e que sentem dor lá embaixo, porque um homem botou algo ali que não deveria.
Estou apenas sendo sincera... espero que o Caubói atire no Billy.


Querido Deus,

A mamãe acabou de me acordar. Estou vendo faróis na estrada...


Querido Deus,

Obrigada.

# CAPÍTULO 23

A casa estava acesa como se fosse uma pista de pouso quando voltei. Eu quase podia ouvir o medidor de luz girando. Dump e Sam estavam de pé na varanda. Sam estava descalça, de braços cruzados. Ela veio ao meu encontro na picape, e os olhos fundos perguntaram sem falar nada. Saí do carro, passei as mãos nas pernas e respondi:

— Quando cheguei lá, ele já havia partido. Usei a chave para entrar e encontrei a casa em um estado caótico. O sofá havia sido empurrado, e a ventilação, arrancada do chão. Não havia nenhum pen drive. Nada. Algumas manchas de sangue pelo chão, mas só isso. — Ela estava parada, seu semblante inexpressivo. — Acho que o cobertor de Hope fez uma trilha no chão e ele a seguiu, chegando à ventilação.

Ela não ficou satisfeita com essa informação.

— E agora?

Dei de ombros.

— Tem certeza de que estava na ventilação?

— Sim, eu conseguia ver. Hope também.

— Então ele conseguiu encontrar o que procurava. Caso encerrado. Provavelmente está feliz porque vocês fugiram. Billy não tem mais nada com que se preocupar. A ausência de qualquer prova em Hope... — Dei de ombros pela segunda vez, tentando diminuir o golpe. — Nós... você não tem um caso muito consistente. É a sua palavra contra a dele. E ele é condecorado.

Ela assentiu com a cabeça.

— E eu não sou, eu sei.

— Não foi o que eu quis dizer.

— Eu sei, me desculpe. O que vamos fazer agora?

— Primeiro, vamos dormir um pouco. Todos nós. E depois, enquanto tomamos café e comemos, pensaremos em algo... amanhã. É bom que passe um tempo pensando se quer recomeçar a vida em Rock Basin. Se quiser, posso ajudar. Mas, se quiser ir para outro lugar, eu também ajudo você.

Ela concordou com a cabeça. Sorriu. Mas o sorriso não apagou a ruga de preocupação em sua testa.

Hope veio me encontrar subindo os degraus, olhando-me fixamente com os olhos cheios de sono.

— Oi, Hope.

Ela estreitou os olhos, por causa da luz da varanda.

— Você realmente atirou num homem a seiscentos metros de distância?

Sam tapou a boca de Hope e disse:

— Shhh.

Eu ri.

— Vocês duas são muito enxeridas.

Sam começou a ensaiar uma desculpa.

— Estávamos... sinto muito.

Eu me ajoelhei na frente de Hope.

— Sim, atirei.

— Foi por isso que deram uma medalha de honra para você? Por ter matado aquele homem?

Balancei a cabeça.

— Não, eles me deram a medalha porque aquela garotinha teve a chance de crescer. Ela é da escola do Brodie hoje em dia. O nome dela é Chelsey.

— Seu pai morreu tentando impedir um assalto a banco?

— Acho que, quando meu pai chegou lá, eles já haviam terminado de roubar o banco.

— Então por que ele precisou morrer?

— Porque os homens que assaltaram o banco estavam machucando uma moça que trabalhava lá.

Ela se levantou e tocou meu pescoço — era a primeira vez que me tocava. Passou os dedos pela cicatriz.

— O Brodie vai ser como você e seu pai?

Balancei a cabeça.

— Não. Ele vai ser melhor do que nós.

— Ele vai ser um Ranger?

— Isso vai depender dele. Mas ele ainda tem alguns anos pela frente para tomar essa decisão.

Eu me levantei e fui até o quarto de Brodie. Ela disse algo atrás de mim. Eu me virei.

— Brodie me contou hoje que as pessoas que descobriram aquele rio lá embaixo o chamaram de "Os braços de Deus". Isso é verdade?

— Sim, eles dizem isso.

— Mas é mesmo?

— Se não é... — balancei a cabeça uma vez — ... então eu não sei o que mais seria.

Empurrei a porta do quarto de Brodie e o encontrei esparramado na cama, tal como sua mãe costumava fazer. Ocupando cada centímetro do colchão. Dormir com ele era o mesmo que abraçar um polvo.

— Oi, filhão.

Ele rolou na minha direção.

— Oi, pai.

Eu me ajoelhei ao lado da cama.

— Você está bem?

— Sim, senhor.

Passei a mão em seu rosto.

— Pai?

— Sim.

— Você voltou a ser um Ranger?

— Filho, eu sempre serei um Ranger. — Tirei o distintivo de meu pai, coloquei em seu peito e beijei sua testa. — Durma um pouco. Logo vai amanhecer.

— Pai? — A mão dele se fechou no distintivo. — Podemos tomar sorvete de manhã?

— Sim, mas com uma condição.

Ele se sentou na cama, coçando os olhos.

— Qual?

Sorri.

— Ninguém pode atear fogo em mim.

— Ah... Como o Espantalho?

— Sim, como ele.

Brodie se virou para o lado, curvou-se, fechou os olhos e então levantou o braço no ar e me mostrou o distintivo de meu pai enfiado em sua mão.

— Eu te dou cobertura.

A casa ficou quieta. Todos foram dormir. Eu ainda precisava esperar a adrenalina baixar. Então peguei uma toalha e um sabonete, e fui caminhando até o rio. Acima de mim, brilhavam dez trilhões de estrelas. A Ursa Maior iluminava o oeste do Texas, acima de Cap Rock. Cheguei à margem, tirei as botas, depois as roupas, e entrei na água da maneira como vim ao mundo. Quando chegou à altura dos joelhos, me sentei, me inclinei para a frente e deixei a água escorrer pelos ombros. Era a segunda vez que eu tirava meu distintivo e ainda não fazia ideia de quem eu era sem ele. Eu tinha vivido muita coisa boa mas também muita coisa ruim. Fiquei ali no rio tentando entender isso tudo.

Mas não consegui.

# CAPÍTULO 24

Quando Andie saiu da nossa casa, deixei de dormir na nossa cama. Muitos odores me lembravam muitas coisas e levantavam muitas questões. Coloquei uma cama de solteiro no quarto de Brodie e passamos a dormir juntos, quando eu não apagava no sofá ou dormia na rede da varanda. Dumps passara a me chamar de nômade de camas, e ele estava certo. Dormir sozinho, depois de doze anos, não me caíra nada bem. Nem acordar sozinho. Em muitas manhãs, eu acordava com o som da respiração dela no meu ouvido, babando no travesseiro, a perna esquerda em cima da minha, a mão no meu peito. Eu vi as trepadeiras fazerem o mesmo em volta das colunas da varanda. E, até onde sei, se você tentar separar uma planta da outra, ambas morrem.

Acordei com o cheiro e o som do café da manhã, então me vesti e deduzi, equivocadamente, que Dumps estava cozinhando. Achei que poderia ajudá-lo. Não que essa fosse sua função, mas ele acordava cedo e gostava disso. Fiquei surpreso quando entrei na cozinha e encontrei Sam preparando um café da manhã digno do salão especial do Ritz. Não sei de onde ela havia tirado tudo aquilo, mas havia ovos, mingau, salsicha, biscoitos caseiros, suco de laranja, café. Fazia muito tempo que aquela mesa não via um banquete como aquele.

— Oi.

Sam estava no fogão, preparando panquecas em uma frigideira de ferro.

— Sirva-se. — Fiquei olhando para aquela montanha de comida. O rosto e as bochechas dela estavam pontilhados de farinha. — Dumps se ofereceu para ir ao mercado ontem. Espero que não se incomode.

Eu me servi de uma xícara de café e tentei esfriar assoprando.

— Nem um pouco.

Brodie entrou na cozinha com o cabelo todo despenteado, sentou-se e começou a comer.

Virei-me para Sam.

— Estava pensando em, depois do café, levar você até a cidade, se quiser.

Ela limpou o rosto com a manga, espalhando ainda mais a farinha.

— Acho ótimo.

— Eu conheço a diretora do Brodie, se quiser falar com eles sobre escola. É pública, então é de graça, e o pessoal é muito legal.

Ela assentiu, mas não tirou os olhos da frigideira.

— Por falar nisso, como vai Hope?

— Está bem. Ela... ela anda usando o bidê. Espero que não se importe. Ela nunca viu um antes e...

Dei um sorriso.

— Bem, pode acreditar, nenhum de nós usa aquilo.

— Eu disse a ela que era usado por moças chiques e que, bem, sua mulher devia ser uma moça chique.

Assenti com a cabeça.

— Ela é... rara.

Passei manteiga em um biscoito, acrescentei uma camada de geleia de framboesa e enfiei tudo na boca. Quando Hope se juntou a nós, havíamos terminado de comer, e Brodie e eu mal conseguíamos nos mexer. Empurrei minha cadeira para trás.

— Que tal se eu e o Brodie lavarmos a louça? Depois levamos vocês duas até a cidade.

Rock Basin, Texas, não vai muito além de um prédio antigo de tijolos da prefeitura cercado por lojas dos quatro lados, farmácia, escritório de advocacia, barbearia, imobiliárias, um agente de fiança e outros serviços necessários perto de um tribunal. Existem apenas três outras estruturas que se destacam na cidade. A torre do sino, a quarenta metros de altura. O restaurante Bar-B-Que, de Bill e Jason, comandado pela dupla de irmãos, ambos vestindo roupas caras demais. Eles usam gordura no lugar de sal e cozinham, possivelmente, a melhor costela e a melhor linguiça defumada da face da terra. E a prisão federal, um mundo cinzento de aço cercado por cercas duplas e concertina, vigiada por guardas que usam rifles e pastores-alemães.

A escola pública de Rock Basin não é rigorosa, mas tem o ensino completo e é comandada por pessoas boas, muitas delas antigas colegas de classe minhas. Apresentei Sam e Hope à diretora — uma mulher chamada Beth, que eu conheço desde sempre — e contei a versão resumida da história delas. Beth ouviu, tirou o interfone do gancho e chamou um dos professores. Antes de nos darmos conta, Brodie já estava mostrando a sala de aula para Hope. Era uma imagem bonita, mas não tão bonita quanto ver Hope pegar na mão de Brodie enquanto eles caminhavam pelo corredor. Sam ficou imóvel, balançando a cabeça, secando os olhos com um lenço que Beth dera a ela. Agradecemos a Beth, saímos para o dia ensolarado e Sam se virou para mim.

— Você sempre fura fila assim?

— O que você quer dizer com isso?

— Aquilo que aconteceu lá dentro.

— Ah. O pessoal daqui tem uma estima muito grande pelos Rangers. É uma coisa típica do Texas.

Pus meus óculos Costa Del Mar e ela balançou a cabeça.

— Tem outra coisa, não tem? Você não está contando tudo.

— Flagrei o filho de 18 anos da Beth, Pete, vendendo maconha. Eu o algemei, levei para a delegacia e prendi. Mais para assustar o garoto. Antes de dizer para ele que tinha o direito de permanecer calado, liguei para a mãe dele e pedi que ela viesse até a delegacia. Então assisti enquanto ela lia os direitos para ele entre as grades. Quando ela terminou, ele estava implorando para que eu o deixasse ficar lá. A gente liberou o garoto e ele não aprontou nada desde então. Algumas crianças precisam de um susto. — Assenti. — Eu precisei. Ele não era diferente de mim.

— E ela nunca se esqueceu disso.

— Ela quer a mesma coisa que eu quero. O melhor para as crianças que cruzam nosso caminho. O dela. O meu. O seu. As crianças de hoje estão crescendo num mundo sombrio. — Dei de ombros.

Um Walmart gigantesco ficava na saída da cidade, onde a interestadual encontrava a rodovia. Fui até lá com Sam para que conversasse com a gerência e pegasse o último cheque. Algumas centenas de dólares. Ela perguntou se havia emprego e eles disseram que ligariam para o chefe antigo dela, para saber se a recomendaria. Fazia sentido.

Na saída, passamos por uma ótica.

— Você acha que eles têm sua receita nos arquivos? — perguntei.
— É provável.
— Por que, então, não compramos um par de óculos para você?
— Você não se importa?
— Não. — E gargalhei. — Eu não me importo.

Ela se dirigiu à moça do balcão, que confirmou ter a receita de Sam arquivada.

— Escolha uma armação e os óculos vão ficar prontos daqui a meia hora.

Sam começou a escolher uma armação enquanto eu tentava fingir que não prestava atenção, mas, quando ela começou a olhar as que estavam em promoção por menos de vinte dólares, eu me aproximei e entreguei a ela um par de óculos de marca. Ela balançou a cabeça.

— Muito caro.
— Olha, eu sei que não sou consultor de moda, mas você não pode sair por aí usando... — Bloqueei sua visão da bancada que estava em promoção — ... isso. Eles são...

Ela levantou um lado da boca.

— São tão ruins assim?
— Muito mesmo. — Ofereci novamente a armação de marca.

Ela balançou a cabeça.

— Essa aí vai custar quase o meu salário inteiro quando eu receber.
— Vou depositar na sua conta. — Lentamente, ela começou a olhar armações melhores. Peguei um par de titânio que se fundia diretamente ao vidro, assim as lentes ficavam livres de metal. Era retangular e muito atraente. Ela se olhou no espelho. Fiz um gesto positivo com a cabeça.

— Compra essa.

Ela me devolveu os óculos e balançou a cabeça.

— Não posso. Hope precisa...

Então me dirigi até a moça do caixa, que estava fingindo não ouvir nossa conversa. Entreguei a armação a ela.

— Pode pôr lente nessa armação?

Ela sorriu.

— Só preciso de meia hora.

Sam e eu entramos no McDonald's e ela nos comprou um café com meus três dólares. Ela estava quieta, e eu, com medo de tê-la constrangido ou, pior, até mesmo humilhado. Fiz contato visual.

— Fiz alguma coisa errada? Você não gostou dos óculos? Pode escolher outro se...

— Não, eu gostei muito. Mais que todos. Mas nunca gastei duzentos dólares em um par de óculos.

— Bem, se a propaganda for real sobre serem de titânio, eles podem ser enrolados como um pretzel e batidos com um martelo, e voltariam à forma original, o que pode ser útil, caso continue a frequentar paradas de caminhão.

Ela sorriu, tomou um gole do café e disse em um tom suave:

— Obrigada.

Trinta minutos depois, a moça saiu da loja e acenou para nós do lado de fora do McDonald's. Ela disse, depois de entregar a garantia:

— Duzentos e setenta dólares.

Virei-me para Sam.

— Você usa lentes de contato?

A mulher atrás do caixa respondeu por ela:

— Sim, ela usa. A marca está ali na parede. Caixas com dez lentes. Ela pode usar uma por semana.

Assenti e as acrescentei ao pagamento. Ela pôs os óculos, a moça certificou-se de que estavam ajustados e saímos da loja. Sam curvava a cabeça levemente. Percebi que ela não estava assim quando entramos na loja. Então notei que eu era o motivo. Alcançamos a rua.

— Sam?

— Sim — respondeu ela sem olhar para mim. Os óculos complementavam seu rosto e davam uma impressão ótima.

— Eu não quis envergonhá-la. Por favor, não fique de cabeça baixa ao meu lado.

Ela olhou para mim. Cruzou os braços.

— Eu não sei como... Já lhe devo tanto dinheiro. Serão necessários meses para eu pagar e a Hope precisa...

— Sam?

Ela desviou o olhar.

— Sam, por favor.

Ela se virou para mim.

— E se eu não conseguir te pagar?

— Eu disse a você uma vez que um homem me deu o que eu não merecia e tirou de mim o que eu merecia. Quando disse que isso mudou a minha visão acerca das pessoas, eu não estava brincando.

Ela apertou os olhos e balançou a cabeça de leve.

— Ainda assim, pretendo pagar.

— OK, mas nós estamos indo a uma entrevista de emprego e você não pode chegar lá de cabeça baixa. Conheço essas mulheres e...

— Entrevista de emprego?

— Ahã. E...

— Qual é o emprego?

Eu ri.

— Você ficou exigente nos últimos dias?

— Não. — Ela sorriu. — Pelo modo como falou, fico com medo de ser algo ilegal... ou que envolva fazer algo que eu não queira fazer.

Tirei meu chapéu.

— Bem, parece que você vai ter que confiar em mim dessa vez.

Ela cruzou os braços.

— Não sou muito boa disso.

Assenti.

— Não posso culpá-la.

Dirigimos de volta para a cidade, caminhamos por duas quadras até um prédio com um pêssego gigantesco na marquise e fui guiando Sam até a calçada. O Georgia Peach era o único salão da cidade. Eles oferecem serviço completo e se orgulham de fazer cortes, tinturas, penteados e fofocas como ninguém. Não posso falar sobre os penteados, cortes e colorações, mas eles têm uma grande fatia do mercado quando o assunto é saber a vida de todo mundo. Georgia é a proprietária e gerente. Tem uns 55 anos, é uma mulher avantajada, talvez pouco maior que o tamanho G, usa batom vermelho o suficiente para sustentar a Revlon e ama todo mundo. Da mesma maneira, todos a amam. Pensando bem, parece uma versão texana de Marleena. Ela emprega quatro cabeleireiras, uma moça que lava cabelos, uma recepcionista e todas estão sempre ocupadas. Georgia tem certo monopólio nesse mercado, uma vez que as mulheres dirigem centenas de quilômetros para passar apenas três horas em seu estabelecimento.

Empurrei a porta e ela gritou do outro lado do salão.

— Tyler Steele! Venha aqui, espetáculo de homem! Preciso beijá-lo na boca. — Georgia parece levitar, e não andar. Quando ela se movimenta, sempre me lembro da scooter usada por Luke Skywalker em *Star Wars*. Ela veio flutuando pelo salão, eu tirei meu chapéu e ela se atirou em meus braços — algo que ela sempre fazia com os poucos homens que se aventuravam por ali. Ah, e todas as vezes que eu a vejo seu cabelo está de uma cor diferente. Naquele momento, a cor da semana me parecia uma espécie de vermelho-bombeiro com mechas loiras e pretas, para criar um efeito adicional. Ela me deu um beijo molhado que me fez enrubescer. Então ficou me observando. — Você está mais magro. Parece precisar de um ou dois pedaços de frango frito. Onde esteve? Sua orelha estava queimando? Estávamos falando de você agora mesmo.

— Coisas boas ou ruins?

— Não seja bobo. Agora... — ela se virou para Sam. — ... quem é essa querida linda?

— Sam Dyson, Georgia. Georgia, Sam Dyson.

Georgia apertou os lábios e ficou observando Sam.

— Querida, você gosta de pés?

Sam pareceu confusa.

— Sabe fazer pedicure?

Ela assentiu.

— Eu sei fazer qualquer coisa se me mostrar uma vez.

— Ah, não é difícil. Apenas esfregue os pés com algo que tenha um cheiro exótico, diga algumas mentiras de como estão magras, concorde que seus maridos são uns imprestáveis e as gorjetas vão vir sempre.

— Sam riu. Georgia deu uma piscadela. — Querida, com a sua beleza, uma blusa de gola aberta e um botão extra aberto, eu terei uma fila de homens que nunca pensaram em pedicure antes esperando para serem atendidos por você. Querida, você está contratada.

Sam se virou para mim.

— Tem algum problema se...

Dei de ombros.

— Eu liguei antes de virmos. Falei sobre você.

Sam olhou para Georgia.

— Obrigada. Isso é ótimo. Quando posso...

— Espere aqui — respondeu Georgia.

Ela desapareceu nos fundos do salão e Sam cochichou em meu ouvido.

— De onde você a conhece?

Dei de ombros.

— É uma longa história.

— Conte a versão resumida.

— Seu marido estava tentando matá-la, então eu a ajudei a recomeçar aqui na cidade.

— E quanto ao marido?

Tirei meu chapéu.

— Não pode mais machucá-la.

Georgia reapareceu com um avental e uma cesta cheia de instrumentos de metal.

— A Victoria vai ajudá-la a se instalar. — Georgia passou a mão em meu cabelo. — Meu Deus, querido! O que você fez com seu cabelo? — Ela me empurrou na direção de uma cadeira. — Sente-se.

— Não, sério...

Ela pressionou a tesoura gentilmente em um dos botões da minha camisa.

— Nem pense. Já cortei um homem na minha vida e não hesitarei em cortar outro.

— Sim, senhora. — Georgia esticou aquele pano em mim e começou a massagear minha cabeça.

Ela me escalpelou, mas, com aquelas mãos tão suaves, eu nem reclamei. A verdade era que eu amava me sentar naquela cadeira. Passei metade do tempo feito um boneco porque estava quase adormecendo.

# CAPÍTULO 25

Eu disse a Sam que voltaria às cinco da tarde para buscá-la. Atravessei a rua, desci um quarteirão até a praça e entrei no banco First Federal. A recepcionista me atendeu:

— Oi, Caubói. Como está?

— Bem, Mira. Obrigado. Ele está aí?

— Vou checar. — Ela discou um número, falou com Jean que eu estava no andar de baixo e assentiu. — Pode subir.

O presidente do banco era um sujeito chamado Mike Merkett. O banco que meu pai defendera fora vendido aos Baldwin um ano depois. Os Baldwin venderam o banco aos Langston, que, por sua vez, o venderam aos Merkett. Então, embora o prédio não tivesse mudado, os donos haviam mudado. Mike Merkett não era um sujeito ruim. Nascido e criado em Dallas, tinha a ambição de fazer o banco crescer o suficiente para vendê-lo a uma rede nacional e, em seguida, recomeçar em outro banco, e assim por diante. Ele amava ser banqueiro. Cada um com a própria loucura. Apesar do meu histórico com o banco e a mancha no azulejo do primeiro andar, que ninguém jamais conseguiu remover, Mike não era leal a mim nem aos meus problemas. Ele sabia que havia existido um tiroteio no prédio, mas era isso que acontecia com a maior parte dos bancos antigos do Texas. Para Mike, eu não era nada além de uma conta bancária com uma dívida, e a minha conta estava causando problemas a ele — embora eu nunca tivesse atrasado nenhuma prestação. O problema dele veio com uma oportunidade. Um dos bancos nacionais havia ligado. Eles gostavam de Mike e dos seus números, mas queriam que alguns dos empréstimos duvidosos fossem liquidados antes de fecharem negócio. E Mike estava ansioso para fechar o negócio.

Os auditores me viam como um empréstimo duvidoso.

Jean levantou e me abraçou. Mike deu a volta na mesa, apertou minha mão e disse:

— Tyler, como vai?

— Bem, Mike. Obrigado.

Ele se apoiou na mesa. Era um homem de um tamanho considerável. Da minha altura. Largo como eu, mas com o centro ainda maior. Eu, por outro lado, criaria um problema no meu trabalho se ficasse pesado demais, então me mantinha mais leve. O tamanho era uma vantagem para ele. As pessoas associavam tamanho à autoridade, ao poder ou ao bom comando do negócio. Em parte, isso era verdadeiro. Para ser sincero, Mike era um bom banqueiro. Eu só odiava o que ele estava fazendo comigo. Ele cruzou as mãos.

— Como vão as coisas?

Mike não era de fazer rodeios. Eu também valorizava isso nele. Quando dizia "Como vão as coisas?", estava perguntando: "Fez algum progresso desde que nos falamos e vai poder pagar o empréstimo antes que o banco tome a sua fazenda?"

— Tenho cem cabeças de gado. Quarenta e oito estão prestes a dar cria. Em seis meses, considerando uma expectativa conservadora, consigo pagar vinte mil. Com três pagamentos assim, eu praticamente liquido a dívida.

Ele respirou fundo. Ficou olhando para o teto. Isso queria dizer que não gostara da resposta.

— E se você vendesse o rebanho inteiro agora?

— Mike, eu nunca atrasei nenhuma prestação. Minha pontuação de crédito está alta. Eu não vou a lugar nenhum.

— Os auditores acham que, com a sua hipoteca e o valor acumulado no seu cheque especial, somado ao fato de estar aposentado e, em tese, vivendo com menos dinheiro, você está além da capacidade financeira e, em caso de inadimplência...

— Não vou ficar inadimplente e, com a minha aposentadoria, as vacas e as aulas, ganho mais dinheiro agora do que quando trabalhava na DSP.

— Sei que você sabe disso, mas os auditores em Massachusetts enxergam um cenário bem diferente. — Ele hesitou por um instante. — Consegue pensar em outra solução?

Mike estava sendo pressionado e havia tomado uma decisão. Ele encerraria meu empréstimo para não atrapalhar a venda do banco, ou a próxima, e ainda conseguiria mais dinheiro por cada ação. Eu não o culpava por isso, mas preferia que não fosse a minha custa. Olhei para fora da janela de seu escritório que dava para os caixas e o hall no andar de baixo. A bandeira do Texas havia sido gravada no mármore do piso. Meu pai morreu deitado ao lado da estrela. Eu me lembro de me ajoelhar a seu lado, com as cápsulas vazias espalhadas pelo chão. Fiquei de pé.

— Quanto tempo eu tenho?

— Tyler, estamos conversando sobre isso há três anos. Fomos mais do que compreensivos. Não é nada novo.

— E, nesses três anos, eu deixei de pagar alguma vez?

— Não, mas você sempre fez o pagamento mínimo.

— O tratamento de Andie não tem sido barato.

— Eu entendo. De verdade. Mas... isso está fora do meu alcance.

— Pode me mostrar algum documento que eu tenha assinado dizendo que pagaria acima do mínimo nos últimos três anos?

— Não é esse o ponto.

Levantei a sobrancelha.

— Então qual é?

— Seis meses atrás nós nos encontramos. Eu disse que você teria seis meses. Eles não vão deixar que eu adie ainda mais.

— Então, quando pretende me expulsar da minha própria fazenda, pela qual nunca deixei de pagar?

— Você tem três semanas antes de eles publicarem o aviso de leilão. O local será vendido sete dias depois, em um leilão. Você pode participar, se conseguir um financiamento em outro lugar.

— Então vou poder comprar minha própria fazenda?

— Tyler... sinto muito. — A estrela lá embaixo parecia suja. Abatido, eu me levantei e saí dali.

O escritório do meu advogado ficava a um quarteirão de distância. Cidades pequenas são assim. Peguei a papelada no painel do carro e fui caminhando até o escritório. Eu não estava no melhor dos humores. George Eddy era divorciado, alcoólatra e infiel, mas era um tremendo advogado. Além disso, por causa do nosso histórico — ou seja, eu tinha capturado e prendido o homem que estava tentando matá-lo antes que o sujeito conseguisse fazê-lo —, George gostava de mim e trabalhava de graça. E certamente era algo de que eu precisava. Estava me pressionando havia um ano para que eu assinasse os papéis que ele remeteria à justiça. Simples assim.

Bati à porta e a assistente dele sorriu e me convidou a entrar.

Entrei, coloquei a pasta sobre a mesa e ele sorriu. Ele abriu a pasta e analisou as três cópias.

— Uma para você, uma para ela e outra para a justiça. Ótimo. Darei entrada hoje e estará tudo encerrado. — Ele sorriu novamente. — E livre, nessa ordem.

— Quando você avisará a ela?

— Assim que a justiça homologar e me notificar.

— Agradeceria se me deixasse fazer isso.

George riu.

— Eu não o aconselho a fazer.

— Eu sei.

Ele assentiu e olhou para seu relógio.

— Vou pedir para Delilah cuidar disso imediatamente. Vamos protocolar ainda esta tarde. Deve levar apenas alguns dias.

— Obrigada, George.

Ele apertou minha mão e eu fui embora. Fiquei parado sob o sol, coloquei o chapéu na cabeça e enrolei um cigarro, sem pressa. Eu tinha a impressão de que um divórcio seria mais difícil. Achava que deveria haver alguma noção básica de conclusão. A fachada de uma loja à frente chamou a minha atenção. Era o lugar onde os quatro bandidos mexicanos atearam fogo em mim e atiraram. Balancei a cabeça. Olhei para mais adiante na rua, onde Andie estava fazendo o cabelo, ouviu o barulho do carro passando e correu em minha direção. Aos gritos. Os pneus cantaram. Quando me alcançou, não podia me tocar. Estava em choque.

Tudo começara ali.

Apoiei o cigarro na vidraça do escritório de George e fiquei avaliando a situação. O tribunal receberia a papelada, homologaria, arquivaria e declararia meu divórcio. E, embora isso resolvesse a questão legal, não fazia nada para apagar a assinatura em meu coração.

Pus os óculos escuros e andei três blocos até o apartamento que eu alugava na cidade.

## CAPÍTULO 26

Tínhamos acabado de jantar. Brodie se arrumara para dormir e eu o estava colocando na cama.
— Pai?
— Sim, filho.
Ele ficou olhando para mim.
— A mamãe não vai voltar para casa quando sair de lá, não é?
Eu estava cansado de mentir.
— Não. Ela não vai voltar.
Os olhos dele se encheram de lágrimas. Ele engoliu em seco.
— Onde ela vai morar?
Balancei a cabeça.
— Não sei, filho.
— Eu vou poder ver ela?
— Sim.
— Ela vai morar na cidade?
— Não sei. A gente não conversou sobre isso.
— E como eu vou fazer para ver ela?
— Não sei.
— Você ama a mamãe?
— Não sei, filho.
— Você amava?
— Muito.

Ele fez uma pausa, seus olhos examinavam o teto.

— O que aconteceu? — A verdade era que ela se tornara viciada, acabara com as minhas finanças, dormira com outro homem e, então, tentara se matar. Imaginei que poderia pular essa parte da verdade.

— Filho...

— Você não pode simplesmente trazer ela de volta e...

Passei a mão em seu cabelo.

— Não, filho.

— Eu não consigo entender.

— Eu sei. Também não entendo. Sei que você está sofrendo. Também estou. Só não sei como... — Ele se virou de costas, fechou os olhos e tentou enxugar as lágrimas que caíam em seu travesseiro. Dei-lhe um beijo, apaguei a luz e disse a Dumps que iria até o rio. Eu tinha imaginado uma conversa diferente. Aquilo me surpreendera, e eu estava certo de que não tinha me saído muito bem.

Sentei-me na margem, meus dedos do pé afundados na areia. Atrás de mim, ouvi passos. Ela chegou silenciosamente ao meu lado.

— Você se importa se eu me sentar?

Afastei-me um pouco para abrir lugar.

— Claro que não me importo.

Sam e eu ficamos ali olhando para o rio. Ela colocara os joelhos na altura do peito, remoendo as palavras. Após alguns minutos, disse:

— Obrigada por hoje.

Concordei com a cabeça.

Ela me empurrou ligeiramente com o ombro.

— Aprendi muito sobre você.

— É?

Ela sorriu.

— Você fez isso de propósito, não fez?

— O quê?

— Me colocar lá com aquelas mulheres tagarelas.

Atirei uma pequena pedra lisa na água.

— Imaginei que isso pudesse acontecer, mas não me incomoda que tenha acontecido.

— Sua mulher está mesmo em reabilitação?
— Sim.
— É realmente a terceira vez que isso acontece?
— Sim.
— E você pagou por cada uma delas?
Fiquei brincando com uma pedrinha entre os dedos.
— Sim.
Ela abaixou a voz.
— O que aconteceu?
— Andie não lidava muito bem com o fato de eu ser um Ranger. Não foi assim no começo. Mas, à medida que os anos foram passando, e ela dormia mais sozinha do que acompanhada, acabou se cansando. A preocupação tomou conta dela. Nós nos distanciamos, discutimos... ou melhor, ela gritava e eu escutava, e então aconteceu aquele negócio na cidade.
Sam tocou a queimadura em meu pescoço.
— Você está falando...
— Sim, essa foi a gota d'água. Ela não conseguia mais. Quis a separação. Então aluguei para ela um apartamento na cidade e nos separamos. Ela ficava um pouco com Brodie durante a semana, o que ajudava, porque raramente eu estava em casa, e eu ficava com ele nos fins de semana. — Atirei outra pedra na água. — Achei que, se deixássemos a poeira baixar, ela voltaria.
— E o que aconteceu?
— Ela se envolveu com algumas mulheres, começou a usar nosso cheque especial e interceptou os extratos por uns seis meses.
— Quanto dinheiro ela pegou?
— Sessenta e nove mil, quatrocentos e dezessete dólares e vinte e sete centavos.
— Uau! — Ela deu um sorriso e tentou não rir. — Em que ela gastou todo esse dinheiro?
— Em que ela não gastou o dinheiro? Ela e suas amigas, todas divorciadas ou separadas, iam a cassinos ou para Manhattan nos fins de semana para fazer compras. Posso deduzir que ela "gastou" em roupas de marca ou jogou tudo fora em mesas de aposta.

Sam ficou quieta por um minuto.

— Onde ela está agora?

— A poucas horas a leste de onde encontrei você na estrada.

— Você acha que ela vai voltar?

— Andie pode sair quando bem entender, mas, se não quiser ir para a cadeia, precisa ficar onde está por enquanto.

— Gastar dinheiro do cheque especial não dá cadeia.

— Há uns quatro ou cinco anos, ela estava com dificuldade de dormir e foi ao médico pedir uma receita tarja preta.

— Para quê?

— Ela disse "depressão". — Assenti. — E era a verdade. Ela estava deprimida.

— Muitas pessoas que tomam remédio controlado não vão para a cadeia.

— Quando estourou nosso cheque especial, ela começou a vender. Tornou-se cúmplice do bom médico.

Sam assentiu.

— Earl Johnson?

— Ahã.

— Georgia disse que ele não estava só interessado em receitar remédios.

Concordei com a cabeça.

— Eu havia alugado o tal apartamento na cidade. Era um lugar relativamente seguro. Eu podia ver como ela estava de tempos em tempos. Mas, enfim, fui visitá-la uma tarde e seu amigo médico estava fazendo um atendimento domiciliar. Flagrei os dois. — Dei de ombros. — Ela ficou com muita raiva, envergonhada.

— Onde está o médico agora?

— Trabalha todos os dias no consultório dele na cidade.

— E é casado, certo?

— Se quiser chamar aquela coisa de casamento.

— Por que você não fez alguma coisa?

— Tipo o quê? Contar para a mulher dele?

— Sim.

— E isso ajudaria?

Ela balançou a cabeça.

— Não, mas talvez fizesse você se sentir melhor.

— Duvido muito.

— Como ela foi parar no hospital?

— Céus, elas realmente lhe contaram a versão inteira da história, não foi?

— Elas falam muito.

— Depois disso, Andie passou uma semana vindo aqui em casa, cheia de remédios, dizendo todo tipo de loucura. Eu fechava a porta, não queria falar com ela, não a deixava ver o Brodie. Entrei com uma medida cautelar, que a proibia de se aproximar de mim e do Brodie, e depois fiz o que nunca imaginei fazer.

— O que foi?

— Entrei com o pedido de divórcio. Alguns dias depois, levei a papelada ao apartamento dela. A porta estava aberta, então entrei. Ela estava caída no chão do banheiro, um tom pálido de azul e um frasco de remédio vazio ao seu lado. Eu a levei para o hospital. Esvaziaram o estômago dela. Quando Andie acordou, já estável, nós tivemos que contê-la. As algemas eram uma precaução, mas achei que ela representava um risco a si mesma. Desde então, ela sai e volta aos programas de reabilitação.

— Quando ela vai sair?

— Em pouco menos de um mês.

— E depois?

— Não faço ideia.

— Você se importa?

— Claro. É a mãe do meu filho, a mulher com quem fiquei casado por doze anos. Compartilhamos... muita coisa. Mais do que qualquer outra pessoa. Mas, por outro lado, o que é estranho, eu não poderia me importar menos.

Sam não olhou para mim.

— Dizem que você entregou a papelada hoje.

Balancei a cabeça.

— Cidade pequena é uma coisa incrível.

Ela assentiu.

— A fofoca se espalhou rapidamente. A secretária do seu advogado entrou no salão depois de ir ao fórum.

— Confidencial pra caramba.

Ela riu.

— Ela não deu nomes, mas todo mundo entendeu de quem ela estava falando. — Sam balançou a cabeça. — Aquelas mulheres realmente pensam que você é alguma coisa.

— É, sou impressionante mesmo.

— Como o Brodie está lidando com tudo isso?

— Ele está sofrendo.

— É um garoto ótimo. Muito doce com a Hope. Cuidou bem dela na escola. Almoçou com ela. Foi atrás dela na lanchonete. — Sam olhou de lado para mim. — Muito protetor.

— Está no DNA dos Steele. — Atirei outra pedra na água. — Ele é o melhor de nós dois, tudo junto em um único pacote inocente, esperançoso e suado de 11 anos.

Ela molhou os dedos dos pés, agitando a água. Não falamos nada por algum tempo. Quando Sam quebrou o silêncio, sua voz era suave.

— Georgia disse que vai me pagar na sexta-feira. Com as gorjetas, consigo pagar a você de volta.

— Não tem pressa.

— Parece que você está precisando do dinheiro.

— Não vai fazer muita diferença.

Ela pensou um pouco antes de falar.

— Aquele seu apartamento na cidade... está para alugar?

— Não.

— Você está reservando para quando sua mulher voltar...

— Não. Não quis dizer que você não pode alugar. Você pode, mas... não é meu. É de uma senhora da cidade. Ela me deixa usar sem pagar nada.

— É a mesma senhora que seu pai...

— Elas realmente contaram a versão completa, não foi?

— Demorou quase o dia inteiro.

— Eu fui lá hoje. Fiz uma limpeza. Pode se mudar quando quiser. Eu só não tinha encontrado um modo de abordar o assunto. Não queria que pensasse que estava expulsando vocês. É um bom apartamento. Mobiliado. Cozinha completa. Uma boa banheira. Eu chamo de apartamento, mas é um bom lar. Espaçoso. Limpo. Tem uma varanda e um balanço. É claro que a maioria das varandas por aqui tem um balanço. TV de tela plana. TV a cabo. Se não fosse em cima de uma garagem, seria mais parecido com uma casa. Você pode ir para o trabalho a pé e também levar a Hope para a escola. Fica tudo ali bem pertinho.

Ela se inclinou em minha direção, encostou o rosto em minha face e me beijou. Foi um gesto carinhoso, suave e devastador. Ela tocou meu rosto.

— Obrigada.

— Bem... — Corei. Meu rosto estava mais vermelho que uma beterraba. — De nada.

Ela pôs a palma da mão em meu rosto, se aproximou de mim e me beijou uma segunda vez. Agora, no canto da boca.

— Por tudo.

Em todos os altos e baixos com Andie, mesmo depois de saber sobre ela e o médico, eu jamais fora infiel. Nunca saí da linha. Mas preciso admitir que aquele segundo beijo me atingiu em lugares que... bem, digamos apenas que tenha me atingido. Eu não disse nada, o que era bom, porque jamais conseguiria pronunciar as palavras certas.

Sam ficou sentada ao meu lado, olhando para mim e balançando, com os braços apertando os joelhos.

— Alguma vez já traiu a sua esposa?

Olhei para ela.

— Boa noite, senhorita!

— O quê?

— Você não perde tempo para fazer perguntas difíceis, não é?

— Não tenho muita paciência para jogar.

— Já entendi essa parte.

— Então? Sério.

— Não. Nunca fui infiel.
— Nem mesmo em pensamento?
— Bem, eu tenho uma imaginação fértil, mas nunca deixei chegar muito longe.
— E quanto a mim?
— O que há com você?
— Você já me viu em sua imaginação?
Eu ri.
— É engraçado. Nunca precisei de imaginação com você. Entre a cena com o motorista de caminhão e a outra no estacionamento do Ritz, já vi bastante coisa.
— Você viu aquilo?
— Difícil não ver.
Ela sorriu.
— Que bom! Estava torcendo que tivesse visto.
Aquela conversa me deixava abalado. Tecnicamente, eu já não era mais casado. A formalidade na justiça levaria apenas alguns dias. Na prática, Andie achava que estávamos divorciados desde que assinara a papelada, um ano antes. Eu deixara a papelada em uma pasta manchada de café não porque precisasse da assinatura dela, mas porque precisava da minha. Estávamos separados havia mais de três anos. E três anos é muito tempo para ficar sem uma mulher quando se está acostumado a uma.
Ela se levantou. Eu a interrompi.
— Podemos ir ao apartamento amanhã?
— Amanhã.
— Tem certeza de que não se importa?
Ela pôs a mão no quadril. Não ignorei as curvas de seu corpo ao luar.
— Me deixa te explicar uma coisa. Qualquer lugar é melhor que a casa do Billy, ou aquela perua, ou os últimos dez buracos onde enfiei a minha filha. — Ela olhou a sua volta. — Talvez seja a primeira vez na vida de Hope que temos chance de recomeçar. Uma vida nova. Honesta. Com pessoas boas. E não digo isso para pressionar você ainda mais. Só estou dizendo que gostamos muito disso. Um menino, um bom menino,

segurou a mão da minha filha hoje e a levou para a aula. Fez com que ela se sentisse alguém. A vida aqui é... melhor do que há muito tempo. Sabe que hoje eu ouvi a minha filha rindo? Meu bebê riu. Sabe o efeito que isso teve em mim?

Esperei. Deixei que ela falasse.

Ela se ajoelhou atrás de mim e pôs as mãos nos meus ombros.

— Sabe quem fez com que ela risse hoje?

— Isso é uma pegadinha?

Ela deu uma risada.

— Não. Foi o Brodie.

Concordei com a cabeça.

— Ele puxou isso da mãe. Ela sempre conseguia rir de tudo.

— Bem, não importa de onde tenha vindo, é preciso encher um frasco com isso e vender. Seus problemas financeiros desapareceriam da noite para o dia.

Eu estava reparando que ela gostava de contato. Gostava de pôr as mãos em mim. E, para ser bem sincero, isso não me incomodava nem um pouco. Ela apertou meus ombros.

— Vejo você pela manhã.

Sam foi embora e tenho certeza de que sabia que eu a estava observando. De novo.

## CAPÍTULO 27

Deixamos Brodie e Hope na escola. Ele a levou até a sala, carregando sua mochila. Sam cruzou os braços e balançou a cabeça.

— Você criou muito bem aquele ali.

Caminhamos até a picape, entramos nela e comecei a dirigir. Eu não tinha pressa. Ela percebeu isso enquanto passávamos pelas ruas.

— É uma cidade quieta. Tipo faroeste.

— Nós temos nossos momentos.

— Tipo?

Passamos em frente a uma igreja à esquerda. Olhei para ela enquanto falava.

— Há alguns anos, um homem entrou ali num domingo de manhã. O lugar estava lotado. A marquise dizia RENOVAÇÃO. As pessoas cantavam, dançavam, sorriam. Enfim, um homem entrou pela porta e começou a atirar. Matou oito antes de os coroinhas o assustarem. Ele matou dois deles. Quando cheguei lá, o homem estava MNL.

— MNL?

— Morto No Local.

Ela balançou a cabeça.

— Nós temos nossos momentos.

— E pensar que a igreja deveria ser um lugar seguro.

Eu ri.

— O que é tão engraçado?

Fiz uma curva, dirigi por algumas quadras, chegamos a uma rua mais larga, passamos por algumas fazendas e uma loja de acessórios de trator. Acabamos estacionando bem em frente a uma grande igreja pintada de branco que ficava no final da rua. Olhei ao redor e para a igreja.

— Vinte anos atrás, eu era um policial novato. Não havia nem entrado para a Divisão de Narcóticos ainda. Não sabia nada. Tem uma escola primária ali no final da rua. A mais próxima da cidade. Um dia, no horário do recreio, dois garotos passaram num Chevrolet, Carl Trudeau e Kyle Becker. Eles estavam bebendo desde a noite anterior. Então, escolheram a única criança que estava brincando no balanço e atiraram em seu peito. A criança tinha 7 anos. Os garotos do carro foram embora. Caçamos o carro e os garotos por quase três dias. Sabíamos que, se fizéssemos pressão, eles iriam cometer um erro ou mesmo dormir. Nós os encontramos apagados num estábulo abandonado. Prendemos os dois e os separamos para interrogá-los. Eu conhecia a criança, então estava mais do que interessado em ouvir suas respostas. Algumas horas depois, tínhamos as confissões de ambos. Em detalhes. Eles abriram a boca. Redigiram as confissões com os próprios punhos. Fizeram um bom trabalho. Mas, como já havia passado da meia-noite e a secretária não estava mais lá, resolvemos esperar até o amanhecer para que fossem digitadas e assinadas. Fui para casa e dormi.

Sam ouvia com atenção. Continuei:

— Na manhã seguinte, voltei, peguei uma xícara de café e encontrei um homem a minha espera num terno novo marrom. Botas de crocodilo. Entregou seu cartão. Disse que era o advogado de ambos. Um sorriso largo no rosto. A justiça invalidou nossas confissões 'não assinadas'. Carl e Kyle foram soltos. Disseram ao juiz que haviam sido coagidos. Mostraram ferimentos e olhos roxos. Quiseram prestar queixas contra nós. — Balancei a cabeça. — Se eu tivesse batido naquele garoto, ele teria mais que um olho roxo. Carl foi para a Califórnia. Nunca mais o vi. Kyle desapareceu por alguns anos e reapareceu bem aqui. — Um Cadillac branco estava parado em frente à igreja. — Terno novo. Carro novo. Cabelo arrumadinho. Fundou uma igreja. O pastor Kyle agora passa os dias falando sobre o "caminho do pecador" e o "amor do Senhor".

— Mexi a cabeça. — Fui lá uma vez. Ouvi seu sermão. Muita gente. Ele é bom. E convincente.

— Você não está falando sério.

— Ahã. Está aqui há quase quinze anos. Passa por mim de carro e nem me cumprimenta. Eu o vejo em restaurantes e ele finge que não me conhece. Mas, de fato, nos conhecemos. — Tirei a carteira do bolso e mostrei a confissão escrita à mão. — Sempre penso o seguinte: talvez um dia eu entre naquela igreja, mostre isso e pergunte se ele se lembra do garotinho negro no balanço. Porque eu me lembro. Fui eu que tirei o pirulito da boca do menino e fechei seus olhos.

Sam ficou me olhando através dos óculos. Falou calmamente.

— Lá se vai a ideia de "cidade pequena e tranquila". — Ela parou por um instante. — O que você pode fazer? Faz muito tempo e, embora sua palavra seja valiosa, sempre será a sua contra a dele. Além do mais, você está aposentado.

— Sempre que alguém me lembra de que estou aposentado, penso em Frank Hamer.

— Quem?

— Capitão Frank Hamer. Policial aposentado. Teve uma carreira de destaque nos anos vinte. Manteve a ordem quando não havia nenhuma. Se feriu em serviço dezessete vezes. Dado como morto por quatro vezes. Ele era tenaz e, quando começava algo, nunca desistia.

— Sinto que essa história tem uma moral.

— O governador mandou chamá-lo, pediu que ele comandasse a equipe encarregada de capturar os inimigos número um do estado, Bonnie e Clyde. Frank os caçou por meses a fio. Incansavelmente. Nunca desistiu. Havia milhares de homens atrás da dupla, mas ele foi o único que os encontrou. Armou uma emboscada. Ficou à espera de ambos com rifles automáticos Browning. Conseguiu capturá-los numa estrada deserta do interior. Sozinho. Clyde havia levado mais de cinquenta tiros quando o tiraram do carro. Bonnie, uns trinta. — Imitei o movimento do limpa-vidro com os dedos. — Nunca subestime um Ranger aposentado. Só porque não recebemos um salário, isso não quer dizer que estejamos de folga.

— Estou entendendo isso.

* * *

Dirigi até o apartamento, abri a porta e a convidei para entrar. Dois quartos, cozinha, despensa.

— Como Andie tinha uma conta bancária ilimitada, a casa está bem decorada.

— Dá pra ver.

— Ela não poupou esforços. Ambos os quartos estão decorados. A cozinha tem tudo o que é necessário. A TV é HD, o que deixa um jogo de futebol americano com a sensação de que estamos em campo, enquanto o banheiro parece algo saído de uma revista de decoração.

Ela entrou no banheiro.

— A banheira é grande.

— Andie sempre adorou banheiras. Ela não saía até os dedos ficarem enrugados feito uvas-passas, depois esvaziava a banheira, enchia de novo e recomeçava o banho.

Ela passou os dedos na borda.

— Gosto dela.

Fui até a geladeira.

— Nosso supermercado local se chama Peterson's. Eu tenho uma conta lá que, ainda bem, ela não estourou, porque comer não era uma de suas atividades favoritas. Liguei para John, o dono, e avisei que você pode pôr o que precisar na conta para se instalar. Apresente-se a ele quando chegar lá. — Ela fez aquela cara novamente. Aquela que me fazia acreditar que eu a ofendera por me intrometer demais. Tentei disfarçar.

— Você mantém um controle muito bom das suas finanças, não é?

— Como assim?

— Contas a receber *versus* contas a pagar.

Ela assentiu, depois deu de ombros.

— Não sei bem como seria de outro jeito.

— É uma boa maneira de se viver. Isso quer dizer que você é honesta.

Sam lutou para não estabelecer contato visual.

— Não sou sempre assim.

— Imagino que queira se ambientar. Fazer algumas compras. Fique à vontade. O telefone funciona. O número está anotado no papel dentro do aparelho. O primeiro contato de emergência é o meu telefone celular. — Um molho de chaves estava pendurado na parede. — Precisei vender o Honda de Andie para pagar um de seus tratamentos, mas aqui embaixo tem um Ford antigo. É uma boa picape. Pertence à viúva, mas ela não pode dirigir por causa da catarata e pediu que eu desse umas voltas com o carro de vez em quando. Assim, não quebra. Você pode usar sem problema. Não tem ar-condicionado, mas... — sorri — ... se dirigir bem rápido com os vidros abertos não vai nem notar a diferença.

Posso ser bruto, mas não sou burro. Eu sabia que estava fazendo mais do que deixá-la se acomodar. Eu a trouxera até aqui; gostasse ou não, eu me sentia responsável por ela. Havia descoberto isso ainda em Nova Orleans. A gente cria um laço emocional quando está protegendo alguém. Acontece com o protegido e o protetor. Cortar esse laço é um ato intencional. Já fiz isso várias vezes. E com razão, mas, dessa vez, por razões que eu ainda não compreendia inteiramente, parecia ser diferente. Mais difícil. E eu já havia ajudado pessoas com necessidades graves como Sam e Hope, então o ponto não era a situação delas. Era outra coisa e isso me dava medo.

Ela entendeu a expressão em meu rosto.

— Pode deixar. Pode ir embora. Já sou bem grandinha.

— Tem certeza?

Ela sorriu e traçou uma linha em sua barriga com ambas as mãos.

— Eu tenho estrias. Proporcionadas pela vida. Então, sim. Tenho certeza.

— Isso provavelmente é mais informação do que eu precisava ter.

Sempre espirituosa, ela sorriu.

— Você entendeu a mensagem, não é?

— Faz sentido.

— Além do mais — ela me parou —, Hope e eu vamos fazer um espaguete para vocês assim que eu receber. E eu vou pagar pelas compras.

— Parece ótimo. — E parecia mesmo. Não por causa da comida, embora eu seja fã de espaguete, mas porque chegaria ao fim a parte da semana na qual eu não a tinha visto.

# CAPÍTULO 28

Uma semana se passou. George ligou. Disse que tinha uns documentos para mim. Deixei Brodie na escola, avisei que ficaria fora o dia inteiro e passei no Peach. Lá, perguntei a Sam se ela poderia ficar com ele até eu voltar para casa, no fim do dia. Ela disse que sim.

Passei no escritório de George e, em seguida, dirigi para o leste. Sem rádio. Sem barulho. Sem nada. Estava perdido nas minhas lembranças — antes coloridas e agora em preto e branco — de algo que jamais voltaria.

Eu queria que ela soubesse que estava livre e que nosso casamento estava terminado. E queria que soubesse isso por mim. Talvez eu estivesse questionando se realmente havia terminado. Talvez estivesse em busca de um motivo. Mas, quando cheguei lá, o que encontrei não foi o que eu procurava.

Caminhei até o balcão com o envelope embaixo do braço e disse:

— Eu gostaria de ver Andie Steele.

— Nossa, ela está popular hoje! — A recepcionista se levantou e virou a prancheta para mim. — Assine aqui, por favor.

Assinei.

— O senhor está em posse de narcóticos ou algo que possa ser usado como arma?

Acho que um canivete e duas pistolas se qualificam nessa categoria. Assenti.

— Sim.

— Senhor, não posso permitir que entre a não ser que as deixe em seu carro ou com meu supervisor.

Mostrei a ela minha identificação. Ela me deu outro papel e pediu:

— Assine aqui. — Obedeci e ela apertou um botão que destrancava a porta. — O quarto dela é 116, mas acho que está lá fora, perto das mesas.

— Obrigado.

Fui caminhando pelos corredores. Algumas pessoas estavam sentadas em seus quartos, olhando para a janela; outras liam, jogavam damas ou bebiam café. Uma grande janela de vidro dava para o gramado e para as mesas. Andie estava sentada a uma delas. Continuava magra. Cabelo comprido. Eu podia ver as veias em suas mãos. Segurava uma caneca fumegante, a etiqueta do chá pendurada na altura da borda.

Eu estaria mentindo se dissesse que era a primeira vez que visitava aquele lugar. Na verdade, tinha ido ali várias vezes. É claro que Andie não sabia disso. A última vez foi quando dei de cara com Sam e Hope na estrada. Provavelmente bati no carro delas porque acabara de sair daquele lugar e não conseguia me concentrar no que estava a minha frente, mas tão somente no que tinha ficado para trás.

Era o primeiro domingo de abril. Eu havia dirigido a noite inteira e saí da I-10 em uma saída que não dava em lugar algum. Nenhum posto, comida, banheiro ou motel barato. Apenas a interseção entre duas rodovias. Eles escondiam de propósito aquele lugar, bem no meio do mato. Uma igreja branca simples aparecia no alto da colina, cercada por grama e estacionamento. Na marquise, era possível ler FELIZ PÁSCOA. Um homem de terno azul ajeitava cones laranja para orientar o tráfego. Dirigi doze quilômetros por estradas escondidas até chegar a uma rua de barro. Dois quilômetros e meio à frente, abri o portão e dirigi pelo caminho estreito até o campo aberto.

Puxei a aba do chapéu para baixo, levantei a gola da camisa e fiquei observando um céu carregado de nuvens. O mundo a minha volta começava a desabrochar, mas o inverno ainda persistia. Joguei minha mochila nos ombros e enfiei as mãos bem no fundo dos bolsos.

O leste do Texas é coberto de pinheiros. Também alguns pântanos, como os de Louisiana. A trilha de pouco menos de um quilômetro beirava um pântano cipreste, passava por uma vala cavada à mão, por entre um monte de carvalhos imensos, cercados de alguns hectares de pinheiros plantados dez anos atrás, até chegar à parte seca do pântano. Enrijecido por causa de tanto tempo na mesma posição, sentado, esfreguei minhas coxas para aliviar a dor, pressionando meu polegar no nó que se formara.

Olhei para o relógio. Ainda tinha tempo. Fiquei a distância, observando e escutando — algo que aprendi quando ainda era criança. Meu pai me ensinara. Algumas das árvores ciprestes pareciam ter mais de vinte metros. Contornei uma poça de água e fui até o outro lado, cercado por arame farpado. O centeio de inverno, verde-esmeralda, estendia-se da cerca até um conjunto de construções, por quase um quilômetro.

Minha trilha terminou ao pé do tronco destruído de um cipreste. Havia sido cortado a quinze centímetros do chão e o toco havia apodrecido por dentro, criando uma espécie de buraco. Grande o suficiente para alguém sentar ali dentro — um bom esconderijo. Um pinheiro havia crescido ao lado. Os galhos pendiam na direção do chão e as folhas enceradas ofereciam proteção. Nas viagens anteriores, eu cortara alguns dos galhos para melhorar minha visão. A cerca era uma barreira visual, não física. As pessoas ali, como Andie, podiam sair quando quisessem. Aonde elas iriam, essa era outra questão. Quero dizer, o que aconteceria depois que a polícia as alcançasse. A maioria tinha mais motivos para ficar do que para partir.

Entrei no toco, limpei meu assento e me servi um copo de café da minha velha garrafa térmica verde. Encostado no tronco, fiquei olhando através dos galhos e assoprei o vapor. Não demoraria muito.

Pouco antes das seis horas, montei o tripé e encaixei a luneta — uma Leupold 12-40X, que permitia ver até a cor do olho de alguém a quase um quilômetro de distância. Conferi a hora, ajustei meu olho na luneta e acertei o foco. Um olho na luneta, outro no relógio, então fiquei esperando.

Um cardeal macho cantava acima da minha cabeça. Troquei a bateria do meu aparelho auditivo por uma guardada no bolso da camisa e voltei a prendê-lo na orelha. O canto do cardeal ficou mais alto. O macho vermelho-foguete pulou para outro galho e a fêmea amarronzada apareceu logo abaixo. Chamando por ele. Seduzindo-o. Os dois se perseguiam em uma acrobacia aérea animada e, em seguida, desapareceram, dançando sobre o topo das árvores. Tomei um gole do café, fiquei olhando para a mesa de piquenique, respirando fundo e expirando lentamente.

Frankenstein atrás de uma pilha de madeira.

Às seis e um, Andie apareceu. Calça de moletom cinza, casaco de moletom azul-claro com capuz e uma caneca fumegante. As luzes de movimento detectaram a presença dela e se acenderam, deixando o pátio numa coloração laranja-fluorescente. Ela foi caminhando até a mesa de piquenique e se sentou em cima do tampo, os pés no banco, a caneca entre as mãos apoiadas entre os joelhos. A boca pairava sobre a caneca, com goles ocasionais. O fio do chá pendia na parte de fora de sua mão. A brisa o balançava, fazendo-o girar. O cabelo dela estava preso. Um único rabo de cavalo. Talvez não tão preso. Fios soltos caíam sobre seus olhos. As luzes haviam sumido com o tempo. Alguns dos outros hóspedes acordaram, foram para o pátio, espreguiçaram-se. Um ou dois acenaram para ela e voltaram ao prédio para tomar banho e buscar coragem para enfrentar mais um dia. O café da manhã era servido às oito horas. A programação começava às nove. O monitoramento era feito vinte e quatro horas por dia, os sete dias da semana. Os testes de urina eram aleatórios e frequentes.

Às seis e dezoito, ela se levantou, arqueou as costas, entrou na casa e voltou com mais vapor subindo de sua caneca. Às seis e quarenta, um homem se juntou a ela trazendo sua própria caneca e um cigarro na boca. Ele falou pouco e sorriu, apoiava um pé no banco e se coçava. Lagartos fazem a mesma coisa quando descansam no parapeito e esticam aquela coisa alaranjada embaixo do queixo. Ela o dispensou. Às seis e cinquenta e oito, ela se levantou, respirou fundo e entrou na casa novamente, mas reapareceu alguns minutos depois usando seus tênis de corrida. Ela não se alongou — nunca fazia isso —, mas deu início a uma corrida leve pelo perímetro, seguindo a trilha que cruzava o gramado e se alinhava com a cerca.

O circuito a trouxe para mais perto. A calça estava larga. Suas faces estavam bem-definidas, as bochechas magras. Não estava anoréxica; apenas meio largada. Eu conseguia ouvi-la agora.

Na metade do caminho, ela passou por mim pela primeira vez. O suor transpirava de sua testa e de seu lábio superior. A uma distância de seis metros.

Ela passou por mim, então fechei os olhos e esperei. Alguns segundos depois, ele chegou. A fragrância era diferente, mas o aroma não havia mudado. Demorou um pouco e, então, fui atingido pela mesma brisa que agitara o sachê de chá. Meus olhos a seguiram. Oito minutos depois, ela passou por mim novamente. Mais uma onda, mais uma brisa. Eu a segui. Ela deu a volta, vagarosamente, aparecendo uma última vez.

Uma magnólia japonesa se escorava na cerca. Os galhos, que se espalhavam e caíam metade do meu lado da cerca, metade do outro lado, estavam cobertos por centenas de flores do tamanho de um palmo, parecendo tulipas. Dependendo do solo, por motivos que não tenho a intenção de compreender, as pétalas variam de cor, desde um branco--neve até um roxo profundo, e cada tom entre ambos. Esses eram de um vermelho-sangue decorado de branco.

Ela reduziu o passo abaixo dos galhos, parando sob o guarda--chuva de flores, algumas espalhadas pelo chão. Tentava não pisar nelas. O trovão a distância anunciava chuva. Andie olhou para trás e, em seguida, se virou para olhar a cerca. Câmeras de segurança estavam espalhadas pelo alto das árvores a sua volta. Eram controladas manualmente em uma sala do lado oposto das construções. Os olhos que monitoravam as câmeras não se preocupavam com o movimento de pessoas do lado oposto da cerca, mas se preocupavam bastante com o que as pessoas do lado de dentro da cerca colocavam em suas bocas, em seus braços ou...

Ela esticou os braços, bem para o alto, agarrou-se a um galho que ficava a trinta centímetros de sua cabeça e se pendurou. Sem esmalte. Sem manicure. As unhas estavam curtas. Fechou os olhos e pendurou a cabeça. O suor escorreu de sua testa e caiu na folha abaixo. Eu

não precisava da luneta. Ela não me via porque não estava procurando e eu sabia me esconder. Círculos pretos envolviam seus olhos. Nenhuma maquiagem, e as pontas dos cabelos estavam fracas e quebradiças.
   Como ela.
   A respiração era forte, ritmada. O suor escorria de seu corpo. Eu conseguia ver o batimento cardíaco nas veias de seu pescoço.

A respiração se acalmou — cada vez mais profunda. Ela juntou as mãos, apoiando a cabeça na curvatura do braço. E se balançou.

Nós tínhamos uma árvore na frente de casa. Um carvalho — parecia um polvo espalhado no jardim. Era possível se alongar agarrando um galho pela varanda. Eu tivera um dia longo. Um dia ruim. Um amigo havia sido morto. Eu não estava com ele. Não pude ajudá-lo. Um ato sem sentido. Eu tivera que comunicar o ocorrido à esposa dele. E não conseguia contar quantas vezes jantamos ou bebemos café juntos. Eu tinha saído da rodovia a pouco menos de um quilômetro de casa. Ainda conseguia manter a pose. Podia vê-la de pé na varanda, os braços pendurados no galho, a cabeça apoiada na altura do cotovelo. Ela se balançava. À espera. Precisando que eu precisasse dela. Estacionei, fui caminhando pelo pasto, escondi-me entre os figos-da-índia e chorei por muito tempo. Quando levantei o rosto, ela também estava ajoelhada. Encostara sua cabeça na minha. Guiou-me até em casa, depois demos a volta até perto do estábulo. Ficamos parados debaixo do moinho. Ela ligou o chuveiro e a água doce caiu sobre meu corpo, molhando minhas roupas, mas eu não conseguia lavar a tristeza.

O suor pingava de seu rosto, em volta dos lábios até a base do pescoço. Algo brilhou e chamou a minha atenção. Algo novo. Posicionei o olho na luneta e ajustei o foco.
   Eu me recostei.
   O anel estava pendurado em um colar curto, grande o suficiente para se encaixar no pescoço. Uma aliança simples. Surrada. As bordas mais finas. Ligeiramente torto no local onde havia batido a porta.

O sinal tocou. Quinze minutos para o café da manhã. Ela enxugou o rosto na manga da camiseta, levantou o capuz e atravessou a grama.

Enrolei um cigarro e fiquei observando enquanto ela diminuía a distância. Então desapareceu porta adentro. Caminhei até o galho e passei meus dedos gentilmente pela madeira. Suor. O cheiro dela suspenso no ar. Repousei o cigarro na curvatura do galho e me afastei.

Ela reapareceu rapidamente às dez e meia — sozinha. Novamente ao meio-dia, com uma bandeja, quando retornou à mesa de piquenique e ficou brincando com os legumes no prato. Comeu dois pedaços de peru e ficou segurando o pote de papa de maçã por alguns minutos. Andie o encostou na testa, fechou os olhos e, finalmente, abriu a tampa e deu uma só colherada. Às quatro, voltou a aparecer. Segurava uma garrafa d'água. O mesmo cara de antes a seguia, mas ela não respondeu ao que foi perguntado, então ele se deu conta e foi perturbar outra mulher, quatro casas à frente. Às seis, ela voltou para sua acomodação. Fiquei espiando dentro das janelas, enquanto ela passava de quarto em quarto. Andie foi direto para seu cômodo e se deitou. Eu estava bebendo café gelado e comendo um sanduíche de geleia com manteiga de amendoim. Ela sobrevivera por mais um dia. Olhei para o relógio.

Hora de partir.

Segui junto à cerca e caminhei por quase um quilômetro da outra trilha. Cheguei até a beirada da água e bebi um pouco com as mãos. Dei a volta na fonte, retirei a escova que havia escondido ali, deitei de barriga e comecei a engatinhar pelo granito. A pedra, que limitava a água, era uma anomalia enorme do tamanho de uma carreta. O túnel se formara havia alguns milhões de anos quando a pedra se abrira, criando espaço grande suficiente para humanos, que se escondiam nas sombras da plataforma que pendia sob a água. O túnel era meu esconderijo de observação. A plataforma, o local de propulsão dela. Cheguei ao fim do túnel e me acomodei na pedra lisa. A um braço de distância, a nascente surgia e tinha um branco cristalino que caía de uma altura de vinte metros até a piscina natural, onde, então, transbordava, transformando-se em um rio que seguia para o sudeste.

Fiquei ali deitado, olhando para aquela rachadura de uns quinze centímetros.

Ela apareceu duas horas depois. Silenciosamente. Sorri. Eu ensinara isso a ela. Seu cabelo estava solto sobre os ombros, a toalha pendurada em volta do pescoço. Descalça, ela foi caminhando na ponta dos pés até a beirada e subiu na plataforma. De costas para mim, tirou a roupa, colocando o moletom em uma pilha. Em seguida, passou os dedos indicadores pelo quadril e tirou a calcinha — do tipo atlética, prática, mas nada bonita — e a depositou na pilha. Nua, virada contra a noite, ela cruzou as mãos atrás da cabeça e suspirou. A apenas um metro, ela olhava para as árvores enquanto a lua surgia do outro lado.

A calça frouxa não havia mentido. Ela emagrecera. Havia menos dela.

Andie não testou a água com os dedos do pé. Nunca testava. Nem para nadar. Nem com cavalos. Nem na vida. Em um único movimento, abriu os braços, impulsionou as pernas como Peter Pan na direção da água, onde rolou, boiou e nadou por quase uma hora. À beira do cansaço, foi subindo de volta na pedra e sentou-se ali, secando-se naturalmente. O cabelo repousava reto em suas costas, fazendo a água escorrer em linhas finas na pele. Para se aquecer, ela levantou os joelhos, puxando-os para junto do peito e apoiando a cabeça nos braços. Estava arrepiada nas costas e nos ombros. Eu podia sentir o calor emanando de seu corpo. Separado por apenas alguns centímetros... e alguns milhões de quilômetros.

Seca, ela esticou a toalha e se deitou de costas, apoiando a cabeça na pilha de roupa. Eu não me mexia. Não respirava.

Ela já havia parado de amamentar o Brodie. Ele já usava a mamadeira. Certa manhã, eu a flagrei em frente ao espelho, as mãos segurando os seios. Levantando-os. A expressão de preocupação no rosto. Ela perguntou:

— Dá para saber? — Se os seios de minha mulher estivessem caídos, eu não seria idiota para confirmar isso. Balancei a cabeça, negando. Ela franziu o cenho. — Você está mentindo. — A beleza da minha mulher não dependia da posição de seus seios. Era o conjunto da obra. Mas convencê-la disso era outra história.

Ela suspirou. Balancei a cabeça levemente. Ainda não concordava. A luz refletia em seu pescoço.

Nas noites em que eu não conseguia dormir, levantava as persianas, banhando-a com o luar, e ficava observando o batimento de seu coração no pescoço, enquanto seus olhos piscavam como limpadores sob as pálpebras. Ela era multifacetada. Complexa. Sua mente não reduzia a velocidade nem mesmo quando ela dormia. Algumas noites, ela ensopava a camisola de suor e a tirava, jogava ao lado do lençol e ficava ali, reluzente, permitindo que o ventilador a secasse.

Uma brisa soprou nela. Mais calafrios em sua pele. A pele branca brilhando na luz. A água secou. Exceto por uma poça em seu umbigo.

Ela sentia muitas cócegas. Mas detestava perder. Uma combinação explosiva. Eu costumava apostar que ela não conseguiria ficar séria enquanto eu traçava um círculo em volta de seu umbigo. Ela ficava deitada, resoluta, mordendo os lábios. Eu começava devagar... Uma hora, duas, desenhava vagarosamente, sem pressa. Ela se contorcia — feito uma lombriga. É claro que qualquer coisa além daquele ponto era lucro, então eu realmente me demorava. Ao chegar ao ponteiro de três horas, ela já estava surtando. No ponteiro das nove, ela gritava e chutava o colchão. Dez e meia, e ela socava e gargalhava.

A respiração dela diminuiu. Talvez tenha cochilado. O anel reluziu.

Perto da meia-noite, Andie se vestiu, secou a ponta do cabelo com a toalha, enrolou-a no pescoço e desapareceu entre as árvores, levando meu desejo com ela. Em poucos minutos, nem mesmo o cheiro havia ficado. Quando o sinal da meia-noite soou ao longe, declarando o toque de recolher, acendi minha lanterna de cabeça e sentei o mais alto que a pedra permitia. Pressionei com meu polegar o nó em minha coxa, massageando, e depois dobrei o joelho, puxando-o até o peito, a fim de alongá-lo. O sangue circulou e anestesiou a dor. Depois de passar o dia como Frankenstein, eu estaria quebrado no dia seguinte. Tirei os documentos da mochila e os repousei em meu colo.

As palavras "Steele *versus* Steele" e "diferenças irreconciliáveis" saltavam do papel — assim como a assinatura ilegível de Andie na última página. Ela os assinara havia um ano, quando os enfiei na cara dela enquanto saía do escritório do juiz em direção à van que a trouxera àquele lugar. As algemas arranharam a prancheta com o movimento de sua mão. Eu me apoiei na pedra, a mão — e a caneta — pairando sobre a linha de assinatura em branco.

As imagens voltavam à mente.

A maior parte em flashes. Momentos atemporais... observar sob a árvore do casamento o vento se curvar e balançar os tremoços-azuis, os domingos à tarde na ilha, os mergulhos sem roupa no rio, alimentar o Sr. B com as mãos, contar as costelas dela, sentir os músculos se contraírem na base de suas costas, cortar o cordão umbilical e deitá-lo no colo dela, nós sentados à mesa do café da manhã — os joelhos dela encostados nos meus, eu vendo sua boca se abrir e se contrair pouco antes de sorrir, encontrá-la na cozinha de avental com um sorriso divertido e depois irmos, juntos, para o balanço da varanda, envolvidos em um cobertor, tomar banho debaixo do moinho, limpar o esterco e tentar me esconder quando ela atirava uma pá cheia na minha direção, ajudar no parto das vacas quando elas ficavam cansadas em noites tão frias que podíamos ver nossa respiração, a marcação dos bezerros semanas mais tarde, acordar no meio da noite e encontrá-la encostada em minha barriga, os pés enfiados embaixo dos meus, meu braço em volta e embaixo dela, o cheiro dela ao meu lado e as tardes preguiçosas a cavalo, trotando dentro do rio, seu chapéu torto cobrindo parcialmente os olhos, os calcanhares afundados nos estribos, olhando para trás...

Essa era a minha coisa favorita. A última. Ela a cavalo. Eu cavalgando logo atrás. Final de tarde. Ela de lado na sela, de regata. O chapéu enfiado na cabeça, escondendo os olhos. O suor transparecendo na aba, no meio das costas e na cintura. Ela magra, bronzeada, os músculos aparecendo nos braços e nas costas. O jeans dentro das botas que Dumps fizera para ela, ela me olhando com a cabeça virada para trás, à minha espera, sorrindo com aquele olhar de "estou aprontando e você também deveria aprontar". Eu costumava brincar dizendo que, em algum lugar em sua árvore genealógica, alguém se casou com um Comanche, pois ela sabia cavalgar como ninguém. Sempre fora melhor do que eu. E eu passava muito tempo sobre um cavalo.

Já ouvi histórias de que o pessoal da costa leste prefere terremotos a furacões. "Pelo menos não seria necessário evacuar a cidade." Eu não tenho tanta certeza assim. É possível ver um furacão chegando. Basta ler o aviso de tempestade e o nível correspondente. Categoria 1. Categoria 2. Categoria 5. É possível se preparar com antecedência: comprar velas, combustível para o gerador, mais munição. Um terremoto chega sem aviso, divide o mundo em dois e envia um tsunami a dois mil quilômetros de distância, onde a população não sentiu nada.

As imagens agradáveis chegaram ao fim. A próxima leva de memórias mostra uma terra fragilizada e traumatizada. Bolas de feno passando. O que um dia estivera de pé agora estava em ruínas. Uma mesa cheia de contas que eu não posso pagar. Mike Merkett dizendo que sente muito e que eu tenho noventa dias. Brodie fazendo perguntas às quais não posso responder sobre a mãe. Andie no chão do banheiro, pálida e azul, um frasco vazio ao seu lado. Voar para o hospital e gritar para entrar na emergência com ela em meus braços. Ver os médicos bombeando seu estômago e lutar contra a culpa ao ver noventa comprimidos serem retirados dali. O escritório do juiz, ela sentada a minha frente — algemada, gritando comigo. Um advogado pedindo a minha assinatura. E, enquanto essas imagens passam pela minha cabeça, uma mão gigante aperta o botão de mudo e retira toda a cor. As imagens são silenciosas, em preto e branco, e fragmentadas. Com legendas. Monocromáticas.

Uma coruja piou sobre meus ombros. As horas passavam. A lua subia, fazendo sombra da caneta no papel. Passei o dedo sobre as manchas de água secas. A mesma pergunta retornou. Quase trezes anos antes, eu havia entrado naquela lavanderia.

Como foi que chegamos a este ponto? Quando foi que tudo mudou?

O filme de nossas vidas havia terminado. Ela se virou, galopou e não olhou para trás. Seus ombros caíram. A inclinação a traíra.

Minha mão pairava sobre a linha. Eu havia feito essa mesma viagem por boa parte dos últimos doze meses, tentando encontrar um motivo para não assinar a linha pontilhada. O processo era simples. Assine. Dê entrada. E siga em frente. As pessoas fazem a mesma coisa todos os dias. Muitas vezes por dia. Metade de todos os casais fez isso em algum momento de suas vidas. Por que eu não conseguia? Se esse não funcionou, encontre outro que funcione.

Quando eu era criança, estava brincando em um estábulo abandonado. Desci uma escada até o depósito no porão. O vento fechou a porta atrás de mim, trancando-a por fora. Não importava quanto eu gritasse, ninguém apareceu para me resgatar — porque ninguém além do meu cavalo sabia que eu estava ali. Foi uma noite longa. Meu cavalo ficou do lado do fora por um bom tempo, mas, por fim, entendeu que eu iria subir, então ele marchou para casa e, um dia depois, meu pai levantou a tranca.

— Você está com fome?

Eu me lembro de sentir o sol em meu rosto e o ar puro em meus pulmões, porém, mais do que tudo, eu me lembro de ter saído ali.

A coruja piou novamente. Dessa vez, uma coruja respondeu a um quilômetro de distância. Um eco solitário.

Cocei a cabeça, limpei os olhos, apertei a caneta no papel e juntei as letras que formavam meu nome. Finalizei o "T" e fui engatinhando até a saída da pedra, mas não senti nada parecido com aquilo que senti quando saí daquele estábulo.

Mais tarde, naquela mesma noite, em meio a um dilúvio, bati em um carro quebrado no meio da rodovia.

Andie estava sentada à mesa, segurando a caneca com ambas as mãos. Puxei a aba do chapéu, enfiei a pasta embaixo do braço e suspirei. Quando estava prestes a pisar no pátio e falar com ela, o Dr. Earl Johnson apareceu. Ele carregava flores.

Foi difícil controlar a minha reação imediata. Voltei para a parte interna e fiquei olhando pelo vidro. Ele se abaixou para beijá-la e ela virou o rosto.

Boa garota.

Então, ele se sentou e começou a falar. Esticou os braços e segurou a mão direita de Andie com ambas as mãos. Eu só conseguiria suportar aquilo por cinco minutos. Achei melhor fazer o que precisava fazer antes que Earl levasse um tiro na cabeça e me trancafiassem na prisão pelo resto da vida.

Botas de caubói produzem um som bem característico no chão de concreto. E Andie conhece bem esse som. Entrei no pátio. Ela se virou e a descrença logo se transformou em vergonha e desconforto. Fui até a mesa e deixei diante dela o envelope oficial, contendo a via oficial de nosso divórcio oficial. Seus olhos, fundos e com olheiras profundas, mostrava sofrimento. Eu me virei, saí, e as palavras de meu pai ecoavam em minha mente: Se o cavalo morreu... desmonte.

## CAPÍTULO 29

Era sábado. O sol ainda não tinha nascido. Eu estava sentado na varanda, encolhido em volta de uma caneca fumegante, sentindo o cheiro das vacas e ciente de que nem isso nem elas estariam ali por muito tempo.

Não era segredo para o pessoal da cidade que eu cuidava muito bem de meu rebanho. Na verdade, eu tinha dois rebanhos. Um Angus. Um Hereford. Assim, podia fazer cruzamentos de Black Baldies ou de PL. E meu gado era registrado. E, ainda mais importante, era cruzado com gado registrado. Para o pessoal ligado ao negócio, isso era muito importante. Espalhei a notícia, dei meu preço, e não demorou até encontrar um comprador. Eu já tinha ouvido falar dele. Art Bissell. Era dono e administrador de alguns ranchos. Um deles em Tyler. Outro mais a oeste. Ele veio me visitar, passou um tempo olhando as vacas e concordou em pagar um pouco acima do preço de mercado, levando em conta a condição e a aparência do rebanho. Ele trouxe os trailers na manhã seguinte. Domingo. Pensei em pedir que viesse um dia depois — na segunda, quando Brodie estaria na escola —, mas ele havia criado muitas dessas vacas, ajudando no parto e na amamentação. Até mesmo puxara alguns bezerros de dentro de vacas quando elas estavam cansadas de fazer força. Ele precisava se despedir, e eu pensei que a única maneira de fazer isso seria deixá-lo ajudar a levá-las e carregá-las. E foi o que fizemos.

Terminei meu café e o acordei ao nascer do sol. Quando os trailers chegaram, já estávamos montados nos cavalos e guiando as vacas pelo pasto.

Nós as agrupamos, concentrando-as perto da cerca, e usamos a cerca para guiá-las até o curral. Fizemos um comboio pelas árvores e capturamos as que haviam se dispersado. A certa distância, fiquei observando Brodie trabalhar, entre os arbustos e as árvores. Conduzindo o rebanho. Diminuí meu ritmo e deixei que ele trabalhasse. Brodie tem um talento natural em montaria e é mais caubói do que muitos homens que conheço.

No meio da manhã, já havíamos terminado. Art fez o pagamento com um cheque visado e, então, ele e seus dois caubóis foram embora, carregando nosso rebanho em três trailers de aço. Haviam sido necessários vinte e três anos para fazer o rebanho crescer a partir de um touro e três vacas. Ou seja, esse era um trabalho de mais da metade da minha vida. A poeira subia atrás dos trailers que partiam.

Brodie montou de volta no cavalo e passou o resto da manhã com o Sr. B. Eu levei Cinch de volta ao estábulo, tirei sua sela e o escovei. Uma hora depois, Dumps enfiou a cabeça pela porta.

— Se escovar mais, não vai sobrar pelo.

Eu havia perdido a noção do tempo. Assenti.

— Por que está assim? — perguntou ele.

Um pasto vazio se estendia a nossa frente.

— Muito trabalho foi jogado fora em mesas de cassino, viagens de luxo e onde mais ela queimou todo o dinheiro.

— É mesmo. — Ele assentiu e continuou: — A pergunta à qual você precisa responder é: "Essas circunstâncias ditam a sua atitude?"

Olhei para ele pelo canto do olho.

— Aprendeu isso na prisão?

— Ahã.

— Parece algo que meu pai diria.

Ele me deu um tapinha nas costas e saiu.

— Porque foi ele quem me disse isso.

— Faz sentido.

Passei o resto da tarde tentando entender que tipo de caubói não tem vacas. Era como um par de botas que não cabe no pé. Quando, finalmente, encontrei a resposta, não me senti melhor. Eu sabia que o restante dessa equação seria igualmente doloroso, então decidi que seria melhor enfrentar logo tudo de uma vez. Como arrancar um Band-Aid. Sem me permitir fraquejar, liguei para Mike Merkett em sua casa. Ele atendeu. Pedi que me encontrasse no Bar S. Quando ele saiu de seu Escalade, entreguei o cheque a ele. Ele assentiu, em tom de aprovação.

— Mike, ainda devo 79 mil dólares ao seu banco.

Eu sabia mais sobre Mike do que deixava transparecer. Sabia que ele gostava de carros antigos. Sabia de um galpão no qual mantinha umas vinte raridades, dependendo do que havia comprado ou vendido no último leilão da Barrett's. E também sabia que ele tinha um fraco por Corvettes e, dos sete que havia comprado, nunca venderia nenhum. Isso queria dizer algo sobre ele. Eu podia dever dinheiro a Mike, e não era pouco, mas isso não fazia dele um sujeito ruim. Ele não dirigia uma picape, não usava chapéu, não aparentava ser um típico banqueiro do Texas. Simplesmente era uma pessoa diferente. Mas não há nada errado em ser diferente. É apenas ser diferente. Tentei me lembrar disso enquanto fui caminhando até o estábulo.

Abri a porta e deixei o sol banhar o lugar. Os olhos de Mike miraram a capa e o formato abaixo dela. Tirei-a lentamente.

— Meu pai me deu esse carro pouco antes do meu aniversário de 18 anos. Depois que atiraram nele em seu banco... — Parei e deixei isso ser absorvido. — Deixei-o guardado e acumulando poeira por alguns anos. Depois, com o tempo, comecei a desmontá-lo. Cada parafuso. Cada porca. Cada camada de tinta. Levei quatro anos fazendo isso. O hodômetro é autêntico. Quarenta e três mil quilômetros rodados. — Ele caminhava de um lado para outro, os dedos sentiam as curvas. — Para o comprador certo, ele vale algo em torno de 55 a 62 mil dólares. — Mike assentiu, concordando. — No leilão certo, talvez um pouco mais.

Ele assentiu novamente. Dessa vez, com um sorriso.

— Sabe quando a gente ouve histórias de caras que conheceram uma viúva com um carro que ela não dirige há vinte anos... Então compram o carro e o levam para casa, exibindo-o para todos os amigos, que não conseguem acreditar em como ele achou aquilo, e ficam babando de inveja da sorte do amigo? — Ele sabia aonde eu queria chegar. Não era burro. — Bem, esse é seu dia de sorte e eu sou a tal viúva.

Levantei o capô e o queixo dele caiu. Conseguiu dizer:

— É uma lindeza. — Sentou-se no banco do motorista com as mãos sentindo o volante. Após muitos minutos, ele saiu do carro e fechou a porta. — Vendido, eu cuidarei muito bem dele. Está claro que significa muito para você. Se um dia eu decidir vendê-lo, você terá direito a fazer a primeira proposta.

— Eu ficaria muito grato.

Quando ele entrou de volta em sua Escalade, perguntou:

— Estou enganado ou você se livrou completamente da sua dívida?

Fiquei encarando o pasto vazio. Esterco de vaca pontilhava a trilha abaixo das árvores. O caminho para o rio onde eu fazia piqueniques com minha esposa. Onde Brodie havia sido concebido.

— Mike, posso não dever ao seu banco, ou a qualquer homem, mas isso não quer dizer que eu não tenha dívidas.

Ele prometeu retornar à noite com a esposa e levar o carro para casa. Entreguei as chaves a ele.

— Quando quiser.

Atravessei o mar de azul, sob os carvalhos retorcidos, e parei diante do túmulo de meu pai. Rolinhas voavam rumo ao norte. Algumas corriam pelo chão e se amontoavam sobre as árvores. As asas assobiavam com cada batida. O rio brilhava prateado abaixo de mim. Uma torre de petróleo enferrujada aparecia, imóvel, bem no alto da colina, à esquerda. Pela primeira vez na vida, eu era dono, de direito, de uma porção de terra. Não tinha petróleo, nem vacas, tampouco uma esposa com quem compartilhá-la.

Era um grande campo de poeira atrás do pôr do sol.

Enrolei um cigarro, acendi-o com o Zippo de bronze de meu pai e traguei fundo. Virei e soltei a fumaça junto à brisa. Fiz isso inúmeras vezes. A fumaça saía de minha boca, ficava suspensa a minha frente até ser alcançada pela brisa e voltar, batendo em meu rosto.

E, enquanto ela enchia meus pulmões e meus sentidos, eu não secava as lágrimas.

E eram muitas.

# CAPÍTULO 30

Empurrei a cadeira para trás. Cheio. Nem Al Pacino, Roberto de Niro ou Marlon Brando haviam comido um espaguete tão bom assim. Brodie também gostou. Estava com molho por todo o rosto. Virei-me para Sam.

— Não sei quando comi um macarrão mais gostoso. — Ela sorriu. Hope também. — Preciso ir olhar um negócio na cerca. — Era óbvio que não precisava ir, porque não havia nada dentro dela, mas isso parecia irrelevante. Eu precisava de uma desculpa. — Quer ir comigo?

Sam se animou.

— Claro.

— Sabe montar?

— Não tenho certeza. Nunca andei a cavalo.

Balancei a cabeça.

— Aonde vamos parar? — Hope gargalhou, o que entendi como um bom sinal.

Andie gostava de usar o estribo longo. No sétimo buraco. Embora as pernas de ambas fossem quase do mesmo tamanho, Sam queria ter mais controle sobre o animal. Encurtei para o sexto buraco. Passei os dedos no couro gasto do sétimo buraco. Não tenho certeza de que, em algum momento, nos últimos dez anos, os outros buracos tinham sido usados.

Conduzi os animais para fora do estábulo, puxando-a pelas rédeas. Brodie passara os últimos três anos sem a mãe. Antes disso, porém, ela já não exibia um estado emocional muito bom. Aliás, nós também não. Fazia algum tempo desde que ele habitara uma casa saudável. Embora esperasse pela volta de Andie, Brodie se acostumara a não tê-la por perto. Assim como eu, um dia, me acostumara com meu pai. O problema dele — e eu teria tido o mesmo problema — era o fato de uma mulher que não era sua mãe ser introduzida nessa equação. E, embora ele gostasse de Sam e estivesse se tornando uma espécie de irmão mais velho para Hope, não gostava da ideia de me ver cavalgando até o rio com Sam. Especialmente porque ela estava cavalgando May. Eu me virei e vi Brodie parado ao lado da porta do estábulo. Quando acenei com o chapéu, ele entrou no estábulo.

Sam percebeu o que se passara.

— Está tudo bem?

— Sim.

A melhor maneira de conhecer o Texas é em cima de um cavalo. É também um bom lugar para se refletir. Abri o portão e fechei, por força do hábito. Sam se manifestou:

— Como não tem vacas, precisa mesmo fechar o portão?

— Não.

— Então, estamos num encontro?

Eu ri.

— Não.

Com as mãos no pito da sela, ela disse:

— Fale o que você ama sobre o Texas.

— Acho que tudo.

Ela balançou a cabeça.

— Não. Você precisa se esforçar. Use palavras.

Fiquei pensando sobre o que ela disse. Finalmente, fiz o que estava ao meu alcance, falando sobre o que meus olhos podiam ver.

— Eu adoro os cento e oitenta e três homens que morreram no Álamo; adoro o fato de hastearmos a bandeira do Texas na mesma altura que a dos Estados Unidos; o Brazos, que corre das Grandes Planícies e da Llano Estacado até o golfo do México depois de seiscentos quilômetros; as colinas no interior, que são suaves, verdejantes e repletas de cervos; as estradas que ligam as fazendas aos mercados locais, onde as pessoas se afastam para deixar o outro passar; os homens que levantam o chapéu para as mulheres e os rapazes que usam a camisa para dentro; peito bovino que solta do osso; os pastos de Fort Worth; Black Baldies; Santa Gertrudes; o céu do pôr do sol escurecido por milhões de rolinhas voando rumo ao México; os garotos vestidos de jeans Wrangler que exibem um bronzeado de fazendeiro e um corte de cabelo militar; termos nossa própria fonte de energia; o fato de termos sido primeiro uma república e que poderíamos voltar a ser uma; botas artesanais; a maneira como o sol se põe ali e... acho que dá para entender.

— São palavras impressionantes.

— Eu sou uma pequena fatia de uma grande fatia chamada Texas.

— Gostei da maneira como disse isso. Como foi que se tornou um Ranger?

Boa pergunta. Levantei o chapéu e sequei minha testa com a manga da camisa.

— Eu nem me lembro de não ser um. Mesmo quando era pequeno. Quer dizer, em meu coração e em minha mente. Na minha infância, todos os meus heróis eram homens da lei. Gostava ainda mais se fossem caubóis. John Wayne estava no topo da lista. Pensando bem, ainda está. Na minha casa, levávamos a sério a noção de certo e errado. Eu me lembro de fazer um distintivo de madeira para mim. Lembro-me de observar meu pai se vestir para o trabalho todos os dias. Jeans engomados, camisa engomada, fivela brilhante, botas enceradas, chapéu Stetson cinza ou branco. Ele costumava dizer que sabia se as roupas estavam propriamente engomadas quando podiam ficar sozinhas de pé. Durante muito tempo, ele me disse que o departamento não fazia coletes à prova de bala porque nenhuma bala era capaz de passar pela goma. — Dei de ombros. — Esse tipo de criação me deu um senso muito forte de justiça.

Parei, descansei as mãos no pito da sela e tirei o chapéu.

— O ensino médio foi difícil para mim. Sem nenhuma influência feminina por perto, eu era inseguro com as mulheres e não sabia interagir. Faltei ao meu baile de formatura porque tinha medo de chamar alguém para sair e tinha certeza de que não gostaria de dançar com ninguém. — Ela riu novamente. — Evitei o amor na época do colégio me dedicando aos esportes. Participei de alguns rodeios e integrei a equipe de tiro por quatro anos. Terminei a faculdade local em três anos com formação em criminologia e, então, entrei para a academia. Fiquei sete anos na polícia local, do escritório do xerife à patrulha rodoviária, depois passei um tempo na Narcóticos, e então, no segundo melhor dia da minha vida, recebi a indicação para servir como Ranger do Texas na Companhia C, me tornando, na época, o Ranger de número 104. Meu território cobria uma parte considerável do oeste do Texas.

— Qual foi o melhor dia?

— O dia em que Andie me deu Brodie.

— Fale sobre ela.

— Você continua não se desviando de tópicos difíceis, não é?

— Bem, eu queria saber de que tipo de garota você gosta.

— Andie era, é, uma garota bonita. Olhos grandes, redondos. Altura mediana. Sardas no nariz empinado. Ela amava jeans gastos e um pouco surrados, e um bom par de botas. Não sei dizer quantas vezes eu a vi cozinhar de botas e camisola. Ela gostava do cheiro de cavalos, de ler histórias para Brodie, não se importava em limpar o estábulo, gostava de suar, não se importava com as unhas, mas gostava de uma manicure quando tinha um tempo. Era uma boa mãe. Um dia, também foi uma boa esposa. Doce, mas sem medo de dizer o que pensava. Houve uma época em que ela lutou por mim... mas isso passou. Sempre foi boa em cima do cavalo. Sinceramente, melhor do que eu.

— Você valoriza isso numa mulher?

— Sim, embora não seja uma necessidade.

Alguns minutos se passaram. Ela se virou para mim, abruptamente.

— Você sente medo?

— Do quê?

— De levar um tiro. Morrer.

Dei de ombros.

— Todo mundo morre.

— Sim, mas nem todo mundo leva um tiro.

— Talvez não por balas, mas todos nós ganhamos buracos na pele.

— Eu me virei, olhei para nossa trilha e, então, ri de nós dois. — Mudamos o tom da conversa num intervalo muito curto.

Algum tempo se passou. Ela insistiu.

— Você não parece ser do tipo que desiste. Então o que aconteceu? Por que deixou de ser um Ranger?

— Minha mulher diria que eu nunca deixei de ser um Ranger.

— E você diria o quê?

Esforcei-me para dizer.

— Sim.

— Então...

— Algumas pessoas têm dificuldade com a maneira como eu penso e falo. Eu vejo as coisas em preto e branco. É claro que os críticos se calam quando um homem na ponte está segurando a filha deles a cem metros da água ou enrolando fita em sua boca.

Ela esperou. Puxei as rédeas, virei Cinch. Cruzei as mãos sobre o pito. Abri meu lenço e sequei o rosto.

— Eu não sou um estudioso. Um especialista. Mas dizem que toda cultura tem histórias que são contadas às suas crianças. Nós as chamamos de contos de fadas. Quer admitam ou não, toda garota cresce sonhando em ser Cinderela. Dançar no baile com um príncipe charmoso que calce sapatos de prata.

— São de vidro.

— Viu?

Ela sorriu. Eu continuei.

— Outro dia eu estava dirigindo para algum lugar e começou a tocar uma música no rádio. Tinha uma batida boa. Algo sobre Romeu e Julieta e um cara jogando pedrinhas. Comecei a cantar junto. Gostei da música.

Ela soltou uma gargalhada.

— Você estava cantando "Love Story"?

— Não sei o nome, mas entrei pela porta cantando isso e, dois segundos depois, Brodie revogou minha carteirinha de homem.

— Ele revogou o quê?

— Minha carteirinha de homem. Brodie disse que qualquer homem flagrado cantando aquela música... Acho que o nome da garota era Tyler Fast ou...

Sam estava passando mal. Quase não conseguia falar.

— Taylor Swift.

— É, isso. Enfim, ele disse que qualquer homem pego cantando essa música deveria sofrer uma punição com a revogação da carteirinha de homem e que eu poderia pedir uma nova em noventa dias, mas ficaria em condicional pelo menos por um ano. Qualquer outra infração resultaria em suspensão por um ano.

Ela ainda não conseguia falar.

— Enfim, meu ponto é que ainda compramos a ideia do conto de fadas. Nós os amamos. São as histórias que nos alimentam, e ainda bem que fazem isso. Deus sabe como precisamos de algo em que acreditar, pois o jornal da noite certamente não está ajudando. — Bati suavemente com meu punho no pito da sela. — Não tem problema nenhum o fato de a Cinderela querer dançar ou morar em um castelo. Eu só acho que ela deveria poder fazer isso sem ser estuprada ou assassinada ou sem ser criada para sentir medo.

Desabafei e balancei a cabeça. Agora ela estava prestando atenção.

— O maior truque que já cometeram contra a humanidade é alguém, em algum lugar, ter vendido essa ideia, convencendo-nos de que o mal não existe. — Fiz um gesto positivo com a cabeça. — O mal tem rosto, sim. Eu já vi muitos. Muitas vezes. — Apontei para o sul, em direção a Abilene, e para o oeste, em direção a Cap Rock. — Ele anda por aí... de terno e tatuagem, de colete da SWAT, distintivos, ou atrás de púlpitos, escondendo-se atrás de todo tipo de disfarce. O mal é algo tão real quanto aquele cacto ali e quer devorar sua cabeça no jantar. Meu pai costumava descrevê-lo como um leão rugindo, à procura de alguém para devorar, e, segundo a minha experiência, isso é verdade. — Me calei por um minuto. — Mas não importa como se veste, e não importa como se fantasia, continua a ser o mal. — Meu tom de voz diminuiu. — Só existe uma maneira de lidarmos com ele. E não é se defendendo. Só é possível se defender por algum tempo. Quando eu era criança, meu pai me disse isso, mas apenas comecei a entender quando o segurei em minhas mãos. Então, quando tive a oportunidade, comecei a ser ofensivo. Calcei minhas botas, apertei meu chapéu, bati o ponto de entrada e nunca mais saí. — Assenti, olhando para ela. — Eu estava sempre "na ativa". Prendi muita gente, pus muitos homens na cadeia, confisquei muitas drogas. Isso fez com que eu me tornasse um Ranger muito bom. Condecorado. E então, bem ali no meio, encontrei minha Cinderela, casamos e ela me deu um filho. — Fiz uma pausa e balancei a cabeça. A percepção era dolorosa. — Mas, como pude ver, casamento e polícia não são assim tão compatíveis. Óleo e água. Essa parte do conto de fadas ninguém põe nos livros. Não terminou como a música. — Ela me observava, analisando. Tirei o chapéu e enxuguei a testa. — Isso fez de mim um péssimo marido e até mesmo incompleto. Então, quando você pergunta "O que aconteceu?", bem... — fiz um gesto com a mão para trás, remetendo a toda a história que eu acabara de contar — ... isso aconteceu. — Dobrei meu lenço e coloquei o chapéu na cabeça. — Não sei a última vez que falei tantas palavras a uma mulher.

— Gosto de ouvir você falar. — Ela se levantou, apoiando-se nos estribos, olhando ao longe e se alongando. A sela gemeu. Um som familiar feito por uma cavaleira desconhecida. — Sua voz é tranquilizante. — Ela passou um polegar por cima do outro.

— Posso perguntar uma coisa?

— À vontade.

— Qual é o seu sonho?

Ela riu.

— Essa é fácil. Viver junto e ao lado... em vez de sozinha e sem.

Assenti.

— É um bom sonho.

— É, bem, mas não estou exatamente contando com isso.

Cavalgamos até uma pequena colina e paramos em uma planície alta, uns dez metros acima do rio. Uma risada. Ela passou a mão pelo rabo de cavalo, ajeitando-o no topo da cabeça.

— Por que você diz isso?

Ela pareceu surpresa.

— Está falando sério?

— Sim.

— Não devemos estar olhando para a mesma pessoa.

— Bem, para qual "pessoa" você está olhando?
— Para aquela ali no espelho.
— E que pessoa é essa?
— Uma pessoa que é um desastre ambulante. Que tomou uma série de decisões ruins. Eu sou o típico exemplo de "não faça isso". Vejo uma mulher bastante rodada que perseguiu seus sonhos, chegou bem perto, mas foi deixada para trás. Alguém cujos sonhos foram destruídos. E, então, porque dói demais, ela se esqueceu de como sonhar ou, ainda pior, desistiu de sonhar e os enterrou. E agora ela se conforma em aceitar menos e viver dessa maneira porque, de outro jeito, é muito doloroso. E, sempre que ela acha que vai conseguir deixar o passado para trás, se lembra de que existem imagens horríveis de sua filha que, provavelmente, já devem estar rodando o mundo. Vamos falar a verdade, eu sou uma bagunça. — Ela voltou a pergunta para mim. As rugas de preocupação estavam de volta. — O que você vê? — Havia muita coisa embutida nessa pergunta.

— Eu vejo uma mulher forte e bonita que passou por muita coisa e sobreviveu e ainda sorri, dá risada e luta. Julgo uma árvore por seus frutos e sua filha é, bem... ela é um bom fruto.

Ela se virou. Um curiango piou à minha esquerda.

— Se você perguntar a Hope qual é o sonho dela, ela não saberá responder. — Alguns segundos se passaram. — Essa é a parte mais difícil. — Estalei os dentes duas vezes, e Cinch se dirigiu à margem do rio. May o seguiu. Sam a trouxe para meu lado. Nossas coxas se tocavam a cada poucos segundos com o galopar dos cavalos.

Os cavalos entraram no rio e afundaram os focinhos na água, sugando profundamente. Deixei que bebessem água. Desmontei, ajudei Sam a desmontar de May e fomos caminhando pela margem sob os carvalhos e salgueiros. Alguns algodões voaram acima de nós. Olhei para ela, deixando meus olhos percorrerem de cima a baixo seu corpo.

— Já vi desastres antes, e você não é um deles.

Ela se encostou em mim.

— Obrigada. — Caminhamos um pouco. Ela enganchou o braço no meu. Era natural, confortável. — Algum arrependimento?

— Claro. Muitos.
— Tipo?
Eu dei de ombros.
— Quando me dei conta de que Andie havia surtado, era tarde demais. Ela tentou chamar a minha atenção e eu não dei nenhuma. Então, ela encontrou alguma numa atividade que a fazia se sentir valorizada, ou seja, gastando dinheiro como se crescesse em árvore e outras coisas. — Tentei rir. — De vez em quando, recebo uma notificação de que devo dinheiro em algum lugar. Um lugar do qual nunca ouvi falar. No mês passado recebi as contas de um hotel, uma limusine e um bar em Manhattan. Faz dois anos e eles me acharam. Três mil e vinte e três dólares. Deve ter sido um Martini e tanto. — Balancei a cabeça. — Hoje em dia, olho na caixa do correio com um olho só, pois nunca tenho certeza do que vou encontrar.

Sam vestia uma camisa branca de botões — com os dois últimos abertos. Escorria suor. Ela olhou para minha 1911.

— Já atirou em algumas pessoas com isso?
— Já.
— E elas morreram?
— Sim.
— Você se arrepende?
— Não. Estavam tentando me matar. Algumas tentaram matar o Brodie.
— Você só atira nas pessoas para matá-las?
— Não. Atiro nelas para que parem de ameaçar a mim ou outras pessoas. Se morrerem, é problema delas. Se não quiserem morrer... bem, deveriam ter pensado nisso antes de se tornar uma ameaça.
— É simples para você, não é?
— Algumas coisas, sim.

Ela pôs a mão na cintura e arqueou uma sobrancelha. Seus ombros geralmente se movimentavam em sintonia com o canto da boca. Um ventríloquo controlava ambas as partes.

— Georgia me disse que você a ensinou a atirar.
— Sim.

— Por quê?

— Bem, ela é uma mulher solteira. Passado difícil. Tem um negócio próprio, de onde sai sozinha carregando dinheiro. Passava muito tempo com medo. Acho que tem muitos motivos.

— Você pode me ensinar?

Cocei o queixo e tentei fazer uma brincadeira.

— Com seu histórico de companhia masculina, talvez seja uma boa ideia.

Ela riu e me deu um soco no ombro.

— Achei que você tinha dito que não me julgava.

— Há muito tempo meu pai me ensinou que existe uma grande diferença entre fazer um julgamento e julgar alguém.

Ela assentiu e tentou não sorrir.

— Verdade. — Suas defesas estavam caindo. — Então vai me ensinar?

Eu me virei para ela. Sam estava sorrindo. Quase balançava na ponta dos pés.

— Sim, vou lhe ensinar.

Ela sorriu.

— Que bom!

Embora eu acreditasse que faria bem a Sam aprender a atirar, que lhe daria paz de espírito e a ajudaria a cuidar de si mesma e de sua filha, não posso dizer com sinceridade que eram os únicos motivos para eu ter concordado.

Quando voltamos para a casa, Brodie e Hope estavam empilhados no sofá. Os ombros encostados. *Procurando Nemo* estava chegando ao final no DVD. Carreguei Hope até a picape e Sam partiu enquanto eu lutava para carregar Brodie até a cama. Estava puxando a coberta sobre seus ombros quando ele disse:

— Papai?

— Sim, filhão.

— A mamãe ligou.

Seria a primeira vez em mais de um mês. Engoli em seco.

— O que ela disse?

— Ela ficou bem quieta no começo. Acho que estava chorando. Queria saber como eu estava. Queria saber se eu estava indo bem na escola e se eu tinha crescido. — Tirei seu cabelo da testa. — Papai?

— Sim...

— Contei que você vendeu o rebanho e... o Corvette. — Ele engoliu as lágrimas. — Aí ela começou a chorar muito. E... eu chorei também.

— Não tem problema chorar.

Ele se sentou.

— Eu perguntei se ela vinha para casa e ela disse que vai se mudar para Rock Basin no final do mês, mas não sabe para onde. Papai?

Minha voz falhou.

— Sim.

— Você chora? — Uma lágrima se formou bem no canto do meu olho, desceu pela lateral do meu nariz até o queixo. Tentei impedir, mas...

Brodie tocou na lágrima e ela caiu na palma de sua mão. Ele a encarou. A dor era nítida. Cerrei os dentes. Posso proteger estranhos de possíveis sequestradores, mas não meu próprio filho. A voz dele falhou.

— Você nem sempre fala sobre isso, mas eu estava pensando se você dói por dentro, porque às vezes acho que você sente dor e não diz nada porque não quer que eu fique triste, mas, se sentir dor, pode me falar, OK?

Assenti, dei um beijo nele e apaguei a luz. Ele me parou no vão da porta.

— Papai?

— Sim, filhão.

— Acho que a mamãe também sente dor. Dava pra ouvir na voz dela.

— Eu sei, filho. Eu sei.

Saí da casa, deixando o ar me preencher, e lembrei a mim mesmo sobre como a mãe dele era uma viciada, que me destruiu financeiramente e dormiu com o médico da cidade, tirando de mim tudo que eu considerava mais sagrado, e nunca se desculpou por isso.

Não me ajudou muito.

# PARTE TRÊS

*Él es muy bueno para cabalgar el río.*

— Um Texas Ranger descrevendo outro

## CAPÍTULO 31

Quando o dia amanheceu, eu já estava do lado de fora da casa, segurando uma caneca fumegante e observando o moinho de vento. Precisava de óleo. O vento chegava pelo leste, mas o moinho estava virado para o norte. A porta do estábulo estava aberta. Uma poça de óleo me encarava. O carro não estava mais lá. Os pneus de corrida Goodyear eram a única recordação que havia sobrado. Cocei meu peito, mas não foi o suficiente.

Andie nunca fora uma jardineira muito boa, exceto por uma coisa: tomates. Ela os cultivava com fervor. Era um vício. Atrás do estábulo, eu a ajudara a preparar a terra com dez fileiras de plantio. Nelas, foram plantadas cem sementes de tomate. Instalei um cano de PVC do tanque para cada planta. Cem tomateiros. Até pusemos quatro corujas de plástico sobre estacas em cada um dos cantos para assustar os corvos. Durante nove anos, tínhamos tomate saindo pelos ouvidos. Ela os dava para todo mundo e todo mundo os queria. Eram doces, com gosto de fruta, e eu perdi a conta de quantas vezes a vi colher um fruto desses, mordê-lo e, então, sorrir com o suco escorrendo pelo queixo.

Atravessei o jardim. Estava tomado pelo mato. A plantação sumira havia muito tempo. As corujas tinham caído das estacas. Cocei a cabeça. Olhei para o que um dia fora tão rico.

Era uma boa imagem de nós dois.

Às nove horas, eu já havia suado bastante, então fiz uma das coisas que mais amo. Tomei um banho embaixo do moinho. Ele fica a uns dez metros de altura e puxa água até duzentos metros de profundidade. A água é gelada, doce e cristalina. Fica armazenada em um tanque que usamos para irrigação e para dar de beber aos cavalos. Costumávamos usá-la também para as vacas. Fica em frente ao estábulo, cercado por árvores e arbustos que o envolvem. É preciso dar a volta por trás dele para passar pelas árvores. Se você fizer isso e alguém estiver debaixo da água, dá para ver muito bem a pessoa. E foi exatamente o que Sam fez segundos depois que fiquei nu e entrei debaixo da água. Ela deu a volta, pôs uma mão na boca para cobrir a risada e ficou me encarando — a outra mão na cintura e um grande sorriso no rosto. Eu estava tirando sabão dos olhos. Quando os abri, vi que ela admirava a minha imagem. E, coincidentemente, era algo que não acontecia comigo havia um tempo. Comecei a procurar meu chapéu. Tentei dizer alguma coisa, mas gaguejei e não saiu nada. Ela cruzou os braços e riu.

— Eu espero. Não tenha pressa.

Agarrei meu chapéu e cobri minhas partes íntimas.

— Não sabe que...

— Não sei o quê?

A água pingava do meu corpo.

— Que não deve espionar as pessoas quando estão no banho?

— Eu vim para a aula, mas isso é bem melhor, então vá em frente. Eu espero.

— Sai! Vai logo! Encontro você lá depois.

Ela ficou observando minha cicatriz na perna esquerda, curvou-se, olhou mais de perto. Estava a mais ou menos um metro e meio de distância.

— Foi aí que o cara atirou em você?

Apontei na direção da casa.

Ela se virou, deu dois passos e, então, olhou para trás, com um sorrisinho no rosto.

— Que bom que o incêndio não queimou tudo em você!

Ela reparou que eu fiquei envergonhado, veio até mim e me deu um tapinha no ombro. A água molhava a nós dois.

— Está tudo bem. Eu sei que a água está gelada.

Balancei a cabeça.

— Você está me matando.

Ela saiu rindo, sacudi a água do chapéu e fiquei resmungando.

— Está mesmo gelada.

O estande de tiro ocupa alguns hectares na parte de trás de meu terreno, onde um leito seco passa entre dois precipícios de mais ou menos seis metros de altura. O espaço entre eles é de mais ou menos trinta ou quarenta metros, criando uma boa barragem para o estande de tiros. Estacionei a picape, peguei minhas bolsas e nos dirigimos ao centro. Eu a ajudei a passar um cinto reforçado pelas presilhas de seus jeans e depois um BN55, que deve ser o melhor coldre já fabricado. Peguei uma Les Baer 1911 da minha bolsa, puxei o ferrolho para conferir se a arma estava descarregada e a estendi para que ela pudesse ver a câmara vazia.

— Sempre que você pegar uma arma e estiver sozinha, cheque as condições dela visualmente. Se estiver escuro, use o dedo.

Levantei o braço dela e coloquei a pistola no coldre. Em seguida, prendi um porta-carregador do lado esquerdo de sua cintura. Para seu próprio bem, ela havia parado de fazer piadas, o que era necessário quando se manipulam armas. Levantei meu chapéu.

— Algumas regras antes de começarmos. — Ela assentiu. — Armas controlam o que fazemos e como, e também nos mantêm seguros. — Ela assentiu novamente. A pistola estava pendurada alto em seu quadril. — Essa coisa respira fogo e, no segundo em que a tratarmos com pouco respeito ou a subestimarmos, isso mudará sua vida e não será para melhor. Os dois piores sons do mundo são "clique" quando se está esperando "bum" e "bum" quando se espera "clique". — Ela pensou no que eu acabara de dizer e sorriu. — Então, antes de qualquer coisa, bote na cabeça que irá tratar todas as armas como se estivessem carregadas. Todas mesmo. Ainda que saiba que não estão.

— Entendido.

— Segunda coisa. Nunca aponte para algo que não esteja disposta a destruir.

Ela ficou pensando no que eu disse e, em seguida, concordou com a cabeça.

Segurei sua mão, separando o dedo indicador do resto.

— Terceira coisa. Não ponha o dedo no gatilho até que esteja com a mira pronta e disposta a atirar. Resumindo: na mira, no gatilho. Sem mira, sem gatilho.

— Entendido.

— E, por último, certifique-se do alvo e considere o cenário. Ou seja, as balas foram feitas para atravessar coisas, então, se a Hope estiver atrás de um homem mau, não atire no homem. Pelo menos ainda não.

Ela concordou uma última vez.

— Agora, repita as regras para mim. — Ela repetiu. Não palavra por palavra, mas entendeu o conceito em linhas gerais.

— Estou prestes a ensiná-la o fundamental, e o fundamental vence lutas. Porque é isso que você está fazendo aqui. Está aprendendo a lutar pela sua vida. Essas são as ferramentas fundamentais. Estou partindo do princípio de que, se um homem mau está no fim do corredor mantendo sua filha refém com uma faca no pescoço dela, você vai enfrentá-lo. E vai lutar com uma colher se for necessário, mas é por isso que estamos aqui. Para que não precise. Se decidir lutar, e decidirá, é bom ter algo além de um apontador de lápis. Uma pistola não é a melhor ferramenta de luta, mas serve. Então, aprenderemos a usá-la. Quando sou eu que vou lutar, levo um rifle, uma granada, um tanque, uma bomba nuclear, ou... você entendeu, mas, por enquanto, vamos manter o foco em pistolas. E, finalmente, nada disso lhe dá permissão para se tornar outra pessoa. É apenas um equipamento. Mas, então, chegamos ao ponto-chave: se precisar usá-lo, então use tudo que tiver. Entendido?

— Entendido.

— Vamos começar pelo básico. Tirei um carregador do bolso de trás da calça e retirei uma bala calibre .45. Existem dissertações sobre qual cartucho é o melhor: 9 milímetros, calibre .40. — Balancei a cabeça. — Não vou entrar nessa seara. Essa bala é a que vamos usar hoje. Quando terminarmos, você poderá decidir sozinha qual delas prefere. Mas essa é a que eu uso. — Expliquei como os cartuchos funcionam. Percussão. Combustão. E o que acontece quando o projétil passa pelas raias do cano. Depois expliquei como a arma funciona. A trava de segurança.

O gatilho. O carregador. Coice. Como o coice expulsava um cartucho vazio e carregava um novo na parte de cima do carregador. Ela ouviu tudo com atenção. Por fim, expliquei as miras, as imagens e como deveriam ser ajustadas, o controle de gatilho e sua posição inicial.

Eu me posicionei ao lado dela, gesticulando para o que ela vestia.

— Não espero que saia no corredor às três horas da manhã vestida assim, mas, como estamos em um estande de tiro e eu preciso me assegurar da segurança do local, treinaremos com um coldre. Isso quer dizer que você precisa aprender a sacar a arma do coldre e apontá-la para o alvo. — Então lhe mostrei a posição inicial e o movimento de saque. Como tudo funcionava. Como aparentava. A sensação de um tiro firme. A precisão do dedo no gatilho. A maneira como a mão esquerda deve ficar em relação à direita.

Assim que ela entendeu, treinamos vários tiros a seco. Deixei-a sacar e apontar, alinhar a figura, apertar o gatilho, alinhar a figura seguinte, depois eu puxava o ferrolho — para simular o coice — e ela voltava ao início. Sam repetiu isso várias vezes. Com um cartucho descarregado, a pistola não dava coice ao apertar o gatilho, então me posicionei à direita dela, de modo perpendicular, coloquei minha mão esquerda em seu ombro direito e deslizei a câmara com a mão direita para simular o coice.

Uma hora depois, ela estava começando a pegar o jeito. Entreguei a ela um par de protetores de orelha, carreguei vários cartuchos e, então, ensinei-a a carregar e preparar a pistola.

— Com o tambor apontado para uma posição segura, para baixo, e com o dedo do gatilho esticado, insira o carregador com a mão esquerda. Encaixe o carregador. Com vontade. Gire a mão esquerda, segurando o ferrolho entre o polegar e três dedos, com cuidado para não cobrir a câmara, e então puxe o slide. Essa arma aqui não é sua amiga. Ser delicada não leva você a lugar algum. Puxe com vontade. Puxe como se você quisesse jogá-la no estacionamento atrás de você. Depois, como seu cotovelo foi feito para funcionar em movimento circular, volte a mão para baixo, reforce sua pegada e destrave a arma com o polegar direito.

— Ela destravou. E, como não tinha medo, manipulava bem a pistola.

— Agora... — Apontei para o alvo a seis metros de distância. — Consiga uma boa visualização, se concentre no alvo à frente e puxe o gatilho. E preste atenção... não é como nos filmes, nem eu nem você somos o que vemos no cinema, então não aperte com rapidez. Segure o gatilho. Faça como se estivesse pingando uma gota de colírio. O coice vai dar um susto. — Ela atirou. A bala entrou a cinco centímetros do centro, no alto à esquerda. — Atire novamente. — Ela atirou. Entrou a um centímetro do outro furo, mas ainda a cinco centímetros do centro. Repetimos o exercício nove vezes, até que o ferrolho travou.

Assim que ele travou, Sam apertou o gatilho, mas a pistola não emitiu nenhum ruído, então ela perguntou:

— O que faço agora?

— Toda arma fica sem munição em algum momento, não importa qual seja. Não é falta de sorte. É a consequência de estar em combate. Então, não perca o controle. — Ela sorriu. — Libere o carregador, apertando o botão com seu polegar direito. — Sam apertou. — O carregador velho vai cair no chão. Deixe. Está vazio. — Ela obedeceu. — Com a mão esquerda, pegue um carregador que está em seu bolso, tenha cuidado para que a primeira bala esteja na altura do dedo indicador direito. Desse modo, saberá para que lado está virado o carregador e, como sessenta por cento dos embates acontecem com a luz fraca ou alterada, talvez precise fazer isso no escuro. Então, não olhe. Sem falar que pode estar em um combate físico, então é preciso manter os olhos na briga, com o queixo levantado, para não bloquear a saída de ar. — Ela tirou os olhos da pistola, levantou o queixo e encarou o alvo. Sam estava suando e eu podia sentir o odor dela e de seu perfume. — Agora reproduza o que ensinei a você sobre carregar a arma. Insira o carregador com força. Gire a mão esquerda para baixo. Puxe o slide. Depois, confirme a pegada e volte ao trabalho. Resumindo, essa sequência é chamada de "inserir, puxar, apontar". — E foi o que ela fez.

Gastamos sete carregadores dessa mesma forma. Sem pressa, devagar. Concentrando-nos em cada bala, em cada alvo, em cada gatilho apertado de maneira independente. Depois de quase cem balas, eu disse a ela:

— Dedo para a frente, trava de segurança e retorne a arma para o coldre. — Ela obedeceu. — Agora relaxe e respire fundo muitas vezes.

— Ela sorriu e soltou o ar, que parecia ter segurado desde que saíra da picape.

Continuamos da mesma maneira pelo resto da manhã. Em pouco tempo, o alvo dela havia ficado com um buraco enorme no centro, com diversos tiros perdidos a alguns centímetros do que um dia fora o meio.

— Não seja preguiçosa. Se concentre em cada tiro. Pode ser o seu último. Não se apresse. Concentração. Seu último recurso físico é o controle do gatilho. Diga em voz alta se achar necessário: "Alvo à frente. Alvo à frente. Atiraaaaaaaaaar". Uma vez que se aperta o gatilho, não é possível recuar. É algo bem parecido com as palavras, é bom ter certeza de que está dizendo o que será ouvido porque, uma vez que sai da sua boca... — Sorri e balancei a cabeça.

Perto da hora do almoço, iniciei o treinamento com alvos múltiplos. Eu a parei. Ela segurava a arma na posição, braços estendidos, dedo reto, logo abaixo do alvo.

— A grande maioria dos combates envolve mais de um bandido. Por quê? Porque os lobos andam em... — Deixei que ela completasse.

— Bandos — respondeu ela.

— Isso. Então, detenha a ameaça que está a sua frente, depois procure e observe. Procure o que não pode ver.

A parte da manhã nos trouxe uma proximidade maior. Foi necessário que eu confiasse nela e ela em mim. Havia ajustado sua pegada muitas vezes, colocando minha mão sobre a dela, encostando nossos ombros e posicionando minha mão em suas costas. Talvez isso não fosse necessário. Talvez eu tenha me aproximado porque quis. Talvez.

Ela não era fresca e, quando soube que eu havia esquecido os copos descartáveis, não se importou de beber o Gatorade que eu havia deixado no cooler da picape direto do gargalo.

Comemos, cada um de nós, um sanduíche de mortadela, dois biscoitos de maisena com chocolate, acompanhados de um refrigerante. Ela propôs um brinde.

— O almoço dos campeões. Não precisava.

— Tenho uma lata de sardinhas com molho picante, se preferir.

Após o almoço, expliquei os três de tipos de falha que podem acontecer — falha de munição, falha de ejeção e falha dupla — e como evitá-las, mas não para que as aprendesse, apenas para deixá-la de sobreaviso que retomaríamos o assunto na lição número dois.

Então, eu me posicionei ao lado dela, ombro a ombro, e saquei a arma para a posição de combate.

— Se estiver lutando por sua vida, é melhor fazer com alguém ao seu lado. É bom ter um parceiro. O Texas é um estado grande e não existem Rangers suficientes, então raramente temos um parceiro, mas, quando temos, sabemos reconhecer o valor disso. Então, aprenda a se comunicar.

Ela me interrompeu sorrindo.

— Parece que você precisa aceitar seu próprio conselho.

Eu sorri.

— Calma, Annie Oakley. No momento, eu sou o professor. Você é a aluna.

Ela deu de ombros.

— Estou apenas comentando...

Pela hora seguinte, fizemos exercícios para simular diversas ameaças. Eu fiz o papel de parceiro dela. Quando fiquei sem munição, gritei:

— Cobertura! — Ela ficou em silêncio, olhando para mim com certa desconfiança. Inclinei-me na direção dela e disse: — Você tem que dizer "Estou cobrindo".

Sam gritou:

— Estou cobrindo! — Então ela se virou para o meu alvo e atirou três vezes, acertando o centro enquanto eu recarregava.

Alguns segundos depois, quando sua munição acabou, ela gritou:

— Cobertura!

Virei a mira para trás na direção do alvo dela e respondi:

— Estou cobrindo!

Ela procurou por um carregador, mas haviam acabado. Sete carregadores vazios estavam aos seus pés. Seu polegar esquerdo estava cortado e sangrando de tanto puxar o slide, e ela havia espalhado pó na boca. O suor escorria pelas laterais do pescoço. Sua concentração me surpreendera. Ela balançou a cabeça sem tirar os olhos do alvo e disse:

— Estou sem.

Sem olhar para ela, alcancei meu bolso de trás e lhe entreguei um carregador cheio. Ela pegou sem desviar o olhar do alvo. Carregou a arma sem olhar e atirou três vezes.

Se houve um momento em que senti algo se retorcer dentro de mim, foi esse. Esse momento. Quando ela pegou o carregador das minhas mãos. Quando pegou e depois carregou a arma sem olhar.

Ela voltou à posição inicial, olhou ao redor e disse:

— Estamos seguros.

Assenti, ativei a trava de segurança e coloquei a arma no coldre. Ela fez o mesmo. Tirei meus abafadores, sinalizando com a cabeça.

— É uma boa hora para pararmos. A fileira está limpa.

Ela tirou seu abafador e olhou para mim.

— Como eu me saí?

Sam foi caminhando até seu alvo. O chão estava coberto de centenas de cápsulas deflagradas. Ela havia se saído bem. Mostrou-se concentrada, aprendeu bastante, atirou bem e se manteve segura — ou seja, usou a cabeça. Passei a mão no buraco do tamanho de um prato que um dia fora a representação de um peito do alvo de Sam.

— Eu não gostaria de ser ele, mas o que importa é que estamos seguros e sairemos daqui com o mesmo número de buracos com que entramos.

Ela riu.

Ajudei-a a afrouxar o cinto e a retirar o coldre e o porta-carregador. Conferi o estado da arma, o que quer dizer que verifiquei três vezes se estava vazia, depois a coloquei na bolsa do estande na caçamba e lhe entreguei uma toalha para secar o rosto e as mãos. Ela secou a nuca e os braços.

— Algumas garotas transpiram. Eu suo — disse ela.

Concordei com a cabeça, apontando para as marcas de suor em sua barriga.

— Já imaginava.

Dirigi de volta para casa e ficamos parados ao lado da picape da viúva. Ela me devolveu a toalha.

— Bem, já que não vai me convidar, eu vou convidar você. — Tive um mau pressentimento. — Que tal sairmos juntos?

— O que quer dizer com "sair"?
— Você e eu fazendo algo divertido.
— Estamos juntos aqui, eu e você, e fizemos algo divertido.
— Não. Não, senhor. Não vai se livrar de mim tão facilmente. Isso não foi um encontro. Você não me convidou. E, embora tenha sido divertido, eu me borrei de medo umas dez vezes e tenho quase certeza de que fiz xixi na calça, então não... isso não conta. Além do mais, você me ensinou algo. Agora eu quero ensinar algo a você.

Cocei a cabeça.
— Tipo o quê?
— Que tal dançar?

Balancei a cabeça.
— De jeito nenhum.

Ela riu.
— Sim. Eu quero sair para dançar.
— Eu não vou a lugar nenhum no qual as pessoas possam me ver fazendo papel de idiota.
— OK, que tal só eu e você? Ninguém vai ver.
— Não podemos sair para caminhar ou algo assim? Talvez um cinema.
— Não. Você precisa dançar. Seu quadril é muito duro. Anda como se tivesse passado a vida montado num cavalo. Quero ensiná-lo a dançar.

Suspirei.
— Não vou ganhar essa discussão, não é?
— Não.

Mordi o lábio inferior.
— Que tal se pedíssemos para a Georgia olhar as crianças enquanto ensino você a dançar?
— Onde?

Ela olhou para cima, pelo canto dos olhos.
— No seu estábulo. Tem espaço lá. E ninguém vai ver.

Sam tinha razão.
— Quando?
— Sexta à noite vai ter uma exibição de filme na escola. — Vi que ela já havia pensado em tudo. — Talvez Georgia pudesse levar as crianças

para assistir a *Star Wars* e ficar com elas por algumas horas. Ela tem um iPod e uma caixa de som que eu posso pegar emprestado. Você poderia preparar o jantar.

Assenti.

— Combinado. O que você gosta de comer?

— Qualquer coisa. Pode escolher. *Mas...* — Ela levantou o dedo. — Eu escolho a dança e a música.

— Eu não vou gostar disso, não é?

— Claro que vai. Tão logo você relaxar. Acho que toda essa goma grudou na sua pele. Olhe só, não tem uma ruga sequer. Quanto a mim, parece que fui mastigada durante uma semana. — Ela me puxou pela camisa, esticou-se e me beijou. Depois me beijou novamente. — Obrigada por hoje. Vejo você amanhã?

— Sim, senhora.

Sam entrou no carro, eu fechei a porta e ela levantou as sobrancelhas.

— Está tudo bem. Pode sorrir. Muitas pessoas sorriem. Você deveria tentar de vez em quando.

— Eu sei que está tudo bem. Apenas não fazia isso havia alguns anos. Estava torcendo para não ter estragado tudo.

Ela lambeu os lábios.

— Podemos melhorar.

— Escute, como agora já sabe o que está fazendo, Andie tem uma arma dessas num cofre dentro do armário. A combinação é uma sequência de quatro dígitos. — Demonstrei como era. — Tem uma lanterna e alguns carregadores lá dentro junto com a arma. Achei que poderia se sentir mais segura à noite, pelo jeito como as coisas andam.

— Obrigada.

Fui até a minha picape, liguei o motor e fiquei ali com o diesel queimando. Fiquei olhando para o para-brisa enquanto a poeira baixava. Enquanto baixava e ela desaparecia do meu campo de visão, passei a língua no meu lábio superior e tentei decidir se o gosto me agradava.

Não demorou muito para eu descobrir.

# CAPÍTULO 32

Querido Deus,

A mamãe agora o chama de "Bola de feno". Ele manca e eu vi a perna dele. Tem uma cicatriz imensa. Dá para ver que a mamãe gosta dele. Nós o vimos pelado. A mamãe viu mais do que eu. Ela mandou que eu voltasse para casa, mas eu não fui. Fiquei olhando do meio das árvores. Ele não me viu. Estávamos atravessando o pasto quando viramos uma curva e ele estava debaixo do moinho tomando banho. Pelado que nem um frango. A mamãe chama de "roupa de nascimento", mas eu não sei se é aniversário dele. Ele tem uma cicatriz grande na perna esquerda. A perna manca. E tem queimaduras por todo o lado esquerdo do corpo. Mas aquela parte lá não estava queimada. Não pelo que pude ver. Não que eu estivesse olhando. Não muito. Mas, quando perguntei à mamãe, ela disse que não, que não parecia queimada, e ficou envergonhada. Então, eu acho que a mamãe gosta dele. Não fiquei assustada de vê-lo pelado.

Ele ensinou minha mãe a atirar. Deu uma arma a ela. Fica guardada num cofre aparafusado na gaveta ao lado da cama. Fico feliz, porque, se o Billy aparecer, ela pode atirar nele.

Ah, esqueci de dizer mais uma coisa. Não é que eu não quisesse contar, apenas estive pensando muito a esse respeito e não tinha certeza do que achava até agora, talvez ainda não esteja tão certa, mas, na outra noite, o Caubói levou a gente para tomar sorvete. Ele sabia que era uma lembrança ruim para mim e sentou junto de mim e da mamãe, e falou a respeito desse lugar em Brenham, Texas, chamado Blue Bell e como eles fazem o melhor sorvete do mundo inteiro e como eles têm um caminhão de entrega em Rock Basin, então não precisamos dirigir até o inferno. Desculpa, foi ele que disse isso. Não eu. Enfim, eu disse que iria, mas que não queria tomar sorvete, mas nós fomos até lá e o Brodie pediu sorvete e me deu um pedaço e sabe qual era o sabor? Era o sabor creme do Ritz-Carlton de Nova Orleans e eu achei muito bom. Então o Caubói comprou um sorvete pra mim. Primeiro, tomei duas bolas. Depois mais duas. Depois ele, o Brodie, a mamãe e eu ficamos rindo até quase fazer xixi na calça, bem, nós rimos muito. E eu gostei do sorvete. Ele disse que podíamos voltar a qualquer hora. O sorvete era tão bom que eu pensei na mesma coisa daquele dia em Nova Orleans. Por que comer qualquer outra coisa quando se tem Blue Bell?

O Turbo vai bem. Acho que gosta daqui. Está crescendo. Acho que damos comida demais para ele e acho que o Brodie está preocupado com a mãe dele. Perguntei sobre ela, mas ele não quis falar. Depois ele ficou falando dela e por muito tempo. Contou tudo sobre ela. Sobre como eles andam a cavalo juntos, como ela fazia o melhor molho salsa do Texas, como ela sempre ultrapassa o limite de velocidade quando dirige e como, às vezes, ela o deixava ficar acordado até tarde, sentado na varanda para esperar o Caubói chegar em casa. Também me disse quanto ela o ama. Quanto ama os dois. E que ainda ama os dois.

Isso me deixou triste. Estou apenas sendo sincera. A mamãe e o Caubói estavam em algum lugar se divertindo, num encontro, e o Brodie estava lá falando quanto ama a mãe e como ela ama o pai dele. Bem, se isso é verdade, o que ele está fazendo com a mamãe?

## CAPÍTULO 33

Levei Brodie até o salão de Georgia e fiquei esperando Sam terminar sua última pedicure antes de entrarmos. Ele estava quieto.

— Você está bem, garotão?

Ele olhou para os pés.

— Pai, você vai sair hoje à noite com a Srta. Samantha? A Hope disse que vocês tinham um encontro.

— Foi isso que ela disse?

Ele assentiu.

— Acho que, de certa maneira, sim.

— Você sabe que a mamãe vai chegar em duas semanas.

— Eu sei. — Eu havia contado sobre o divórcio. Ele aceitara a notícia como um adulto em formação. A mãe partira há tempo suficiente para que não fosse um choque.

— Você vai chamá-la para sair?

— Acho que não, filho.

— Por que não?

— Acho que talvez sua mãe e eu... já tivemos nosso último encontro.

Ele concordou com a cabeça.

— Acho que a sua mãe está saindo com outro homem aqui da cidade.

— Então, a mamãe não é mais... — ele parecia procurar a palavra certa — ... sua namorada?

Balancei a cabeça, negando.

— A Srta. Sam é sua namorada?

— Não, ainda não. Mas pode ser em breve. — Coloquei a mão nos ombros dele. — Você veria algum problema nisso?

Ele saiu da picape e subiu os degraus para dentro do salão.

Sam me observava enquanto eu a levava até o estábulo. Ela levantou o nariz.

— Está cheiroso. O que é isso... colônia?

— Muito engraçado.

— Água de cheiro?

— Old Spice.

— Eu sabia que conhecia esse cheiro. Vai ser exatamente como se eu estivesse dançando com meu pai. — Ela me olhou de cima a baixo. — Sempre sai assim em seus encontros?

— Assim como?

— A goma, a arma, o chapéu e... você passou seus jeans a ferro?

Eu me virei e me dirigi à saída do estábulo. Ela correu até a minha frente, enganchou o braço no meu e me conduziu de volta ao estábulo.

— Apenas alguns passos a mais. — Ela riu. — É como tomar uma injeção. A pior parte é quando se pensa nela.

Sam pôs o iPod no balcão enquanto eu fechava a porta do estábulo. O vizinho mais próximo ficava a três quilômetros dali, mas eu preferia não correr o risco. Acendi todas as luzes e limpei um pouco da palha no chão. O cheiro de cavalo, palha e esterco tomava conta do ar. Cinch botou a cabeça para fora de sua baia e me olhou como se eu fosse louco. Sam vestia o jeans que eu comprara para ela, as botas de Dumps, uma camiseta branca de marca e um chapéu de palha emprestado por uma das garotas do salão. As pontas eram dobradas como um chapéu de Tim McGraw ou Kenny Chesney.

Encontrei-a no centro, enquanto uma música que eu nunca ouvira começava a tocar. Olhei para o iPod branco.

— O que é isso?

— Celine Dion.

— Brodie disse que, se eu escutar Tyler Fast mais uma vez, ele vai carimbar minha carteirinha de homem.

— Taylor Swift.

— É, ela também. Ele disse que, se eu dançar ao som de qualquer coisa parecida, ele vai confiscar minha carteirinha por um ano e só vou poder recuperá-la após um período probatório, no qual terei que recitar ao contrário Merle Haggard, George Jones e Willie Nelson.

— Caubói, você já foi ao Hollywood Boulevard?

Balancei a cabeça.

— Bom, nem eu, mas me disseram que tem estrelas no concreto, gravadas no chão, para as pessoas que são figuras permanentes. Quer dizer algo como "ser Hollywood".

— E?

— Acho que você é um membro permanente desse negócio de carteirinha de homem. Se algum homem a merece... — ela balançou a cabeça — ... a sua é irrevogável.

— Você não conhece o Brodie.

— Engraçado. Venha cá.

Ela estendeu os braços. Eu fiz o mesmo. Sam pegou as minhas mãos e começou a me guiar em alguns passos. Ela não parava de pisar nos meus dedos.

— Suba nos meus pés e eu levo a gente — falei.

Depois de sessenta segundos, ela se afastou, balançou a cabeça e mordeu o dedo.

— Isso não vai dar certo.

— O que não vai dar certo?

Ela me olhou de cima a baixo.

— Isso.

— O que há de errado nisso?

— Quase tudo. — Ela fez uma pausa, depois curvou o dedo naquele movimento típico de "venha cá". Fiquei parado ao lado do balcão. Ela tirou meu chapéu e o pôs de lado. Em seguida, disse "Licença" e desafivelou meu cinto, puxando-o para fora dos jeans enquanto eu segurava o coldre. — Ponha isso na mesa. — Obedeci. — Os carregadores também. — Tirei dos bolsos os dois carregadores cheios. Ela olhou para meu tornozelo. — E o irmãozinho?

Tirei o velcro do coldre e deixei os dois coldres e a S&W 327 sobre a mesa. Ela cruzou um dos braços e bateu com a ponta dos dedos no queixo.

— Algum outro tipo de arma?
— Canivete.
— Ponha na mesa.
— Moça, eu não me sinto tão pelado assim desde o meu nascimento. Vou ficar com o canivete.

Ela colocou as mãos no quadril e apontou para a mesa. Tirei o canivete do bolso e o botei na mesa com um protetor labial usado. Então, ela ergueu os braços e começou a abrir a minha camisa. Aberta, ela a tirou pelos meus braços, dobrou-a e a deixou sobre a mesa. Ela ficou olhando minha camiseta azul.

— Você está realmente usando uma camiseta do Superman?
— Brodie me obriga. Diz que ela me mantém seguro.

A sobrancelha esquerda subiu lentamente, acima da direita.

— Quer dizer que você tem mais de uma?
— Tenho uma gaveta cheia delas. Uma para cada dia da semana.

Ela balançou a cabeça, puxou minha camiseta para fora da calça e a arrancou pela cabeça.

— Não vou dançar com o Ranger. Ou com Clark Kent. Ou com John Wayne. Vou dançar com o Tyler.

Fiquei parado, com o peito descoberto, sentindo-me um idiota.

— As botas também.
— Não. Um homem precisa ter limite, e as botas são o meu. As botas ficam.

Ela levantou ambas as sobrancelhas e enfiou um dedo na minha cara.

— Tyler Steele, ponha as malditas botas na mesa.

Eu as tirei e fiquei de meias ao lado da mesa. Ela penteou meu cabelo com os dedos.

— Bem melhor assim. — Sam apertou um botão no iPod e me puxou pela mão. — Agora venha cá. — Voltamos ao centro do estábulo e ficamos ali nos encarando. Nunca me sentira tão nu em toda a minha vida. Nem mesmo debaixo do moinho. Ela estendeu as mãos. — Sam Dyson. Prazer.

— Tyler Steele. Eu sou o idiota da cidade.
— Bem, não resista. Deve se encaixar direitinho aqui.

A música recomeçou. Meus braços estavam elevados como Patrick Swayze em *Dirty Dancing: ritmo quente*. Ela riu.

— Você precisa relaxar. Você não é o Patrick Swayze. — Ela me ajeitou.

Olhei para o iPod.

— Quem está cantando agora?

— Josh Groban.

— Tem alguma coisa do Don Williams? Waylon? Willie? Hank Jr.?

— Seja forte. Essa música não vai te matar, mas o seu tipo de música estilo bebedor de cerveja com dois acordes que diz "alguém atirou na minha mãe quando ela estava bêbada e foi me buscar na estação de trem" está me matando.

— Mas eu sempre gostei de David Allan Coe.

— É, bem, supere isso.

— Então, pelo menos diga que tem Emmylou Harris? Todo mundo sabe que ela tem uma voz de anjo. Sempre imaginei que, se estivesse morrendo, gostaria que ela cantasse sobre o meu corpo enquanto eu estivesse fazendo a transição de mundos.

Ela deu um risinho.

— Talvez.

Dançamos no estábulo por quase uma hora. Preciso admitir que realmente dançamos. E não estou falando de nada indecente. Estou falando sério. Ela girou debaixo do meu braço e sorriu.

— Eu meio que deixei escapar que iríamos fazer isso.

— Sei, deixou escapar.

— E, quando as garotas descobriram, criaram uma playlist e tiveram algumas ideias.

— Tipo?

— Espere. Cada coisa a seu tempo.

Georgia tinha criado boa parte da lista de músicas e, embora eu não conhecesse a maioria — a começar pelo Josh "sabe-se lá o nome", ela havia acrescentado algumas que eu conhecia. Por volta das oito da noite, Sam tinha me cansado até eu não aguentar mais. Ela me deu um beijo no rosto e disse:

— Não foi tão ruim, foi?

— Não.
— Que bom! Agora estou com fome. Me alimente.
— Com uma condição.
— O que aconteceu no estábulo... fica no estábulo.
Ela riu.
Fui até a mesa e olhei todas aquelas coisas espalhadas.
— Posso voltar a usar isso tudo?
— Sim.

Eu havia montado uma cesta, uma cesta de palha de verdade, e a guardara na picape. Abri a porta para Sam, ajudei-a a entrar e fui dirigindo pela margem do rio. No lado sul de meu terreno, o rio fica mais estreito. Em um dia de pouca água, é possível atravessá-lo sem molhar o calção. Hoje era um desses dias.

No meio da água havia uma elevação de pedras, areia e árvores. Uma espécie de ilha. Apenas as enchentes mais altas a cobriam. Estacionei a picape, peguei a cesta e a lanterna Coleman. Tiramos as botas, deixando-as na margem, subimos a barra da calça e atravessamos o rio. A lua começava a aparecer a leste, e uma brisa de primavera nos refrescava. Subimos na ilha e paramos embaixo de um dossel fino formado por quatro carvalhos. Acendi a lanterna, estendi um cobertor de lã, arrumei a comida, abri uma garrafa de Cabernet e fiz um gesto para que ela se sentasse.

— Uau! Você pensou nisso tudo sozinho?
— Bem, Dumps sugeriu a lanterna.
— Estou impressionada.

Ela se sentou e serviu o vinho nos copos de plástico. Estendeu um dos copos para mim. Balancei a cabeça.

— Não.
— Não vai beber nem um pouco?
— Nunca bebo quando estou armado. — E isso era verdade.

Ela tomou um gole e balançou a cabeça.

— Você é tão tenso. Usa sua arma na hora de dormir também?
— Bem, não uso exatamente.

Ela ficou observando o rio.

— Você acha que pode ter algum bandido por aqui?

Dei de ombros, encarando o oeste.

— Esse é o problema. Nunca se sabe.

Ela me ofereceu o copo novamente.

— Bebe a droga do vinho, Caubói.

— Um ou dois goles.

Sentei-me e ofereci um prato a ela. Eu havia preparado uma salada de espinafre, salmão no forno e arroz. A vida de solteiro me forçara a algumas coisas que eu não fazia antes. Cozinhar salmão talvez esteja no topo dessa lista, em uma corrida apertada com a salada de espinafre. Ofereci azeite e vinagre, e ela aceitou. Depois sal e pimenta. Sam estava sentada de frente para mim, com as pernas cruzadas e o prato no colo, sorrindo. Ela estava gostando muito. E acho que eu também. Entreguei a ela um Tupperware com morangos cortados.

— A salada fica melhor se você puser isso por cima.

A alguns quilômetros, alguns coiotes uivaram. Ainda mais perto, a uns dois quilômetros, outros responderam.

Ela mastigava.

— Descobri algo sobre você ontem.

— Descobriu?

— Ahã.

Esperei.

— Isso... — Ela apontou com o garfo para a 1911. — É um albatroz.

Eu havia lido *A balada do velho marinheiro*. Conhecia a metáfora. Balancei a cabeça, concordando.

— Às vezes. Outras, nem tanto.

— Mas é difícil para você ficar sem ela. Não é? E não estou falando apenas fisicamente.

— A parte mais difícil não é aprender a usar, mas, sim, o que isso faz com você depois de haver aprendido. Eles prendem o distintivo no seu peito, penduram aquilo no seu quadril e isso muda a maneira como você vê o mundo. Passa a procurar, em cada situação, uma maneira de se defender. De proteger as pessoas à sua volta. Sempre sentado de frente para a porta em restaurantes, conferindo as saídas, anotando coisas.

— E essa não é a pior parte, não é?

— Não. Embora eu não chame isso de "pior parte", mas sim de chamado.

Ela esperou. Mexendo a salada no prato. Tomando goles ocasionais. Continuei:

— Em pouco tempo, você perde a habilidade de se envolver com as outras áreas da sua vida. Perde momentos importantes. Perde relacionamentos. Perde muitas coisas. Eu perdi. Mas, por pior que isso seja, e indesejável, se está lutando para sobreviver às três horas da manhã com um bandido no final do corredor; talvez ele esteja com a sua mulher segurando uma faca no pescoço dela, ou sua filha, talvez ele esteja drogado de anfetamina, metanfetamina, ou talvez esteja tentando furar você com alguma coisa, ou pior, sua mulher ou seu filho. É bom que não tenha distrações na cabeça. E é bom que esteja com algo melhor que uma colher. Você talvez não acredite, mas eu não gosto de carregar isso para todo canto. Não me sinto feliz com isso. A sensação de achar que isso é legal passou há muito tempo. Isso foi feito para causar destruição e caos e, se for bem manipulada, é exatamente o que acontece. Acredite, limpar sangue, especialmente o próprio, não é uma coisa muito divertida. Ainda pior é limpar o sangue de quem amamos.

— Por que, então? De verdade. Você está aposentado. Podia parar de carregar as armas. Deixar para lá.

— Já pensei nisso, mas agir assim seria o mesmo que arrancar a minha pele. Não tenho certeza de quanto tempo viveria sem ela. Eu sei, e sempre soube, que existirão pessoas pelo meu caminho que não têm a capacidade de lutar por si mesmas. O rebanho precisa de um pastor. Eles podem não saber, podem não me agradecer, mas não é por isso que faço meu trabalho.

— Então, você morreria por um estranho?

— Bem, eu tentaria evitar, mas, sempre que você segura esse negócio nas mãos, a morte é uma possibilidade. Faz parte. A outra face da moeda. Olha, eu não ando por aí com complexo de Messias, mas passei mais de vinte anos na força policial e aprendi uma coisa: bandidos não são burros. Eles não atacam com mata-mosquitos. Eles atacam com o que vai dominá-lo. Conquistá-lo. Escravizá-lo. Então, existem pessoas que pensam "Talvez se eu estiver preparado, pronto e capaz, posso ajudar quem não estiver em condições de ajudar a si mesmo. E, ao fazer isso, quem sabe consiga ajudar a diminuir a corrente." Porque, no final das contas, é isso que importa. Tudo se resume a bem *versus* mal. E, embora eu não odeie muitas coisas, odeio, com todas as minhas forças, o mal quando atinge a humanidade.

Ela desviou o olhar.

— Tyler Steele, eu nunca conheci ninguém como você. Talvez você seja uma espécie em extinção.

— Meu pai era.

Terminamos nossos pratos. Ela disse:

— Tem alguma sobremesa?

— Desculpe. Nunca fui muito ligado a doces.

— Deixe eu adivinhar, eles deixam você mais lento ou algo do tipo. Afeta sua mira.

— Não, a maioria me dá gases.

— Dá o quê?

— Gases.

Ela riu.

— Entendi. — Ela ficou olhando para a água, levantou-se subitamente e bateu nas coxas. — Vamos nadar.

— Você quer fazer o quê?

Ela tirou os sapatos, desabotoou a calça e começou a puxar o jeans de uma das pernas.

— Nadar.

— Bem...

— Ah, vamos? Deixe de ser tão certinho. Uma cueca boxer é a mesma coisa que um calção.

Não era assim que eu havia imaginado o rumo da noite.

A água estava transparente, gelada e corria suavemente. Ela abriu o sutiã, tirou-o pelas mangas da camiseta, como as mulheres sempre fazem e eu nunca consegui entender. Fiquei somente de cueca e ela segurou minha mão enquanto entrávamos na água. Sentamos no chão de areia enquanto a água subia até o meio de meu peito. Sam mergulhou a cabeça e prendeu o cabelo atrás das orelhas.

Ficamos ali, conversamos, jogamos água um no outro e rimos por quase uma hora. A lua estava alta quando nos levantamos para voltar ao monte. Eu meio que sacudi a água dos meus braços e pernas, enfiei a calça jeans e me sentei na toalha. Ela ficou parada bem na minha frente, espremendo água do cabelo. O rio havia colado sua camiseta à pele. A calcinha era nova e não fazia parte daquelas que havíamos comprado no Ritz. Posso resumir em duas palavras: renda e pouca.

Ela se virou, como se estivesse se exibindo.

— Gostou?

Assenti e engoli em seco.

— Sim.

— Fico feliz.

Sorri.

Ela se sentou ao meu lado, jogando o cabelo de um ombro a outro. Tirou a camiseta, colocou-a em cima da pedra ao nosso lado, depois se aproximou de mim e encostou as costas no meu peito, envolvendo meus braços nela.

— Caubói?

Engoli em seco, o calor de seu corpo me aquecendo. Sussurrei:

— Sim?

— Estou me apaixonando por você.

Assenti. Minhas mãos envolviam sua barriga. As mãos dela estavam envolvidas nas minhas.

Ela olhou por cima do ombro.

— Queria saber se você se incomoda com isso.

— Não.

— Tem certeza?

— Sim.

— E o Brodie?

— Ele está tendo um pouco de dificuldade para aceitar.

— Você também está tendo dificuldade para aceitar?

— Estou com dificuldade para evitar que a minha mente vá a lugares aos quais não deveria ir.

Ela se virou de frente para mim. As minhas mãos nas dela.

— Não precisa.

Quando Andie e eu nos casamos, e muitos anos depois disso, nosso amor havia sido terno. Divertido. Um desejo compartilhado. Sem nunca ter vergonha de me procurar à noite, ela me instigava, pegava na minha mão. Brodie havia sido concebido não muito longe de onde estávamos sentados naquele momento.

Um amor assim dura. Renda e depilação não diminuem isso.

Fiz uma pausa, tentando descobrir como dizer as palavras certas. Ela virou a cabeça de lado.

— Caubói, estou literalmente me jogando em cima de você. Tem algo que você não goste nessa imagem?

— Não, eu...

— Então diga alguma coisa antes que você me deixe traumatizada.

Cocei a cabeça.

— Sam, acredite, essa imagem aqui é inebriante, mas eu preciso me divorciar de Andie primeiro. De maneira definitiva. E meu divórcio só vai ser homologado daqui a algumas semanas.

Ela revirou os olhos.

— Você está brincando, não é?

— De acordo com a lei, eu ainda sou casado e, até hoje, nunca fui infiel. E, por mais que você seja tentadora, e você é, não quero começar a ser infiel agora.

Ela baixou a cabeça, balançando-a.

— Sério? — Ela parecia derrotada. — Sério. Sério? Uau!

Ela ficou quieta por alguns instantes, depois, sem dizer nada, inclinou-se para a frente e me beijou.

— Não é fácil ser você, não é?

— Não nesse exato minuto. — Se, alguma vez, eu não quis ser eu, foi naquele momento.

Ela se levantou e tirou a calcinha que mencionei anteriormente.

— Não consigo ficar sentada numa calcinha molhada.

Ouvi a minha voz interior dizer:

— Deus tenha piedade!

Ela enfiou os dois pés dentro do jeans e começou a puxá-los perna acima.

— O quê? Está pensando em mudar de ideia? Está com dificuldade para ser assim tão decidido?

Fiquei olhando para qualquer lugar que não fosse ela.

— Você não está ajudando.

Ela sorriu e abotoou a calça.

— Não estou tentando ajudar.

— Já entendi essa parte.

Nós nos vestimos, o que foi um grande alívio, atravessamos o rio e dirigimos sob a luz da lua até em casa e, em seguida, até a cidade, para buscar as crianças. Os dois estavam dormindo no sofá de Georgia. Eu os carreguei até a picape. No apartamento, parei nos degraus da entrada e tirei o chapéu, tentando encontrar coragem para lhe dar um beijo. Ela pôs a mão em meu chapéu e olhou para mim. Eu disse:

— No final do mês, quando tudo estiver concluído, estava pensando se você poderia sair de novo comigo. Talvez pudéssemos ir dançar em algum lugar. Isso seria...

— Sim. — Ela balançou a cabeça. — As garotas nunca vão acreditar nisso.

— O que houve com "O que acontece no estábulo..."?

Ela se inclinou para a frente e puxou a minha camisa.

— Caubói, hoje à noite eu queria que você fosse um homem, mas precisava que você fosse outro. Obrigada por ter sido o que eu precisava, e não o que eu queria.

Assenti, voltei à picape e fui embora murmurando:

— Não é nada fácil.

Os postes da rua iluminavam a cabine a cada cem metros até a saída da cidade. Brodie estava acordado. Esfregou os olhos.

— O que foi, pai? O que não é fácil?

Passei a mão na cabeça dele.

— Nada, garotão. Volte a dormir. — Ele adormeceu. Chegamos em casa. Então, eu o carreguei até sua cama e sabia que não havia chance de eu conseguir dormir. Peguei uma toalha e fui até o moinho. Abri a torneira no máximo e entrei debaixo daquela água.

Fiquei ali por um bom tempo.

# CAPÍTULO 34

Querido Deus,

As coisas vão bem. A mamãe anda trabalhando muito e gosta de pintar os pés das pessoas. Ela treinou em mim algumas vezes e ficou muito bom. Meus pés nunca foram tão bonitos. Agora ela também lava cabelos quando as outras mulheres estão ocupadas. Ela disse que ganha boas gorjetas porque esfrega bem a cabeça das pessoas com suas unhas bem fortes; suas unhas entram com tudo no couro cabeludo das pessoas e elas gostam disso. Dizem que é relaxante.

Tenho boas notícias. Hoje recebi minha primeira nota na escola. Recebi um "A". É uma nota muito boa. É o mais perto que se pode chegar da nota máxima. Recebi essa nota por causa de uma redação que eu escrevi. Pediram que a gente escrevesse sobre algo que havia acontecido nas nossas vidas nas últimas semanas. Qualquer coisa que tivesse um começo e detalhes. Aí escrevi sobre como a gente conheceu o Caubói e como ele nos salvou na parada de caminhão e como nos levou para o Ritz e depois para a casa dele, e como conhecemos o Brodie e o Sr. Dumps e, bem, tudo que aconteceu desde então. Foi muita coisa. A professora falou que teria me dado "A+", mas, como tinha pedido só três páginas e eu escrevi dezessete, ela disse que precisou descontar a nota, mas eu não me incomodo, porque contei a história e isso me fez lembrar de tudo. Lembrei que coisas boas acontecem com a gente. Que você não se esqueceu de nós. Que talvez a gente importe para você. Chamei a redação de *Atrás do sol*. Ela disse que gostou do título. Eu contei que aprendi com o Caubói porque é como o pai dele descrevia o oeste do Texas e Bar S. É uma boa descrição. Não sei se é o que o pai dele queria dizer, mas, para mim, parece um bom lugar para estar, atrás do sol. O lugar onde você está. Onde passa seu tempo. E, se tentássemos chegar lá sem falar com você, ficaríamos queimados, pois teríamos que passar pelo sol e ninguém pode fazer isso, porque é mais quente que uma bomba nuclear. Pelo menos, acho que deve ser.

 E a mamãe tem falado comigo sobre, você sabe, sobre aquilo que aconteceu. Está tentando fazer com que eu fale com ela ou com alguém, qualquer pessoa, sobre tudo. Diz que eu não deveria guardar o que aconteceu para mim e que deveria falar como me sinto e o que penso. Perguntou se eu quero falar com um médico a esse respeito. Que a gente poderia encontrar um, e eu disse que não sinto dor no meu corpo mais, mas que sinto no meu coração, sim, e que não acho que o médico vai poder me ajudar com a parte do coração que dói, e ela começou a chorar e não parou até muito tempo depois. Eu não quis magoar a mamãe e pedi desculpa e ela me abraçou e depois eu perguntei se a gente podia conversar sobre o assunto e ela se ajeitou e disse que sim, claro. Então perguntei a ela as coisas que precisava perguntar. E a gente ficou conversando por um bom tempo. Quando terminei de fazer todas as minhas perguntas e ela acabou de tentar responder a todas elas, disse pra mim que eu não precisava ficar com vergonha. Eu falei que não sabia o que isso significava e ela falou que era a coisa que me fazia querer olhar em outra direção quando as pessoas olhavam para mim porque eu não queria que elas vissem o que eu via quando eu olhava para mim. Aí eu disse que sinto isso e que tudo o que aconteceu foi culpa minha. E disse que pensava assim porque escondi algumas coisas dela. Tipo o sorvete e as jujubas. Talvez eu tenha merecido o que aconteceu. E ela chorou ainda mais e disse que nada do que aconteceu com a gente era culpa minha, e que eu não merecia passar por nada disso. Quando a gente terminou, ela penteou meu cabelo durante muito tempo, que é a minha coisa favorita, e enquanto ela penteava eu disse que não precisava falar com nenhum médico porque a parte do meu coração que dói não doía mais tanto. Era como se as palavras que ela disse fossem as palavras que meu coração precisava ouvir e, quando as ouviu, um pouco da dor foi embora. Falei que, se talvez a gente conversasse mais, uma parte ou o resto da dor iria embora. E ela chorou um pouco mais e disse que podíamos conversar todo dia se eu quisesse.

Olha, a mamãe chegou. Preciso ir. Ela saiu com o Caubói. O rosto dela está todo vermelho. Ela fica assim quando come chocolate ou bebe vinho. Ou ostras, mas ela não come muito isso porque fica com gases.

Ah, Deus, eu sei que já pedi muito isso, mas, por favor, mantenha o Billy longe de nós e não deixe que ele nos encontre. Porque você e eu sabemos que ele ainda está nos procurando. E sabemos o porquê. Estava pensando, se nós sabemos disso e o Caubói, não, estamos mentindo para ele?

Acho que sei a resposta.

# CAPÍTULO 35

Sam apareceu no sábado com Hope. Chovia demais. Ela foi pulando as poças entre a picape e a varanda. Eu corri até a porta do carona, peguei Hope e Turbo e os carreguei até a varanda. Sam espremia o cabelo.

— Isso é que é chuva.

Assenti.

— Chove como vaca mijando numa pedra lisa.

— Como o quê?

— Vaca mijando...

Ela levantou a mão.

— Já entendi na primeira vez. Uau! É realmente bem ilustrativo.

— Bom, é como a gente descreve...

— O que vocês fazem por aqui quando chove assim?

— Lemos muito.

Ela observou minhas prateleiras.

— Esses livros são todos sobre batalhas, generais, chefes indígenas, policiais famosos. — Ela retirou um exemplar e leu a contracapa. — Uma coletânea de contos sobre homens comuns em grandes atos. — Ela balançou a cabeça. — Não tem nada de ficção? Alguma história de amor?

— Acho que não.

— Vamos ver um filme?

— Claro.

Ela ficou olhando os videocassetes ao lado dos livros.

— Cassetes?
— Qual é o problema?
— Nada. — Ela olhou a seleção de filmes. — Não tem nada além de filmes de caubói.
— Tem alguns filmes bons de guerra aí.
— Qual é a diferença? Não tem nada na linha *Doce lar, Um lugar chamado Notting Hill, Recém-chegada* ou *A proposta*? Quem sabe *Flores de aço* ou *Diário de uma paixão*?
— Infelizmente, não conheço nenhum desses.

Nas horas seguintes, enquanto a chuva não parava, ela me obrigou a assistir a todos os filmes água com açúcar que pôde encontrar na TV. Cada vez que os créditos subiam, eu perguntava:

— Por que você gosta disso?

As lágrimas escorriam pelo seu rosto. O nariz entupido. Entreguei um lenço a ela.

— Porque eles se amam.

Pouco depois do jantar, encontrei Hope sentada na varanda, escrevendo em seu caderno. Quando me aproximei, ela o fechou rapidamente. Como se eu a tivesse flagrado roubando um biscoito.

— Posso sentar com você?

Ela fez que sim. Quando sentei a sua esquerda, ela colocou o caderno, fechado, do lado direito.

— Como está?
— Bem.
— Como vai a escola?
— Vai bem. Não sou muito boa em matemática. Às vezes aqueles números todos não fazem sentido, mas a minha professora de inglês disse que escrevo muito bem e que estou melhorando a cada dia. Ela também disse que, quando lê o que eu escrevo, parece que sou bem mais velha. Que só as pessoas que viveram escrevem como eu. Não tenho tanta certeza assim, mas acho que foi um elogio.
— Você fez algum amigo?

— Sim... senhor. Alguns. Meu recreio é no mesmo horário que o de Brodie e, às vezes, ele senta comigo. Bem, quer dizer, todo dia, exceto duas vezes, porque tinha umas meninas sentadas comigo.

— Ele me contou.

Ela esfregou as mãos entre os joelhos.

— Brodie tem muitos amigos. Todo mundo gosta dele. A maioria o admira.

— Ele é um bom garoto. — Turbo estava deitado em seu colo. De olhos fechados. Imóvel. — Como vai o Turbo?

— Não está muito bem.

— Como assim?

— Ele não tem se mexido tanto e dorme bastante. Às vezes ele come; outras vezes, não. A mamãe disse que talvez ele esteja muito velho. — Ela fez carinho na barriga dele. — Talvez ele tenha um tumor, porque a barriga dele está diferente. Mas eu acho que ele vai ficar bem, porque, quando está acordado, gosta de ficar nos meus ombros.

Mudei de assunto.

— Como você está se sentindo? Quero dizer, a coceira nos braços e tudo mais. Acho que não ouvi você tossir desde que a gente chegou aqui no Texas.

Ela assentiu.

— Estou bem. A coceira foi embora. E também não estou tossindo.

— E... — Eu estava forçando a barra, mas queria que ela soubesse da minha preocupação. — Mais alguma coisa? — Procurei uma palavra de conforto. — Sua mãe me disse que você está indo muito bem e que vai ficar tudo bem.

Ela assentiu, recuando um pouco.

— Não dói mais quando faço xixi.

Talvez eu não devesse ter falado aquilo.

Ela ficou olhando para a cerca da varanda.

— Sabe... — Tentei retomar a conversa. — Eu... nós, quase tivemos uma garota.

Ela olhou para mim.

— É. Minha esposa, Andie, ficou grávida. Antes de o Brodie nascer. Mas ficou grávida por apenas dois meses e perdeu o bebê. Os médicos dizem que isso acontece bastante na primeira gravidez. E eu e ela, por algum motivo, sempre achamos que era uma menina. Claro que nunca confirmamos. Era apenas um palpite.

Ela ficou refletindo um pouco sobre o que eu havia dito.

— Quantos anos ela teria hoje?

Fiz as contas.

— Mais ou menos uns 12 anos.

— Sinto muito.

— Tudo bem. Faz muito tempo. — Olhei rapidamente para o diário.

— O que você está escrevendo?

— Umas coisas.

Fiquei escutando a chuva. Havia diminuído. Tamborilava no telhado.

— Nunca fui bom nisso. Nunca soube como me expressar com palavras. Como se a minha boca não fosse conectada com a minha mão.

Ela ficou olhando para o chão.

— Às vezes, eu acho que a minha boca não está conectada com a parte de mim que forma as palavras. Então, elas saem através do lápis.

Concordei com a cabeça enquanto nos balançávamos. A corrente do balanço rangia. Os pés de Hope não alcançavam o chão, então eu dava impulso lentamente. Ficamos sentados em silêncio. Ela batia a ponta do lápis no caderno.

Enquanto eu pensava em um modo de continuar a conversa, Sam e Brodie apareceram carregando uma mesa de jogos, com o tabuleiro de Monopoly, que estava em seu quinto dia de jogo. Eles ajeitaram a mesa em frente ao balanço e foram arrastando para perto duas cadeiras velhas de balanço.

Decidimos começar um novo jogo. No início, ficamos uns contra os outros, mas, quando Brodie me levou à falência e eu fiquei com apenas 10 dólares em caixa, Hope teve pena de mim e me fez um empréstimo. Quando consegui me recuperar, paguei o que lhe devia e ela sugeriu que abríssemos um negócio juntos. Algo como "dois são mais fortes que um". O acerto funcionou muito bem para nós e, logo, nossa pilha de dinheiro começou a crescer, enquanto as pilhas individuais de Sam e Brodie começaram a diminuir, o que os obrigou a unir forças. Não sei se isso é certo segundo as leis do Banco Imobiliário, mas em Rock Basin ninguém se importa.

Em pouco tempo, eles ganharam uma pequena vantagem em dinheiro, mas Hope e eu tínhamos mais propriedades e comprávamos hotéis a toda hora. Se qualquer um deles aparecesse em Boardwalk ou em qualquer lugar perto do Tennessee, nós poderíamos levá-los à falência, tomando posse de tudo que tinham, até mesmo o pino prateado em forma de trem que eles usavam para andar no tabuleiro.

Era possível afirmar que a competição estava mais acirrada.

Brodie já estava fazendo algumas provocações e sentindo orgulho de si mesmo quando tirou o número sete nos dados e parou bem em cima da Pensilvânia, onde nós tínhamos dois hotéis. Sam entregou o dinheiro a ele, e eu disse que estava pensando em acabar com a parceria. Brodie, então, entregou o dinheiro a Hope, que contou as notas calmamente, lambendo o polegar como um caixa de banco, ajeitando as notas como um espanador no canto do tabuleiro. Mais três rodadas, e Brodie e Sam estavam à beira da falência, quando parei em cima de Ventnor, depois Hope parou em Illinois e, finalmente, acertei dois em ambos os dados e parei bem em Sorte ou Revés. Normalmente, isso não seria um problema, mas nós temos uma regra para quem tira dois números iguais e cai em cima de Sorte ou Revés: o que sair na carta precisa ser acrescido de um zero. Dependendo da carta, pode ser muito bom ou muito ruim. Então, eu tirei minha carta e dizia "Dê 500 dólares a cada jogador". Hope e eu tentamos argumentar, sem muito sucesso, que, como eles eram um time, eu deveria dar 5 mil para os dois, mas Sam e Brodie, usando a carta como prova e enfatizando as palavras "cada jogador", disseram "de jeito nenhum" e "passa a grana". Assim, desembolsamos 10 mil dólares, o que limpou toda a nossa grana, deixando-nos com quatro míseras notas de 100 dólares. Olhei para Sam e Brodie, e disse que suspeitava de estarem recebendo aulas de alguns dos banqueiros locais que eu conhecia.

Assim que Brodie terminou de contar nosso dinheiro, Sam fez a recontagem "para garantir". Cada um contou lentamente, imitando o jeito que Hope havia lambido os dedos como se fosse um caixa, e, em seguida, usaram duas bordas do tabuleiro para exibir o dinheiro. Não achei assim tão engraçado. Eles acharam hilário.

O jogo continuou dessa maneira por mais uma hora. E, embora a fortuna tenha trocado de mãos diversas vezes, e Hope e eu alternássemos entre a riqueza total e a pobreza absoluta, a única coisa que não desaparecia naquela varanda era a risada. A sensação era boa, e nossa casa estava precisando disso. Até os tabuleiros pareciam precisar dessa lembrança. Fazia tempo. Fiquei ali, ouvindo, absorvendo. Um raio rasgou ao longe. O ar fresco afastava o quente. O ritmo calmo e lento do balanço. Uma noite perfeita no Texas.

Fui o primeiro a ver Dumps chegar pelos fundos da casa. Seu rosto estava sombrio, pálido. Levava o chapéu nas mãos, e o amassava em vez de segurá-lo.

— Ty — disse ele calmamente.

A risada cessou.

— Você precisa ver uma coisa.

Nós cinco demos a volta na casa até o estábulo, onde as luzes estavam acesas. Ouvi um som que não me agradou no outro lado do pasto. Dumps se virou, balançou a cabeça, demorando-se em olhar para Brodie, depois para mim. Seus olhos estavam vermelhos.

— Só você.

Sam pôs os braços em volta de Hope e Brodie do lado de dentro do estábulo com Cinch e May, enquanto Dumps e eu caminhávamos até o pasto. Duzentos metros depois, e o barulho me contava quase tudo que eu precisava saber. Assim como a imagem escura no chão que tentava se levantar, mas não conseguia.

Ajoelhei-me ao lado do Sr. B, cuja pata estava quebrada. Fratura exposta. Os ossos estavam saltados para fora da pele. Ele tentava se erguer, colocava peso na pata que não existia e caía para frente, as patas escorregavam abaixo dele, como um cavalo em um rinque de patinação. Segurei as rédeas, deitei-o no chão e cochichei:

— Calma, rapaz. Calma. — Virei-me para Dumps. — Traga Brodie até aqui. Mas só ele. Leve as garotas para dentro de casa.

Fiquei deitado ali, confortando a cabeça do Sr. B. Ele estava com medo, as narinas abertas, e sentia muita dor. A única coisa que segurava sua pata era um pedaço imundo de pele. O ar cheirava a sangue, terra e esterco.

Brodie chegou pelos fundos do estábulo, depois começou a correr. Quando chegou aonde eu estava, ele gritou.

— Não! Não! Sr. B!

Ele se jogou no chão ao meu lado. Tentou segurar a pata do Sr. B, mas ele não deixava e ficava chutando. Os ossos afiados cortavam o ar como lâminas. Tentei falar gentilmente.

— Brodie?

Ele não olhou para mim. Estava tentando descobrir uma maneira da consertar a perna.

— Brodie?

Lágrimas escorriam pelo seu rosto. Ele se virou, olhou para mim e não disse nada. A dor era grande demais. A chuva voltou a cair.

Tentei falar, mas não conseguia. Ficamos os dois sentados segurando a cabeça do Sr. B. O cavalo dele chegara ao fim e, por trás dos soluços, eu ouvia a morte de parte de meu filho.

Finalmente, Brodie virou-se para mim. Ele limpou o nariz.

— Papai, a essa hora da noite, o Dr. Vale vai levar uma ou duas horas para chegar aqui.

Concordei com a cabeça. Uma hora era tempo demais para o Sr. B ficar com aquela dor. Cinco minutos já seria tempo demais.

— Temos algo no estábulo?

A maioria dos caubóis gosta de brincar de veterinário em certas ocasiões. Nós não éramos nenhuma exceção. Mas não tínhamos o que Brodie sabia que precisávamos. Balancei a cabeça.

Ele levantou de joelhos na frente do Sr. B. Limpou as palmas das mãos no jeans. O animal estava emitindo um som que me causava arrepios. Brodie estendeu a mão.

— Eu faço.

Balancei a cabeça.

— Não, filho. Volte para...

Ele olhou diretamente para mim.

— Pai, ele é meu. Eu faço. — Estendeu a mão novamente. Ajoelhei-me diante dele. Tirei o coldre. Coloquei a 1911 na mão de Brodie. Os traços de sua mão afundaram no cabo, os dedos ficaram retos e ele segurou a arma firmemente com as duas mãos. Sr. B estava cansado e, agora, encostara a cabeça no chão. A lama em seu nariz se mexia toda vez que ele respirava. Brodie encostou o cano logo acima do cérebro dele. Apertou a trava de segurança com o polegar direito e respirou fundo. Por um longo período, ele ficou segurando a pistola na cabeça do Sr. B, chorando, lágrimas escorrendo pelo queixo e caindo no focinho do cavalo. Ele falava docemente. — Lembra quando cruzamos o rio pela primeira vez? E quando fomos até a cidade para comprar chiclete? E quando você me disse para não passar sobre aquela pedra porque estava sentindo o cheiro da cobra que eu não podia ver? E... — Ele continuou falando, mas eu não conseguia ouvir as palavras. Brodie estava dentro de si mesmo.

Finalmente, sua boca parou de se mexer, ele botou o dedo no gatilho e começou a fazer pressão. Um segundo depois, o dedo ficou reto, ele apertou a trava de segurança e levantou a pistola, deixando que eu a pegasse. Ele balançou a cabeça e fechou os olhos.

— Quer que eu faça?

Ele assentiu.

— Brodie?

— Senhor?

— Vire sua cabeça.

Ele obedeceu, fechando os olhos e tremendo. A água caía em baldes. Coloquei minha mão no Sr. B e disse:

— Obrigado, Sr. B. Você é... Bem, eu nunca... — Apoiei o cano na testa dele, destravei a arma e apertei o gatilho.

Sr. B. estava morto antes de a bala sair pelo outro lado.

Brodie se encolheu, virou e viu Sr. B deitado sem vida e imóvel. A imagem o abalou imensamente. Ele ficou acariciando sua crina, cochichando suavemente. Aos frangalhos. Ficamos assim por diversos minutos.

Percebi que estava ficando com raiva. Com raiva de não poder proteger meu filho do tipo de coisa que ameaçava partir sua alma ao meio. Balancei a cabeça e passei meu braço em volta dele. Ele sucumbiu. Chorou com soluços altos e profundos. Ele me abraçou de um modo que não me abraçava havia muito tempo e chorou por muitos minutos. Se os últimos anos haviam criado uma represa dentro de Brodie, o buraco na cabeça do Sr. B acabara de abri-la.

Algum tempo depois, eu disse:

— Corra, ligue o trator. Vamos enterrá-lo ao lado do papai.

Ele olhou para mim.

— Pai?

Passei a mão em seu cabelo.

— Sim, filhão.

— Gostaria de ter alguns minutos com...

Levantei-me e fui caminhando até o estábulo.

Cavamos um buraco não muito longe de meu pai. Ele gostaria disso. Caubóis podem ser criaturas estranhas, mas nós damos muito valor a um bom cavalo. Meu pai não era diferente. Com o buraco feito, encaixei-me atrás do Sr. B e escorreguei seu corpo para dentro da caçamba. Eu o levantei levemente, Brodie enfiou as patas embaixo do corpo para que não balançassem e nos dirigimos à cova. Brodie foi caminhando ao lado do trator, segurando o rabo do pônei. Quando chegamos ao local, Brodie recuou e eu desci o Sr. B lentamente até o solo. Brodie desceu no buraco, dobrou as patas do Sr. B e endireitou o rabo. Fiquei observando de cima. Um menino em transformação. Um homem desabrochando.

— O rabo... ele gostaria que ficasse com você — eu disse.

Ele secou os olhos com o antebraço e olhou para mim. Assenti. Ficou de joelhos, abriu seu canivete e cortou o rabo do Sr. B. Depois estendeu o braço e eu o puxei para cima. As luzes do trator brilhavam além do buraco, e a lápide de ferro de meu pai lançava uma sombra de forma estranha na grama do lado oposto. Sam, Hope e Dumps esperavam na sombra do estábulo, assistindo a distância. Brodie se virou para mim:

— Posso encher?

Fiz que sim com a cabeça.

Brodie subiu no trator e encheu lentamente o buraco, pressionando a terra com o carregador. Com a terra em quantidade considerável acima do corpo de Sr. B, Brodie desligou o motor e desceu do trator. Ele ficou alguns minutos encarando a terra. Em seguida, olhou para mim.

— Pai?

Coloquei meu braço em volta dele.

— Isso me... — O ar cheirava a terra, diesel queimado e sangue. — Eu sou um covarde?

— Isso o quê?

— Eu não ter conseguido...

Passei meus braços em volta dele. Apertado. Nós dois observando uma noite molhada no Texas. Pressionei minha bochecha na dele.

— Não, filho. Isso faz de você um homem. Um homem e tanto.

Fiquei parado na chuva, tremendo. Um temporal firme. Forte. Gentil. Gotas do tamanho de um ovo. Eu queria vomitar. A morte seria dura com Brodie. A terra fazia volume à nossa frente. Maior do que o corpo do Sr. B abaixo dela.

— Ano que vem, nessa época... ele estará coberto de tremoços-azuis.

A casca estoica de Brodie rachou e ele desabou. Um boneco de pano sem vida. Eu o segurei, caí de joelhos e o abracei.

Mas não adiantou muito.

# CAPÍTULO 36

Querido Deus,

Algo terrível aconteceu hoje à noite. Estávamos todos na varanda jogando Banco Imobiliário quando o Sr. Dumps veio chamar a gente. Dava para ver no rosto dele que o que tinha a dizer não era nada bom. E não era. Fomos caminhando até o estábulo e, então, ele e o Caubói seguiram em direção ao pasto e ele deu uma ordem séria para que Brodie não os seguisse. Ouvimos um som muito estranho vindo do lado mais escuro, onde não conseguíamos enxergar. Era o Sr. B. Ele havia quebrado a pata e estava tentando se levantar, mas não conseguia, então ficava girando e caindo na lama. Caubói foi até ele, lutou para colocá-lo deitado e chamou Brodie. Quando Brodie chegou lá, eu ouvi um som que nunca tinha ouvido sair de um menino antes. E durou muito tempo. Depois ficou tudo quieto por um tempo. E então ouvimos um tiro que quase arrancou minha pele fora. E o Sr. B parou de se mexer. Ficamos assustadas até o Caubói voltar para o celeiro, mas ele estava com uma expressão no rosto que eu nunca tinha visto antes. Ele contou o que tinha acontecido e foi buscar o trator. Voltou para lá e, então, ele e Brodie cavaram um buraco e colocaram o Sr. B lá dentro. Caminhamos na chuva até lá quando eles começaram a cobri-lo de terra. Brodie estava muito mexido. Ele disse que tentou dar o tiro, mas não conseguiu e pediu para o pai. Não acho que isso faça do Caubói uma pessoa má. Acho que ele fez isso porque o Brodie não conseguia e sabia que o Sr. B estava sofrendo e alguém precisava fazer aquilo.

Fizemos um velório na chuva. Falei algumas palavras sobre o Sr. B e agradeci a ele por ter sido um cavalo tão bom e disse que sentiria falta dele. E é verdade. O Sr. Dumps disse algumas palavras, a mamãe ficou muito quieta e o Caubói ficou ali olhando para o Brodie.

Eles ficaram muito tempo parados na chuva. O Caubói estava abraçando o Brodie. Depois de um tempo assim, Brodie começou a mexer na terra com as mãos, tentando cavar o Sr. B. Ele gritava palavras que eu não conseguia entender e o Caubói tentava segurá-lo. Finalmente, Brodie parou e os dois se sentaram na terra, chorando. E se balançando. Tremendo. De tempos em tempos, o Brodie gritava "Nããããoo!" e balançava a cabeça. O Caubói não conseguia nem falar. Apenas o abraçava ali na lama. Mamãe, eu e o Sr. Dumps ficamos assistindo de dentro do estábulo porque não sabíamos o que fazer. Mamãe perguntou ao Sr. Dumps: "Tem alguma coisa que podemos...?", mas ele balançou a cabeça e disse: "A dor é como um vulcão." Ele sacudiu a cabeça. "Já vi isso antes. Se entrar em erupção, o melhor a fazer é esperar sair tudo. E aquele menino ali conhece a dor. Mais do que a maioria." Acho que o Sr. Dumps estava certo, porque, uma hora depois, o Brodie se acalmou e eles voltaram para o estábulo. Os olhos dele estavam muito vermelhos e o rosto, sujo de terra e sangue. Nós o levamos para casa, ele tomou um banho, depois foi dormir e apagou rapidinho. Eu sei porque fui olhar.

Mamãe perguntou se podíamos passar a noite aqui e ajudar em algo. O Caubói fez que sim com a cabeça e disse que "Ficaria agradecido", e saiu para a varanda. Mamãe e eu ficamos deitadas na cama um tempão, escutando o Caubói no balanço da varanda. As molas enferrujadas faziam um barulho preguiçoso.

Depois de muito tempo, o som parou, mas eu não ouvi a porta se abrir. Mamãe estava dormindo, então saí de fininho, mas o Caubói não estava mais na varanda. Estava atravessando o pasto. A chuva tinha parado. As estrelas brilhavam. Acho que você o viu. Eu o segui um pouquinho, mas não cheguei perto o suficiente para que ele me visse.

Ele parou ao lado do túmulo do pai. Simplesmente ficou ali. De vez em quando, mudava o pé de apoio. Cruzava os braços. Colocava as mãos nos bolsos. Não sei o que ele estava fazendo. Então, meio que de repente, ele caiu, de joelhos, e ficou ali como se estivesse beijando o chão. Na hora, achei que ele podia estar machucado, e que deveria buscar ajuda, mas depois entendi que não era esse tipo de machucado. Ouvi um som sair dele que nunca tinha ouvido sair de um homem antes. Era profundo e durou muito tempo. Depois ele fez o mesmo som de novo. E de novo.

Querido Deus,

O sol está quase nascendo. O Caubói está voltando para casa. Não acho que ele tenha ido dormir ontem à noite. Ele parece estar sofrendo. Ele tem ombros grandes e largos, mas hoje eles parecem estar pendurados em seu corpo. Como se algo os puxasse para baixo.

Posso ver o monte no pasto que está cobrindo o Sr. B. Acho que ele está lá, deitado no escuro, na terra gelada. Acho que ele se foi, então não sabe realmente onde está deitado, e isso deve ser bom. Ele talvez ficasse assustado se acordasse na escuridão total.

Deus... Preciso perguntar uma coisa. Algo que andei pensando. Por que o Sr. B tinha que pisar naquele buraco? Por que você não o impediu? Por que não deu um empurrãozinho para que ele andasse mais para o lado? Você podia ter feito isso, sabe?

Existe uma parte muito lá no fundo de mim que deseja ser boa. Quer ver o bem. Quer viver o bem. Mas, toda hora, só o que vejo é o mal. É como se o mal borbulhasse por debaixo da terra e tudo que podemos fazer é pisar com cuidado e tentar evitar que não chegue a nossos pés.

Dói muito dentro de mim. E eu estou cansada.

Querido Deus,

Estamos de volta em casa. Mamãe disse que achou que talvez estivéssemos incomodando e que talvez eles precisassem de espaço, então saímos bem cedo, antes mesmo do café. Eu disse que eles não precisavam de espaço e que deveríamos ver como eles estavam, mas ela insistiu "Não, querida", e fez carinho na minha cabeça. Ela está andando de um lado para outro e balançando a cabeça desde que voltamos. Ela nem reparou que eu estava pronta para ir ao colégio, o que me dizia que as coisas não estavam nada bem, porque ela não gosta que eu perca aula. Agora ela está encarando a janela, na direção da cidade, de braços cruzados, falando sozinha. Tentei conversar com ela, mas ela está basicamente falando sozinha. Mas, como eu disse antes, acho que mamãe sente a dor das outras pessoas. Assim, acho que ela está sentindo a dor de Brodie neste exato momento. E a do Caubói também. E acho que o Caubói está sentindo a dor do Brodie. Porque sei que eu estou sentindo a dor dele. E tudo isso só para dizer que somos apenas uma porção de gente sofrendo. E eu posso ver que a mamãe quer fazer algo, quer ajudar, mas não sabe seu lugar. Ou talvez ela saiba, e esse lugar lhe diga que não pode fazer nada. Talvez por isso ela não falou muita coisa e bebeu dois bules de café e roeu as unhas até a carne.

Às vezes, como agora, quando escrevo, sinto que são apenas palavras numa página. Elas não significam nada e não vão a lugar nenhum. Acho que o que quero dizer é... Você está aí em cima? Está prestando atenção? O que está fazendo? Por que não consegue fazer nada? Talvez eu não devesse perguntar isso. Talvez eu não devesse ser tão desrespeitosa, mas eu quero saber. Bebi três refrigerantes esta manhã para conseguir ficar acordada, então estou um pouco eufórica e a minha mão está tremendo, mas olho em volta e só vejo coisa ruim acontecendo com gente boa e gente ruim se safando de fazer coisas ruins. Isso não faz sentido. Nenhum sentido. E eu estou cansada. Sei que só tenho 10 anos, mas já vi muita coisa e o que vi não era nada bom. Não era certo. Você não deveria estar consertando essas coisas? Não deveria estar fazendo algo? Não é o seu trabalho?

Não vou escrever mais hoje. Acho que a minha boca está prestes a me causar problemas. Vou deitar agora, mas não acho que vá conseguir dormir. Ainda consigo ouvir o grito e o choro do Caubói. Toda vez que fecho os olhos, ainda posso ver. Fazendo eco em minha cabeça. Posso vê-lo segurando Brodie na chuva. Balançando-o para frente e para trás. Achei que, se escrevesse uma carta para você, talvez o som e as imagens fossem embora, mas não foram. Queria que você arranjasse um cavalo novo para o Brodie. Ele realmente amava o Sr. B. Ele era um bom cavalo.

Querido Deus,

Faz apenas cinco minutos desde que escrevi dizendo que não escreveria mais hoje, mas só queria dizer que sinto muito. Voltei e li novamente o que escrevi, e... fui desrespeitosa com você. Procurei essa palavra no dicionário. Eu apagaria, ou rasgaria as páginas, mas prometi a você, quando comecei isso aqui, que jamais apagaria nada que escrevesse. Então, peço desculpas. Quem sabe você não fica chateado e não deixa mais coisas ruins acontecerem com a gente? Ou com o Caubói. Ou com o Brodie. Se você deixou aquilo acontecer com o Caubói e os cavalos dele porque eu disse algo errado que não deveria, bem... sinto muito mesmo. Vou tentar pensar em algo bom agora.

O dicionário novo que o Caubói me deu é muito legal e fácil de achar as palavras e tem mais palavras nele, não que eu saiba todas elas. Mamãe disse que estou aumentando meu vocabulário. Que sei mais palavras do que ela. Acho que ela pode ter razão porque às vezes eu digo algo e ela me olha como se eu tivesse enlouquecido. E então explico para ela e ela faz que sim ou que não com a cabeça.

Ah, quase ia me esquecendo. O Caubói disse que a mulher dele teve um bebê antes do Brodie. Ele morreu antes de chegar aqui. Ele disse que era uma menina, mas não sabiam com certeza. Não importa o que era, você pode dizer "Oi" para ela e dizer que ele pensa nela às vezes?

Gosto quando o Caubói conversa comigo. A voz dele é muito gentil. Como se só falasse o que importa. E a voz dele muda quando fala da esposa. O nome dela é Andie. Ela era mulher dele. Mas não morreu. Mamãe disse que eles são divorciados, mas ele não fala como se estivessem separados. Já ouvi outras pessoas falarem de pessoas de que estão divorciadas e ele não fala como elas. Ele não tem raiva. Não a chama de nomes ruins, nem nada.

Fiquei pensando num jeito de descrever o Caubói para você. Para saber que ele é uma boa pessoa e que você deveria se concentrar nas pessoas ruins. O Caubói é tipo, quando penso como você deve ser, ele me vem à mente. Espero que não se importe. Estou apenas dizendo para que saiba. Acho que você fez um bom trabalho com ele.


Querido Deus,

Mamãe tirou um cochilo, embora ela estivesse se contorcendo um pouco. Eu sei. Eu a observei. Até a ouvi chorando um pouco enquanto dormia. Ela não sabe que eu a ouvi, mas, quando chorou, coloquei minha mão em suas costas e ela se acalmou e parou de chorar. Não acho que ela tenha acordado.

Agora a mamãe está andando pelo apartamento de novo. Ela tomou mais umas oito xícaras de café. Ela vai até a janela, fica olhando lá para fora, bate a ponta dos dedos nos dentes e fica falando sozinha. Ela não sabe, mas está cuspindo pequenos pedaços de pele na janela. Um ou dois pedaços grudaram no vidro, mas ela não consegue ver porque está olhando para a rua. Acho que está preocupada com o Caubói.

Espero que não esteja chateado com o que eu disse sobre o que penso quando penso em você. Ficou confuso? Ah, mais uma coisa. Eu menti. Disse à mamãe que meu estômago está doendo para que eu pudesse faltar à escola novamente. Ela deixou. Mas não dói além do normal. Era uma dor diferente. O tipo de dor que dá quando alguém que você conhece está sofrendo e a gente sofre porque o outro está sofrendo. Então, peço desculpas por isso.

Acabei de ligar para o Brodie para saber como ele está, mas o telefone tocou e tocou e tocou e tocou e, quando eu estava prestes a desligar, ele atendeu. A voz dele estava muito baixa. Parecia que tinha chorado. Eu disse a ele que esperava que se sentisse melhor e que sentia muito sobre o Sr. B. Ele não conseguia mais falar, então desligou.

A mamãe acabou de entrar aqui e se vestir rapidamente, disse que ia ao mercado e que era para eu ficar aqui, mas eu acho que a mamãe mentiu também, porque desceu na rua, mas não virou na direção do mercado. Ela desceu a rua e virou na torre do sino.

Às vezes eu acho que esse mundo é uma bagunça e não existe nada além de sofrimento.

## CAPÍTULO 37

Não acordei Brodie para a escola. Imaginei que ele precisava descansar. Bebi café até as dez. Dumps fez apenas um gesto com a cabeça para mim quando saí pela porta.

— Eu fico de olho nele — disse. Eu estava saindo quando ele balançou a cabeça e murmurou: — Eu devia ter visto aquele buraco. Devia ter coberto lá.

Virei, beijei o topo da cabeça de Dumps e dirigi até a cidade.

Estacionei na prefeitura e fui caminhando até a rua do sino. O apartamento de Andie — ou Sam — ficava a dois quarteirões. Eu conseguia vê-lo quando estacionei, mas não estava a fim de conversa. Contornei a torre, usei minha chave para entrar pelo portão, usei a outra chave para entrar pela porta e subi 87 degraus até o topo, onde ficavam os setes sinos. Andei na plataforma que contornava os sinos e escalei até o nível estreito superior, do tamanho de uma tábua de madeira. Usei outra chave para destrancar o cadeado, levantei o alçapão e fui me arrastando lá para cima. Atravessei rastejando, tossindo com a poeira e afugentando os pombos, e olhei para fora pelo pequeno buraco.

A setecentos e sessenta e seis metros ao sul, estava a primeira cerca da prisão federal de segurança máxima. Nove metros depois, a segunda. Ambas encimadas por concertina. Pastores-alemães patrulhavam o espaço vazio entre as duas. Acomodei-me naquela posição e olhei o relógio.

Às dez e cinquenta e sete, José Juan Chuarez saiu do bloco B para o pátio. Um minuto depois, ele foi até "seu" território na cerca, de onde comandava a maior parte das atividades dentro da prisão, e muitas também do lado de fora. Apoiei o rosto na coronha do rifle, girei o escopo para 14X, fixei o ângulo 32 no rifle, percebi que o vento estava 1-2 da esquerda para a direita e apontei a mira a meio milímetro do centro do pescoço dele. Esperei, medindo minha respiração, observando José dar ordem aos prisioneiros. Destravei a arma, respirei fundo, expirei metade do ar e comecei a pressionar o gatilho. Com dez newtons de força do gatilho, eu não precisava apertar muito. Quando meu dedo estava na metade do caminho, ouvi as palavras abafadas:

— Essa arma é de verdade?

Retirei o dedo do gatilho, apertei a trava, mas não tirei meus olhos do alvo.

— Sim.

— No que você vai atirar? — perguntou Sam.

O tom da minha voz deixou claro que eu não estava a fim de conversa.

— A pergunta certa seria em "quem".

Olhei para trás ao perceber que ela subia o corpo para fora do alçapão.

— Quem?

— José Juan Chuarez. Homem de 47 anos, assassino condenado e traficante de drogas. Além de líder de gangue mexicana. Eu o botei na prisão há alguns anos.

— Ah, você quer dizer... — ela passou os dedos pelo pescoço e depois indicou o meu — ... ele.

Assenti e olhei novamente para o relógio.

— Vai atirar em um homem que está preso?

— Estou pensando nisso.

— Por quê?

— Porque um juiz federal acabou de assinar a soltura dele com base em um detalhe técnico.

Ela afastou gentilmente minha mão do gatilho.

— Você quer conversar sobre isso?

Estranhamente, eu queria.

Sentei-me. Encostei na parede. Limpei o suor da testa.

— Há uns nove anos, começamos a receber informações sobre um novo mandachuva que estava distribuindo drogas em Rock Basin. Nós o localizamos ao sul, começamos a monitorar seus movimentos e mapeamos a estrutura de sua organização. Era bem sofisticada. Ele até comprou uma rede própria de telefonia. Não tivemos pressa. Fizemos nosso dever de casa. Foram necessários quatro anos para descobrir que ele havia rastreado todos os nossos veículos com GPS para que seu pessoal soubesse onde estávamos a todo instante. Depois que descobrimos isso, enviamos todos os nossos carros em uma só direção, enquanto dirigíamos vans alugadas até o esconderijo dele. Tudo feito no meio da noite. Nós o pegamos com prova suficiente para deixá-lo na cadeia por algumas vidas.

— Tipo?

— Drogas, corpos e as digitais dele em tudo. — Fiquei olhando ao longe, na distância entre mim e José Juan. — Eu o prendi. Levei-o para a cadeia com minhas próprias mãos. As fotos foram parar em todos os jornais. Muitas pessoas da região ficaram orgulhosas. Orgulhosas de todos nós. Até me paravam na rua. Na manhã seguinte, levei Brodie para tomar sorvete. O que não sabíamos era o tamanho dos tentáculos de José Juan. Mesmo na prisão, ele continuava poderoso. Então, ele disse a seus homens que iluminassem minha vida. E eles fizeram isso.

Engoli em seco e fechei os olhos.

— Quando revejo minha vida, esse é o dia. O momento. — Balancei a cabeça. — Durante os quatro anos que levaram a esse, passei muitas noites longe de casa. Tão... comprometido. Dei tudo de mim para... — sinalizei com a cabeça na direção de onde sabia que José Juan estava sozinho — ... ele. É um lixo humano. — Sam me encarava. — Tantas noites jurei para Andie: "Assim que eu o pegar, vamos tirar férias, ser uma família." Eu não sabia, mas todas aquelas noites em que eu não estava, todos os dias em que não estive ao lado de Brodie, todas essas vezes... tiveram um efeito. Ela escondeu muito bem a dor. Por muito tempo eu não soube que ela estava tomando remédios. Quando fiquei sabendo, era tarde demais.

O rifle chamou a sua atenção.

— Posso ver?

Mudei de posição. Ela se deitou e apertou o olho pelo escopo.

— Ele parece bem pequeno. Como poderia atingi-lo daqui?

— Só é preciso um pouco de prática.

— Alguém já disse que você tem uma atração pouco saudável por armas?

Fiquei ruminando a resposta.

— Em 1867, dezenove soldados ao noroeste daqui estavam de guarda com seis cidadãos cortadores de feno, perto do forte C. F. Smith, na trilha Bozeman, perto do rio Bighorn, em Montana. No meio da manhã, algo em torno de oitocentos índios cheyenne e sioux apareceram. O combate durou o dia inteiro. Os soldados estavam armados com rifles Sharp, mas Al Colvin, cidadão e veterano da Guerra Civil, tinha um rifle Henry para dezesseis balas, algo raro nas fronteiras e provavelmente jamais visto pelos índios. Os índios usavam mosquetes havia tanto tempo que eram treinados para uma descarga de fogo e, então, atacar enquanto o inimigo recarregava. Tudo isso mudou naquele dia. Muitas pessoas relataram que, ao anoitecer, a pilha de invólucros de latão aos pés de Colvin chegava a trezentos, assim como o número de índios mortos no campo a sua frente. Naquela noite, aqueles cidadãos e quase todos os soldados voltaram para casa.

— O que quer dizer com isso?

— Um homem com a arma certa pode alterar o curso da história para melhor.

— Então você está realmente deitado aqui prestes a atirar nele?

Puxei o ferrolho e exibi a câmara e o carregador.

— Onde estão as balas? — perguntou ela.

— Não estão aqui.

— Então, está aqui tentando atirar em um homem com uma arma sem balas?

— Às vezes, as coisas ficam confusas. Olhar por esse buraco muda isso. Permite que eu veja com clareza. Como colocar antolhos em um cavalo.

— Você tem medo dele?

— Não sei se já tive medo de alguém na vida, mas estou preocupado com o que ele vai fazer quando sair da cadeia.

— Tipo o quê?

— Botei muita gente naquela prisão. Todos mereceram, mas nem todos são pessoas ruins. Algumas só fizeram escolhas erradas.

Estão pagando por isso. Alguns me contam coisas de tempos em tempos. Dizem que, com frequência, ele fala de mim e da minha família.

Ela tirou a poeira de cima do rifle.

— Há quanto tempo isso está aqui?

— Uns dois anos.

— Você vem aqui fazer isso há uns dois anos?

— Sim.

Tirei um cartucho de Winchester calibre .308 do bolso de trás.

— Isso cabe aí? — perguntou ela.

— Munição Black Hills Sierra; bala de ponta oca Boat Tail 175gr; oitocentos metros por segundo. O tempo de percurso entre aqui e lá é de um segundo e três décimos. E, sim, cabe perfeitamente.

Ficamos assim por um bom tempo. Mais ou menos uma hora. Pombos voavam a nossa volta. Ela não me pressionou com muita conversa. Apenas ficou comigo, e era disso que eu precisava naquele momento.

— As pessoas matam umas às outras desde que Caim cortou a garganta do próprio irmão, ou amassou a cabeça dele. Não sei como ele o matou, só sei que matou. Sempre achei estranho... a ideia de um membro da família apertar o botão "delete" em um dos seus. As pessoas já me acusaram de ser exagerado. Dizem que tenho armas demais. Que levo essa estrela a sério demais — vociferei. — Não dou a mínima para o que pensam. O mal é tão real quanto esta torre. E, gostemos ou não, estamos todos no mesmo barco. Estamos todos lutando por nossas vidas. O mal quer arrancar nossas cabeças, enfiá-las numa estaca na frente de nossas casas, depois empilhar os corpos como toras de madeira e sentar-se sobre a pilha. Quem discorda disso não nasceu como judeu alemão na década de trinta. Nunca viu um campo de extermínio no Camboja. Nunca andou pelos corredores de Columbine ou Virginia Tech. Eu já. Fui a todos esses lugares porque queria sentir a história. O cheiro que ela tem. E o que aprendi foi que o mal é um camaleão. — Olhei para ela. — Quer saber a face do mal? Quer ver seu rosto? Dê uma olhada. Não fica mais evidente do que em José Juan. — Fiz uma pausa. — O apelido dele é "o Machado". — Recostei-me. Balancei a cabeça. — Alguns dizem que o mundo mudou. Que essas pessoas mudaram. Eu realmente já ouvi isso antes. Da maior parte dos advogados diante de júris. Dizem que seu cliente não é o homem retratado pelo advogado de acusação. Ouvi isso da boca de José Juan direto para o júri durante seu julgamento. Fui chamado para depor mais uma vez e olhei diretamente para ele: "José Juan, essa baboseira pode até colar para o júri, mas não vai colar em relação àquelas quatro mulheres mortas. Especialmente aquela que teve o bebê arrancado da barriga pela sua faca". — Fiz outra pausa. — Eles apagaram isso dos registros, mas não deixa de ser verdade. É tão verdade quanto o dia é longo. Ele queria as drogas dele e elas estavam em pequenas bolsas na barriga da mulher.

Eu estava falando tanto comigo mesmo quanto com ela.

— Já viu um daqueles vídeos sobre a migração dos gnus? Já reparou quem fica no final do bando, de olho nos mais fracos? Leões não são burros. Somos eu, você, todos nós; os ingênuos, povo comum que não suspeita de nada e cuida da própria vida, tentando sobreviver a mais um dia, no fundo do bando. — Assenti. — Meu pai tinha razão: um leão à espreita, esperando alguém para devorar.

Ofereci meu cartucho a ela.

— Não é tão difícil assim matar pessoas. Ponha a bala no lugar certo e ela fará todo o serviço. Ele está a setecentos e sessenta e seis metros de distância. Cresci atirando em marmotas a quinhentos e cinquenta metros de distância. A cabeça dele é quatro vezes maior que a de uma marmota. Você pode dizer: "Se você atirar, vai ser igual a ele. Esse distintivo não torna você melhor do que ninguém." Eu concordaria, mas faria com que nos sentíssemos melhor e livraria o mundo da existência dele. Outros podem dizer: "Bom... ele é só um incompreendido. Drogas demais. Uma infância ruim. Tempo demais na prisão fez com que aprendesse a pensar como um bandido." Isso tudo pode ser verdade, mas lhe dá o direito? — Puxei o ar entre os dentes. A raiva crescendo. — Amo ser um homem da lei. É tudo que eu sempre quis ser. Mas o único problema é que estamos constantemente atrás do mal, que já aconteceu ou está prestes a acontecer. Raramente, talvez nunca, temos a chance de intervir antes de acontecer. Não me importa a sua religião, ou aonde vai pedir perdão, mas aquele homem ali precisa ser morto. Porque ele vai cometer um crime assim que sair de lá. "Bom", você diria, "é muita frieza". Talvez. Admito que esse trabalho pode ter me deixado um pouco entorpecido depois de vinte anos, mas o que aconteceu em relação a reagir? Lutar por sua vida. Reagir não torna ninguém mau. É possível reagir e ser bom. Essas coisas não são excludentes.

Eu estava falando muito e sabia disso. Talvez ela estivesse assustada, mas, para ser sincero, eu queria que Sam visse como eu era realmente. A parte de mim que não compartilho com todo mundo porque dói demais.

— As mulheres desejam viver um conto de fadas. Elas amam a ideia do cavaleiro que derruba o portão do castelo, sai correndo pela torre, mata o guarda e salva a donzela com seu cavalo branco. Mas e o que acontece em seguida? E cinco anos depois? O cavaleiro foi feito e treinado para o combate. Essa é a sua vida. Homens são mortos por suas mãos. É um trabalho sujo. Sua armadura raramente brilha. Está coberta com o sangue e as entranhas de outros homens. Ele tem feridas e cicatrizes, mas ainda passa suas noites afiando a espada, porque todas as manhãs, quando sai pelo portão, sua vida pode depender dela.

Encostei-me na parede de tijolos.

— A questão é... se ele foi criado para ser um cavaleiro, como agora pode viver com a donzela em seu castelo... depois do resgate? Como faz para viver um amor em época de guerra? — Fiz uma pausa. — Toda vez que ele sai da segurança de seu castelo, ele luta... tanto para sair quanto para voltar. Se não o fizer, então será derrotado, sua mulher, violentada e torturada, enquanto ele assiste, e sua cabeça cortada fora e pendurada em uma estaca fora dos limites da cidade, a fim de afastar outros aspirantes a conquistador. — Limpei os olhos. — Vivemos em um mundo que fica do outro lado do resgate. Estamos vivendo o conto de fadas e é diferente do que nos contaram.

Lágrimas escorreram por seu rosto.

— Pode me dar a bala?

Entreguei. Ela botou o cartucho em seu jeans. Tirei um segundo cartucho do bolso da camisa. Ela estendeu a mão.

— Tenho outras — eu disse.

— Quantas?

— Mais do que a quantidade de bolsos que você tem.

Ela devolveu a bala.

Meus olhos voltaram-se para a prisão.

— Aquele filho da... bom, ele precisa morrer de uma forma dolorosa, mas eu tenho um menino em casa com o mundo desabando a sua volta e não posso fazer nada a esse respeito. É apenas uma criança, e a vida já lhe causou uma porção de buracos. Estou tentando preenchê-lo, curá-lo, mas ele está se esvaindo muito rápido. — Sinalizei para José Juan. — Se eu fizer um buraco naquele homem, jamais terei a chance de tapar os de Brodie.

Ela passou a mão pelo meu rosto. Seu sussurro era lento.

— Talvez ele não seja a pessoa com buracos.

Era possível até muitos quilômetros além dos sarrafos. A paisagem dominada por torres de petróleo imóveis. Algumas altas. Algumas amarelas. Algumas de um tom marrom-ferrugem. Algumas pretas de óleo. A miragem do calor embaçava a paisagem.

— Os buracos em mim secaram há muito tempo.

Sam se aninhou ao meu lado, e eu passei o braço em volta dela, enfiei seu ombro sob o meu e dobrei seus joelhos na altura do peito. Um encaixe perfeito. Ficamos assim por um tempo, e ela não disse uma palavra o tempo todo. Depois de mais de uma hora, ela se deitou ao lado do rifle e ficou observando a cerca junto à qual José Juan não estava mais. Então disse:

— Ele se foi.

Assenti.

— Se você atirasse nele, acha que conseguiria se safar?

— Acho que, uma hora ou outra, iriam descobrir.

— Mas a melhor coisa para o mundo em que vivemos é você atirar nele?

— Acho que sim, mas no momento que fizer isso... exceto se tiver alguma ordem do meu chefe... vou me colocar no lugar de Deus.

Ela sorriu.

— Se pudesse... se colocar no lugar Dele por um minuto, um segundo até, o que você faria?

— Eu ressuscitaria o Sr. B, daria um grande saco de aveia para ele e pediria desculpas por tê-lo deixado morrer. — Fiz uma pausa. — E impediria Billy Simmons de fazer o que fez.

— Nada para você?

Balancei a cabeça.

— Não quero coisa nenhuma.

— Você curaria sua esposa do vício em drogas?

— Não, mas consertaria o motivo que a levou a ingerir essas drogas.

Ela ficou quieta. Finalmente, virou-se. Sentou-se de pernas cruzadas. Costas eretas. Bateu com o dedo em meu peito.

— O que você quer?

— Não entendi.

— O que você quer de uma mulher? Da vida?

Pensei por um instante e encarei a fresta que dava para a prisão.

— Em meados do século XIX, aos Rangers foi dada a missão, entre outras coisas, de proteger a fronteira. Havia acontecido um pequeno confronto com os mexicanos em um pequeno lugar chamado Álamo, que depois passaria a se chamar San Jacinto. Por causa disso, a fronteira, ou o rio chamado rio Grande, tornou-se um lugar selvagem e violento. Era um dos lugares que patrulhávamos. Cavalgávamos em duplas porque não éramos em quantidade suficiente para cobrir a área em trios ou grupos de cem. A arma de sua escolha, o cavalo e o parceiro importavam. A pessoa escolhida provavelmente determinaria a sobrevivência ou a morte; e, mais importante, a maneira como isso se passaria. Com isso, começamos a descrever uns aos outros com uma frase muito simples: *Él es muy bueno para cabalgar el río*. O que se traduz para o inglês como *He'll do to ride the river with*, que, em texano, é algo como "Eu confiaria minha vida a ele".

— Cocei a cabeça. — Eu quero alguém para atravessar o rio comigo.

Lágrimas haviam escorrido pelo rosto de Sam e estavam pingando de seu queixo. Ela chorava com facilidade. A prova de que sentia muito e frequentemente por outras pessoas. Um dom raro e cheio de beleza.

Instantes antes de o sino do meio-dia tocar, ela me pegou pela mão e nós descemos as escadas.

## CAPÍTULO 38

Uma semana difícil se passou. Brodie falou muito pouco. Como sabíamos que voltariam todo ano, plantamos açucenas em cima do túmulo e depois cravamos uma cruz branca no chão. Ficamos ali parados, sentindo o vento bater. Havia sempre uma brisa no topo da montanha. Ele olhou para o rio abaixo.

— Pai?
— Sim, filho.
— Posso perguntar uma coisa?
— Claro.
— Você não vai ficar irritado?
— Não.
— Você gosta da Srta. Sam?
— Acho que ela é uma boa mulher.
Ele enfiou as mãos nos bolsos e olhou para mim.
— Não foi isso que eu perguntei.
Não olhei para ele.
— Não tenho certeza. Talvez.
— E a mamãe?
— Filho, eu sempre vou amar sua mãe. Simplesmente não posso mais ficar casado com ela.
— Mas isso não faz sentido.
— Não espero que entenda.

— Entender o quê?

— Filho, sua mãe é dependente química. Ela se apaixonou por outro homem. Ela nos deixou. Lembra?

— Eu sei de tudo isso. Mas, ainda assim, não faz sentido. — Ele se virou para mim. — Você ama a Srta. Sam?

— Não sei, filho.

— Você acabou de dizer que ama a mamãe e, se isso é verdade, não é certo ficar beijando a Srta. Sam.

— Brodie, não espero que você entenda, mas espero que me dê liberdade e respeite minhas escolhas.

— Pai, não estou desrespeitando você. Estou só dizendo o que eu vejo.

Tentei pôr meu braço em volta dele, mas Brodie saiu em direção ao rio. Caminhei ao seu lado, mas ele se virou.

— Pai, eu gostaria de ficar sozinho.

Fiquei observando meu filho, tentando entendê-lo. Minha vida se resumira a isso? Era esse o resultado?

Duas horas depois, ele voltou do rio. Uma ruga de preocupação no meio da testa.

— Pai, eu preciso ir até a cidade.

— Agora?

— Sim, senhor.

— Do que você precisa?

— Apenas preciso de algo.

— Pode me dizer o que é?

— Prefiro não dizer.

Ele havia aprendido isso comigo. Eu sabia. Também sabia que a teimosia não passaria se eu lhe dissesse não.

— OK.

Dirigimos até a cidade. O braço dele estava apoiado na janela aberta. Entramos na cidade e ele levantou as mangas. Ficaram emboladas acima do cotovelo.

— Para onde estamos indo?

Ele me olhou pelo canto do olho e apontou para a farmácia. Estacionei e coloquei a marcha em ponto morto. Ficamos ali ouvindo o barulho do motor.

Ele puxou a maçaneta, mas parou antes de sair.

— Prefiro fazer isso sozinho.

— OK.

Ele saiu do carro. Seus ombros pareciam mais largos. Estava mais alto. Ele caminhou até a farmácia, parou na entrada, tirou o chapéu, virou-se e começou a correr rua abaixo a toda velocidade. Saí da picape e fui atrás dele. Brodie olhou para trás, notou minha presença, atravessou a rua, correu mais dois quarteirões e parou na frente da porta do consultório médico de Earl Johnson.

Eu soltei um palavrão.

Quando abri a porta, Brodie não estava na sala de espera. Não havia ninguém. Ouvi uma agitação bem nos fundos do consultório, então passei pela recepção em direção ao barulho. Virei em um corredor e duas enfermeiras o seguravam no canto. Ele estava balançando a cabeça.

— Não, eu não marquei uma consulta. Mas quero vê-lo agora.

Entrei na pequena sala de espera ao mesmo tempo que Earl Johnson saía correndo de seu consultório. Nós cinco ficamos parados em um círculo. Estendi minha mão a Brodie.

— Brodie... por favor.

As enfermeiras se afastaram. Brodie respirava pesadamente e olhava para nós. Seu rosto estava molhado, as lágrimas se acumulavam. Ele chegara a seu limite. Earl ainda não havia dito uma palavra. Brodie recuperou o fôlego, olhou para mim e, em seguida, para Earl. Falou com clareza:

— Dr. Johnson, o senhor ama a minha mãe?

Earl parecia confuso. Tentou disfarçar com uma risada.

— Como é que é, filho?

Brodie se aproximou dele.

— O senhor ama a minha mãe, Andie Steele?

— Filho, eu não sei do que você está falando.

— Mas as crianças na minha escola disseram que você visitou o apartamento dela e que tem sorte de meu pai não ter atirado em você quando o encontrou pelado no quarto dela.

Earl balançou a cabeça e soltou mais uma risada desconfortável.

— Seu pai nunca me encontrou pelado...

Eu me aproximei e dei um soco bem na boca dele. Alguma coisa estalou em seu rosto e ele caiu no chão. As duas enfermeiras gritaram. Sangue escorreu de sua boca e de seu nariz, e ele cuspiu vários dentes. Ficou deitado no chão, um olho me encarava, o outro revirava. Fiquei de pé sobre ele. Sangue escorria pela minha mão, onde havia cortado uma das juntas.

— Isso foi pela mentira. E, se você se levantar do chão, vou dar o outro que merece por ter dormido com a minha mulher. — Botei a mão no ombro de Brodie e o conduzi em direção à porta. Ele ficou olhando para trás enquanto saíamos.

Entramos na picape, liguei o motor e dirigimos para fora da cidade. O sangue secava na mão e no braço. Quando entramos na estrada de terra, fui para o acostamento, puxei o freio de mão e botei a marcha em ponto morto. Fiquei sentado, encarando a minha imagem do outro lado do vidro.

— Brodie?

Os olhos dele estavam arregalados.

— Sim, senhor?

Balancei a cabeça.

— Eu sei que temos problemas. Muita coisa parece estar dando errado. Não sei exatamente como lidar com tudo isso. Vejo você crescendo e não poderia estar mais orgulhoso. Você é... você é tudo que um dia esperei ter em um filho. E sei que você está sofrendo. Sei que nós dois estamos. — Engoli em seco. — Mas você é tudo que eu tenho. — Duas lágrimas escorreram pelo meu rosto. Caíram em meu jeans. — Não vai ser sempre assim, mas no momento... preciso de você. E você precisa de mim. E... — Olhei para minhas mãos. — Aquele homem, o Dr. Johnson, ele fez algo errado. Muito errado. Não gosto dele. Literalmente, eu o odeio. Mas não deveria estar triste, com raiva dele. Deveria... deveria estar com raiva de mim. — Os olhos de Brodie se arregalaram ainda mais. — Não pelo que fiz. Mas pelo que não fiz.

— Mas, pai, não enten...

— Sua mãe precisava de algo que eu nunca dei a ela.

Ele deslizou para o assento do meio. Passei o braço ao seu redor, e ele segurou o câmbio da marcha usando ambas as mãos. Desci o freio de mão, ele engatou a primeira e nós saímos lentamente em direção a nossa casa. Não poderíamos fazer isso por muito mais tempo. Os joelhos dele já estavam atrapalhando. Depois que engatou a terceira, ele se recostou, olhou para mim e disse:

— Eu sei, pai. Eu só precisava saber se você também sabia.

Ele puxou isso da mãe.

## CAPÍTULO 39

Estava dando um gole no café quando ouvi a picape balançando na estrada, acertando todos os buracos. Olhei pela janela. Sam parou derrapando ao estacionar em frente a casa, quase virando o carro de lado. Ela saiu e deixou o motor ligado, caminhou com pressa em direção à porta com uma caixa de sapatos aberta nas mãos.

Abri a porta. Ela parecia cansada. Preocupada. Estendeu a caixa para mim.

— Socorro!

Turbo estava deitado imóvel na caixa. A barriga muito inchada, e parecia estar tendo uma espécie de espasmo. Hope me encarava pela janela do carona. A cena só poderia terminar em tragédia.

Brodie chegou por trás de mim, esfregando os olhos.

— Entra no carro.

Ele deu uma única olhada para Turbo e fez exatamente o que eu mandei. Sam me seguiu de carro até a cidade e ao único veterinário num raio de cinquenta quilômetros. Muitos veterinários atendiam a área de Rock Basin, mas todos vinham de fora. Apenas uma morava na cidade.

Sarah Glover era uma garota da cidade que fizera boas escolhas. Ela havia trabalhado para pagar a própria faculdade, voltara para casa e construíra uma boa reputação. O único problema era que estava acostumada a cuidar de animais de grande porte, tipo vacas. Nossas chances eram bem pequenas, mas eu não disse isso a Hope ou a Sam.

Peguei a caixa e pedi a Brodie que ficasse com Hope, enquanto Sam e eu fomos bater à porta de Sarah. Alguns instantes depois, ela abriu a porta e olhou para mim através de óculos fundo de garrafa.

— Oi, Caubói. Como vai?

Mostrei a caixa a ela.

— Sarah... — Olhei para trás e, então, entreguei-lhe a caixa. — Esse é o Turbo, e preciso que me ajude e, mesmo que não possa ajudar, preciso que finja que pode. — Ela olhou para a caixa e, em seguida, para a menina que nos encarava no banco da frente. — Entendido.

Entramos em seu consultório. Nós cinco ficamos parados em um círculo em volta da cama de metal. Sarah ligou a lanterna de cabeça e começou a fazer perguntas.

— Conte-me sobre esse carinha.

Hope falou.

— Bom, ele não tem se movimentado muito. Não tem comido. Anda dormindo bastante. Ele teve uma convulsão há pouco tempo, se esticou e ficou todo duro por alguns minutos. A barriga dele está estranha em alguns lugares. Como se ele tivesse um tumor crescendo ali. — Sarah pegou seu estetoscópio e começou a ouvir o batimento cardíaco de Turbo. Gentilmente, ela examinou seu corpo, auscultando. Abriu a boca dele, observou os olhos e moveu o estetoscópio para a barriga. Depois de cinco segundos, ela disse:

— Por acaso Turbo esteve perto de outros porquinhos-da-índia?

Sam balançou a cabeça.

— Não. Só com a gente.

— Há quanto tempo vocês estão com ele?

— Um pouco mais de dois meses.

— De onde ele veio?

— Da loja de animais no shopping.

Sarah retirou o estetoscópio. Estava tentando sorrir.

— Bem, vamos pôr ordem aqui. Primeiro, Turbo não é macho. É fêmea. E ela... — Sarah ampliou o sorriso. — Está prestes a parir. — Sarah estendeu a mão para Hope. — Parabéns. Vai ser mamãe.

Os olhos de Hope ficaram gigantes.

— Sério?

— Ahã.

Hope ficou agitada.

— Como isso aconteceu?

Sarah sorriu.

— Até onde eu sei, se você puser muitos porquinhos-da-índia juntos por muito tempo, terá mais porquinhos-da-índia. Geralmente é algo que tem na água.

Hope pulava sem parar.

— O que vamos fazer? O que vamos fazer?

Sarah balançou a cabeça.

— Nada. Deixe que ela cuide disso. Provavelmente terá quatro ou cinco filhotes.

Sam riu e se sentou, a cabeça apoiada entre as mãos.

— Achei que ele estava morrendo.

— Você quis dizer "ela" — corrigi.

Ela sorriu. O alívio em seu rosto era palpável. Os olhos estavam cheios de lágrimas.

— Isso, ela.

Saímos do consultório e Sarah me cutucou no ombro.

— Bom trabalho, Caubói.

— Eu não sabia. Não é como se fosse uma vaca.

Quando ela fechou a porta, eu podia ouvi-la rindo bem alto.

Às oito da noite do mesmo dia, Sam ligou com a notícia de que Turbo havia parido três filhotes e não parecia estar perto de acabar. Na quinta de manhã, ela ligou novamente. Parecia não ter dormido e estava cheia de cafeína.

— Oi, eu preciso do seu endereço.

— Por quê?

— Hope gostaria que você soubesse que ela e Turbo são mães orgulhosas de cinco filhotes saudáveis e famintos, e precisam do seu endereço para mandar um anúncio de nascimento.

— Isso é inédito.

— Ahã, para mim, também. — Eu podia ouvir Hope rindo do outro lado do telefone. A voz de Sam se acalmou. — Você não esqueceu, não é?

— Esqueci o quê?

— Eu sabia. Esqueceu.

— Mas não sei o que esqueci se você não me disser.

— Amanhã é o último dia do mês e, quando estávamos no rio, você disse...

— Ah, não. Eu não me esqueci disso. Estarei aí às seis da tarde.

— Que bom! Ah, Caubói?

— Sim?

— Eu tenho uma surpresa para você.

— O que é?

— Se eu disser, não vai ser surpresa, vai? Terá que esperar para ver.

Para ser sincero, eu já estava pensando nisso.

## CAPÍTULO 40

Dumps olhou para mim e disse:
— Ele sai em meia hora.
Assenti.
— É melhor irmos logo.
Dirigimos até a prisão, o guarda acenou ao entrarmos pelo portão principal, demos a volta no prédio administrativo, do lado de fora do muro principal, onde eles fazem o procedimento relativo à soltura dos presos. Ficamos esperando.

Às quatro da tarde os portões se abriram e Mike "Jumpy" Silvers, agora com 77 anos, apareceu. Apenas 57 anos após ter entrado. Finalmente, ele balançou a cabeça.
— Não sei o que dizer.
— Nem eu — disse Dumps.
Ele o conduziu até a picape. Estendi a mão.
— Oi, Mike, como vai?
— Ranger Steele.
— Mike, pode me chamar de Tyler ou Caubói.
— Sim, senhor.

Fomos de carro até Myrlene's, uma lanchonete da cidade. Mike ficou sentado de frente para nós enquanto bebíamos café. Ele estava quieto e não parava de encarar as paredes e o espaço entre elas. De vez em quando, olhava para a porta, dando-se conta de que não estava trancada. Mike comeu um bife, cinco ovos e alguns biscoitos, e bebeu um bule inteiro de café. Depois pediu sorvete. Trouxeram cinco bolas. Ele riu.

— Uma para cada década.

Dumps assentiu.

Ele ficou olhando para Dumps.

— Eu me senti muito sozinho depois que você saiu.

Dumps assentiu.

Mike sorriu.

— Todos os outros colegas de cela roncavam. Mas você, não. Você nunca soltou um pio.

— Mike, você tem algum plano? — perguntei a ele.

Ele riu.

— Não tinha planejado sair, então não, senhor. Não tenho nenhum plano de verdade.

— Tem família?

— Sim, senhor. Um irmão na Califórnia. Ele enviou uma passagem de ônibus. Pediu que eu fosse morar com ele. É dono de uma vinícola. Pensei que poderia passar um tempo plantando uvas.

— Tem algum dinheiro? — perguntei.

Ele balançou a cabeça.

— Eles queriam me dar alguns dólares pelo tempo que servi lá e pelas horas trabalhadas, mas eu pedi que enviassem à mulher do homem que matei. — Ele ficou em silêncio. — Então, não, não tenho dinheiro.

Dumps lhe entregou 500 dólares em dinheiro. Jumpy olhou para aquela grana. Não disse nada por muito tempo. Finalmente, engoliu em seco.

— Obrigado, Pat. Fico agradecido. — Dumps entregou uma caixa a ele. Mike levantou a tampa. Lá dentro havia um novo par de botas. Ele assentiu novamente, enfiou-as nos pés e sorriu como o gato de Alice.

Comemos um pouco mais, depois atravessamos a rua até a rodoviária.

— Ranger? — disse ele ao ver o ônibus se aproximar.

Virei-me para ele.

— Tem um boato na prisão de que o Machado... — ele pigarreou. — Quero dizer, Chuarez, bem, ele não conseguiu a soltura que esperava. Está muito nervoso. Existem boatos de que ele vai tentar escapar. E, se você quiser saber a minha opinião, ele dispõe de meios para conseguir. É melhor ficar de olho.

Estendi a mão.

— Obrigado, Mike. Se cuida. E... — sorri — ... fica longe de confusão.

Ele assentiu.

— Pretendo fazer exatamente isso.

Dumps o abraçou e ele subiu no ônibus.

Dumps olhou para mim enquanto o ônibus partia.

— Você sabe que ele está dizendo a verdade sobre Chuarez. Ele não tem motivos para mentir.

— Eu sei.

— O que você vai fazer? — Ele olhou para a torre e de volta para mim.

Ergui uma sobrancelha e cerrei os dentes.

— Ah, não se mostre assim tão surpreso. Não sou tão velho ou burro quanto pareço.

Cocei o queixo.

— Não sei o que vou fazer.

Fomos andando até o local em que eu havia estacionado o carro e Myrlene saiu da lanchonete e me parou. Ela comandava o restaurante desde sempre e nunca vestia outra roupa além do vestido azul e de um avental. Como o personagem Riquinho, mas em uma versão mais pobre e feminina. Ela me puxou pela manga para onde ninguém pudesse nos ouvir e sussurrou:

— Aquela moça que você trouxe para a cidade, a que trabalha com Georgia, qual é a história dela?

— Apenas alguém que precisa de uma chance.

— Bem... — Ela olhou para mim por cima dos óculos de leitura. — Um homem apareceu hoje de manhã. — Comecei a sentir um arrepio na nuca. — Um cara grande, musculoso. Nunca o vi antes por aqui. Tomou café, mostrou o distintivo e uma foto da mulher, perguntou se eu a conhecia. Eu não disse nada a ele.

Virei-me rapidamente.

— Obrigado, Myrlene.

Eu tinha apenas duas coisas em mente. Hope e Sam, nessa ordem. Dumps e eu saltamos para dentro da picape e fomos dirigindo por entre becos até a escola. Beth estava em seu escritório quando entrei correndo.

— Caubói, está tudo bem? — perguntou ela.

— Preciso ver Hope Dyson imediatamente.

Ela fez uma busca rápida em seu caderno.

— Venha comigo. — Andamos apressadamente pelo corredor, viramos à esquerda e descemos outro corredor. Hope estava sentada a sua mesa. Senti meu corpo relaxar levemente. Ela me avistou, sorriu e, em seguida, o sorriso desapareceu. Agachei-me, peguei-a no colo e comecei a caminhar em direção ao carro. Dumps me seguia de perto. Ela se agarrava ao meu pescoço, olhando para mim.

— Caubói?

— Querida, preciso que segure forte e mantenha os olhos bem abertos.

Ela começou a tremer e fez xixi na calça.

— Ele nos encontrou?

— Acho que sim.

Ela começou a chorar.

— Eu sabia que isso ia acontecer. Eu sabia.

Eu a botei no banco, e Dumps e eu entramos em seguida. Dumps pôs o braço ao redor dela. Percorremos as ruas mais antigas da cidade até os fundos do Georgia Peach. Parei a dois quarteirões de distância e me virei para Dumps.

— Leve Hope para meu antigo escritório. Vou ligar avisando que você está chegando. Ela ficará segura lá.

Hope se agarrou a mim.

— Caubói, eu não quero...

Eu a soltei de mim.

— Hope. — Olhei bem em seus olhos. — Preciso que vá com Dumps. Eu vou chegar logo depois com a sua mãe. Está entendendo?

Ela assentiu.

— OK, então vão.

Dumps deu a volta até o lado do motorista, enquanto eu buscava a AR-15 e o colete à prova de balas na caixa que estava na caçamba da picape. Ele partiu e eu comecei minha caminhada pelos dois quarteirões até o beco atrás do salão. Enquanto caminhava, liguei. Debbie atendeu depois do primeiro toque.

— DSP. Companhia Ranger C.

— Debbie. Sou eu, Caubói.

— Oi, Cau...

Eu a interrompi.

— Dumps está levando uma garotinha aí. Preciso que fique de olho nela. Oficialmente. E preciso que envie o agente que estiver mais próximo do Georgia Peach. Imediatamente. E diga para levarem armamento pesado.

— Entendido.

— Estou a caminho. Chegando ao beco atrás do antiquário Smith. Não quero levar tiro de algum colega, então diga para prestarem atenção.

Desliguei o telefone ao mesmo tempo que vi um senhor roliço que eu não conhecia saindo de costas do antiquário. Ele carregava o que parecia ser uma cama. Pigarreei. Ele viu o distintivo e a arma, largou a cama no chão e entrou de volta na loja.

O Georgia Peach ficava em um prédio de tijolos cercado por grama e com um estacionamento nos fundos. Cheguei por trás do prédio mais próximo, deixei meu chapéu na calçada atrás de mim e fiquei observando a porta dos fundos, que ficava a uns quarenta metros de distância. Estava tudo silencioso.

Por uma janela era possível ver Georgia, mas a postura dela me dizia que algo não estava bem. Ela nunca ficava parada. Naquele momento, parecia que mal conseguia respirar. Ela estava de lado para mim. Assim como a moça na cadeira. Nenhuma das duas parecia muito feliz. Subi a rua encostado na parede lateral, escondido.

No meio do caminho, ouvi um tiro.

Um segundo e meio depois, alcancei a porta.

Os programas de TV frequentemente exibem imagens de homens como eu invadindo portas em momentos como esse. E às vezes isso é necessário. Assim como manter a cabeça fria. Eu não sabia quem havia atirado ou em quem. E arrombar uma porta pode significar que esse alguém vai voltar a mesma arma na minha direção e atirar sem pensar. Encolhi-me de um lado da porta, girei a maçaneta e abri a porta com firmeza. Usando o cano como extensão de minhas mãos, conferi atrás da porta.

Billy estava de joelhos bem no meio do cômodo, e sangue escorria pela lateral de seu rosto e pescoço, as mãos para o alto. A maior parte de sua orelha esquerda havia sido destruída. Sam estava parada na frente dele, segurando a Les Baer de Andie, a apenas alguns centímetros do nariz de Billy. O cano tremia, Sam estava chorando e seu dedo estava no gatilho. Àquela distância, ela dificilmente erraria. Georgia estava posicionada ao lado do ombro de Sam com uma Smith & Wesson calibre .357 apontada para a lateral do rosto de Billy. Ela aparentava estar calma e segura, e seu rosto exibia um sorriso de cabeça para baixo. Ele poderia ser um excelente policial em San Antonio, mas, nessa cidade, não tinha a menor chance.

Quatro mulheres estavam sentadas a minha esquerda, escoltadas por cabeleireiras. A maioria se encontrava em algum grau de choque e chorava. Todas, à exceção de Georgia, sussurravam: "Aperte o gatilho, Sam. Somos testemunhas. Você estava apenas se defendendo."

Passei pelo vão da porta, e Billy olhou de relance para mim. Ele parecia desejar estar em qualquer outro lugar, menos ali. Certamente havia recebido mais do que podia dar conta. Billy claramente não estava esperando ver Andie armada com uma .45. Em nenhum momento Sam olhou para mim. Ela estava dizendo o que achava dele e fazia um ótimo trabalho. Concluí que não teria muito tempo antes que ela decidisse atirar novamente. Se eu botasse a mão nela, tinha quase certeza de que se assustaria e apertaria o gatilho, deixando Billy com a cabeça em forma de canoa. Sim, era o que ele merecia e, sim, eu esperava que ele queimasse no inferno pelo que tinha feito a Hope, mas Sam não precisava carregar esse peso na consciência. Matar alguém muda uma pessoa. Mesmo que esse alguém mereça.

Sussurrei.

— Sam?

Ela não respondeu.

Cheguei mais perto.

— Sam?

Nada.

Encostei o cano de meu rifle no cano de sua .45 e chamei:

— Samantha?

Billy pingava sangue no chão. Os olhos dele oscilavam entre os canos de Sam, de Georgia e do meu. Ela olhou para mim. Falei suavemente:

— Você tem todo o direito de fazer o que pretende fazer e ele merece. Não vou impedi-la. Mas isso não vai fazer com que você durma melhor. Não vai acabar com a sua dor. Não vai consertar nada.

Ela falou entre os dentes cerrados.

— E o que vai? Para sempre.

Eu não podia culpá-la. Ela agora entendia que Billy nunca teria desistido de encontrá-las.

Algo me dizia que sempre estivera com ela. Se eu fosse Sam, não gostaria que ninguém visse imagens minhas ou da minha filha fazendo coisas, ou com coisas sendo feitas a ela, que não deveriam ser filmadas. Jamais. E ela não precisava explicar isso. Nem justificar. Ela estava — ou achava estar — protegendo Hope. Concluíra que, se conseguisse fugir, desaparecer, deixar tudo para trás, o problema também desapareceria. Mas homens determinados como Billy não são facilmente deixados para trás. Especialmente quando toda a sua vida está em jogo.

— O pen drive — eu disse.

Ela balançou a cabeça, apertou o cano da arma na testa de Billy e não a moveu, pensando. Alguns segundos depois, ela travou a arma e, então, bateu com ela, com toda a força, no rosto dele, derrubando-o. Quando Billy virou o rosto para cima, seu nariz havia sido esmagado. Sam guardou a Les Baer de Andie na mochila — a mesma que ela nunca deixava ficar fora do campo de visão. Abriu o zíper do bolso da frente, retirou um pen drive e um pequeno HD. O único olho não inchado de Billy se arregalou. Ela colocou os dois dispositivos na mesa ao meu lado, sentou-se em sua estação de trabalho e começou a chorar. Eu me virei para Billy.

— De barriga para baixo. Ponha as mãos onde eu possa vê-las... atrás de você.

Ele obedeceu. Então retirei a Glock 23 de sua cintura e uma 27 do tornozelo, ao mesmo tempo que três policiais entraram pela porta da frente e outros dois por trás, seguidos pelo meu capitão, que parecia curioso para saber em qual tipo de problema eu me metera. Ele olhou para mim, observando a cena.

— Então, é assim a vida de aposentado? — Ele balançou a cabeça. — Gostei. Quem sabe me aposento também! — Ele cumprimentou Georgia, que permanecia imóvel sobre Billy, com a ponta do chapéu. — Georgia, como você está nesta linda tarde?

Ela não tirou os olhos de Billy.

— Vou bem e, não... — a pistola prateada reluzia em sua mão — ... não vou guardar isso até o Caubói disser que posso fazê-lo.

O capitão assentiu.

— Bem pensado.

Vinte minutos depois, Billy estava sentado e algemado na traseira de viatura descaracterizada, após seus direitos terem sido lidos. Estava quieto como um túmulo e sangrava em uma toalha. Encostei-me no carro e expliquei a situação ao capitão. Ele deu uma olhada para dentro do carro.

— Ela quase arrancou metade da cabeça dele.

— É, um aparelho auditivo não vai dar jeito naquilo.

Ele balançou a cabeça e riu.

— Não tenho certeza se qualquer coisa poderá consertar aquilo. Parece doer. — Ele bateu no vidro. — Isso aí dói? Parece doloroso. — Aproximou-se da janela, fez uma careta e apontou para o rosto de Billy. — Acho que seu nariz está quebrado. — O capitão tem um senso de humor estranho.

No mesmo instante, Sam saiu do Peach carregando a mochila em um ombro. Veio até mim, e o capitão a cumprimentou com o chapéu.

— Entrarei em contato.

— Sim, senhor.

Ela olhou para mim, de braços cruzados. Um dos pés batia no chão; ela parecia querer dizer algo. Tentei quebrar o gelo.

— Você quase arrancou a orelha dele fora.

— Estava tentando acertar o rosto, mas tremia tanto... — Ela se dispersou, cruzou os braços e desviou o olhar. — Eu devo uma explicação a você.

— Você não me deve...

Ela fez um sinal para mim.

— Você poderia deixar... Eu quero explicar.

Então escutei.

— Eu realmente perdi o pen drive na ventilação do ar-condicionado, mas, assim que liguei o carro, fiquei com tanta raiva que corri de volta e quase destruí aquele lugar tentando resgatá-lo. Eu sabia que iríamos precisar dele e não deixaria para trás com aquele filho da... — Ela olhou de relance para Billy no carro. — Então roubei o HD por segurança assim que ele estava saindo do banheiro. Não contei a você que estava comigo porque, em primeiro lugar, não quero imagens minhas, ou da minha menina, sendo usadas como prova. Não somos prova. Somos mulheres, ou Hope será um dia, e não quero as pessoas nos analisando em um tribunal. Não somos aberrações de circo. Já é doloroso o suficiente sem tudo isso. — Ela desviou o olhar. — Em segundo lugar, eu ia contar para você quando estávamos no Ritz, juro, mas eu... — Sam começou a sacudir o pé mais rápido. — Depois que você, bom, eu queria que você tivesse um motivo para ficar perto de nós. Um motivo para não largar a gente em uma delegacia. Achei que, se você soubesse, simplesmente iria embora e nos deixaria. E me deixaria. — Ela botou as mãos na cintura. — Nunca, jamais, pensei que você fosse até lá. Até a casa do Billy. Que tipo de homem faz isso? — Sam balançou a cabeça, tirou o cabelo da frente dos olhos e mordeu os lábios. As lágrimas estavam voltando. — Sei que fui egoísta, mas *não* me arrependo. — Mais uma olhada de relance para o carro. — Nem um pouco. — Ela se virou e partiu em direção ao Peach ao ver Dumps e Hope entrarem no salão.

Naquele momento, Georgia se aproximou do carro. Ela vestia seu avental. Eu podia ver o volume do revólver no bolso da frente. Ela me encarou.

— Caubói? — Parecia uma pergunta, mas ela estava apenas chamando minha atenção para me dizer algo.

— Sim, senhora.

Ela ficou olhando para o carro, medindo a distância.

— Ele vai para a prisão?

— Acredito que sim.

Ela se aproximou ainda mais, olhando para o carro. O tom de sua voz mudou.

— Você acredita... ou sabe?

Ela enfiou as mãos no bolso da frente do avental. Posicionei-me entre ela e o carro.

— Georgia?

Ela olhou para mim.

— Está tudo sob controle.

Ela levantou o queixo e me encarou, sem recuar um centímetro.

— Promete?

Assenti.

— Posso prometer que o que vai acontecer com esse homem na prisão será bem pior do que levar um tiro seu.

Ela assentiu, deu um sorriso de lado e entrou de volta no salão.

Três horas depois, terminamos de preencher a montanha de documentos necessária quando acontece um tiroteio. O capitão me liberou e dirigi até a cidade. Até o apartamento.

Bati à porta. Hope e Sam estavam arrumando as malas. Ou melhor, Hope assistia enquanto Sam empacotava tudo. Enfiei a cabeça pela porta. Hope me avistou do sofá. Turbo, com toda a sua prole, estava deitada em uma caixa de sapato no colo de Hope. Estavam mamando. Turbo parecia cansada. Sussurrei:

— O que estão fazendo?

Ela dirigiu o olhar para o som barulhento que vinha do quarto.

— Arrumando as malas.

Assenti e bati à porta do quarto. Ela gritou lá de dentro.

— Quê!

Abri a porta. Ela me viu.

— Ah! — Seu rosto estava vermelho. O rímel borrado.

— Para onde vocês vão?

Ela não respondeu.

— Você não sabe, não é?

Ela caiu sentada na cama, começou a passar um polegar sobre o outro e balançou a cabeça uma vez.

— Você não pode ir embora.

Ela se virou rapidamente.

— Por quê? Eles não esperam mesmo que eu fique aqui para que botem Hope para testemunhar? Eu não vou sujeitá-la...

— Eu jamais deixaria que fizessem isso e você sabe... Então por que está partindo sem me avisar?

Ela jogou algumas roupas na cama e cruzou os braços, abraçando a si mesma.

— Achei que talvez fosse melhor se simplesmente fôssemos embora. Que já ficamos tempo demais e que você queria se ver livre de nós. Que estava cansado de mulheres mentindo para você sobre coisas importantes e talvez fosse melhor se eu encerrasse esse conto de fadas que vivi aqui com você, Brodie, Georgia e Dumps nessa cidade de faroeste. Que talvez fosse melhor se eu acordasse logo desse sonho. Que talvez eu estivesse fazendo um favor a você e...

Ela estava divagando. Precisava ser resgatada. Então bati no visor de meu relógio.

— Vinte e seis horas.

Ela parecia confusa. Irritada.

— O quê?

Bati novamente.

— Vinte e seis horas, estou contando.

Ela levantou as mãos.

— Não vou ficar aqui por mais vinte e seis minutos...

Eu a interrompi.

— Duas coisas importantes acontecem em vinte e seis horas: meu divórcio estará finalizado e nós temos um encontro. Lembra? No rio? E eu não quero botar palavras na sua boca, mas você disse algo sobre uma surpresa.

Ela respirou fundo, tentou não sorrir e disse:

— Você ainda quer sair comigo? Mesmo depois do... — Ela fez um círculo com o dedo.

— Humm, sim, mas talvez seja melhor você tirar esse negócio preto dos olhos. Está parecendo um guaxinim.

Ela riu. Enxugou as lágrimas do rosto, deixando ainda mais preto.

— Tem certeza?

Agora ela estava parecendo o membro de uma banda de rock dos anos oitenta. Eu me aproximei e dei um beijo em sua testa.

— Sim.

Ela pôs o dedo indicador no gancho do cinto da minha calça, puxando-me mais para perto e encostando a cabeça em meu peito.

— Obrigada por hoje.

Eu a beijei novamente.

— Já disse, esse é o meu trabalho. — Saí pela porta, me virei e bati no relógio. — Vinte e cinco horas, cinquenta e oito minutos e trinta segundos.

## CAPÍTULO 41

Dumps havia levado Brodie ao rodeio, o que me dava aproximadamente uma hora para me arrumar. Fiz a barba, passei a roupa, engraxei as botas e penteei o cabelo, duas vezes. Coisa que nem sei se faço normalmente. Até roubei um pouco do gel de Brodie. Não era um gel maravilhoso, mas servia.

Fazia seis semanas desde que havia batido no carro de Sam e Hope, na rodovia. Por um lado, passara rápido. Num piscar de olhos. Por outro, parecia uma eternidade. Para todos nós, o espectro de emoções experimentadas havia sido completo.

Fiquei de frente para o espelho, o rosto semibarbeado, e respirei fundo. Meu divórcio se tornara oficial ao meio-dia, e eu era um homem livre. Andie saíra da reabilitação naquela manhã, mas eu não sabia para onde tinha ido ou como fizera para chegar lá. O cordão umbilical havia sido cortado e eu não era mais responsável por ela. Eu sabia que ela não tinha dinheiro ou meio de transporte, mas nada disso era problema meu. Imaginei que, em algum momento, nos próximos dias, ela entraria em contato e passaria em casa para buscar suas coisas, quando, então, combinaríamos os horários para ela visitar Brodie, mas, naquele momento, não estava pensando muito nisso. Eu tinha a guarda total, então seria como eu quisesse. Havia decidido seguir em frente. Virar a página. E estava fazendo exatamente isso.

Vesti meu casaco esportivo, limpei o chapéu, peguei as chaves e saí pela porta.

E dei de cara com Andie.

Ela estava parada na varanda, olhando para o pasto vazio. De jeans desbotados, chinelo e camiseta regata. Abri a tela da porta e ela se virou, tentando sorrir.

— Oi.

Todas as decisões tomadas com convicção foram por água abaixo. Assenti e falei suavemente.

— Oi.

Ela levantou as mãos.

— Não vim para ficar, apenas... — Ela fez uma pausa. — Como está Brodie?

— Está bem. Em geral, está indo bem. Dumps o levou para o rodeio. Ele volta logo mais. Apenas me diga quando quiser vê-lo. Sei que ele quer passar um tempo com você. Daremos um jeito nisso.

Ela se afastou, cruzou os braços, desviou o olhar.

— As suas coisas, pode buscá-las quando quiser. Sua chave ainda funciona. — Ela assentiu novamente. — Tem algum lugar para ficar?

— Jill me deixou ficar com ela por um tempo. Até eu me organizar.

Jill Sievert era sua amiga mais antiga.

— Ela sempre foi boa para você.

Silêncio.

— A melhor. — Um Ford Bronco estava parado na entrada da casa.

— É dela. Ela me emprestou. — Andie olhou para mim. — E você? Parece bem. — Ela se afastou para o lado e continuou a falar enquanto eu caminhava até a picape. — Brodie disse que vendeu o Corvette.

Dei mais um passo.

— Vendi.

Ela deu uma olhada para o pasto.

— Cadê o rebanho?

Ela sabia a resposta, mas acho que precisava perguntar.

— O banco... Paguei algumas dívidas.

— Vendeu o rebanho?

— Era o rebanho ou Bar S.

Eu queria muito ir embora. Olhei para o relógio.

— Eu preciso...

— Ty? Por favor. — Parei e dei a volta. Ela respirou fundo, mas parou bem no meio. Inclinou ligeiramente a cabeça. Tentou rir. — Tive tanto tempo para ensaiar isso, mas agora não consigo me lembrar.

Olhei novamente para o relógio.

— De verdade, Andie... Eu estou atrasado.

Ela ficou olhando na direção do rio. Cinch e May estavam pastando juntos. A ausência do Sr. B era notável.

— Onde está o Sr. B?

Direcionei o olhar para a cruz na montanha.

— O quê? O que aconteceu?

— Pisou em um buraco. Não pudemos fazer nada.

— E Brodie?

Balancei a cabeça.

— Está sendo difícil para ele.

Uma lágrima escorreu na lateral do nariz dela.

Eu a encarei.

— Andie, você dormiu com outro homem. Lembra? Eu nunca fiz isso. Nunca compartilhei a gente com outra pessoa. Então, é um pouco tarde para tentar descobrir como estamos.

Ela concordou com a cabeça e se afastou.

— Eu mereço isso. E mais. — Entrei na picape e fechei a porta. Ela ficou parada até eu abrir o vidro. — Posso dizer uma coisa, por favor?

Esperei. Ela mordeu os lábios. Mais lágrimas. Nenhuma maquiagem. Nenhum rímel escorrendo. Eu já vira essa cena antes. Desliguei o carro. Olhei para ela e falei:

— Eu fui até lá... dez vezes. Onze, se contar a última. Fiquei sentado num tronco oco e vi você tomando café. Correndo. Perdendo peso. Sorrindo com Earl. E, depois do anoitecer, eu entrava na floresta e me arrastava para dentro de uma gruta e via você nadar. Ficava tão perto que quase podia tocá-la. Ou contar suas sardas. Dez vezes. Sabe por quê? — As lágrimas jorravam agora. Meu lábio inferior tremia. Ela havia chegado ao fundo do poço. Entendia as consequências. O peso das coisas. Seus ombros se curvaram. Eu podia ler sua expressão corporal, mas não conseguia superar a dor. A raiva. — Eu queria um motivo, só um, para não assinar aqueles papéis. Qualquer motivo. — Balancei a cabeça. — Ficava parado, pensando na nossa história, e conseguia até mesmo relevar alguns eventos específicos. De verdade. Até mesmo com Earl. Porque eu conseguia enxergar minha participação neles. Conseguia ver que a pessoa em que eu tinha me transformado havia criado a mulher que você era. É. Mas, sempre que essas memórias apareciam juntas, todas de uma vez, somadas a você, não sobrava nenhum motivo. Tudo que eu ganhava com meu tempo naquele tronco ou na gruta era um cigarro que não havia fumado. Então, eu voltava para minha picape e voltava para casa, onde descobri que, para manter isso aqui... — sinalizei os limites de Bar S — ... eu precisava abrir mão de tudo que um dia amei. Porque você jogou tudo fora na mesa de apostas. E não importava quanto tentasse, não conseguia explicar isso tudo a um menino que teve sua vida virada de cabeça para baixo e que não consegue entender por que seu pai não quer mais morar com sua mãe. E, toda vez que olhava para os olhos dele, via os seus... porque você os deu a ele. Por três anos, eu me agarrei a nós, esperando, mas agora minha esperança acabou. — Bati no meu peito. — Eu visto essa camiseta por meu filho porque ele acha que isso me protege das coisas que tentam me matar, mas... nem ao menos diminui a velocidade delas.

Liguei o motor, o diesel queimou. Quando engatei a marcha, ela ofereceu a mão. As palmas voltadas para baixo. Estava segurando algo.

— Andie, sério. Eu não quero nada de você.

— Por favor.

Balancei a cabeça.

— Tyler, por favor.

Estendi a mão, com as palmas voltadas para cima. Ela abriu os dedos e dez cigarros perfeitamente enrolados caíram deles.

Ela deu um passo para trás, cruzou os braços e ficou olhando para o chão. Olhei para cada um deles. Estavam suados por causa da mão dela. Alguns estavam mais quebradiços que outros. Engoli em seco. Encarei o para-brisa.

— Andie, eu a amei por muito tempo. Ainda a amo. Mas também estou sofrendo. Muito. Isso aqui, eu e você — olhei para ela —, não é fácil.

— Tyler, eu sinto muito. Por tudo. — Ela desviou o olhar. — E mais por algumas coisas do que por outras.

Eu queria sentir raiva. Gritar. Machucá-la como havia sido machucado, mas do que adiantaria? Qual bem resultaria disso? Um dia, ela fora minha mulher. Minha melhor amiga. A mãe do meu filho. Seria possível aplacar a dor? Diminuir a mágoa?

Assenti e liguei o motor.

— Eu também.

Dirigi lentamente. Tentando tirar sentido de onde não havia nenhum. Alguns minutos depois das seis da tarde, bati à porta do apartamento e ouvi o secador de cabelo. Fiquei esperando até que fosse desligado. Quando ela o desligou, bati novamente. Sam correu até a porta, abriu apressadamente, sorriu e depois girou, exibindo a barra do vestido.

— Como eu estou?

O vestido era preto, de alças finas e na altura dos joelhos. Quando ela girou, a luz atravessou o vestido, acentuando suas curvas. Não era exatamente transparente, mas fino. Sussurrei:

— Jesus amado!

Ela sorriu.

— Boa resposta. — Ela havia se acostumado a me beijar, então se inclinou, ficou na ponta dos pés e beijou o canto da minha boca. — Hummm, você está cheiroso.

— Pelo preço que cobram, é bom mesmo.

— O que é?

— Algo que Georgia me mostrou na internet e disse que, se eu usasse, você derreteria feito manteiga na minha mão.

— Crabtree e...

— Evelyn.

— É, isso.

— Gostei.

Ela cheirou novamente meu pescoço e girou uma segunda vez, agora mais devagar. A estrela turquesa na frente de suas botas combinava com seu colar. Ela o tocou.

— Georgia me emprestou.

— Fica muito bom em você.

Ela parou de girar, deu um sorrisinho e, lentamente, começou a levantar a barra do vestido um pouco acima da metade da coxa. Suas pernas estavam bronzeadas. Depiladas. A pele macia.

— Gostou do meu vestido novo?

— É...

Subiu um pouco mais o vestido.

— Sim?

Enrubesci. Cocei a cabeça.

— É muito bonito.

Ela largou o vestido e enganchou o braço no meu.

— Que bom! Então vale quanto paguei, pois foi ridiculamente caro.

Eu a ajudei a entrar no carro e nós fomos jantar. Ela estava animada e falante, e havia aprendido a ficar à vontade comigo. Enquanto engatava a segunda marcha e a ouvia contar sobre uma moça com pés muito fedorentos e unhas nojentas, eu me dei conta de que, nas seis semanas que a conhecia, havíamos nos tornado amigos. Eu me dei conta disso porque nunca na vida me importei um segundo com pedicures, mas bem ali, na picape, vi que estava realmente prestando atenção e interessado.

Ajustei o retrovisor e fiquei observando seu perfil enquanto ela falava. Estava com o cabelo puxado para cima e usava brincos que combinavam com o colar. Eles balançavam com o movimento de sua cabeça. E, quando cruzava as pernas, o vestido ficava acima do joelho, dobrado sobre a coxa. Uma das alças finas caíra ligeiramente de um ombro, expondo a marca do bronzeado.

Eu me sentia inebriado com a visão e o perfume de uma mulher. Eu me sentia um garoto de 16 anos. E não era apenas desejo. Claro, também era, admito. Meus pensamentos estavam visitando lugares que não visitavam havia muito tempo. Mas era algo mais. Era a beleza. A presença dela. O testemunho da beleza. Beleza de verdade. E não apenas a beleza, mas a beleza compartilhada. Oferecida. Ela fizera tudo isso por mim. E estava compartilhando isso e a si mesma comigo.

Eu fizera uma reserva no único restaurante chique de Rock Basin, o Steve's. Já estávamos dez minutos atrasados, mas não importava. Eu simplesmente não podia esperar mais. Desviei quatro quarteirões da rota, atrás de uma fábrica deserta e enferrujada, ao lado da ferrovia. Encostei perto de uma estação de carregamento, puxei o freio de mão, coloquei meu chapéu no painel do carro e me virei para ela. Sam estava no meio de uma frase, perdida em sua própria fala, quando me inclinei, abracei-a e a puxei para mais perto.

Ela se entregou.

Quando terminei, ela piscou, tirou seu batom da minha boca e disse:

— Uau, podemos repetir isso?

E repetimos.

Quando me endireitei, o rosto dela estava vermelho.

— Nossa!

Botei meu chapéu e engatei a primeira.

— Eu queria fazer isso há umas seis semanas.

— Demorou bastante.

Fomos acomodados em uma mesa no fundo. Luzes de velas. Guardanapos brancos. Empurrei a cadeira de Sam e comemos e falamos por quase duas horas. Durante todo esse tempo, ela enganchou seu salto em meu calcanhar. Sam bebeu vinho tinto, eu tomei chá, e depois do jantar dividimos um pedaço de torta de limão e dois cappuccinos. Quando nos levantamos e eu caminhei com ela na direção da porta, me dei conta. Estava apaixonado. Percebi com força, rápido e sem paraquedas.

Dirigimos pela cidade. Eu parei em um sinal.

— Podemos assistir a um filme. É uma história de amor sobre um casal perdido nas montanhas. *A montanha* qualquer coisa. Dizem que é muito bom. Você deve gostar. Ou...

O rosto dela se iluminou.

— Todas as garotas estavam falando sobre esse filme hoje. Vamos, sim.
— Ou... — Eu realmente não queria ficar sentado em uma sala de cinema. — Podemos ir nadar. — Emmylou Harris e Don Williams estavam cantando no rádio. *If you needed me, I would come to you...*
Ela se recostou. Deu de ombros.
— Eu não trouxe roupa de banho.
Dei a volta e comecei a dirigir rumo ao rio.
— Nem eu. — Ela chegou mais para perto no banco e botou meu braço em volta de seus ombros. A música continuou. *I would swim the seas, for to ease your pain.*

Peguei as estradas secundárias. Quase todas de terra. Devagar. As janelas abertas. Era uma noite fresca. Saímos da rodovia para a estrada de terra batida que levava ao rio. Dirigi por mais um quilômetro e meio e, então, estacionei em um barranco onde álamos cercavam uma piscina natural que ia dar no rio. A água estava límpida e quente, como sempre ocorreria nessa época do ano, por motivos que eu não saberia explicar. A lua subia do lado de fora do para-brisa e se refletia na água. Botões de açucena cresciam na margem do rio. Ela sussurrou:
— É lindo.
Assim como ela.
Saí da picape quando o celular tocou. Eu estava prestes a desligá-lo quando vi que a tela mostrava "Capitão".
— Sim, senhor.
Ouvi tiros ao fundo. Eram tiros demais para contar. Ele sussurrou:
— Vem rápido! Prisão! Rebelião! Não consigo conter. Estou no último carregador. Traz todo mundo. — Ele disse algo que eu não consegui entender. E então gritou as seguintes palavras. — Vem com armamento pesado! — E a ligação caiu.
Fechei o telefone, voltei para a picape e me virei para Sam.
— Coloca o cinto e segura firme. — Ao longe, eu podia ver as luzes da prisão refletindo nas nuvens. Um brilho alaranjado.

Eles haviam colocado fogo na prisão.

## CAPÍTULO 42

Existe uma fábula antiga que diz: Um xerife local estava cuidando de uma rebelião. Ele chamou os Rangers e esperou pela trupe na plataforma do trem. Depois que todos os passageiros partiram, um único homem carregando um distintivo descarregou seu cavalo e caminhou em direção ao xerife.

— Cadê todo mundo? — perguntou o xerife.
— Uma rebelião. Um Ranger.

A verdade é que existem apenas uns cento e trinta Rangers. No total. Cobrimos uma área muito grande. Isso quer dizer que raramente contamos com reforços, pois raramente o recebemos a tempo. Quando ele chega, o que estava prestes a acontecer já terá acontecido. Isso não significa que não queremos ajudar uns aos outros, mas o fato é que o Texas é grande demais. Ou talvez sejamos muito poucos. Nutro grande admiração por qualquer um que use um distintivo, e os Estados Unidos têm grandes unidades policiais — a SWAT de Los Angeles, por exemplo —, mas os Rangers sempre foram, são e sempre serão a força policial mais falada do planeta. E há um motivo para isso. E, se tem respeito envolvido, foi porque merecemos.

Fiz quatro ligações e pedi reforços policiais até Dallas, mas, mesmo com helicópteros e supermotores, eles demorariam a chegar. Em uma reta, olhei de relance para o velocímetro. O rosto de Brodie sorria para mim na foto. O ponteiro passava dos cento e sessenta quilômetros por hora. Sam estava pálida como um fantasma. Eu não queria que ela visse isso.

Chegamos ao local oito minutos depois de ter desligado o telefone. Um policial local — acho que era da patrulha rodoviária, alguém recém-saído da academia — guardava o perímetro do portão com o distintivo ainda brilhante e sem nenhum arranhão. Luzes piscavam. Estava quase entrando em pânico. Uma pequena multidão se formara. Ele viu meu distintivo. Desabafou:

— Que bom que chegou, senhor! — Ele balançou a cabeça. — Dizem que o tal Chuarez não conseguiu a soltura como estavam dizendo nos jornais, então ordenou uma rebelião e acho que conseguiu.

Ele me seguiu até a parte traseira da picape e me atualizou da situação enquanto eu pegava minha bolsa e vestia o colete. A notícia se espalhara. Carros começavam a aparecer. Atrás de mim, Dumps e Georgia assistiam de longe. Hope estava agarrada ao diário. Brodie piscou sob as luzes. Sam tinham os braços em volta de Brodie e Hope.

— Tira eles daqui — pedi a Sam.

O patrulheiro continuou:

— O capitão Packer está encurralado no prédio administrativo, logo depois do portão principal, mas do lado de fora da cerca interna. Ele estava escoltando um prisioneiro. — Chamas subiram do outro lado do muro. Saía fumaça da janela do segundo andar. — Mas tem homens nas torres dos guardas. E eles estão armados com rifles. A equipe da SWAT de Dallas disse para esperarmos, porque estão trazendo o blindado. Ele vai permitir que a gente chegue até lá.

Tentei falar com o capitão pelo telefone. Ninguém atendeu. Ele não tinha dez minutos. Talvez nem mesmo cinco. Ao ouvir tiros de dentro do prédio administrativo, saquei meu rifle, conferi os carregadores e a 1911 e peguei um radiotransmissor da bolsa e o liguei, acertando a frequência e pondo o fone em meu ouvido bom. Virei-me para o rapaz.

— Fique aqui. Cuide deles. Fale comigo — apontei para o rádio no ombro dele, — nisso, e me informe quando mais alguém chegar.

— Mas o senhor não pode dar conta da rebelião.

Liguei o motor.

— Filho, não estou tentando dar conta da rebelião. Estou tentando chegar ao capitão antes deles.

Sam me agarrou, balançando a cabeça.

— Ty, você pode morrer lá dentro.

Balancei a cabeça.

— É algo terrível.

Ela não queria me soltar.

— Mas por quê?

Eu estava perdendo tempo.

— Se precisa perguntar a razão, então não vai entender a resposta. — Olhei para Brodie. As chamas distantes reluziam no rosto dele, acentuando as lágrimas que escorriam.

Dei um beijo nela, subi na picape, pisei no acelerador e olhei pelo retrovisor. Brodie estava apoiando o rosto em Sam. A prisão reluzia. Flashes alaranjados. A fumaça preta se alastrava. O arame farpado brilhava. Uma espécie de rock pesado tocava nos alto-falantes. Tiros esporádicos. Um barulho alto que vinha bem do centro do inferno. O rio corria a minha direita, do lado de fora da cerca, em direção à sombra além dos refletores. Não fazia muito tempo, ao sul dali, Rangers a cavalo seguindo para o México olhavam sob os ombros para o rio Grande e sentiam saudade.

Se ao menos pudéssemos voltar ao rio...

Dirigi por quase um quilômetro, passei pelo portão principal, arranquei o espelho retrovisor da janela e pisei fundo no acelerador.

Um segundo depois, o primeiro tiro atingiu o para-brisa.

# CAPÍTULO 43

Querido Deus,

O Caubói acabou de partir. Está dirigindo muito rápido. Os prisioneiros estão atirando nele. Ele acabou de entrar com o carro pela porta da frente daquele prédio. Estou ouvindo tiros lá dentro. Houve uma explosão.

Deus, se não estiver aí, precisa aparecer logo, porque algo muito ruim está saindo da terra.

# CAPÍTULO 44

Assistimos a dez mil deles na televisão, de O.K. Corral a *Matrix*. Cada um tem seu favorito. Eles aparecem na tela em câmera lenta e em Hollywood, em alta resolução, mas, assim que acabam, ninguém consegue se lembrar de muita coisa sobre eles. Nem querem. A adrenalina sobe, a seleção auditiva bloqueia boa parte do barulho, a visão periférica vira um túnel, a coordenação motora desaparece. Muitos homens perdem o controle dos movimentos do intestino e da bexiga. E, não importa o resultado, nunca é bonito. As balas não derrubam nem matam simplesmente, sem dor e de modo silencioso. Elas cavam grandes buracos, rasgam a pele e, com frequência, matam devagar. Dolorosamente. Essa é a natureza da guerra.

Até aquele momento, muitas vezes eu me perguntara o que meu pai estaria pensando quando entrou correndo naquele banco. Agora eu sabia. Em vez de contar o que aconteceu ou o que não aconteceu, permita-me reunir os fragmentos daquilo que me lembro do melhor modo possível. É mais fácil assim. E, embora eu não vá mentir de maneira consciente, não prometo que tudo isso seja verdade.

Não me lembro do impacto do para-choque na entrada do prédio, ou de sair pelo para-brisa quebrado ou de me arrastar pelo corredor, sob a fumaça, em direção ao som dos tiros. Eu me lembro de virar uma esquina e dar de cara com quatro homens ao pé da escada segurando rifles e pistolas, e que fiquei feliz de vê-los antes que me vissem. Não me lembro de me arrastar escada acima, mas certamente eu fiz isso, pois me vi no segundo andar, de frente para uma barricada de mesas e cadeiras, com o capitão deitado do outro lado. Quando cheguei lá, ele estava sangrando por vários buracos e me disse para fazer algo que não estava disposto a fazer, ou seja, "Dar o fora dali". Não me lembro de jogá-lo sobre meu ombro e descer correndo a escada de incêndio, mas me lembro de o alarme ter tocado. Não me lembro de ter atirado, não me lembro de ter recarregado a arma e não me lembro de levar uma tiro na perna. Mas me lembro de uma bala rasgar meu ombro porque meu braço ficou dormente e eu não conseguia segurar o rifle com a mão direita. Então fiquei me perguntando se havia me furado com uma lança quente de metal. Não me lembro dos cinco caras que dobraram a esquina; apenas do fato de ter pisado neles e que a fumaça era preta e grossa. Não me lembro de descarregar o rifle, nem da minha 1911 e de mais quatro carregadores que estavam em meu colete e mais um na cintura. Apenas sei que, quando olhei para baixo, eles haviam sumido e que o slide estava travado e o cano soltava fumaça. Não me lembro de sair pelos fundos carregando o capitão no ombro, mas tenho uma vaga lembrança de tentar chegar ao rio, pensando que, se conseguíssemos chegar lá, ficaríamos bem. E, por último, eu me lembro de pensar que lobos viajam em bandos e foi nessa hora que apaguei.

Acho que fiquei apagado por algum tempo porque, quando acordei, algumas partes da minha perna e das costas estavam quentes. Um som estranho de sucção saía do meu peito e nunca fora tão difícil respirar. Eu me lembro de alguém me arrastar, depois de uma luz e de várias mãos e pessoas falando alto. Eu me lembro do cheiro de fumaça no ar, do capitão me chamando de "idiota" e dizendo para alguém cuidar de mim, e não dele. Eu me lembro das minhas pernas no rio e do meu peito deitado na margem.

Eu me lembro do som do silêncio e de, ainda assim, ver Sam na minha cara, gritando comigo. Ela estava chorando. Dizendo palavras que não passavam por meus ouvidos.

Eu me lembro de pressionar meu dedo nos lábios dela e dizer:

— Você fala... demais.

Eu estava muito cansado. Só queria dormir. Eu me lembro de pensar que deveria estar com dor, mas não estava. Não conseguia sentir nada. O túnel se fechava. Ela estava gritando mais alto agora. Eu abri a boca. Fiz força, mas as palavras ficaram presas. Ela me beijou. Sangue nos lábios. Não gostei disso. Queria poder limpar. Senti o gosto de lágrimas. Sal e sangue.

— Me enterre no Brazos — pedi a ela.

— Não e não! — Ela gritava. — Não vou enterrar você. — Ela balançou a cabeça. — Não faça isso comigo. Por favor, Caubói. Por favor. — Ela me deu um tapa na cara. — Faça isso e eu mesma mato você.

Eu me lembro de rir.

— Acho que ganharam essa corrida.

Ela me beijou novamente. Molhado. Macio. Lágrimas salgadas. Eu me lembro de olhar para meu peito e ver o vermelho jorrar. Eu me lembro de pensar: "Isso não é bom." Depois vi o sangue se misturar ao rio. Correnteza abaixo. Até a semana ou o mês seguinte, eu estaria no golfo do México. E, por motivos que não consigo explicar, gostei dessa ideia.

Dali em diante, minha perspectiva mudou. Não me via mais através de meus olhos, mas de cima. Sam me deu um tapa no rosto. Continuava gritando. Eu não conseguia ouvi-la.

— Não mesmo! Não ouse revirar os olhos. Você não tem permissão para partir sem mim. — Ela disse mais alguma coisa, mas era tudo ruído. Ecos indefinidos.

Eu me lembro de pensar que sentiria falta dela e de como preferia estar nadando sob a luz do luar. Então, olhei para cima, vi as nuvens e soube que não teríamos visto lua alguma. A escuridão veio enquanto a brisa das hélices passava sobre mim. O sono veio pesado. Não conseguia mais me segurar. Não me lembro de me levantarem, da decolagem, da sensação de voar, das câmeras de televisão ou das luzes. Não me lembro de ninguém segurar minha mão, mas me lembro de ser alguém familiar. Não me lembro de o paramédico perguntar se eu era alérgico a algo, mas me lembro de dizer "balas". Não me lembro dele botando uma agulha em meu braço, mas me lembro dele sobre mim, apertando a bolsa de fluidos com ambas as mãos, forçando para que entrassem em meu braço. Não me lembro de carregarem as pás e gritarem "afastar", mas me lembro de meus dentes rangendo quando a carga atingiu meu corpo. Não me lembro das compressões no coração, mas de ver uma tatuagem do Pato Donald no bíceps direito dele e de me perguntar se seu nome era Donald. Qual seria o outro motivo para alguém ter uma tatuagem como aquela? Não me lembro das luzes fortes na sala de operação, de pessoas gritando, das compressões, das pás brancas, e também não me lembro do médico de costas, com a roupa suja de vermelho, dizendo a hora. Não me lembro de perder a sensação dos dedos das mãos e dos pés ou do gosto metálico em minha boca.

A última coisa de que me lembro foi, na verdade, duas coisas: primeiro, minha camiseta azul destroçada no chão. Alguém cortando ao meio, bem no "S". Não servia para mais nada mesmo. Os prisioneiros a furaram de tiros. A segunda coisa foi meu par de botas. Algum idiota as cortara de meus pés e, agora, estavam jogadas em uma poça no chão. Era uma imagem triste. Nem Dumps conseguiria restaurá-las. Eu esperava que não me enterrassem com elas. Qual era a obsessão dos médicos de emergência com as minhas botas? Parecia uma situação recorrente.

Sempre ouvi histórias de pessoas morrendo que viram uma luz brilhante. A minha foi diferente.

Eu vi minha vida. Flashes dela. Como uma tela em 3-D, mas sem tela. Andie. Brodie. Meu pai. Black Baldies. Cinch. Eu estava na maioria deles. E muitas de minhas imagens envolviam armas de algum tipo. Pistolas. Rifles. Escopetas. No entanto, aqui estava eu. Irônico.

Então, uma coisa bem estranha aconteceu. Uma garotinha apareceu.

# CAPÍTULO 45

Querido Deus,

Eles estão operando o Caubói há oito horas. Dizem que ele perdeu quase todo o sangue. Estão pedindo doações. Até avisaram pela rádio local. Eu tentei, mas o meu não serve. Letra errada. Nem o da mamãe. O de Dumps serve. Ele doou duas vezes.

Eu conheci a esposa do Caubói. Ela se chama Srta. Andie. Tem chorado muito. É bem bonita. Perguntei se ela queria café e ela balançou a cabeça. Depois fez que sim. Entreguei o café a ela e suas mãos tremiam tanto que precisou usar as duas mãos. Depois ela me deu um beijo na bochecha. Seu rosto estava molhado. Brodie está lá agora, sentado ao lado dela. Está segurando a sua mão. O rosto dele está bem vermelho e os olhos parecem ensanguentados.

Tem um monte de outros Texas Rangers aqui, esperando. Muitos estiveram na prisão essa noite. Estão parados em um círculo. Talvez estejam falando com você também.

Estou muito preocupada com a mamãe. Minha letra está muito ruim porque minhas mãos estão tremendo.

Estamos mal, mas não tão mal quanto o Caubói. Dizem que ele é um lutador, mas tem muita coisa sendo cochichada que eu não consigo ouvir.

Aposto que você consegue. E, se for verdade, precisa escutar.

# CAPÍTULO 46

Querido Deus,

Está escutando? Se não estiver, nunca mais vou falar com você.

# CAPÍTULO 47

Querido Deus,

Tem pessoas gritando no final do corredor. Um médico acabou de aparecer e balançou a cabeça. A mamãe está no chão. Dumps está chorando. Brodie também. Andie está gritando seu nome.
　Vejo dor por toda parte.
　Por que você não escutou? Por que não fez nada?

Tenho algo para dizer, mas você precisa estar lá dentro com o Caubói se quiser saber o que é. Caso contrário, essa vai ser minha última carta para você. Você escolhe o que faz. Mas, se quiser que eu fale com você de novo, então preciso que esteja lá dentro neste momento. Esse é meu acordo com você. Vou entrar lá e é bom que você esteja também. Deus? Está me ouvindo? Posso esquecer o que o Billy fez, mas não posso esquecer isso.

Isso aqui... Isso é entre mim e você.

## CAPÍTULO 48

Os flashes sumiram. Pouco antes de as luzes se apagarem, uma garotinha — uma que eu conhecia ou que havia conhecido — veio até mim na mesa bagunçada onde eu estava. Ela segurava algo parecido com um caderno. Seus olhos estavam arregalados do tamanho de Oreos, mas ela não sentia medo. Não tremia. Eu me lembro de alguém gritando e a puxando. Lembro que ela se soltou e voltou para o meu lado. Ela ficou parada ali me estudando. Corajosa como a lua em agosto. Após um instante, ela levantou a mão e a repousou em minha testa, como se conferisse se eu tinha febre. Ela se inclinou, encostou a boca em meu ouvido e sussurrou para mim como se fosse água. Não consegui ouvir o que ela disse porque os meus ouvidos estavam desconectados de mim. Ou eu estava desconectado deles. Não tenho certeza. De qualquer modo, não podia ouvir muito bem. Pelo menos não o que diziam do lado de fora do túmulo. Ela ficou ali por um instante, abraçando minha cabeça, sussurrando em meu ouvido. Falando com o homem que eu tinha sido. Eu assistia de algum lugar sobre as luzes. Por essa perspectiva, tenho bastante certeza de que eu não estava mais lá.

Olhei para minhas mãos. Ou as observei. Não tenho certeza. Não levantei a cabeça porque estava me vendo de cima e não me mexi. Enfim, elas apareceram diante dos meus olhos. Estavam cortadas. Ensanguentadas. Perfuradas com vidro e pedaços de madeira. Eu não conseguia mexer os dedos. Não importava. Não doíam. Eu me lembro de pensar quantos tiros haviam sido disparados. Dezenas de milhares. Cada um deles pensado. Controlado. Intencional. E então pensei em Andie. Como um dia havia amado essa mulher. Como gostaria de ter dado tudo de mim para ela, mas dei somente a metade. Então algo nos separou. Algo que eu não conseguia enxergar. Eu sentia muito por isso.

No momento em que ela me entregou Brodie nos braços, por motivos que eu não consigo explicar, descartei metade de meu coração. Passei a viver apenas com a outra metade. A parte forte Ranger. Por quê? Porque era mais fácil. Agora que essa parte estava morrendo, a outra metade voltava a bater. A metade da qual Andie e eu tanto precisamos esse tempo todo. A metade que entendia o amor e amava — sem pensar nas consequências.

Eu não me sentira tão vivo desde... sempre. E, ainda assim, de certa forma, ainda estava morto. A linha azul contínua e o apito monotônico diziam que sim. Eu havia treinado tanto. Cercara minha vida de estudos em artilharia. Sempre pronto para o resgate. Preparado para morrer em nome da vida. Deitado ali cheio de buracos, com a vida se esvaindo de mim, dava para ver que as coisas não tinham saído como eu esperava. É um mundo cruel. E não, não é justo. Este é o preço que pagamos. Eu sei disso tudo. Mas, então, como faço para viver? Como se vive do outro lado do resgate?

A vida me parecera muito boa nos poucos segundos que me restavam para vivê-la.

Quando ela terminou, beijou minha testa e fechou meus olhos. Meu sangue se espalhara pelo seu rosto. Não posso dizer o que ela falou. Não faço a menor ideia. Eu não estava em meu corpo. Apenas sei que alguma coisa em suas palavras, na maneira como ela falou, foi como um gancho. Fui tirado das luzes e de volta para mim mesmo. Uma volta na montanha-russa ao contrário. Nem toda a força daquelas pás brancas podia se comparar ao poder do que ela havia sussurrado em meus ouvidos.

Se antes eu podia me observar de cima, agora observava através de mim. Pelos meus olhos. Uma tela em preto e branco. A imagem oscilava. O cinza se dissipou. Deu lugar às cores. O óleo se misturava à água.

Eu me lembro bem disso.

# CAPÍTULO 49

Querido Deus,

Obrigada. Muito obrigada.

## CAPÍTULO 50

O resto é um pouco confuso e eu peço desculpas se não me lembrar bem dos detalhes. A palavra "histeria" vem à mente — pessoas gritando, algumas rindo, muitas chorando. Parecia que alguém batia em panelas ou... de qualquer modo, o som era muito alto. Até mesmo para meu ouvido ruim. Eu queria que todos se acalmassem, mas minha boca não funcionava direito. Nem meus olhos. Eu fazia muita força, mas não conseguia abri-los. Então aquela garotinha beijou meu rosto ensanguentado e meus olhos se abriram de uma vez.

— Tyler! Tyler! Você consegue me ouvir? Pisque os olhos se consegue me ouvir — gritava o médico.

Retirei a máscara de oxigênio e sussurrei:

— Eu faço, literalmente, qualquer coisa se você parar de gritar comigo.

Eu me lembro do som da risada. De ver as pessoas se abraçarem. Das lágrimas escorrendo e serem limpas. Mas a coisa mais estranha era a sensação dentro de mim. Meu coração pulsava. As duas metades. Pode não parecer grande coisa, mas, quando, depois de viver por tanto tempo com metade do coração, de repente você sente a torneira girar por completo... bom, você também deveria experimentar.

O tempo passou. Não sei quanto. Uma hora. Um dia. Talvez dois. Eu não saberia dizer. Quando abri os olhos novamente, estava em um cômodo grande. Flores por toda parte. As pessoas cochichavam. Um homem estava de pé ao meu lado. Jaleco branco. Sorrindo. Ele estendeu a mão e largou dois itens do tamanho de feijões na minha mão.

— Tiramos isso da sua perna. Uma nova. Uma antiga. Achei que ia querer guardar como souvenir.

Cerrei o punho em volta delas.

Fechei os olhos. Tentei me lembrar. Como cheguei aqui? A última coisa de que lembrava era de estar em algum lugar com luzes, sons e cenários que jamais tinha visto ou ouvido e... não consigo sequer explicar. Não sei como. Tudo que sei é que estive lá e que, então, alguém sussurrou algumas palavras em meu ouvido e agora estou aqui, tentando entender como voltei.

Alguém levantou o encosto da cama. Através de um botão. Sentou-me. Dei uma olhada para o canto e vi a garotinha parada ali, de pé. Segurando seu caderno. Foi ela quem sussurrou em meu ouvido. Hope. É esse o nome dela. Acho um bom nome para uma menina. Quem lhe deu esse nome sabia muito bem o que estava fazendo.

Ela veio até mim. Girei a cabeça para a esquerda. Eu me sentia muito cansado. Qualquer movimento me deixava exausto. Abri a mão. Ela pôs a dela na minha. Era pequena. Quente. Delicada.

Acho que algumas pessoas pegam toda a dor que a vida lhes causou e guardam bem lá no fundo, causando uma infecção, cheia de pus. A gangrena da alma. Então, a ferida se torna a pessoa. É tudo que resta. É possível cheirá-la. E então existem as outras pessoas, as que nunca fizeram nada de errado. Talvez um dia tenham sido chamadas de inocentes. E talvez algo muito errado tenha acontecido com elas. Talvez pior do que qualquer coisa que possamos imaginar. E, por algum motivo, elas pegam esse mal e não guardam lá no fundo. Não se apegam a ele. Pelo contrário, deixam aquilo no passado, para que não se tornem pessoas amargas. Como uma névoa, o mal se levanta e evapora, porque não encontra um lugar para chamar de seu. E, daquele mesmo lugar, surge outra coisa e eles ofereceram isso no lugar do mal. Não posso repetir o que a garotinha disse em meu ouvido. Não tenho certeza de que estava lá para saber. Acho que eu já tinha partido. Só sei que, quando ela falou, uma rachadura se abriu no universo e, enquanto o mal tentava me levar embora, outra coisa apareceu e me puxou de volta. Um cabo de guerra. E o mal perdeu.

É uma sensação muito boa.

— Venha aqui — sussurrei. Ela se aproximou. — Mais perto. — Ela encostou o ouvido em meus lábios. — Obrigado.

Ela olhou para mim, surpresa.

— Pelo quê?

Eu sorri.

— Por vir... — Engoli em seco. Minha garganta estava seca. Ela pôs gelo na minha boca e eu o empurrei com a língua — ... me resgatar. — Levantei o braço bom, ou pelo menos o que não havia levado um tiro, encostei sua bochecha em meus lábios e a beijei. Ela assentiu, apertou minha mão e se afastou.

O Capitão Packer chegou em sua cadeira de rodas, esbarrando na porta. Uma enfermeira irritada vinha atrás dele. Era possível ver suas botas por baixo do avental. Ele se posicionou ao lado da minha cama, estendeu o braço, prendeu meu distintivo no travesseiro e voltou a se encostar na cadeira, ofegante. Ele estava pálido. Também havia perdido muito sangue. Ele assentiu.

— Você deixou isso cair. Achei que gostaria de tê-lo de volta. — Ele tentou rir. — Está um pouco queimado. E tem um buraco, mas... ainda tem sua importância.

Assenti.

— Sim, senhor.

Acordei um pouco mais tarde e estava escuro. Avistei um monte de luzes pequenas azuis e vermelhas, e também números que mediam minha existência. Um brilho fluorescente saía de baixo da porta do banheiro. A água estava ligada. Alguém estava pendurando um pano ou uma toalha. Eu estava sem lençóis, minha pele fria. Molhada. Parte de mim parecia limpa; a outra parte, suja. Grudenta. Senti cheiro de sabonete. Perfume. Pensei: "Senhor, estou morrendo e estão me preparando para o funeral."

Uma enfermeira saiu do banheiro com um pequeno balde e um pano. Ela se sentou ao meu lado e passou delicadamente a esponja na minha perna até meu pé. Depois na barriga, na virilha e nos braços. Havia outra mulher, uma segunda enfermeira, de acordo com seu uniforme colorido. Ela ajudava a mudar meu corpo de posição. Alguém encostou no cateter que saía de mim. Resmunguei.

— Por favor, não puxe isso de forma nenhuma.

Ouvi um riso abafado sobre mim. Abri os olhos e a enfermeira estava sorrindo. Ela disse:

— Não se preocupe.

Minha visão clareou e vi Sam passando a esponja em minha perna e barriga. Tirava o sangue de meu corpo. Ela se inclinou.

— Você está bem?

Assenti.

— Havia imaginado essa cena de um jeito diferente.

Ela sorriu.

— Eu também.

Sussurrei:

— Alguma de vocês sabe fazer barba? — Elas balançaram a cabeça. — Quando tiverem um minuto, podem ligar para Georgia e pedir que venha até aqui para fazer a minha barba? Esse negócio vai me matar de coceira.

Quando voltei a ver a luz do sol, abri os olhos e tentei enxergar do outro lado do quarto. Brodie estava encolhido em uma cadeira olhando para mim. Acenei com a cabeça para ele e falei em um tom rouco:

— Como meu garoto está?

Ele se desdobrou e levantou.

— Eu fiz um desenho. — Ele me entregou o papel. Era o desenho grosseiro de um homem a cavalo, tangendo gado. O homem tinha um "S" no peito. — Achei que você iria gostar.

Ele me abraçou.

— Como está se sentindo?

Eu sorri.

— Como se tivesse cavalgado muito.

Ele gostou disso.

— Ficamos todos muito assustados.

Engoli em seco. Minha garganta doía. Como se alguém a esmagasse.

— Você também ficou?

— Sim, senhor.

— Não tem problema sentir medo. Isso quer dizer que você sabe o que está enfrentando. — Ele ficou parado, olhando para mim. — Estive pensando...

— Sim, senhor?

Os remédios estavam me deixando meio tonto.

— O que acha... A decisão é totalmente sua, mas eu vou precisar de um sócio e... o que acha de criar gado comigo?

Ele sorriu.

— Eu ia gostar.

— Dividiríamos tudo. Metade, metade. Pensei que podemos tentar ganhar dinheiro suficiente para sua faculdade.

Ele assentiu. O sorriso ainda maior.

Fiz a expressão mais séria que pude.

— Só tem um problema.

— Sim?

— Nunca conheci um caubói que criasse vacas sem um cavalo, então, assim que eu sair daqui, nós iremos ao banco pedir um empréstimo e depois vamos às compras. Arranjar um cavalo para você.

Ele inflou o peito.

— Sim, senhor.

Ninguém nunca viu tantas flores. Tirei o cartão de vários arranjos e pedi que Brodie fosse até o final do corredor. Ele os colocou nos quartos de pacientes que estavam dormindo. As enfermeiras começaram a chamá-lo de Fada da Flor. Ele gostou disso. Meu quarto se transformara em uma porta giratória, pelo menos do lado de fora. Redes de televisão, equipes de filmagem, políticos, até mesmo o governador. Disseram que o fato de eu ter jogado minha picape no prédio e subido as escadas correndo era a história mais absurda que já tinham ouvido, mas que era a minha cara. Eu disse que o capitão teria feito o mesmo por mim. Ele riu, balançou a cabeça e disse:

— Sabendo do resultado, não tenho mais tanta certeza assim.

Fiquei na cama, fazendo todas as minhas necessidades em um pequeno balde branco por quase uma semana. Finalmente, cansei-me daquilo e sentei na beira da cama, apoiei-me nas muletas e me levantei. Sam estava sentada em uma cadeira lendo. Ainda bem, porque, quando eu me levantei, o mundo inteiro caiu sobre mim e quase me espatifei de cara no chão. Ela me segurou e disse:

— Melhor não tentar fazer isso de novo. — Assenti e dormi, segundo ela, por mais três dias. Meu corpo estava lutando contra uma grande infecção. Parece que é o que acontece quando se tem uma quantidade enorme de buracos no corpo, perde quase todo o sangue e praticamente morre. Eles me entupiram de antibióticos fortíssimos e disseram para eu ter paciência.

Georgia apareceu, contou todas as fofocas e me deixou com o melhor barbeado da minha vida. Eu disse para ela que deveria começar a oferecer o serviço em seu salão. Os homens fariam fila na porta. Ela balançou a cabeça e respondeu tanto com a lâmina quanto com a boca.

— Não gosto muito de homens, exceto de você. É melhor que eu e minhas lâminas possamos ficar longe do pescoço deles. Eu me sentiria tentada a cortá-los, principalmente aqueles que guardam segredos.

Assenti, sem tirar os olhos da lâmina.

— Bem pensado.

Mais uma semana se passou. Minha saúde melhorava e a febre havia cedido. À medida que minha força ia voltando, comecei a caminhar, ou a me arrastar, pelo quinto andar. O buraco em meu ombro direito dificultava o uso de muletas, então eu usava apenas a muleta esquerda. Hope e Sam vinham me visitar diariamente, quase sempre com Brodie, após as aulas. Andie não me visitava. Ouvi dizer que ela estava morando com Jill Sievert. Jill e seu marido tinham um rancho de tamanho considerável onde criavam e treinavam cavalos de apartação. Tinham uma casa de hóspedes nos fundos. Também ouvi que ela havia conseguido um emprego, embora não soubesse onde. Eu nunca a vi, mas algo me dizia que ela tinha me visitado. Para ser sincero, eu podia sentir o cheiro dela. Isso é possível quando você dorme com alguém por doze anos. Ou seja, sentir o cheiro por onde estiveram.

\* \* \*

Tive muito tempo para pensar. Mais do que gostaria. Como o hospital é um péssimo lugar para dormir, minha rotina de sono estava totalmente desorientada, então eu cochilava durante o dia e ficava acordado durante a noite. Também desenvolvi o hábito de ficar olhando para minhas mãos, revivendo coisas, como se elas pudessem me dizer algo. Mas elas não diziam nada. Algumas noites, eu me pegava em frente ao espelho. Fazendo perguntas. Uma madrugada, por volta de umas duas da manhã, fiz uma pergunta a mim mesmo à qual não consegui responder. Começava com "E se..." e não terminava com nenhuma resolução.

Três semanas após a rebelião, recebi alta. Dumps me deu um novo par de botas e fiquei muito agradecido. Cano alto de ponta fina. Paul Bond ficaria orgulhoso.

— Um caubói sem um par de botas é como, bom, não é certo — disse ele.

Brodie me deu um chapéu Resistol.

Sam se ajoelhou ao lado da cama, subiu minhas meias e me ajudou a calçar as botas novas. Ela estava calçando a bota do pé direito quando perguntou:

— Quanto você calça?

— Tamanho 44.

— Você tem pés grandes.

Bati em seu ombro e pisquei.

— Você sabe o que dizem sobre homens com pés grandes?

Ela franziu o cenho e olhou para trás.

— Não, me conte.

— Grande — fiz uma pausa e sorri — sapato.

Ela riu. Eu havia me acostumado a sua risada. Era simples. Fluía livremente. E iluminava o ambiente.

Apertei a mão da equipe médica e agradeci pelo que haviam feito por mim. Eu havia levado sete tiros, dois no pulmão. O que fizeram por mim não foi fácil. Eu não deveria estar vivo. Havíamos enganado a Dona Morte e sabíamos bem disso. Brodie entrou no quarto empurrando uma cadeira de rodas e o médico ordenou que eu me sentasse nela.

Balancei a cabeça.

— Não, obrigado.

— Ty, são regras do hospital.
— Doutor, não fui um bom paciente? Eu não fiz o que me pediu?
— Sim.
— Questionei qualquer coisa que me pediu para fazer?
Ele sorriu.
— Não.
— E não deixei que me cutucasse com milhares de agulhas?
— Sim.
— Então, tente entender. — Ajeitei meu chapéu novo na cabeça. — Essa é a regra do Tyler. — Apoiei-me na muleta com o braço esquerdo e estendi a mão para o doutor. — Obrigado por tudo. — Ele me entregou um pacote em papel pardo. Era macio. Como uma peça de roupa. Tirei o papel e encontrei minha camiseta azul, lavada e dobrada. Alguém havia costurado os buracos.
— Achei que gostaria de tê-la de volta.
Era verdade.
— Obrigado.
Quando o médico saiu dali, vesti a camiseta, apoiei o braço direito em Brodie e segui para a porta da mesma maneira que eu havia entrado. Apenas com alguns buracos a menos.
Juntos, Brodie e eu caminhamos até o elevador. Ele apertou o botão, a porta se abriu e nós entramos. Quando a porta se fechou, olhei para ele.
— Brodie?
— Sim, senhor.
— Você não precisa ser da força policial quando crescer.
Ele olhou para mim.
— Eu sei.
O elevador apitou ao passarmos pelo terceiro andar. Apitou novamente quando passamos pelo segundo andar.
— Pai? Eu quero ser.
As portas se abriram e o som invadiu as paredes.
— Eu sei.

Ele puxou isso de mim.

Sam nos levou para casa, onde Georgia e uma porção de gente da cidade haviam preparado uma festa de boas-vindas. A esposa do capitão Packer, Sophia, veio me receber na porta e me deu um beijo bem na boca. E me agradeceu. Sentei-me no balanço da varanda e fiquei assistindo enquanto todos faziam festa comigo. Era um pouco demais para mim. Perto do anoitecer, a maioria das pessoas já havia partido. Brodie e eu ficamos no balanço por um bom tempo, falando sobre vacas, cavalos e o passeio de canoa que ele gostaria de fazer pelo Brazos. Fiquei olhando para o pasto, onde Cinch estava sozinho. Sem mais ninguém. May havia partido. Andie a levara.

Talvez essa fosse uma boa imagem de mim mesmo.

O Capitão Packer apareceu de dentro da casa em sua cadeira de rodas, juntou-se a nós e testamos, os três, o limite de peso do balanço. Alguns minutos depois, ele levantou o chapéu e olhou para Brodie.

— Filho, você se importa de ir lá dentro buscar uma limonada para mim ou algo parecido?

Brodie se levantou.

— Você está querendo falar coisas de adulto e não me quer por perto?

O capitão riu.

— Sim.

Brodie sorriu.

Packer olhou para mim.

— Ah, você está reintegrado. Goste disso ou não. — Ele balançou a cabeça. — Além do mais, precisa do dinheiro. E o que mais vai fazer? Você nem mesmo é um ser humano normal. Seres humanos normais não atiram um carro nas portas dos prédios.

Fazia sentido.

— O departamento vai lhe dar um auxílio-veículo. Gaste como quiser. Então, faça um favor a si mesmo, seja um caubói de verdade e compre uma Ford com um motor diesel gigante. Não consigo nem começar a entender por que um dia dirigiu uma Dodge.

Eu ri. Ele estava inspirado.

— Confirmamos que a rebelião tinha sido ordenada por Chuarez. Ele tinha planos de escapar durante a confusão. — Ele tirou um palito do bolso da camisa, palitou os dentes da frente e cuspiu. — Não conseguiu. Onze prisioneiros morreram. O exame de balística confirmou que eu matei dois deles. — Ele balançou a cabeça, tentou não sorrir. — Algum outro Ranger matou os outros. Uma dúzia de prisioneiros ficou ferida. — Ele girou o palito para o outro canto da boca com a língua. — Ah, e Chuarez não vai ser solto. Para o caso de estar se perguntando.

Pouco depois das dez da noite, botei Brodie para dormir. Ele passara quase um mês à base de adrenalina e muita emoção. Apagou. Meu sono ainda não voltara ao normal, então, enquanto o restante do Texas ia para a cama, eu estava apenas começando. Com a casa em silêncio, peguei minha muleta e fui mancando pelo caminho até o rio. Não tive pressa, três passos e cinco respirações. Cinco passos e oito respirações. Demorei quase uma hora. Os cheiros haviam mudado. Eu sentia falta das minhas vacas. Sentia falta do Sr. B. E, para ser sincero, sentia falta da minha esposa.

Fui caminhando até o túmulo do meu pai. Enrolei um cigarro. Acendi, dei um trago profundo e o repousei, queimando, em cima da lápide dele. A fumaça girava, subindo pelo ar. Pelo bem e pelo mal, eu tivera muito tempo para pensar nos últimos dias. Cinch chegou por trás de mim. E me cutucou com o focinho. Era seu jeito de dizer: "Vamos lá, meu velho, aonde vamos? Você sempre disse que a vida era mais objetiva em cima de um cavalo. Suba."

Eu me virei, acariciei seu queixo.

— Ainda não, velho amigo. Talvez leve um tempo. Balas e ossos não combinam muito. — Ele lambeu meus dedos. Falei para ele e para meu pai: — Como é que eu posso entrar de carro em um prédio em chamas, com balas voando no meu para-brisa, mas, quando o assunto é amor, meu casamento e minha esposa, corro na direção oposta? — A fumaça subia, mas ele não respondeu. Apoiei-me na muleta, saquei minha 1911 do coldre, puxei a trava e toquei a cápsula na câmara com o dedo indicador. Então fiquei encarando o acabamento fosco acetinado ao luar. Deitei-a na palma da mão. Quem sabe ficar à beira da morte traga clareza?, perguntei pela segunda vez. — Todas as armas com que treinei foram feitas para impedir as ameaças que posso ver, mas, quando o assunto é casamento, daria no mesmo se estivesse atirando bolas de papel. — Passei o dedo pelo slide. — Isso aqui não serve para o que está me matando. — Olhei para o rio e lutei com a pergunta que estava na ponta da língua havia semanas. A pergunta que eu tinha medo de fazer.

Cheguei à margem e parei a alguns centímetros da água. Estava certo de que nunca mais conseguiria tirar as botas, e mais certo ainda de que não conseguiria calçá-las de volta, então entrei assim mesmo, a água até os joelhos, depois me sentei ao lado de uma grande pedra lisa e me inclinei na direção da corrente.

A água contornou meu pescoço e passou sobre meus ombros. Fiquei completamente molhado. Minha mente girava. Recostei-me na pedra, olhando para cima. Não posso dizer ao certo no que estava pensando. Eram coisas demais. Por onde começar? Pensei naqueles jovens espanhóis sedentos, algumas centenas de anos atrás, deparando com esse rio depois de se perderem no deserto. Talvez eles tivessem razão. As coisas ficam bem mais claras quando você vê a vida mais perto da morte.

Pensei nas duas mulheres em minha vida. Sim, eu ainda amava minha mulher. Mesmo depois de tudo. E, sim, eu estava apaixonado por Sam. Completamente. Isso me deixava em uma situação bastante desconfortável. Dividia-me em dois. Admitir isso não tornava nada mais simples. Estava apenas sendo dito ao luar.

Eu passara metade da vida lutando contra um inimigo que não via. Uma espécie de inimigo que nenhuma pistola ou rifle ou explosão nuclear poderia matar. Diariamente, quando voltava para casa, ele estava ali a minha espera. Eu apenas não sabia, ou não podia vê-lo, até agora. Meu pai estava certo. Um leão à espreita.

Fiquei no rio tempo suficiente para ficar enrugado. Sair dele era mais difícil do que entrar. E não era só por causa da água. Eu sabia o que precisava fazer e sabia que doeria mais do que levar um tiro.

Para nós dois.

Hora de voltar.

# PARTE QUATRO

Se for se misturar aos filisteus, é bom que vá armado.

Louis L'Amour

Ele treina minhas mãos para guerra e meus dedos para batalha.

Davi

# CAPÍTULO 51

Uma semana se passou. Consegui me livrar da muleta e me tornei mais hábil em disfarçar o caminhar manco. Só doía quando eu botava o peso do corpo nela, então, metade do tempo, eu estava bem. Havia passado a hora do café da manhã. O sol brilhava. Brodie estava no rio pescando. Dumps trabalhava no estábulo. Esfreguei os olhos e me obriguei a sair da cama. Estava cansado. Minha força demorava a voltar. Com a mente a mil, vinte e quatro horas por dia, tentando ensaiar as palavras que precisaria dizer, eu andava dormindo pouco. Não importa o que eu fizesse, não conseguia desligar. Tomei banho, fiz a barba e disse a Dumps que voltaria logo. Dirigi lentamente, tentando encontrar uma saída. Não havia nenhuma.

Subi os degraus e Sam abriu a porta antes que eu batesse.

— Oi. — Ela estava saltitante, feliz em me ver.

— Olá.

Ela atravessou o vão da porta e me beijou, tocando em meu rosto com o polegar e a palma da mão. Não gostou do que viu e leu minha expressão. Eu podia ler confusão e medo no rosto dela, sugerindo que algo de que não gostava estava por vir. Acho que eu não conseguia esconder. Ela falou gentilmente, balançando a cabeça:

— Você não veio aqui para encerrar nosso relacionamento, veio?

Tirei o chapéu e balancei a cabeça.

Ela fechou a porta e ficamos de pé na varanda. Seus olhos se encheram de água. Ela estava descalça e ficou olhando para os dedos do pé, descascando a tinta verde solta da grade.

— Como está Hope?

Ela não olhou para mim.

— Bem. Muito bem. Temos mais porquinhos-da-índia do que o necessário. — Hope apareceu na janela segurando Turbo e mais três filhotes. Ela estava sorrindo. Sam sinalizou com a mão para que entrasse. Pedi a Sam que se sentasse no balanço da varanda e fiquei de pé na frente dela. Eu tinha muitas coisas a dizer, então era melhor ficar de pé.

Apoiei meu chapéu, botei as mãos nos bolsos.

— Estive pensando sobre minha vida ultimamente. Refletindo. Repassando algumas coisas na minha cabeça. Talvez tenha começado naquela cama de hospital, mas é o momento em que me encontro agora. Aonde cheguei. — O olhar dela era de expectativa. Os olhos grandes feito moedas. — Acho que poderia culpar o Texas, meu pai, a mim mesmo por ser teimoso e cabeça-dura, e acho que poderia até mesmo culpar os Rangers e o fato de que me enfiaram um monte de balas, mas, qualquer que seja o motivo, resumi todos os eventos da minha vida a uma coisa só. Para algo razoavelmente simples. Para que eu pudesse entender tudo. Talvez alguém com mais instrução dissesse de modo diferente, mas eu reduzi tudo a duas simples palavras: trovão e chuva. — Ela cruzou as pernas e se balançou vagarosamente.

Continuei:

— Esses são os momentos da minha vida. Os marcos. Uso "trovão" porque são os momentos em que me senti abalado, nervoso e talvez meu coração tenha parado de bater por alguns instantes, ou muitos. Momentos em que eu soube que o mal era real. E estava vindo em minha direção. De frente. Diretamente. Trovão traz raio e raio traz tempestade. Tempestades como: ver minha mãe partir, segurar meu pai enquanto ele morre no chão, encontrar Andie azul, sem reação, no chão do banheiro, levar um tiro e ficar em chamas, apertar o gatilho para atirar no Sr. B, perder o rebanho e o Corvette, caminhar por entre um jardim cheio de ervas daninhas, conhecer Hope e saber o que aconteceu a ela, e finalmente... — Olhei em direção à prisão. — Aqui, no oeste do Texas, temos algo que as outras pessoas não têm. Podemos ver uma tempestade chegando. Podemos sentir o vento mudando de direção, assistir ao céu ficar escuro por causa das trovoadas e admirar os raios que atingem a terra a muitos quilômetros de distância. Às vezes, a tempestade leva uma hora para chegar até nós. Outras vezes, chega muito antes do esperado.

Fiz uma pausa.

— Já tive minha parcela de tempestades. Alguns diriam que é uma parcela injusta. Não sei. Parece correto. Posso dizer que, hoje em dia, faço cara feia para trovões porque sei o que está por vir. Já passei por isso. Não me deixo afetar. Mas, por outro lado, se eu aguentar firme... bom, do outro lado... está a chuva.

Virei-me. Olhei para o oeste.

— Certa vez, fui pesquisar sobre a chuva. Fui até a biblioteca e pesquisei. Existem muitas coisas a esse respeito. A maioria é bobagem, mas as pessoas falam da chuva mesmo antes de poder escrever sobre ela. Os primeiros filósofos pensavam que a água estava por toda a parte. Literalmente. Um cara chamado Thales pensava que a água nos cercava porque não vem só de cima; então, se você cavasse, chegaria nela, se caminhasse, daria de cara com ela. Podem dizer qualquer coisa, mas isso faz sentido.

Eu me virei de volta para Sam.

— Acho que o que quero dizer, e não estou dizendo muito bem, é que posso causar minhas próprias tempestades, talvez eu esteja mais próximo do trovão, mas — balancei a cabeça — não posso fazer chover. Tudo que posso fazer é ficar sob a chuva enquanto cai. E eu já fiz isso. Com muito prazer. E, nesses momentos, respirei profundamente. Ri com facilidade. Senti docemente. Amei completamente. E chorei tanto que pensei não ter mais lágrimas, até ver mais uma cair no chão. Momentos em que procurei ajuda e a mão da outra pessoa encontrou a minha. Momentos em que o bem me cercava. Em que alguém me defendia. Cuidava de mim. Também vivi esses momentos: conversar com meu pai atrás da garagem depois de brigar com uns garotos da escola, minha primeira vez no Corvette, meu casamento com Andie, segurar Brodie, o dia em que o capitão pendurou o distintivo de meu pai em meu peito, tirar Dumps das ruas e vê-lo aprender a entrar pelas portas sem pedir permissão, mandar José para a prisão. — Fiz uma pausa. Olhei bem nos olhos dela. — Apaixonar-me por você, depois por Hope, abrir os olhos no hospital e, finalmente, sair dele de pé. Esses são alguns exemplos.

Ela estava emocionada. Eu ainda não havia terminado.

— Talvez sejam esses os momentos em que sei que não estou sozinho e não caminho sozinho. Nem estarei sozinho. Quando o leve sopro no véu determina o que não posso e posso ver e, por um segundo, vejo de relance o que será. O lugar no qual as palavras "talvez" e "esperança" se cruzam.

Estendi a mão. Ela se levantou.

— Samantha, você tem sido chuva no meu rosto. No meu corpo inteiro. Você lavou a tempestade. Jamais me esquecerei disso. — Uma lágrima escorreu pelo seu rosto. Balancei a cabeça uma só vez. — Mas, anos atrás, eu fiz uma promessa a Andie. Estávamos escolhendo as alianças. Eu disse a ela que, se algum dia ela se perdesse — assenti, olhei para baixo —, eu a encontraria. Sempre. Eu disse isso a ela. Dei a minha palavra.

Ela começou a chorar. Sabia o que estava por vir.

— Sam... — Ela assentiu, deu um passo para trás. — Eu disse para você que, certa vez, vi a alma de uma mulher se partir ao meio. Bom, eu causei essa rachadura. Fui eu. Se eu ficar aqui com você, não vou ser outra pessoa. Vou continuar o mesmo. A única maneira para eu começar tudo de novo é mantendo minha palavra. Voltar ao lugar onde errei e consertar as coisas. — Ela assentia, de braços cruzados. — Sam? — Levantei seu queixo. — Eu te amo. De verdade. Mas...

Ela olhou para mim.

— E você? E o que é certo para... — ela me atingiu no queixo com seu dedo — ... você.

Balancei a cabeça.

Ela sussurrou, olhando para a casa.

— Vamos arrumar tudo. Partiremos assim que possível.

— Andei pensando a esse respeito também. Não há nada do que nos envergonharmos. Nenhum de nós. Acho que você deveria ficar aqui. Em Rock Basin. Existe um velho ditado que diz que, quando se chega ao fundo do poço, começa-se novamente. Alguns dizem que foi assim que a cidade ganhou esse nome. Não sei. Enfim, você deveria ficar. Construir uma vida. Seja minha amiga. Seja amiga de Andie. Ela vai precisar. Talvez seja difícil. Complicado. Mas você partir... não me parece certo. Você não fez nada errado. Fez tudo certo. Então, fique. Deixe que Hope cresça aqui. Brodie vai tomar conta dela. Eu também. Não sei fazer isso de nenhum outro jeito, mas, se você quer ir embora porque acha que precisa se esconder ou sente vergonha, não faz sentido.

Entreguei-lhe os papéis que estavam no bolso de trás da minha calça.

— Fui ver a viúva. Disse a ela o que pretendia fazer. Ela me disse que, de qualquer modo, deixaria esse apartamento para mim, então me deu a escritura. Passou para meu nome. Levei para um advogado e oficializei. Aqui diz que esse lugar agora é seu. Não é muita coisa, mas é seu. Ela também entregou a picape. Achou que você poderia precisar.

Sam agarrou os papéis junto ao peito. Balançando a cabeça.

— Eu soube, no momento em que conheci você, que não poderia tê-lo. Toda vez que tentei entrar e pedi que me amasse, dei de frente com a sombra de alguém que já havia estado ali.

Fiquei olhando para ela e minha dor cresceu. Ela sofrera muito. Eu era apenas mais uma mágoa de muitas. Sam deu um passo para trás, depois cuidadosamente deu um passo para a frente e encostou sua testa na minha.

— Não vou saber como ficar perto de você.

Balancei a cabeça.

— Seja apenas você. Eu serei eu. Não temos nada a esconder. Eu não fiz nada de que possa me arrepender.

Ela fechou os olhos.

— Caubói, jamais vou encontrar um homem como você.

Levantei o queixo dela.

— Sam, nunca ande de cabeça baixa perto de mim. Nem perto de homem algum. Você é... você é uma suave e bem-vinda chuva.

Ela sorriu. Enxugou as lágrimas. Tentou assentir.

Virei-me, caminhei em direção aos degraus. Sabia que ela me olhava. Queria saber se eu olharia para trás. Girei o corpo. O chapéu na mão.

— Aquele dia no rio... você... bem, eu não ter deitado com você na margem e tê-la beijado até que o dia virasse noite foi uma das coisas mais difíceis que já fiz. — Enfiei o chapéu na cabeça, sobre os olhos, e a deixei na varanda agarrada aos papéis.

Dirigi até o rio. Encontrei Brodie cortando salsichas e preparando uma isca para pescar bagres. Saí do carro e baixei os óculos escuros.

— O que você está fazendo?

— Pescando. — Vê-lo deixou meu coração feliz. — O que você está fazendo?

— Queria saber se gostaria de ir às compras comigo.

— Comprar o quê?

— Algo que preciso comprar para sua mãe.

Ele largou as salsichas e limpou as mãos na calça.

— Claro.

Dirigimos até a cidade e estacionamos em frente à joalheria. Ele sorriu ao sairmos do carro e entrarmos na loja. Olhamos o mostruário e apontei algo semelhante ao que a mãe dele dispensara, doze anos antes. Um diamante solitário retangular em um anel de prata.

— Quanto custa? — perguntei.

O homem atrás do balcão me respondeu.

Fiquei pensando. Nunca fui muito em barganhar qualquer coisa que não vacas e carros antigos.

— Precisa ser assim tão caro?

Ele sorriu.

— Começaremos uma promoção no fim de semana. Mas podemos começar hoje se preferir. E... — Ele levantou um dedo no ar. — Você tem duas semanas para devolver, caso não dê certo.

Não estava muito preocupado com isso. Eu tinha o limite exato no meu Visa para fazer dar certo. Entreguei o cartão a Brodie.

— Pague a esse homem.

Brodie estava radiante.

Eu cuidava do volante e do pedal, enquanto ele passava as marchas. Fomos até a casa de Jill. Havia um grande estábulo ao fundo. Demos a volta na casa e estacionei. Brodie e eu saímos do carro. Eu segui em direção a casa, mas ouvi Andie falando lá do estábulo.

Evidentemente, ela também nos ouviu, porque saiu de dentro montada em May. Andie usava chapéu, jeans, uma regata e as botas de montaria que Dumps fizera para ela.

Deus, ela fica bem em cima de um cavalo!

Ela desmontou e abraçou Brodie. Por quase um minuto. Ele passou os braços pela cintura dela e sorriu para nós. Ele assentiu para mim.

Pigarreei, procurando por onde começar. Era mais difícil do que imaginara. Passei a ponta da bota na parte de trás dos jeans. Brodie estava parado ao lado dela, abraçado a sua cintura, o braço dela estava nos ombros dele. Andie olhou para trás. Seu cabelo havia crescido. As pontas estavam aparadas. Não era mais fraco. Ela sussurrou. Sua voz falhou.

— Oi.

Tirei meu chapéu, encaixei-o na cabeça de Brodie.

— Estive pensando em como dizer isso e não sei... então, permita-me tentar. Doze anos atrás, você se casou com um homem que lhe prometeu uma coisa e lhe deu outra. Ele prometeu seu coração, mas, quando chegou a hora de dá-lo, entregou apenas a metade. Ou lhe privou da outra metade. Depende do ponto de vista. — Uma ruga apareceu na testa de Andie. Eu não estava fazendo muito sentido e ela não conseguia entender aonde eu queria chegar. Seus olhos brilhavam, cheios d'água. Balancei a cabeça. — Você e eu causamos muita dor um ao outro. Eu acho... não, eu sei que, no fundo, fui o responsável, porque não fui a pessoa que você merecia. A pessoa por quem você lutou. Todas aquelas noites... — Balancei a cabeça. — Você lidou muito tempo com a dor e, então, quando não conseguiu mais, tentou diminuí-la como pôde. Sim. — Assenti. — Isso me machuca. São imagens que posso ver atrás dos olhos mesmo quando estão fechados. E eu não gosto delas. Mas... —

Ergui o braço e abri o cordão que segurava o anel em seu pescoço. — Há muito tempo, entramos em uma loja e você comprou algo que não me assustava. Que não custava muito. Não pediu o que merecia e eu não tive a coragem de fazer o que devia. Não fui o homem que deveria ter sido. Ali, naquela loja, eu lhe fiz uma promessa. Disse que iria atrás de você. Então... — Brodie sorriu, alcançou seu bolso e o depositou na palma da mão de sua mãe. — Andie, não sei bem como ser quem meu coração está me dizendo para ser, mas sei que quero ser essa pessoa. Tentei dar meu coração a outra pessoa, mas não posso dar o que já tem dono. Então, devolva meu coração ou vamos começar tudo de novo.

Ela ficou olhando para a palma da mão. Eu estava nervoso como um adolescente.

Pelo menos até o Dr. Earl Johnson sair do estábulo puxando um cavalo. Ele estava com um chapéu recém-comprado, tênis, calça cáqui e meias longas azuis. Seu rosto estava inchado e roxo. Andie olhou para ele e depois para mim. Ela entregou as rédeas de May a Brodie.

— Pode segurá-la por um minuto?

O queixo de Brodie estava na altura do cinto. Ele assentiu. Ela me levou para trás do estábulo, fora de visão. Olhou para o anel, girando-o em sua mão.

— É bonito.

Eu estava começando a ter um mau pressentimento.

— Houve uma época em que eu só queria isso. — Ela olhou para mim e me estendeu o anel de volta. — Quando você era tudo o que eu queria. — Ela o botou na minha mão e cruzou os braços. — Tyler, você me deu Brodie e por isso sempre vou te amar, mas não quero mais viver com você. Não quero ser casada com você. — Ela balançou a cabeça, tocou seu peito. — Não quero seu coração e toda a dor que vem junto. Você sempre vai ser um caubói e eu já tive a minha cota de caubóis.

— E... ele? Earl. Ele... ele é um caubói de meia-tigela. — Sem mencionar que é casado.

Andie assentiu.

— Talvez. Mas ele não me machuca. E estou cansada de sentir dor. — Ela apertou a minha mão. — Tyler, você é um homem bom. Em alguns aspectos, o melhor tipo de homem. Em outros... — Ela balançou a cabeça. — Chega de ambulatórios. Chega de noites sozinha. Chega. Simplesmente eu não quero mais ser casada com você. — Ela deu a volta no estábulo, beijou Brodie e o abraçou, montou em May e fez dois cliques com a boca. Earl falhou nas duas primeiras tentativas de colocar o pé no estribo, mas conseguiu na terceira, puxou-se para cima da sela e segurou-se com todo amor à vida enquanto o animal castrado saía atrás de May.

Fiquei ali parado, com os olhos apertados, pensando. Andi e Earl desapareceram entre as árvores, deixando apenas poeira para trás. Brodie olhou para mim. Tentava ler meu rosto. Não sabia o que dizer. Eu me virei para ele.

— Tinha imaginado de outra maneira. — Olhei para as árvores. — Visualizava um desfecho diferente.

Brodie assentiu.

Cocei a cabeça e me peguei falando sozinho.

— Morrer é fácil. Viver é que é difícil.

Não me lembro exatamente do caminho para casa, mas, quando chegamos à entrada de casa, Brodie disse:

— Você se importa se eu cavalgar um pouco com Cinch?

Assenti.

— De modo algum.

Ele atirou uma sela no veterano e os dois foram pasto afora. Fiquei ali, sem reação, meus polegares pendurados nos bolsos da calça. Dumps saiu do estábulo.

— Parece que as coisas não correram como você esperava.

— Pode-se dizer assim.

Ele desapareceu de volta para o estábulo.

Olhei para a minha vida. Sem vacas. Sem carro. Sem garota. Um jardim cheio de ervas daninhas.

Se não doesse tanto, seria cômico. O problema é que doía. Muito. Enrolei um cigarro, acendi-o, traguei profundamente e soltei a fumaça suavemente em direção à brisa que soprava em meu rosto. A fumaça saiu de mim, fez uma pausa temporária, formando uma pequena nuvem branca, foi alcançada pela brisa e bateu de volta em meu rosto. Traguei o cigarro, enchendo o pulmão. Repeti o movimento diversas vezes. Quando cheguei à ponta, atirei-o no que restava da plantação de tomates, fui caminhando até em casa, enfiei o anel e sua caixa azul dentro de uma meia e o guardei na primeira gaveta da cômoda. As palavras "você tem duas semanas para devolver" ficavam zunindo em meu ouvido. Eu me sentei na beirada da cama e botei as mãos nos joelhos. Não tinha ideia do que fazer.

Brodie voltou ao anoitecer. Preparei umas costelas de porco e ovos mexidos para o jantar. Comemos em silêncio. O único som vinha do relógio da parede. Ficou tão alto o passar dos segundos que finalmente me levantei, retirei as pilhas e as deixei sobre o balcão. Por volta das dez da noite, os grilos iniciaram os trabalhos do lado de fora da janela. Levantei-me e fechei o vidro. Dumps revirou os ovos no prato.

— Vai tirar as pilhas deles também?
— Desculpe.

Brodie estava chupando um osso, enquanto exibia um bigode de gordura.

— Pai?
— Sim.
— Você pode devolver o anel, sabia?
— Sim, eu sei.
— Se você devolver, pode usar o dinheiro para comprar um cavalo para mim.

Concordei.
— Pai?
— Sim.

Ele encarou o que restava das costelas.
— Ela não vai voltar.

Assenti.
— Eu sei disso.

— Pai?
— Sim.
Ele olhou para mim. Balançou a cabeça.
— Ela não vai voltar.
— Você acabou de dizer isso.
Ele assentiu.
— Bom... algum de nós precisa dizer.
Passei os dedos no cabelo dele.
— Faremos algumas visitas amanhã. Vamos ver se encontramos um cavalo para você.

Terminamos de jantar em silêncio e eu lavei os pratos enquanto Dumps e Brodie assistiam a um filme de John Wayne. O sono não me parecia atraente, então caminhei até o rio. Não podia ter minha mulher de volta e não podia voltar para Sam. Para sempre, ela iria se sentir como segunda opção. Eu não faria isso com ela. Sam merecia coisa melhor. Merecia ser a primeira escolha de alguém. Não o prêmio de consolação.

Na manhã seguinte, dirigi até a cidade. O vendedor me viu entrar e seu sorriso desapareceu. Botei a meia no balcão. Era visível o formato da caixa em seu interior. Ele coçou a cabeça.
— Acho que não deu certo.
Falei com bastante veemência.
— Não, não deu.
— Imagino que não ajudaria muito se eu tentasse lhe vender outra coisa.
— Não, não... — Parei bem no meio da frase. Existem seis bilhões de pessoas no planeta. Metade delas é mulher, e digamos hipoteticamente, que um quarto delas está na minha faixa etária. Talvez eu enfrente algumas barreiras linguísticas, mas certamente, de três quartos de um bilhão de pessoas, eu poderia encontrar uma mulher disposta a se casar com um homem como eu. Estava um pouco enferrujado e praticamente falido, uma péssima combinação quando o assunto é diamantes e dinheiro, mas eu me virei para ele — ... sim. — Botei o chapéu no balcão. — Sim, pode me mostrar.

Ele me mostrou diversos anéis diferentes e, para ser sincero, deixei-o à vontade. Imagino que Brodie carimbaria minha carteirinha de homem por deixar o vendedor fazer isso, mas devolver aquele anel seria o mesmo que desistir para sempre. Seria admitir que jamais voltaria a me casar. Eu já havia separado o dinheiro para o cavalo de Brodie. Se eu devolvesse o anel e pegasse o dinheiro de volta, gastaria com outra coisa — talvez um outro cavalo ou um Corvette antigo — e, então, se um milagre acontecesse e eu quisesse me casar, eu não teria nada para oferecer e voltaria à estaca zero. Então, olhei tudo que ele tinha e escolhi outro anel que parecia algo que gostaria de dar a uma mulher. Uma pedra retangular cercada, de cada lado, por um pequeno diamante triangular. O anel mais bonito que já vi. Custou mil dólares a mais. O vendedor passou meu cartão na máquina e disse:

— Tem certeza?

— Sim, tenho.

— Bom, é certo que não quero oferecer, mas, se mudar de ideia, posso estender a garantia para mais algumas semanas, ou mais, se precisar.

Eu agradeci ao homem, fui para casa, botei a meia de volta na gaveta e tentei me convencer de que era um bom investimento, e não uma compra emocional por impulso, e que se eu não usasse, Brodie usaria um dia e, o mais importante, era que eu me sentia melhor com isso.

O problema é que eu não me sentia melhor. E, quando a conta do cartão chegou, duas semanas depois, fui lembrado disso.

As semanas se passaram. Voltei ao trabalho. Prendi alguns homens. Fiquei longe de tiroteios. Encontramos um bom cavalo para Brodie. Um *paint* de quatro anos. Ele o apelidou de "Dingo" por algum motivo que não compreendo. Quinze palmos de altura. Esperto. Contente. Carinhoso quando necessário. Uma raridade. Quando Brodie não estava dormindo, estava montando Dingo. Fomos acampar dois finais de semana consecutivos. Levamos os cavalos no trailer de carga, fizemos estoque de comida nos alforjes e descemos até o rio. Dormimos sob as estrelas. Conversamos, rimos e eu fiquei maravilhado com o homem que aquele garoto estava se tornando. Ah, e com o auxílio do departamento — e um empréstimo que consegui no banco, graças ao Mike e ao fato de agora eu ser devidamente empregado — e contra as ordens do capitão, comprei uma Dodge 2500 zero quilômetro, branca, com tração nas quatro rodas. E dessa vez comprei com câmbio automático. Brodie achou que realmente havíamos melhorado de vida. Pedi ao vendedor que botasse os melhores pneus BFGoodrich. Tudo estava certo no mundo.

Bem...

Eu acordava, trabalhava e tentava ser um bom pai para Brodie. Passávamos horas cuidando dos cavalos. Eu, Dumps e Brodie fizemos uma tentativa de plantar tomates. Vez ou outra, eu dormia um pouco. Na maioria das vezes, apenas cochilos. Nunca mais do que algumas horas. Passava muito tempo na varanda, sentado no balanço. Não sei ao certo, mas era ali que me encontrava frequentemente. E parei de enrolar cigarros. Não sei bem ao certo a razão. Apenas parei. Passou uma semana e reparei que não havia enrolado um cigarro fazia um tempo. Então, tirei o tabaco e a seda do bolso da camisa e os joguei no lixo. Pensei bastante no que Sam me dissera uma vez. "Viver junto e ao lado... em vez de sozinha e sem." Ela estava certa.

Fiquei sabendo que ela saíra com alguns caras da cidade. Um advogado, um fazendeiro, um corretor de imóveis e um cara dono de uma concessionária Ford. Estava feliz por ela. Contente por ela ter opções. Sam merecia. Eu esperava que estivesse feliz. Brodie disse que Hope ia bem na escola. Tinha até conseguido um papel na peça da escola. *O mágico de Oz*. Não sei qual personagem. Ela havia doado quatro dos cincos filhotes de porquinho-da-índia. Ficou com um para si, para que Turbo não se sentisse solitária. Ela disse a Brodie que estava feliz por restarem apenas dois, porque seis porquinhos-da-índia fazem muito cocô.

Comecei a frequentar um salão na cidade vizinha. Achei que não seria muito educado entrar no salão de Georgia, como se nada tivesse acontecido. Achei que seria difícil para Sam. OK... difícil para mim.

Ah, e o prazo de devolução passou. Não importa quanto tentasse, eu não conseguia me convencer a devolver o anel. Ele parecia representar muitas mudanças. Tantas coisas sobre mim que eu havia decidido mudar e não podia recuar. Decidi arcar com o prejuízo e deixá-lo pegando poeira na gaveta.

Certa noite, eu estava dirigindo para casa e passei pela igreja fora da cidade. O letreiro dizia, REUNIÃO DE CONSELHEIROS HOJE, 19H. Não era possível ouvir, mas eu jurava ter escutado o nome Frank Hamer. Encostei o carro, deixei em ponto morto. Alguns minutos depois, eu estava na minha primeira reunião de conselheiros.

Dez homens estavam sentados a uma grande mesa redonda. O pastor Kyle era o mediador. Entrei, o chapéu nas mãos. Não precisava me apresentar. Conhecia a todos. Cumprimentei cada um deles.

— George, Fred, Tom, Steve, Pete, Dave.

Dei a volta na mesa. Quando cheguei a Kyle, percebi que seu semblante havia mudado. Ele parecia mais branco. Pálido. Estava suando de repente. Fiquei de pé ao lado dele, dei um tapinha em suas costas.

— Kyle, como vai?

Ele me cumprimentou com a cabeça. Acho que ficou um pouco mais sem sangue no rosto.

Peguei minha carteira, desdobrei a confissão amarelada e fiquei olhando para ela. Estendi o papel. Falei ao grupo:

— Quando eu era criança, meu pai me contou uma história. Em 1835, um sujeito chamado David de la Croquetagne, mais conhecido como David Crockett, estava concorrendo à reeleição no Congresso americano pelo estado do Tennessee. Ele disse ao povo de seu distrito: "Se eu perder, todos podem ir para o inferno, pois eu irei para o Texas." Como um homem de palavra, ele fez exatamente isso. Nunca esqueci essa história, nem a mensagem de que um homem deve fazer o que diz que vai fazer. Se ele dá sua palavra, assina seu nome em algo, então deve mantê-la. Assumi-la. — Botei o pedaço de papel na mesa e olhei para cada um dos homens. — Imagino que todos vocês estejam se sentindo do mesmo jeito, uma vez que estamos na casa do Senhor e tudo mais. — Cocei a cabeça. Olhei para o rosto de Kyle, branco feito leite. — Meu pai também me ensinou outra coisa. Ele me disse que o mundo é cheio de maldade. É assim desde que Caim matou Abel. E que existe apenas uma maneira de confrontá-la. — Toquei a ponta de meu chapéu. — Kyle. — Fui embora.

Ouvi dizer que a reunião ficou animada depois disso. Pelo menos foi o que li no jornal.

A escola entrou de férias e eu tirei uns dias de folga para acampar e pescar com Brodie. Dessa vez, abastecemos a picape e dirigimos rumo à margem do rio até encontrarmos um lugar de que gostássemos. Montamos acampamento e jogamos algumas linhas no rio. Ficamos sentados em volta da fogueira, bebendo refrigerante e comendo biscoitos de marshmallow. A cada hora, conferíamos as linhas. Na sexta à noite, pescamos tantos bagres que nenhum de nós conseguiu dormir. Quando o sol apareceu no horizonte, havíamos enchido um *cooler* com peixes.

No café da manhã, ao lado do acampamento, Brodie passava manteiga em um bolinho quando disse:

— Pai?

Eu estava limpando um peixe.

— Sim.

— Eu vi a Srta. Sam ontem.

— É?

Ele acenou com a cabeça e falou com a boca cheia de comida:

— Ela perguntou por você.

— O que ela disse?

— Só queria saber como estava e o que andava fazendo. Nada de mais.

— Ah. — Processei a informação. — Mais alguma coisa?

Ele sugou o ar entre os dentes, enquanto amanteigava mais um bolinho.

— Não que eu me lembre. — Ele engoliu o bolinho. — Ah, e ela disse algo sobre sempre perguntar a si mesma por que você era tão teimoso e nunca ter voltado e pedido para ela se casar com você.

Olhei para ele.

Ele não estava olhando para mim, mas estava sorrindo, olhando para o bolinho.

— Ela realmente disse isso?

— Não, não disse. Eu inventei essa parte. Mas estive pensando nisso. Limpei as mãos e sentei no tronco ao lado dele.

— Sério?

Ele olhou para mim.

— Sim, senhor. Andei pensando sobre por que você não se casa com a Srta. Sam.

— Bom, eu pensei que você...

Ele balançou a cabeça.

— Quero dizer...

Ele balançou a cabeça novamente.

— Você não...?

Ele passou o braço em volta de meu ombro.

— Pai, você é muito bom Ranger, mas é meio burro quando o assunto é mulher.

— Ah, é?

— Ahã. Agora, a Srta. Georgia falou que se você tivesse alguma coragem...

— Quando foi que você falou com a Srta. Georgia sobre isso?

— Ah, sempre falamos sobre isso.

— Falam?

— Ahã. E ela disse que, se você tivesse alguma droga de coragem, deixaria de ser tão teimoso e se casaria logo com a moça.

— Quando acha que atingiu idade suficiente para falar assim?

Ele sorriu.

— Uns trinta segundos atrás.

Puxei o chapéu dele na frente dos olhos e o empurrei para fora do tronco. Ele começou a rir.

— Então não se incomoda com... a Srta. Sam e eu.

Ele levantou o chapéu para trás.

— Não, senhor.

— Isso meio que faria Hope ser sua irmã caçula.

Ele assentiu.

— Ahã. Eu sei disso também.

— Quando foi que ficou tão inteligente?

— Pai, eu vi você entrar num prédio em chamas para salvar um homem que significa muito para você. Você fez isso a vida toda. Por todos. Inclusive por mim. Não sei qual é o problema da mamãe, mas o problema é dela. Não seu. Eu amo a mamãe, mas acho que ela é egoísta e acho que você não é. Você merece ser feliz. E a Srta. Sam faz isso com você. Aliás, eu gosto muito dela. Acho que isso é tudo que precisamos dizer.

Botei meu braço em volta do ombro dele.

— Você vai ser um policial e tanto.

Ele assentiu.

— Por que você diz isso?

— Você vê as coisas em preto e branco. Raramente em tons de cinza.

— Pai, eu vejo o que existe e, talvez às vezes, o que deveria ou não existir.

— Vamos, vamos logo arrumar tudo isso aqui. Não posso chegar ao salão da Georgia cheirando a peixe.

— Espera, eu tenho uma coisa para você. — Ele correu até a picape e voltou com uma sacola de papel pardo. — Para você.

Abri a sacola. Ali dentro havia uma fita preta de chapéu trançada à mão feita com crina de cavalo. Brodie disse:

— Dumps me ajudou. Medimos seu chapéu sem que você visse. Achei que você ia gostar.

— Filho, não posso. Você deveria...

— Nós fizemos duas.

Amarrei em meu chapéu, sorrindo. Não sabia o que dizer.

— Tem certeza?

— Tenho.

— Acho que o Sr. B ficaria muito orgulhoso.

— Também acho.

Arrumamos as coisas e fomos para casa. Enquanto ele botava os peixes no congelador, tomei banho e tentei me livrar do cheiro de peixe nas mãos. Fiz a barba, passei um pós-barba que a Georgia havia me dado. Estava quente demais para vestir uma jaqueta, mas, mesmo assim, joguei uma sobre o ombro.

Brodie aprovou minha escolha e Dumps sorriu, exibindo sua falta de dentes. Isso queria dizer que ele aprovava a situação. Saí de casa com minha aparência de Ranger. Botas engraxadas, jeans prensados, cintos Milt Sparks, coldre, Milt Sparks e minha Les Baer 1911. Camisa branca engomada, chapéu Resistol com a fita mais bonita do Texas e uma estrela brilhante presa na altura do peito.

Saí de carro para a cidade. A mente maquinando o que dizer. Quando olhei para o painel, estava a cento e cinquenta quilômetros por hora. Quando levantei os olhos, vi duas sirenes piscando atrás de mim. Encostei o carro, saí e dei de cara com meu amigo patrulheiro que havia conhecido na rebelião da prisão. Ele saiu da viatura com a mão posicionada em sua Glock. O sol estava atrás de mim, então atrapalhava sua visão. Ele espremeu os olhos e começou a gritar:

— Dê um passo para trás e ponha as mãos no carro.

Fiz o que ele mandou, expondo meu distintivo e a 1911. Ele começou a gaguejar e a pedir desculpas assim que tirei os óculos escuros. Eu era mais alto que ele uns quinze centímetros, então ele precisava levantar os olhos para me ver.

— Desculpe, senhor. Não sabia que era você. A picape nova me confundiu.

— Acho que estava indo um pouco rápido demais.

— Para onde está indo?

— Um encontro, eu acho.

— Acha?

— Bom, acho que descobrirei quando chegar lá.

Ele assentiu.

— Espero que saia como imagina. Posso fazer algo pelo senhor?

— Não, obrigado. Vou reduzir a velocidade.

— Sim, senhor.

Ele começou a ir embora.

— Filho?

— Senhor?

— Já pensou em ter uma carreira como Ranger?

Ele assentiu e sorriu.

— Quase todos os dias da minha vida.

Ele entrou na viatura, buzinou e passou por mim acelerando. Fiquei sentado no carro, encarando o para-brisa, pensando em mim: aquele era eu, vinte anos atrás.

Segui até a cidade tomando cuidado com o limite de velocidade e virei na altura do salão de Georgia. Tinha uma grande picape Ford diesel estacionada em frente, então dei a volta por trás. Lambi o polegar, penteei as sobrancelhas e botei a jaqueta porque achei que cobriria minhas axilas, que estavam suadas.

Subi os degraus, tirei os óculos e entrei.

Georgia estava atrás de sua cadeira com um par de tesouras e disse:

— Que diabos está fazendo aqui? — Seu sotaque estava mais forte do que nunca.

Engoli em seco. Sam estava vestindo o casaco com a ajuda de Shawn Johnson — o dono da concessionária Ford e da picape estacionada do lado de fora. Ele acenou para mim com a cabeça.

— Olá, Ty.

— Shawn.

Ele apertou a minha mão.

— Fico feliz de vê-lo bem.

— Obrigado.

— Todos estão muito orgulhosos do que fez.

Acenei com a cabeça.

Georgia levantou ambas as sobrancelhas e se inclinou na cadeira.

— E?

Olhei para Sam.

— Eu queria...

— Bom, ela não pode falar com você porque tem um encontro.

Olhei para Shawn, depois para Sam.

— Ah...

Dei um passo para o lado. Shawn abriu a porta e eu me despedi com o chapéu, enquanto Sam saía em direção ao sol. A porta se fechou e eu fiquei ali mordendo os lábios. Ouvi uma risada atrás de mim. Virei-me e Georgia estava completamente inclinada no chão. Ela balançou a cabeça.

— Caubói, você tem tanto talento para o romance quanto uma torrada queimada. — Ela riu. — Mas ouvi dizer que querem encaixar você no conselho da igreja batista. Querem botá-lo no comitê pastoral de resgate. — Acenei com a cabeça e fiquei vendo enquanto o Ford ia embora. Depois, balancei a cabeça e fui para casa.

Quando cheguei na frente da varanda, sozinho, Brodie perguntou:
— O que aconteceu?
Contei a ele.
Ele riu. Dumps também.
Eu não estava achando graça.
Começava a ficar irritado, então botei a sela em Cinch e disse a Brodie e Dumps que estaria no rio. Carreguei os alforjes com munição, subi, enganchei uma perna na sela, soltei as rédeas e deixei que Cinch me levasse até o rio.

## CAPÍTULO 52

O sol estava baixo e vermelho-sangue. A terra, quente e empoeirada. Ao anoitecer, eu já estava imerso em autopiedade. Havia xingado todo mundo que um dia me dera conselhos amorosos e cada pensamento idiota que já tivera sobre o assunto. Jurei nunca mais me envolver com uma mulher, amar e até mesmo nunca mais beber refrigerantes dietéticos porque tendem a ser efeminados. Montei uma fogueira e acumulei madeira até ela ficar tão quente que era preciso ficar a uma distância de mais ou menos cinco metros. Fiz um alvo do outro lado do rio e, em uma hora, havia atirado quase quinhentas balas pela Les Baer. Quando acabei, o ferrolho estava quente demais para ser tocado e meus pés estavam cercados de cápsulas e carregadores vazios. Sem munição e pingando de suor, pus a arma no coldre, entrei na água e me sentei. De roupa, botas, chapéu, tudo. A 1911 fez um chiado de vapor quando o metal quente encostou na água.

Fazia muito tempo que eu não ficava irritado daquele jeito. E, quanto mais pensava no assunto, mais irritado ficava. Em algum momento, comecei a emitir minha opinião sobre concessionárias Ford e seus donos e como estava feliz de ter mantido minha fidelidade à Mopar. Se eu gostasse de beber, a essa altura, estaria bêbado demais para ficar de pé.

Acho que estava batendo na água, xingando minhas esperanças desmedidas, quando ouvi alguns passos atrás de mim. Eu não estava no humor para ter companhia.

— Agora não. Não estou a fim. Podem comer sem mim. Já vou para casa.

Os pés continuaram em minha direção. A lareira à margem estava a toda e provavelmente aquilo era captado por satélites no espaço. Virei-me. O fogo iluminou o rosto dela com um brilho laranja, e seus olhos brilhavam como velas vermelhas. Ela passou pelos botões de açucenas, abrindo caminho com os braços. Estava de cabelo preso e levantava a saia sobre a água.

Quando chegou até mim, ela me virou, sentou-se em cima de mim, abraçou meu pescoço e me beijou. Ficamos assim por um bom tempo.

Quando, finalmente, paramos de nos beijar, ela apoiou os braços em meus ombros e me deu um tapa bem no meio da cara.

— Por que fez isso?!

— Por ter me feito esperar semanas por você e me obrigar a sair com todos aqueles idiotas apenas para que ficasse com ciúmes e corresse atrás de mim.

— Não foi por isso que eu fui atrás de você. Quero dizer, estou com ciúmes, mas não fui atrás de você porque eu não queria que se sentisse como minha segunda opção.

Ela me beijou novamente. Dessa vez, foi bem melhor.

— Tyler Steele, faça isso outra vez e eu mesma atiro em você.

— Mas eu não pensei...

— Bom, pensou errado. — Ela balançou a cabeça. — Tudo errado. Fiquei sentada em casa, comendo doces, esperando você voltar para minha vida. E então fiquei tão enjoada de doces que simplesmente parei de comer, porque, sempre que comia, a comida voltava. — Achei que ela parecia mais magra, mas não ia comentar nada. — Aí você entra lá hoje como... como tudo de bom nesse mundo, no exato instante em que estou prestes a sair com aquele palhaço em seu carro idiota.

Assenti e sorri.

— Eu prefiro a minha Dodge.

Ela me deu outro tapa, dessa vez mais fraco.

— Shhh. Eu ainda não terminei.

— Sim, senhora.

— Então, fomos jantar e finalmente olho para ele e digo: "Shawn, você precisa me levar para casa". Então ele me levou. Aí Hope e eu ficamos lá, esperando por você. Mas, DE NOVO, você não apareceu.

Então, vim até aqui a duzentos quilômetros por hora, quase matando minha garotinha de medo, e depois precisei caminhar até aqui entre cactos e espinhos e entrar nesse rio para interromper sua festinha de autopiedade porque está envolvido demais com suas coisas para pensar em mim. Agora minha calcinha está molhada, entrando na minha bunda e você sabe como odeio calcinha molhada.

— Uau!

Ela pressionou suas palmas no meu rosto, puxando-me para mais perto.

— Você está me entendendo?

Assenti.

Ela me deu um terceiro tapa.

— Não tem nada para dizer?

— Sim. — Levantei minha mão, bloqueando meu rosto. — Me dê outro tapa e eu vou enfiar sua cabeça na água.

Ela beijou meu rosto.

Tirei o distintivo e botei na mão dela.

Lágrimas, ou água do rio, escorriam de seu rosto. Não tenho certeza, mas qual é a diferença?

— Caubói... — Ela segurou meu distintivo em sua mão. — Durante anos tive medo de me doar, de realmente me doar por completo, para qualquer homem, porque o único que eu realmente havia amado me deixou sozinha no altar. Ele destruiu todos os meus sonhos. Minhas esperanças. Você não precisa mudar. — Sam prendeu o distintivo em minha camisa, passando a agulha pelo buraco costurado. — Não seja diferente. Outra pessoa. Seja você. — Ela encostou a testa na minha. — Você me resgatou quando pensei que ninguém mais me resgataria. Quando pensei que não valia o esforço. Você me deu tudo e não pediu nada em troca. — Ela pressionou seu rosto no meu. — Se essa é a vida do outro lado do resgate, eu quero vivê-la. Com você. Mas... — Ela balançou a cabeça. — Mas, se me der você, então... — ela encostou a palma da mão em meu peito — ... que seja por inteiro.

O rio passava em volta de mim. Ela tremia. Suas pernas estavam bambas. Ela precisava de uma resposta. Cocei a cabeça. Balancei-a.

— Você não pode viver no oeste do Texas sem um cavalo. Se fizer isso por muito tempo, vão achar que você é esquisita.

Ela riu. Limpou o nariz na minha manga.

— Então você pode comprar um cavalo para mim.

Botei o rosto dela em minhas mãos, limpando as lágrimas com os polegares. Nossa risada ecoou pelo rio. Eu disse:

— Melhor comprar um para Hope também.

Ela mordeu os lábios.

— Melhor. Deveria mesmo.

Balancei a cabeça.

— Isso pode se tornar uma proposta muito cara.

Ela me beijou.

— Ahã. Provavelmente será. E vai ficar ainda mais cara com o tempo.

— Como assim?

— Garotas crescem. Apaixonam-se. — Ela tocou a ponta do meu nariz com a ponta do nariz dela. — Alguém tem que levá-las até o altar.

Nunca havia pensado nisso. O sorriso se espalhou pelo meu rosto.

— Eu iria gostar muito disso.

Ela me deu um tapinha no ombro.

— Mas não seja precipitado.

— Samantha?

— Sim.

— Goste você ou não, a vida é uma batalha. Acordamos todos os dias nesse buraco quente, procurando por terra queimada... — Segurei a mão dela. — O que estou tentando dizer, e não estou conseguindo, é... quer cavalgar pelo rio comigo?

Ela riu e chorou, tudo junto. Era uma descarga de emoções que estava segurando por muito tempo. Talvez por toda a sua vida adulta. Ela assentiu e mediu as palavras. Pôs a mão em meu peito.

— Trovão. — Depois botou sua mão na minha. — E chuva.

Coloquei meu chapéu na cabeça dela, fiquei de pé, levantando-a da água e a carreguei até o outro lado do rio. Ela subiu em Cinch. Fiquei ali, olhando. A luz do fogo dançava em seu rosto. Subi, passei meus braços em volta dela e voltamos sem pressa para casa. Era uma boa imagem. Algo de que eu gostaria de me lembrar. Fechei os olhos e registrei a cena no fundo dos olhos. O luar lançava nossas sombras pelo pasto sem rebanho. O cheiro de chuva no ar.

# CAPÍTULO 53

Querido Deus,

Andei pensando e acho que você fez um bom trabalho com tudo que está acontecendo. Quero dizer, não sei como mantém tudo no lugar. Tem muita coisa acontecendo por aqui. Se ninguém disse isso a você hoje, está fazendo um bom trabalho. Houve algumas ocasiões em que pensei que não estivesse. Billy Simmons. Sr. B. Caubói levando tiros. E ainda não sei por que todas essas coisas acontecem, mas, mesmo depois disso tudo, bem, os jornais disseram que Billy Simmons ficará na prisão por três vidas, o que — aliás — não faz muito sentido. Como serve a segunda pena de vida depois que alguém já morreu na primeira? Por que não dão uma pena apenas para a vida inteira? Enfim, o monte do Sr. B está coberto de grama, e Brodie diz que, no ano que vem, estará coberto de tremoços-azuis. E, sobre Caubói, bom, apenas olhe para ele.

Mamãe e Caubói estão voltando do rio com Cinch. Ela está sentada na frente dele. De lado. Os braços dele estão em volta dela. Ela está encharcada. Ele também está. Estão rindo. Ela está com o chapéu dele. Parece que a mamãe encontrou um lugar para seu coração. Dá para ver pelo rosto dela. É como se todas as peças finalmente se encaixassem. Você acha que dessa vez as coisas podem dar certo? A mamãe realmente merece ser feliz, e o Caubói também.

Eu sei que sou nova, e que não sei tudo que os adultos sabem, mas eu sei de uma coisa: algumas vezes olhei em volta e tudo que vi era ruim. Coisas ruins. Pessoas ruins. E, então, por algum motivo, algo que não entendo acontece e tudo muda. O mal vai embora e o bem chega.

Sei que deve estar cansado de tanto eu tagarelar. Meus professores dizem que eu falo muito às vezes. Houve uma época em que ninguém queria me ouvir falar e ficavam me dizendo "shh", então obedeci. E aí, quando fiquei quieta, disseram que eu deveria falar, compartilhar, expressar meus sentimentos, e outra vez eu obedeci. Abri a boca e comecei a formar palavras novamente. Agora estão me dizendo "shh" de novo. Para controlar a minha boca. Precisam descobrir o que preferem. É para falar ou não é para falar? Se decidam.

Enfim, estou indo. O Caubói acabou de levar a mamãe para a varanda e lhe entregou uma meia e só Deus sabe por quê. Agora ela está chorando. Ele está ajoelhado. Será que a perna dele está doendo? Ela também está ajoelhada e abraçando o Caubói. Deve ser uma meia e tanto.

Preciso ir. A mamãe está chamando.

Ah, Deus? Mantenha esse bom trabalho. Alguns de nós estamos prestando atenção e agradecemos.

Querido Deus,

Uau, essa foi rápida! Você é bom mesmo. Quero dizer, eu sei que você é Deus. Mas também é muito, muito bom. A mamãe acabou de me mostrar o que estava na meia. E faz apenas dez minutos desde que conversamos.

Muito obrigada. Não pedirei mais nada hoje. Você já fez muita coisa. Merece uma folga. Talvez um cochilo ou algo assim. Vamos sair para jantar. Brodie disse que vamos ao Whataburger para comemorar. Dumps colocou seus dentes, então ele deve ir também.

Ei, posso perguntar mais uma coisa? A Srta. Georgia, ela parece forte, mas é solitária e realmente seria legal se um homem bom cuidasse dela. Alguém que sentasse com ela na hora do jantar e fizesse massagem à noite. Talvez até passasse creme em seus pés. Ela tem joanetes e diz que doem o dia todo. É uma mulher muita boa, seria uma boa esposa. Acha que poderia encontrar alguém para ela? Não tem alguém, por aí, que precisa de uma amiga como a Srta. Georgia? Que tal o Shawn, da concessionária Ford? Ele não é casado.

Ah, Turbo pediu que dissesse que ela vai bem e que gosta daqui. Ela acabou de passar pelo meu caderno e fez um cocô. Isso quer dizer que está feliz.

Querido Deus,

A mamãe casou com o Caubói hoje. Eles ficaram de pé sobre o que restou da árvore do casamento, enquanto o Sr. Dumps, Brodie e eu assistíamos. O pastor disse palavras muito bonitas. A mamãe também estava muito bonita. A Srta. Georgia fez um penteado para cima. Mamãe estava de jeans, botas novas, camisa de linho branco e um chapéu de caubói que o Caubói deu para ela. Mas ele tirou da cabeça dela quando foi dar o beijo. E ela devolveu o beijo. Foi um bom beijo. Não que eu saiba alguma coisa sobre isso. Mas se beijaram por muito tempo e ela levantou uma das pernas como acontece nos filmes. O anel da mamãe é bem bonito.

Muitas pessoas vieram. Um monte de homens de chapéu branco e estrelas prateadas. O Caubói pendurou o Stetson e o coldre de seu pai sobre a cruz de metal em seu túmulo. Como se o quisesse ali. Acho mesmo que ele estava ali. O rímel da

Srta. Georgia borrou todo o rosto dela. Parecia um guaxinim de cabelo laranja e roxo. Ficamos todos de pé em volta da árvore. O Caubói disse algumas palavras, agradeceu a todos. Ele falou com o Brodie. Disse, ali na frente de você e de todo mundo, que estava orgulhoso dele. Disse que tudo que fez e esperou de bom na vida veio com ele. Disse que o Texas nunca fez nada melhor que Brodie Steele. Brodie ficou envergonhado. Depois Caubói falou com a mamãe, disse quanto a amava. Como ficava muito feliz de ter batido em nosso carro na rodovia!

Após a cerimônia, Caubói nos levou até o estábulo, onde abriu a porta e saiu com o presente da mamãe. Uma égua preta de um pouco mais de um metro e quarenta. O cavalo mais bonito que já vi. A mamãe quase não acreditou. Ficou ali parada com as mãos na boca. Dumps comprou para a égua uma sela M. L. Leddy. Fica muito boa nela. Brodie disse que isso é muito importante. Vou ter que acreditar nele. A mamãe disse que vai dar o nome de "Bondade". Porque, ela disse a todos, foi o que ela encontrou em Tyler Steele. Achei um nome meio bobo, mas Turbo também é, então quem sou eu para falar.

Mas essa não é a melhor parte. Quase, mas não é. Depois que a mamãe ganhou Bondade, o Caubói veio até mim, segurou minha mão e me levou para fora do estábulo até os fundos. Brodie foi junto. Ele estava sorrindo. O Caubói virou e, bem ali, na frente de todo mundo, ele pôs as mãos em meus olhos e disse: "Não olhe." E eu não olhei. E, quando ele tirou as mãos, Brodie estava ali com a égua mais bonita que eu já vi e haviam amarrado uma fita vermelha em volta do pescoço dela. Não acreditei. Ela é linda. Tem manchas brancas acima dos cascos que parecem meias. O Caubói me levantou, assim como tinha feito com a mamãe, e me colocou sobre o cavalo e ajeitou os estribos e, quando terminou, disse que eu poderia dar o nome que quisesse. Perguntei se achava Meias um bom nome e ele disse que achava que sim. E então nós quatro cavalgamos até o rio.

Foi o melhor dia da minha vida.

De qualquer maneira, eles já partiram. Foram para a lua de mel. A mamãe e a Srta. Georgia tinham ido comprar umas camisolas. Mamãe disse ao Caubói que ele ia gostar bastante. Mas não sei por quê. É ela quem vai usá-las para dormir. Eu vi as camisolas e elas não cobrem muita coisa. O bumbum dela ficou de fora. Melhor não usar nada, mas, enfim, foram para um chalé nas montanhas do Colorado. Por uma semana. A Srta. Georgia e Dumps estão cuidando de mim e de Brodie.

Deus, eu sei que estou sempre incomodando com coisas pequenas que provavelmente não importam muito na sua lista, mas acho que aprendi algo. Algo que talvez seja importante. É bem o tipo de coisa que os adultos aprendem. Talvez seja o que os torne adultos. E é isso — às vezes é difícil ver o que poderia ser, o que torcemos, enquanto dói, porque às vezes dói tanto que não podemos ver nada. Mas aí, às vezes, o que torcemos, bem, parece que, se torcermos por tempo suficiente, com força e profundidade suficientes, torna-se o que deveria ser. Nem sempre, mas às vezes. Talvez esse seja o segredo da esperança. Talvez seja algo especial. Algo que faz a diferença. Talvez seja a coisa que o mal não pode matar. Algo de que não pode se livrar. Nunca. Não importa o que ele faça. Às vezes eu me pergunto se era nisso que a mamãe estava pensando quando deu meu nome. Talvez ela tenha pensado nisso também. Talvez tenha pensado nisso antes de mim.

Posso estar sendo precipitada, mas pensei em mais uma coisa e, embora a gente pense que precisa de esperança, acho que você precisa dela também. Tipo, precisa saber que temos esperança. Que ainda acreditamos. Que estamos torcendo por você, porque, caso contrário, para onde mais iremos? Quem mais vai ouvir? Com quem mais falaríamos? E eu acho que, conforme as pessoas envelhecem, têm cada vez menos esperança. Acho que gostariam de ter, mas sentem medo. É como se tivessem mordido uma maçã podre e agora não querem mais comer maçãs. Isso é burro se você parar para pensar. É como dizer que, porque bebeu um gole de leite azedo, todo leite estará estragado. Bom, isso é insano. Eu já comi algumas maçãs podres, até mesmo leite azedo, mas a quantidade de vezes que não estavam estragados foi bem maior. E se eu tivesse pensado isso lá no Ritz e não bebesse o creme? Onde é que eu estaria hoje? É estranho. É preciso saber disso para ser adulto. Mas, quando você se torna um, precisa dar meia-volta e ser mais como uma criança novamente. Isso parece estranho para você? Para mim, parece. Como se precisasse ser os dois quando não conseguir ser apenas um. É complicado. Enfim, é o que eu penso.

Estou indo. Escreverei mais à noite. Dumps vai levar a gente até o Whataburger. Eles têm bons cheeseburgers. E limonadas. E batatas fritas. E milk-shakes de chocolate. Eles botam chantilly e cereja no topo. Gosto de ficar perto do Brodie. Ele é um bom caubói. Precisa vê-lo sobre um cavalo. Eu nunca vi nada igual. E, agora que ele é meu irmão, não me trata diferente. Eu estava preocupada que talvez ele fosse tratar, que talvez se achasse legal demais para andar com sua irmã, mas não. Ele abre a porta para mim, bota a camisa para dentro da calça, tira o chapéu quando entra nos lugares, lava as mãos antes do jantar, segura meu pé quando estou tentando botá-lo no estribo, levanta o tampo antes de fazer seus negócios, dá apertos de mão firmes e olha nos olhos das pessoas quando fala com elas. Ele não fala palavrão, não cospe quando estou por perto e nunca anda na minha frente, sempre ao meu lado. Tudo isso para dizer que eu gosto do lado oeste do Texas. Tudo que é bom e certo e age como deveria agir... bom, está tudo concentrado em uma coisa só que você fez, chamada "caubói".

# EPÍLOGO

Querido Deus,

Estou sentada aqui na casa da mamãe e do papai. Na ponta da cama de Brodie. Envolvida em seda e renda brancas. Minha cauda tem quase três metros de comprimento. Papai virá me buscar em alguns minutos. Atravessaremos um mar de azul até chegarmos ao pé da velha árvore. E vai me entregar a Peter. Houve uma época em que pensei que esse momento não seria possível. Que talvez eu não fosse merecedora. Agora que está aqui, parece surreal.

Papai está muito orgulhoso. Dá para ver. Mamãe comprou um Stetson branco novo para ele. Ele está tão bonito! O cabelo grisalho acima das orelhas aparece logo abaixo da aba do chapéu. E a mamãe fez uma fita com o rabo de Cinch. Ela estava guardando desde que ele morreu.

Esse quarto me traz muitas memórias. Eu costumava brincar de Lego bem ali. Assistia a filmes bem aqui. Falava ao telefone lá do outro lado. O cheiro do pós-barba de Brodie está no ambiente. Ele se formará daqui a pouco. Será enviado para o DSP. Diz que entrará para a divisão de narcóticos assim que "cumprir sua pena". Um Ranger de quarta geração. Imagina... Disse que virá para casa nos finais de semana para ajudar o papai com o negócio. Os dois têm mais vacas do que conseguem dar conta e, sempre que um pedaço de terra é posto à venda ao lado de Bar S, eles compram. Está quase três vezes do tamanho de quando eu era criança. E a casa da mamãe está muito bonita. Olhe só tudo que ela fez.

Papai disse que o governador vem ao casamento. E também o ator que o interpretou no filme sobre a vida do papai. Uma parte do elenco e da equipe. Nunca poderia imaginar. Muitas pessoas o amam.

Com tanta coisa acontecendo, eu não o via direito havia um tempo, então alguns dias atrás fui procurá-lo. Queria experimentar o vestido, e queria que ele fosse o primeiro homem a vê-lo. Coloquei meus jeans e fui procurá-lo. Demorei quase uma hora. Encontrei com ele no rio. Dentro dele, como sempre. Cercado por suas Bradfords e Black Baldies. A cabeça e os ombros eram as únicas coisas acima da água. Eu ri. Ele se levantou. O homem Marlboro encharcado. Veio até mim, pegou-me no colo e me carregou para dentro da água. Ficamos ali, apenas nós dois, sendo banhados pelo rio.

Andei pensando. Sobre papai e sobre como nos conhecemos. Encontrei-me balançando a cabeça. Onde eu estaria agora sem esse homem? Onde a mamãe estaria? Não tenho como saber. E Brodie? Você sabe, mais do que ninguém, como eu estaria perdida sem ele. Por um tempo, achei que ele ficaria chateado de eu me casar com seu melhor amigo, mas acho que está tudo bem. Na verdade, acho que ele até gostou da ideia. Talvez, de certo modo, ele se sinta responsável. Acho que, ao me casar com Peter, de certa maneira, isso lhe permite passar a responsabilidade em relação a mim para outra pessoa. Para alguém em quem ele confia.

Lá na água, pude observar o papai. Continua muito bonito. Magro, forte, ainda ama a mamãe, ainda a leva no rio ao luar, ainda a faz sorrir, ainda traz flores para ela, ainda cavalga com ela. Pouca coisa mudou. Eu estava pensando no passado hoje, bem longe, e não consegui lembrar o nome do cara com quem a mamãe estava saindo antes. O que fez os filmes sobre mim e ela. Acho que era Bob ou Brandon, acho que começa com "B", mas não importa, papai se livrou dele também. Última notícia que tivemos, ele ainda estava servindo a primeira sentença de vida.

Muita coisa aconteceu. A todos nós. Algumas vezes, fico sem acreditar. Estou maravilhada.

Eu estava em uma festa de casamento ontem, tentando achar alguns minutos para mim, quando meu pajem se aproximou e perguntou sobre este caderno. Ele é tão fofo que dá vontade de morder. Passou os dedos pelas páginas gastas, levantou o nariz e perguntou:

— O que é isso?
— É o meu diário — respondi.
— O que você faz nele?
— Escrevo cartas.
— Para quem?
— Para Deus.

Ele mordeu o lábio, olhou para baixo e depois para mim.

— Você o conhece?

Concordei com a cabeça.

— Um pouco.

Ele olhou por cima de cada ombro, depois baixou a cabeça e perguntou:

— Como ele é?

Nessa hora, papai e Brodie passaram por nós. Tanta presença. Um a cara do outro. Ele os observou de queixo caído. Apontei.

— É como eles.
— Ah. — Ele abriu os olhos. — Uau!

Preciso ir. Papai está batendo lá na porta.

Este livro foi composto na tipografia Palatino
LT Std, em corpo 11/16, e impresso em
papel off-white no Sistema Cameron da
Divisão Gráfica da Distribuidora Record.